시선(詩仙)의 향연(饗宴)

이태백
명시문
선집

황선재 역주

도서출판 박이정

著者 이백 李白

이백(701-762)은 자가 태백(太白), 호가 청련거사(青蓮居士)로 우리에게는 시선(詩仙)과 주선(酒仙), 천상적선인 (天上謫仙人) 등으로 잘 알려져 있으며, 중국문학사와 세계문학사상 최정상에 군림하는 천재적 대시인이다. 당(唐)나라 현종(玄宗)때 '개원의 치(開元之治)'라는 최고 전성기에서 '안사란(安史亂)'이 발발하여 쇠퇴의 길로 접어드는 전환기에 주로 활동했다. 그의 일생은 독서(讀書)와 시작(詩作), 방랑(放浪)과 음주(飲酒), 호협정신(豪俠精神)과 구선학도(求仙學道), 겸제천하(兼濟天下)와 독선기신(獨善其身) 등 다양성을 띠고 있는데, 이러한 낭만주의(浪漫主義)와 현실주의(現實主義)가 결합된 정서들이 이 책에서 소개하는 관고절금(冠古絶今)의 명시문 (名詩文)에 고루 나타나고 있다

譯註者 황선재 黃善在

충청남도 공주에서 출생하여 어려서부터 한학을 익혔다. 민족문화추진위원회(고전번역원) 국역연수원, 건국대(학사), 한국외국어대(석사)를 거쳐 성균관대학교에서 중국문학 박사학위를 받았다. 서경대와 성신여대에 출강하였으며, 현재 국민대학교 박물관학예부장으로 재직하고 있다. 역저서로 「李白과 杜甫」, 「李白 五七言絶句」와 「李白 詩의 現實反映에 관한 研究」, 「李白 樂府詩 研究」, 「四部(經史子集)分類法」, 「四郡江山三僊水石' 書畫帖 詩文 研究」 등 다수의 논문이 있다.

시선(詩仙)의 향연(饗宴)

이태백 명시문 선집

초판 인쇄 2013년 1월 18일 | 초판 발행 2013년 1월 25일

역주자 황선재 | 펴낸이 박찬익 | 펴낸곳 도서출판 **박이정**
편집책임 김려생 | 책임편집 공혜정 | 주소 서울시 동대문구 용두동 129-162
전화 02) 922-1192~3 | 팩스 02) 928-4683
홈페이지 www.pijbook.com | 이메일 pijbook@naver.com
등록 1991년 3월 12일 제1-1182호
ISBN 978-89-6292-355-1 (93820)

* 책값은 뒤표지에 있습니다.

　시선(詩仙) 이백(李白;701-762)은 정치, 경제, 문화적 번영의 토대 위에서 우수한 시인들이 배출되어 시가의 찬란한 꽃을 피운 성당(盛唐;713-761)시기의 천재 시인이다. 당대의 문학은 당시(唐詩)가 대표하고, 이백은 두보(杜甫;712-770)와 함께 이두(李杜)라 병칭되는 세계적 대시인으로 시가문학사상 하늘을 수놓은 일월과 같은 존재로 칭송받아 왔다.

　두보보다 11년 일찍 태어난 이백의 주된 창작시기는 안사란(安史亂;755-763) 이전의 평화로운 때였고, 두보는 이보다 늦은 안사란 이후의 어지러운 시기에 주로 활동하였다. 창작활동을 했던 시대상황에 따라 이들 작품에 표현된 문학세계도 각기 차이가 나서, 이백 시의 특징은 낭만주의(浪漫主義), 두보 시는 현실주의(現實主義)로 평가된다. 현실주의가 사실적인 수법으로 현실의 갖가지 불합리한 현상에 대하여 치밀하게 표현하는 방법이라면, 낭만주의는 자유분방한 열정과 대담한 환상으로 사회적 이상과 애증을 표현하는 방법이라고 흔히 정의를 내린다. 실제로 이백과 두보의 시가는 천재불후의 명작이며 각자의 예술적 성취는 서로 뛰어 넘을 수 없는 독특한 경지를 구축하고 있다.

　두보는 강력한 통일제국을 이룩한 현종 중기의 전성기에서부터 안사의 난으로 쇠락의 길을 걷게 되는 성당후기에 이르는 전환기의 시대를 살면서 사회현실과 백성의 삶을 핍진하게 소개한 반면, 이백은 현실의 제반문제를 인간의 미묘한 심리와 정서를 통해 뛰어나게 표현하고 있다. 그래서 이백은 두보와는 다른 독특한 문학적 개성을 가지고 당대 현실의 문제점과 역사적 변화를 반영하고 있다는 점에서 이백의 시가를 낭만주의와 현실주의가 교묘히 결합된 것으로 평가하기도 한다.

이백의 다양한 체재가 구비된 시문들은 실제로 이백 특유의 호매한 기운이 가득 넘치는 명문장으로 그의 성격적 특성이 잘 표현되어 있다. 내용면으로도 당대의 정치 현실을 비롯한 여러 모습의 시대상황, 문학적 주장, 개인의 신변잡기, 유·불·선의 내용, 우국충정, 음주정취 등 각 방면을 두루 섭렵하고 있으며, 풍격상으로도 호방표일(豪放飄逸)하고 청신자연(淸新自然)한 면모를 보여준다. 이러한 점은 이백의 시가가 낭만주의적 시풍의 최고봉임을 증명해 주고 있다. 이렇듯 이백의 시문에는 낭만주의와 현실주의의 특성, 호방한 정신과 청신한 기풍 등이 잘 나타나 있는데, 이제 우리는 독특한 성취를 이룩한 이백 시의 명편들을 찾아 그의 작품 세계 속으로 여행을 떠나게 될 것이다.

이번에 발간하는 이백의 명시문 선집을 통해 구슬이 굴러가듯 명쾌하고 아름다운 그의 명문장을 널리 소개하여 독자들이 명품 한시와 중국문학에 대해 더 깊은 이해를 할 수 있는 계기가 되었으면 한다. 그리고 이백의 주옥같은 시문이 물질을 중시하는 현대사회를 살아가는 사람들에게 낭만적인 사고와 청아한 심성을 도야하는 데 일조할 수 있기를 기대한다.

끝으로 이 책의 발간에 흔쾌히 응해주신 박이정출판사 박찬익 사장님과 원고를 산뜻하게 꾸며주신 김려생 편집장님, 공혜정 선생님, 김민영 선생님의 노고에 깊이 감사드린다.

2013년 새해 아침, 필자 황선재

목차

제1부 詩歌選集

1 古風詩
고풍시 ; 옛 풍의 시

2 樂府詩
악부시 ; 악부에서 읊은 시

3 歌吟詩
가음시 ; 노래로 불린 시

4 贈詩
증시 ; 드리는 시

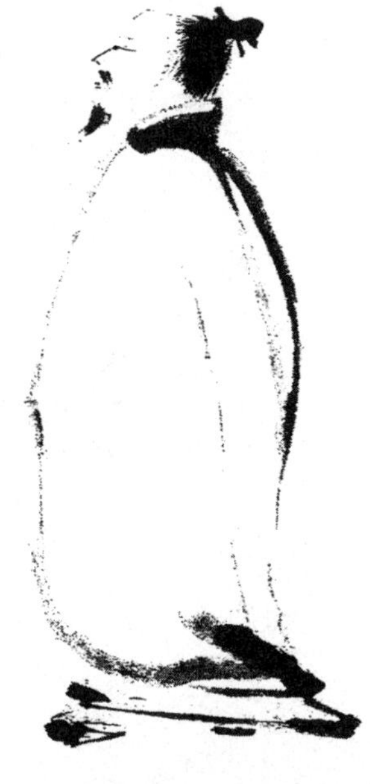

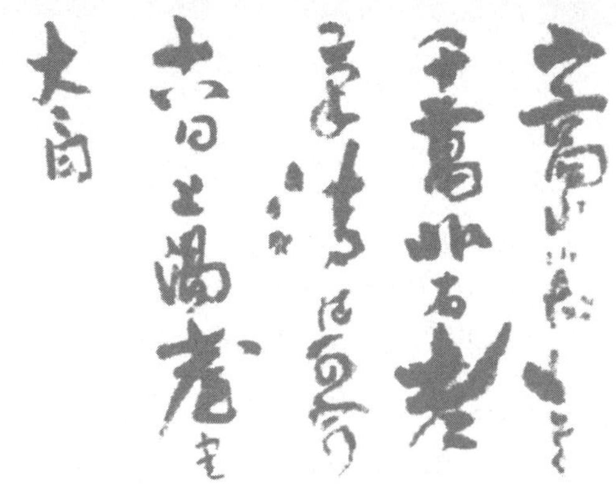

이백에 대하여

— 생애와 작품세계

1. 이백의 생애

이백(李白)은 자가 태백(太白), 호가 청련거사(靑蓮居士)로 중국 문학사상 최정상에 군림한 천재시인이다. 측천무후(則天武后;624-705) 장안(長安) 원년(701)에 태어나서 대종(代宗) 보응(寶應) 원년(762) 62세로 병사하였는데, 그의 주요 활동시기는 현종(玄宗;712-756 재위)과 숙종(肅宗;756-762 재위) 양대로 이 시기는 당대의 번성기에서 쇠퇴의 길로 접어드는 전환기였다.

그의 일생에 대하여는 전기적(傳記的)인 색채가 농후하여 신기한 전설들이 전해온다. 곧 이백이 출생하기 전 어머니가 임신하였을 때 태몽에 장경성(長庚星)[1] 곧 태백성이 품으로 들어왔다는 '장경입몽(長庚入夢)'[2], 어려서 할머니가 쇠몽둥이를 갈아 작은 바늘 만드는 것을 보고 감동하여 열심히 공부하였다는 '철저마침(鐵杵磨針)'[3], 자신의 붓끝에서 꽃이 피어나는 꿈을 꾼 후 훌륭한 문장가가 되었다는 '몽필생화(夢筆生花)'[4], 또한 채석강 물속에 비친 달을 잡으려고 강으로 뛰어들었다가 큰 고래를 타고 하늘로 올라가 신선이 되었다는 '착월기경(捉月騎鯨)' 등의 전설이 지금까지 전해오고 있다. 뿐만 아니라 당시 비서감(秘書監)을 지낸 하지장(賀知章;659-744)으로부터 하늘에서 지상으로 귀양 온 신선인 적선인(謫仙

---

1) 장경성은 金星의 별칭으로 太白星·啓明星이라고도 부름.
2) 李陽氷, ≪草堂集序≫ '驚姜之夕, 長庚入夢, 故生而名白,以太白字之. 世稱太白之精, 得之矣.'
3) ≪方輿勝覽≫ '李白少讀書, 未成, 棄去. 途逢老嫗磨杵,白問其故. 曰欲作針. 白感其言, 遂卒業.'
4) 王仁裕, ≪開元天寶遺史≫卷下 '李太白少時, 夢所用之筆頭上生花, 後天才瞻逸, 名聞天下'

人)5)이라는 칭호를 부여받기까지 하였다. 그러나 그에 대한 선조·출생지·유람 행적·가정 등에 대해 이설(異說)이 분분하여 명나라 호응린(胡應麟)은 고금의 시인들의 생애 가운데 이백만큼 불확실한 사람은 없을 정도6)라고 하였다.

이백의 어린 시절과 청장년까지의 시기는 현종 개원(開元; 712-742)의 전성기였으며 많은 재사들에게 웅심을 발휘하던 때로 이백도 이 시기에 웅지와 큰 이상을 가진 시인으로 성장하는 기틀을 닦았다. 소년시절에는 독서를 매우 광범위하게 하여 5세에 육갑을 외우고, 10세에 제자백가서를 읽어 3황5제(三皇五帝)이래의 역사에 대하여 많이 알았고, 항상 경서를 읽고 글 짓는 일을 게을리 하지 않았다는 기록7)을 보면, 그가 일찍부터 옛 전적을 통하여 각종 사상의 영향을 받았음을 알 수 있다. 또한 15세에 신기한 서적을 보았다고 하고, 그가 지은 시부(詩賦)는 사마상여(司馬相如)보다 뛰어 났다8)고 하여 아주 어린 시절부터 시가 창작에 뛰어났음을 알 수 있다. 호협사상에 심취하여 15세에 검술을 좋아하여 제후들을 두루 찾아다녔으며9), 약관에는 세상 물정에 어두웠지만 사귀는 자들은 모두 호걸들이었다고 한다.

이밖에도 시대조류의 영향에 따라 촉 지방의 도사들과 교유를 하였다. 도사인 동암자(東巖子)와 민산 남쪽에 수년 동안 은거할 때 천여 마리의 새를 기르면서 손바닥 위에 앉아 모이를 쪼아 먹게 하였으며, 또한 20세 무렵에는 아미산(蛾眉山)에서 도인들과 교유하면서 구선학도(求仙學道)에 심취했다고 하는데 그때 지은 시들이 그 사실들을 반증해 준다.

개원 12년(724), 24세 때 대장부는 사방을 경영하려는 큰 뜻을 품어야 한다고 하면서, 검을 지닌 채 고향(蜀中)과 부모를 하직하고 중국 남부의 각 지방을 유랑하였다. 이때 지은 〈별광산(別匡山)〉이라는 시에서 '좋은 경치 마음에 없다고 말

---

5) 〈對酒憶賀監 幷序〉 '太子賓客賀公, 於長安紫極宮, 一見余呼余爲謫仙人'
6) 胡應麟, 《少室山房筆叢》卷9. '古今詩人出處, 未有如太白之難定者.'
7) 〈上安州裴長史書〉 '五歲誦六甲, 十歲觀百家. 軒轅以来, 頗得聞矣. 常橫経籍書, 制作不倦.'
8) 〈贈張相鎬 其2〉 '十五觀奇書, 作賦凌相如'
9) 〈上安州裴長史書〉 '十五好劍術, 徧干諸侯'

하지 마시오. 장차 책과 검을 의지하여 밝은 때에 쓰이리라[10]'라고 하여 자신의 재능과 무예를 나라를 위하여 바치겠다는 결심하고 있다. 이를 통해 그의 유랑이 정치적 출로를 찾기 위한 것임을 알 수 있다.

고향인 촉 지방을 떠난 초기에는 호협의 행동을 취하였는데 그 예로 친구인 오지남(吳指南)을 장례 지낸 사건을 들 수 있다. 즉 개원 13년(725) 여름, 촉 지방 고향친우인 오지남과 동정호를 유람할 때 그가 죽자 시체를 끌어안고 통곡한 후 호수가에 가매장을 하고 금릉(金陵)으로 떠났다가, 2년 후 다시 돌아와서 그의 시체를 파내어 뼈를 깎고 씻어 내어 등에 지고 악성(鄂城) 동쪽으로 가서 장례 지낸 일이 있었다. 이런 사례를 보면 그가 친구간의 의리를 얼마나 중시(存交重義)했는지 알 수 있다. 또한 금릉과 양주(揚州)를 유람하면서 때를 만나지 못한 선비들을 구제하기 위하여 1년도 채 못 되어, 30여만 냥을 탕진한 사건에서 재물을 가벼이 여기고 베풀기를 좋아하는 성격(輕才好施)을 가지고 있었음을 짐작해 볼 수 있다.

개원 15년(727), 이백은 안륙(安陸)[11]에서 재상을 지낸 허어사(許圉師)의 손녀와 결혼하여 평양(平陽)과 백금(伯禽)이라는 두 자녀를 두었다. 그 이후의 10년 동안은 술 마시면서 은거한 불우한 시기였다. 안륙에 은거하면서 42세 되던 해 현종의 조서를 받고 입경하기 전까지의 이른바 제1차 만유시기는 이백이 정치적 이상을 확립하고 그 이상을 실현하기 위하여 공업을 추구한 기간이라고 할 수 있다. 이백은 줄곧 정치적 출로를 찾았지만, 목적을 이루지 못하다가 도사 오균(吳筠)의 천거로 드디어 천보 원년(742) 가을에 현종의 조서를 받고 입조하기에 이르렀다. 이백은 이상을 실현시킬 기회가 도래하였음을 알고 기쁜 마음으로 장안으로 달려갔는데, 현종은 처음부터 이백에게 특별한 대우를 해주었다. 이양빙(李陽氷)의 〈초당집서(草堂集序)〉을 보면, "현종이 수레에서 내려 영접하는데 마치 한(漢) 고조(高祖)가 상산사호(商山四皓)를 대하듯 칠보상에 음식을 차려 손수

---

10) 〈別匡山〉 '莫謂無心戀淸景, 已將書劍許明時'
11) 현재의 湖北省

국을 들도록 하였으며, 또한 금란전(金鑾殿)과 한림원(翰林院)으로 출입하면서 국정을 자문하고 몰래 조서를 작성하였는데, 아는 사람이 없었다.[12]" 라고 하였다.

　이렇듯 이백은 현종의 좌우에서 조서의 초안을 잡고, 연회에 참가하면서 한림공봉(翰林供奉)이란 직책에 있었다. 한림공봉은 시문과 학식이 뛰어난 자를 임용하였는데, 정책의 자문에 응하고 황제의 기밀문서를 관장하는 특수하고 중요한 지위[13]였다. 이러한 자리에 앉은 이백은 군왕의 지우(知遇)에 보답하기 위하여 승진의 기회를 기다렸으나 현종이 이백에게 중서사인(中書舍人)을 제수하려 한 계획이 장계(張垍) 등 간신배들의 훼방으로 수포로 돌아가자 몹시 분개하기도 하였다. 이러한 상황에서도 장안 저자거리 주막에서 고주망태가 되어, 현종이 불러도 명령에 따르지 않았다는 내용이 두보의 〈음중팔선가(飮中八仙歌)[14]〉라는 시에 잘 나타나 있다. 또한 대취하여 현종의 애첩 양귀비(楊貴妃)에게 벼루를 갈아 들고 서 있도록 한 '귀비봉연(貴妃捧硯)'과 당시 조정 권력자인 환관 고력사(高力士)에게 자신의 신을 벗기도록 한 '역사탈화(力士脫靴)'의 영웅적인 고사가 있지만, 실제로는 진로에 대한 고민에 차 있던 시기였다. 더구나 이 당시 현종은 정치적 열정이 쇠퇴하여 영명한 제왕에서 안락만을 추구하는 천자로 변한 상태였다. 천보 3년(744) 봄, 이백은 얼마간의 방황 끝에 마침내 조정을 떠나기로 결심하였으며, 현종 또한 그가 정사를 책임질만한 재능을 지닌 인재가 아니라고 여겨 이를 허락하였다. 이렇듯 입조(入朝)에서 사금환산(賜金還山)까지의 1년 반 동안 자신의 능력을 최대한 발휘하여 군왕을 보필하고자 한 희망은 결국 실현하지 못하고 실패로 막을 내렸다.

---

12) 李陽氷, 〈草堂集序〉'降輦步迎, 如見綺晧. 以七宝牀賜食, 御手調羹以飯之… 置於金鑾殿, 出入翰林中. 問以国政, 潛草詔誥, 人無知者.'
13) 잔치자리에서 재상의 아래이며 일품관리들보다 높은 지위(內宴則居宰相之下, 一品之上)이다.
14) 杜甫가 〈飮中八仙歌〉에서 읊은 여덟 신선은 당시 장안 조정에서 벼슬하던 유명인사로 賀知章 · 汝陽王 李璡 · 左相 李適之 · 崔宗之 · 蘇晉 · 李白 · 張旭 · 蕉遂이다. 시에 등장하는 八仙은 개개인 모두가 술만큼은 일류고수들인데, 그 가운데에서도 李白에 대한 시는 飮酒情趣를 대표적으로 표현하였는데, '이백은 술 한말에 시 백편 짓고, 장안 저자거리 주막에서 술 취한 채 잠자노라. 천자가 불러도 배에 오르지 않고, 스스로 술의 신선이라 불렀다네. (李白一斗詩百篇, 長安市上酒家眠. 天子呼來不上船, 自稱臣是酒中仙.)'라고 읊었다.

장안을 떠난 해인 44세 때, 동노(東魯)로 돌아와 현실에 대한 불만으로 인한 모든 고통을 잊고자 도교에 의지하였다. 제남(濟南)의 자극궁(紫極宮)에서 북해(北海)의 고천사(高天師)에게 도록(道籙)을 받고 정식으로 도사가 되었다. 또한 양송(梁宋)과 제노(齊魯)지방으로 만유하던 시기에 두보와 돈독한 우정을 맺기도 하였다. 천보 11년(752), 범양절도사(范陽節度使) 안록산(安祿山)이 북방의 병마를 모집하여 반란을 일으키려한다는 음모가 전해지자 그 해 봄 이백은 전후를 고려하지 않고 직접 호랑이굴로 들어가 허실을 탐색할 목적으로 유주(幽州)로 잠입하였다. 유주에 도착한 후 안록산이 마음대로 활보하는 정경을 목격하고 장차 당나라가 재난에 빠지리라 예견하였다. 여기서 그는 자기의 모험을 후회하면서도 한편으로는 국가의 운명을 근심하여 현종이 호랑이를 안으로 기른 상황에 대하여 몹시 원망하였다. 이렇듯 천보 3년(744) 모춘, 장안을 떠난 시기로부터 천보 14년(755) 안사의 난이 일어나기 전까지 남북으로 만유한 이른바 제2차 만유시기는 국사(國事)를 우려하여 세상에 쓰이고자 하였지만 그 뜻을 펼치지 못했던 시기였다.

55세의 만년으로 접어든 천보 14년(755) 11월, 안록산(安祿山)과 사사명(史思明)이 반란을 일으키자 이백은 양원(梁園)에서 가족을 데리고 총총히 피란길에 올라 낙양을 거쳐 선성(宣城)·율양(溧陽)·항주(杭州) 등지까지 남하하였다가 후에 여산(廬山) 병풍첩(屛風疊)에 은거하였다. 천보 15년(756) 6월, 수도인 장안이 함락되자 당은 멸망의 문턱까지 다다랐다. 당시 낙양과 장안 두 서울이 함락되고 현종은 촉 지방으로 피난하면서 자신의 16번째 아들인 영왕 이린(李璘)을 강릉대도독에 제수하여 출병하도록 하였다. 다음해 정월 영왕은 동방으로 순행하면서 심양에서 사자를 여산에 파견하여 이백을 초청하였다. 이백은 영왕의 초청을 받고 북쪽 오랑캐를 소탕하고자 하는 구국의 일념으로 영왕의 군대에 참여하여 사직과 백성을 구제할 수 있는 보국의 기회로 삼고자 하였다. 그러나 숙종과 영왕 두 형제간의 예상치 못한 정권쟁탈로 당나라는 다시 파국의 소용돌이 속으로 휘말리게 되었다. 이때 숙종은 영무(靈武)에서 즉위하여 현종을 태상황(太上皇)으로 높이고, 영왕에게 촉으로 돌아오도록 명령하였다. 그러나 자만심이 강하고 강퍅한 영왕은 명령에 따르지 않았고, 숙종은 조정의 중신인 하란진명(賀蘭進明)과 고적(高適) 등의 주청에 따라 군사를 파병 영왕의 군대를 토벌하기에 이르렀다.

이백이 사건의 진상을 파악하기도 전에 영왕은 피살되었고, 이백도 마침내는 반역자가 일으킨 난에 동조하였다는 죄명으로 심양옥에 갇히고 급기야는 야랑(夜郞)으로 유배당하는 처지가 되었다. 결과적으로 이백은 영왕의 막부에 참가한 자체만으로도 반역의 죄를 피할 길이 없었다. 보국하고자 하는 애국심의 발로가 반대로 죄를 얻는 신세가 되었으므로 이백은 매우 통분하였지만, 다행히도 건원 2년(759) 한발로 인한 당나라 조정의 대사면령의 혜택으로 야랑에서의 유배로부터 석방되었다.

후에 다시 선성 등지를 유람하면서도 보국의 열정이 식지 않아서 상원 2년(761), 태위(太尉) 이광필(李光弼)이 임회(臨淮)로 출진한다는 소식을 듣고 61세의 고령임에도 불구하고 의연히 종군하여 반란군을 무찌르는 데 일조하고자 하였다. 그러나 불행히도 병으로 중도에서 포기한 채 돌아왔다가 다음해 대종(代宗) 보응(寶應) 원년(762) 11월, 당도(當塗)에서 과음으로 인한 병을 얻어 62세를 일기로 서거하였다. 임종 직전에 지은 〈임로가(臨路歌)〉에서 '대붕이 팔방으로 날다가 날개가 꺾여 세상을 구제하지 못한다'라고 스스로를 대붕에 비유하면서 자신의 포부를 실현하지 못한 것에 대한 아쉬움을 시로 표현하였다.

이상에서 이백의 일생을 간략하게 조명해 보았다. 이백은 방랑과 음주, 호협정신(豪俠精神)과 구선학도(求仙學道) 등 다양한 사상적 경향을 지니고 있었지만, 겸제천하(兼濟天下)라는 애국적 관점이 그 중심에 있음을 알 수 있다.

2. 이백의 작품

다양한 경력의 삶을 영위한 이백의 시는 당송(唐宋)에서 현재에 이르기까지 줄곧 후세인들에게 회자되고 있다. 전해오는 시는 1천여 수로 송나라 육유(陸游)의 시에 비하면 양적으로 약 10분의 1 정도밖에 되지 않는다. 전해오고 있는 이백의 작품을 왕기 주(王琦 注) ≪이태백전집(李太白全集)≫에 분류된 내용과 편수를 구체적으로 살펴보면 다음과 같다.

    ㉠ 고부(古賦) 8편
    ㉡ 고풍(古風) 59수
    ㉢ 악부(樂府) 149수
    ㉣ 고근체시(古近體詩) 779수[15]
    ㉤ 산문(散文) 58편[16]

여기서 고풍·악부·고근체시 등 시가는 987수이고, 고부와 산문 등 잡저(雜著)는 66편이다[17]. 이밖에 이백전집에는 유시(遺詩) 52수·유문(遺文) 5편이 부록으로 수록되어 있다.

위의 분류와 같이 이백이 남긴 시는 현재 1천여 수가 전하고 있지만 일생동안 그가 지은 시는 이보다 훨씬 더 많을 것이다. 그 이유로는 호방한 성격 때문에 자신이 지은 시문에 대한 중요성을 인식하지 못하여 시를 짓고 난 후 이후에 소홀히 다루어 많은 작품이 산실되었을 것으로 여겨진다. 또한 만년에는 안사란 등 여러 차례의 변란으로 자신이 보관하고 있던 많은 시문을 분실하였다. 실제로 이백이 임종할 때 당도현령을 지낸 이양빙은 최초의 이백 시문집인 ≪초당집서≫

---

15) 이 고근체시 779수를 분류하면 歌吟詩 81首 贈詩 124首·寄詩 51首·留別詩 35首·送行詩 100首·酬答詩 32首·遊宴詩 60首·登覽詩 36首·行役詩 24首·懷古詩 34首·閑適詩 47首·感遇詩 31首·寫懷詩 11首·詠物詩 23首·題詠詩 12首·雜永詩 16首·閨情詩 56首·哀傷詩 6首이다.
16) 散文 58편을 분류하면, 表書 9편·序文 20편·記頌贊 20편·銘碑祭文 9편이다.
17) 宋敏求本에 수록된 詩文篇數와 비교하면 14수가 적고 雜著는 1편이 많다.

에서 "중원에 안사의 난리 때문에 공은 8년 동안 피난하면서 당시의 저술 가운데 열중 아홉을 분실하였다. 지금 남아 전하는 작품은 모두 다른 사람들이 얻은 것이 다."[18]라 말하고 있다. 또한 이백을 숭배하고 추종했던 위호(魏顥)도 "난리를 겪는 동안 이백의 시문이 탕진되었다."[19]라고 기록하고 있다. 다행히도 위호와 이양빙 이 이백의 시고 12권을 편찬한 것이 당대 말까지 통용되다가 송대에 이르러 각 애호가들이 수집·편찬하여 비로소 1천여 편에 달하게 되었다.

3. 이백 시에 대한 평가

이백의 작품은 그의 어린 시절부터 일반인들의 많은 칭찬을 받았다. 당시 예부 상서(禮部尚書)를 지낸 소정(蘇頲;670-727)은 "이백이 천부적인 자질이 있어 재사 가 민첩하여, 만약 넓고 깊게 배운다면 사마상여와 견줄 수 있을 것이다"[20]라고 하여 한 나라의 문장가인 사마상여와 비유하였다. 또한 안륙군독(安陸郡督) 마정 회(馬正會)는 "이백의 문장은 청신하고 웅건한 풍격 등 여러 가지 조건을 고루 갖추고 있어, 구절마다 사람을 감동시키고 있다"[21]라고 말하였다. 이와 같이 어려 서부터 많은 사람들에게 찬양을 받은 것으로 볼 때, 이백의 천부적인 시문에 대한 능력과 재주는 어려서부터 재능을 발휘하고 있었다는 것을 알 수 있다. 더욱이 장안에서 공봉한림을 지낸 이후에는 명성이 더욱 세상을 진동하였다. 그 예로 두보는 〈봄에 이백을 그리워하며(春日懷李白)〉라는 시에서 '이백의 시는 대적할 사람이 없으니, 표연한 생각은 일반인과 다르다. 청신함은 유개부요, 준일함은

---

18) 李陽氷 ≪草堂集序≫ '自中原有事, 公避地八年. 當時著述, 十喪其九. 今所存者, 皆得之他人 焉.'
19) 魏顥 ≪李翰林集序≫ '經亂離, 白章句蕩盡'
20) 〈上安州裵長史書〉 '此子天才英麗, 下筆不休, 雖風力未成, 且見專車之骨, 若廣之以學, 可以相 如比肩也.'
21) 〈上安州裵長史書〉 '諸人之文, 猶山無煙霞, 春無草樹. 李白之文, 清雄奔放. 名章俊語, 絡繹間 起, 光明洞徹, 句句動人.'

포참군과 같다(白也詩無敵, 飄然似不群. 清新庾開府, 俊逸鮑參軍.)'라 하여 남조의 걸출한 시인인 유신(庾信;513-581)과 포조(鮑照;414-466)에 비유하였으며, 또한 〈이백에게 보내는 20운(寄李十二白二十韻)〉이라는 시에서 '붓을 들면 비바람이 놀래고 시가 이루어지면 귀신조차 울었어라. 명성이 이로부터 커져 벽지에서 하루아침에 유명해 졌구나. 훌륭한 저술로 남다른 은혜를 입어 세상에 전함이 출중하도다(落筆驚風雨, 詩成泣鬼神. 聲名從此大, 汨沒一朝伸. 文采承殊渥, 流傳必絕倫.)'라고 하여 이백의 작품에 대하여 세상에 적수가 없으며, 아울러 후세에 널리 유전되어 영원히 불후할 것이라고 하였다. 성당의 위대한 시인인 두보가 절친한 친구인 이백에게 이토록 칭찬을 한 것은 진정 이백이 당대시단에서 이미 최고봉에 이르렀음을 인정한 것이라고 할 수 있다.

이밖에도 그의 족숙인 이양빙(李陽氷)은 "성인의 글이 아니면 읽지 않았으며, 정풍·위풍을 부끄러워하였다. 그러므로 그 언어는 신선의 말과 흡사하였다. 저술에는 풍자와 비유가 많아 하은주(夏殷周)시대 〈국풍(國風)〉과 〈이소(離騷)〉 이후 굴원(屈原)·송옥(宋玉)과 어깨를 나란히 하고 양웅(揚雄)과 사마상여(司馬相如)를 격려하면서 천 년 동안 홀로 빼어난 이는 오로지 공(公) 한 분 뿐이다. … 고금문집들이 막혀 행세하지 못하는 가운데 오로지 공의 문장만이 세상을 두루 덮고 있으니 그 힘은 가히 조화옹(造化翁)과 필적할 수 있도다"[22]라고 하여 이백의 출중함을 극찬하였다. 또한 이백을 숭배하며 따랐던 위호(魏顥)도 "이백의 작품은 정취가 명료하고 사구가 아름다워 예전의 뛰어난 문인들과 비교할 수 있는 바, 삼자구언(三字九言)은 신출귀몰하여 후인들을 놀라게 할 따름이다"[23] 라고 칭찬하였다.

이렇듯 이백은 생존 시에도 지극한 존경을 한 몸에 받았으며, 사후에는 더욱 사람들에게 존경의 대상으로 추앙되어 문학사상의 태두가 되었다. 그러므로 당송

---

22) 李陽氷, 〈草堂集序〉 '不讀非聖人之書, 恥爲鄭衛之作, 故其言多似天仙之辭. 凡所著述, 言多諷興, 自三代以來, 風騷之後, 馳驅屈宋, 鞭撻揚馬, 千載獨步, 唯公一人. … 今古文集, 遏而不行, 唯公文章, 橫被六合, 可謂力敵造化歟'
23) 魏顥, 〈李翰林集序〉 '情理宛約, 詞句姸麗, 白與古人爭長, 三字九言, 鬼出神入, 瞠若乎後耳'

팔대가의 한 사람이자 대문장가인 중당의 한유(韓愈;768-824)는 "이백과 두보의
시문은 그 찬란한 광채가 만 길까지 뻗치었다. 어리석은 뭇사람들이 무슨 이유로
비방하였는지 알지 못하겠노라. 왕개미가 큰 나무를 흔들듯 자기의 힘도 헤아리
지 못하니 가소롭다"24)고 하였다. 여기서 이백과 두보의 시문은 일월과 같이 영원
히 천지에 드리울 것이라고 칭송하면서 반대로 남을 훼방하기 좋아하는 사람들의
비방을 폄하시키고 있음을 볼 수 있다. 한유가 일생동안 타인에 대한 칭찬에 인색
했던 사람이었다는 점을 감안하면 그가 이두(李杜)를 얼마나 숭배했는가를 알 수
있으며, 아울러 이백과 두보의 시가 시단에서 차지하는 비중을 나타내주는 객관
적인 증거가 되고 있다.

---

24) 韓愈, 〈調張籍〉"李杜文章在, 光焰萬丈長. 不知群兒愚, 那用故謗傷. 蚍蜉撼大樹, 可笑不自量"

참고자료

〈역대판본〉
- (송) 楊齊賢, 『李翰林集』25권
- (원) 蕭士贇 補注『分類補注李太白詩』 25권
- (명) 胡震亨 『李詩通』21권
- (청) 王琦 『李太白全集』36권

〈근현대 주석서〉
- 朱金城·瞿蛻園 校注, 『李白集校注』, 上海古籍出版社 : 1979
- 詹鍈 主編, 『李白全集校注彙釋集評』, 百花文藝出版社 : 1993
- 郁賢皓 主編, 『李白大辭典』, 廣西敎育出版社 : 1995
- 安旗·薛天緯 注釋, 『李白全集編年注釋』, 巴蜀書社 : 1990
- 詹鍈 編著, 『李白詩文繫年』, 人民文學出版社 : 1984
- 黃錫珪 編, 『李太白年譜』, 作家出版社 : 1958

일러두기

① 청 왕기(王琦) 주(註)≪이태백전집(李太白全集)≫에 수록된 시가와 산문 중 각 장르마다 낭만적 특성과 현실적 요소를 수용한 명편을 선정하여 수록하였다.

② 작품에 대하여 시문 원문과 번역문을 싣고 해설과 주석을 붙였다.

③ 작품의 번역은 직역을 위주로 하되, 이백의 낭만주의적 시풍의 특성을 살리기 위하여 필요한 부분은 우리말에 맞도록 의역과 직역을 적절히 배합하여 시문의 원래 풍격을 살리는 동시에 가독성을 높이고자 하였다.

④ 주석(註釋)은 다양한 관련 참고 서적을 활용하여 시 속에 등장하는 당시의 인명과 지명, 그리고 난해한 시어와 용전 등에 대해 설명하였다.

⑤ 해설(解說)은 작품 내용을 비교적 쉽게 파악할 수 있도록 작품 제목의 설명과 창작 배경, 작품을 쓴 시기와 장소 등을 간략하게 밝혔다.

⑥ 주석과 해설에서 보충설명을 요하는 부분이나 원전에 나오는 원문이 필요한 경우에는 각주(脚註)로 처리하였다.

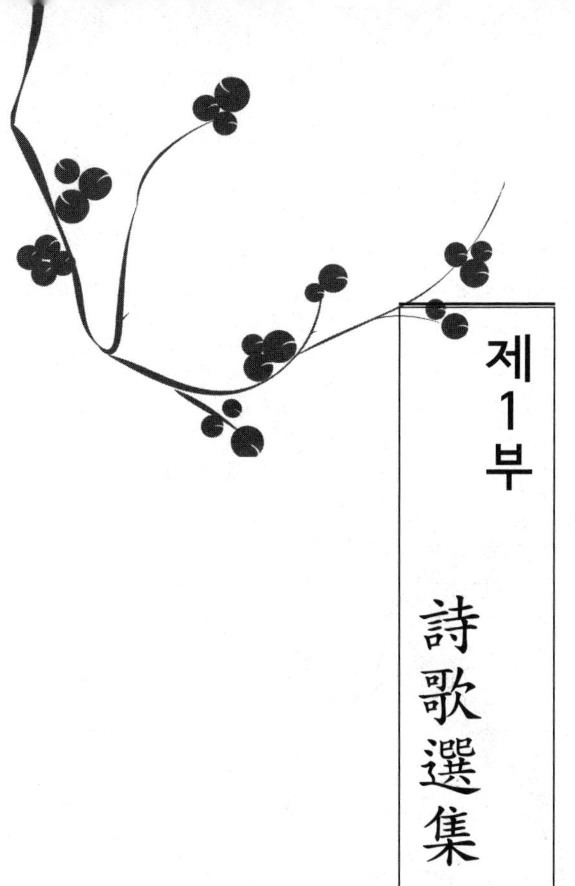

제1부

詩歌選集

宋 梁楷 ＜太白行吟圖＞

1 古風詩 고풍시 ; 옛 풍의 시

[古風1] 대 아 구 부 작
大雅久不作
대아는 오랫동안 지어지지 않고

이 시는 중국문학사상 최초로 이백이 시가에 대한 견해를 논술한 고풍 59수 가운데 첫 번째 작품으로서, 시경(詩經)이후 당대까지의 역대 문학작품에 대한 평론을 통하여 자신의 문학사상을 표출시킨 명편이다. 이백은 시경의 정성(正聲)인 대아(大雅)를 존중한 반면, 왕풍(王風) 이후의 굴원·송옥의 애절함, 한부(漢賦)의 유탕(遊蕩)함과 건안시대 이후 작품들의 기려(綺麗)한 시풍에 대해 불만을 표시하면서 시가의 본질을 회복하기 위해 복고(復古)를 주장하였다. 곧 이백은 복고의 목적을 시경 대아의 좋은 전통에 두고 정치적 사회적 효용성을 지닌 문학으로 돌아갈 것을 내세웠다. 그리고 이백이 처한 당대의 문풍에 대하여는 복고의 기운이 일어나서 내용과 형식이 순박하고 자연스럽다고 찬미하면서, 시경을 정리했던 공자의 산술(刪述)의 정신을 자신이 계승하여 후세까지 빛나게 하고자 하는 책임과 포부를 피력하였다.

大雅久不作[1]
대아가 오랫동안 지어지지 않았으니

吾衰竟誰陳[2]
나마저 노쇠하면 누가 진술하리요.

王風委蔓草[3]
왕풍도 덩굴 풀에 묻혀 쇠퇴했고

戰國多荊榛[4]
전국시대에는 더욱 가시덤불 되었어라.

龍虎相啖食[5]
용과 호랑이들 서로 먹고 삼키다가

兵戈逮狂秦[6]
전란이 광포한 진나라에 이르러서,

正聲何微茫[7]
바른 시 소리 아득히 작아졌으며

哀怨起騷人[8]
슬픔과 원망의 노래가 이소인에게서 불려졌네.

揚馬激頹波[9]
양웅과 사마상여가 무너져가는 파도를 쳐서

開流蕩無垠
흐름 터놓아 한없이 퍼져 나갔네.

---

01 **大雅**대아 : 시경은 풍(風) 아(雅; 大雅, 小雅) 송(頌) 세부분으로 나눠지는데, 그 가운데 대아 31편은 서주(西周) 왕조의 중요한 정치적 사건을 반영한 내용이 많다.

02 **吾衰**오쇠 : ≪논어≫ 〈술이(述而)〉편에서 공자가 탄식하기를 '심하구나 나의 늙음이여(子曰 甚矣 吾衰也)'와 같이 이백은 스스로를 공자에 비유하였다.

03 **王風**왕풍 : 시경 15국풍 가운데 하나. 주나라 동도인 낙읍(洛邑 : 河南 洛陽)일대에서 채집한 민가.
　　委蔓草위만초 : 쇠락, 영락의 뜻. 왕풍이 쇠퇴한 것을 형용한 말.

04 **荊榛**형진 : 무더기로 **빽빽**하게 자란 나무. 전국시대에는 해마다 전쟁이 이어져 토지는 황폐해지고 도덕이 땅에 떨어졌다.

05 **龍虎**용호 : 용과 호랑이로 전국칠웅(戰國七雄)을 가리킨다.

06 **兵戈逮狂秦**병과체광진 : 전국칠웅의 쟁패에서 최후의 승자인 진나라가 무력으로 천하를 통일한 것을 가리킨다.

07 **正聲**정성 : 올바른 소리인 시경의 〈대아〉를 가리킨다. 정(正)은 정치교화가 바르게 다스려지는 내용의 시이다.

08 **騷人**소인 : 굴원(屈原), 송옥(宋玉) 등 초사의 작가들.

09 **揚馬**양마 : 한나라 사부(辭賦)의 대표적 작가인 양웅(揚雄)과 사마상여(司馬相如).

興廢雖萬變　　　　흥망이 만 번 변하면서
憲章亦已淪[10]　　법도 역시 사라졌어라.
自從建安來[11]　　건안시대 이후로 줄곧
綺麗不足珍　　　　문풍이 화려하여 진귀함이 없네.
聖代復元古[12]　　성스런 당대에는 옛 풍도를 회복하여
垂衣貴淸眞[13]　　옷 드리워 청아하고 순박함을 귀하게 여기니,
羣才屬休明[14]　　뭇 재사들 아름답고 밝은 세상만나
乘運共躍鱗　　　　시운타고서 함께 어룡처럼 뛰어 오르네.
文質相炳煥[15]　　무늬와 바탕이 서로 빛나니
衆星羅秋旻[16]　　별 같은 시인들이 가을하늘에 벌려있어라.

10 **憲章**헌장 : 시가의 법도(法度).
　　淪륜 : 잠기다. 침륜(沈淪), 침몰하다는 뜻.
11 **建安**건안 : 동한 헌제(獻帝)의 연호(196-219), 여기서는 조조(曹操)와 그의 아들인 조비(曹丕), 조식(曹植)과 건안칠자가 대표되는 건안문학을 가리킨다.
12 **聖代**성대 : 당조(唐朝)를 가리킨다.
　　復元古복원고 : 상고시대의 순박한 치세로 회귀하는 것.
13 **垂衣**수의 : 길고 넓은 의복을 입는 것으로 무위이치(無爲而治)를 형용한 말. 《주역·계사(繫辭)》에 '황제·요·순이 의상을 드리우고 천하를 다스렸다(黃帝堯舜垂衣裳而天下治).'고 하였다.
　　淸眞청진 : 정치가 청명하고 세상 풍속이 순박한 것.
14 **羣才**군재 : 당시의 문인들.
　　休明휴명 : 청명한 태평성세.
15 **文質**문질 : 문학작품의 형식과 내용.
16 **秋旻**추민 : 가을 하늘.
　　衆星중성 : 특히 밝게 빛나는 별.

我志在刪述[17]　　　내 뜻은 정리하여 펴내는데 있으니

垂輝映千春　　　광채 드리워 천년토록 비추고자 하네.

希聖如有立[18]　　　성인처럼 성취할 수 있다면

絕筆於獲麟[19]　　　기린 잡는데서 붓대 놓으리라.

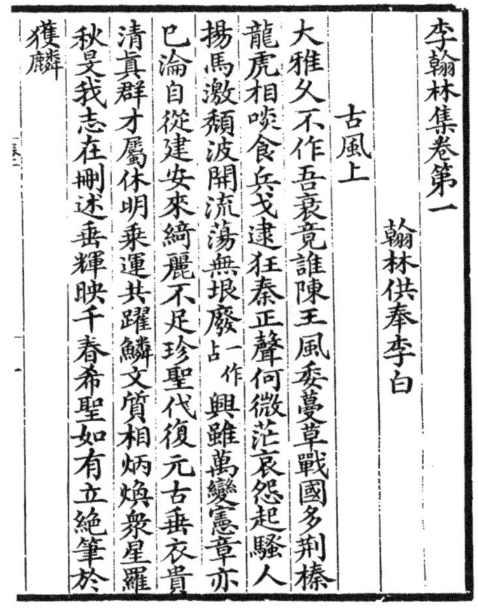

▶ 〈李翰林集〉（當塗本）

17 **刪述**산술 : 쓸데없는 글귀를 삭제하고 정리하여 기술하는 것. 공자가 산시(刪詩), 즉 시경을 가려 뽑고 육경(六經; 역경 · 서경 · 시경 · 예기 · 춘추 · 악기)을 기술하여 전한 일.

18 **希聖**희성 : 성인인 공자를 본받는 것.

　有立유립 : 성취하는 것이 있음.

19 **絕筆於獲麟**절필어획린 : 《사기 · 공자세가》에 의하면 노 애공(哀公) 14년(BC 481) 노나라 사람이 기린을 사냥하여 잡으니 공자는 이것은 도가 행해지지 않는 상징이라 여기고 "나의 도가 다했구나(吾道窮矣)"라고 탄식하면서 공자가 《춘추(春秋)》의 수정을 이해에 끝냈다고 한다.

[古風3] 秦王掃六合
진시황이 천하를 평정하고

　　이 오언고시는 진시황(秦始皇)을 읊은 영사시(詠史詩)로 전반부에서는 천하를 통일한 공적을 칭찬하고 후반부에서는 신선술을 믿은 과실을 비판하였다. 진시황은 웅재대략을 지닌 걸출한 황제로서 6국을 통일한 후 회계산(會稽山)과 낭아대(琅邪臺)에 자신의 공적을 새기기도 하였지만, 한편으로는 아방궁(阿房宮)과 여산릉(驪山陵) 건조 등 대규모 토목공사를 일으켰을 뿐만 아니라 장생하려고 불로초를 구하려 한 우(愚)를 범하기도 하였다. 이러한 공과(功過)가 양존하는 진시황도 마침내는 신선을 구하지 못한 채 황천에 묻히는 냉혹한 신세가 되었다.

　이렇게 진시황이 통일제국을 이룬 용맹한 군주였으나 미색과 신선술에 빠진 것은 당 현종의 경우와도 일치하고 있는데, 현종도 개원의 성세를 영도한 반면 한편으로는 안·사란을 발발시킨 영명함과 우매함을 동시에 지닌 군주였다. 더욱이 만년에는 정사에 뜻을 두지 않고 도교를 신봉하여 장생을 추구하였으므로 이백은 이 오언고풍시에서 진시황의 역사적 사실을 읊는데 그치지 않고 지금의 현종을 비판한 「차고풍금(借古諷今)」의 뜻을 함유시키고 있다. 진항(陳沆)도 고풍 제3수가 당명황(현종)을 풍자한 시25)라고 하였다.

---

25) 陳沆, ≪詩比興箋≫ 〈此亦諷明皇之詞〉

秦王掃六合[1] 진시황이 천하를 평정하니

虎視何雄哉 호랑이 노려보듯 얼마나 당당한가!

揮劍決浮雲[2] 검 들어 부운을 제거하자

諸侯盡西來 제후들 모두 서쪽으로 와서 항복하였네.

明斷自天啓 명석함은 하늘로부터 받아

大略駕群才 큰 지략으로 뭇 영웅들 다스렸어라.

收兵鑄金人[3] 병장기 거두어 황금 인형 주조하고

函谷正東開[4] 함곡관은 이때부터 동쪽으로 열려졌네.

銘功會稽嶺[5] 회계산에 공적을 새기고

騁望琅邪臺[6] 낭아대에 올라서서 먼 곳을 바라보네.

刑徒七十萬[7] 죄수 칠십만을 징발하여

---

01 六合육합 : 천지와 동서남북.
   掃소 : 진시황 10년에 6국을 멸망시킨 것.
02 決결 : 절단. 제거하는 것.
   浮雲부운 : 전국칠웅 가운데 진나라에 대적하여 싸운 제(齊)·연(燕)·한(韓)·위(魏)·조(趙)·
   초(楚)의 여섯 나라.
03 金人금인 : 구리로 주조하여 만든 사람(銅人). 진시황 26년에 반란을 방지하기 위해 천하의
   병장기를 거두어 하나의 무게가 1천석이나 되는 12개의 동인을 주조하여 궁궐 앞에 세워두었다.
04 函谷함곡 : 함곡관으로 지금의 하남성 영보현(靈寶縣)에 있는데, 동쪽에서 진땅으로 들어가는
   중요한 관문이다.
05 銘功명공 : 돌에 공적을 새기는 것.
   會稽嶺회계령 : 곧 지금의 회계산으로 절강성 소흥시(紹興市) 남쪽에 있으며, 진시황은 재위
   37년에 회계산에 올라 우(禹)임금에게 제사지냈다.
06 騁望빙망 : 높은데 올라서 시력이 미치는 데까지 멀리 바라보는 것.
   琅邪臺낭아대 : 진시황은 재위 28년에 남쪽 낭아산(琅邪山)에 올라 비석을 세워 진나라의 송덕을
   새기도록 하였다. 지금의 산동성 제성현(濟省縣) 낭아산 위에 옛터가 남아 있다.
07 刑徒형도 2구 : 진시황 35년에 죄수 7십여 만 명을 동원하여 함양에 아방궁(阿房宮)을 짓고
   여산(驪山)아래에 자신의 사후 능묘를 건축하였다. 여산(驪山)은 지금의 섬서성 임동현(臨潼
   縣) 동남쪽에 있다.

起土驪山外	여산 굽이에 토목공사 일으켰으며,
尙採不死藥[8]	더욱 불로초를 캐려 하였으니
茫然使心哀	아득히 사람의 마음만 슬프게 하네.
連弩射海魚[9]	바닷물고기 향해 쇠뇌를 연달아 쏘아대도
長鯨正崔嵬	큰 고래는 정녕코 높기만 하구나.
額鼻象五岳	이마와 코는 오악과도 같아
揚波噴雲雷	파도를 휘몰아 벼락 치듯 뿜어대네.
鬐鬛蔽靑天[10]	갈기가 푸른 하늘을 가렸으니
何由睹蓬萊[11]	어떻게 봉래산을 볼 수 있으리오?
徐市載秦女[12]	서불은 진나라 미녀 싣고 떠났으니
樓船幾時回[13]	누선은 언제나 돌아올까?
但見三泉下[14]	다만 황천아래 보이는 것은
金棺葬寒灰[15]	싸늘한 흙에 묻힌 금관뿐이라네.

08 不死藥불사약 : 불로초. 신선이 먹는다는 장생불로약.
09 連弩연노 : 한발에 여러 개의 화살을 쏠 수 있는 쇠뇌.
10 鬐鬛기렵 : 물고기의 등과 이마 부분에 난 깃 모양의 지느러미.
11 蓬萊봉래 : 동해에 있는 영주(瀛州), 방장산(方丈山)과 함께 삼신산중 하나로 신선이 거주한다는 곳.
12 徐市載秦女서불재진녀 : '徐市(서불)'은 서복(徐福)임. 진시황은 일찍이 한종(韓終) · 후공(侯公) ·
　　석생(石生) · 서복(徐福) 등을 동남동녀 수천 명과 함께 삼신산으로 파견하여 불사약을 구해오
　　도록 하였다.
13 樓船幾時回누선기시회 : 서복은 불사약을 얻지 못하자 누선을 끌고 동해로 가서 돌아오지 않았다.
14 三泉삼천 : 세 겹의 샘이 흐르는 황천으로 매우 깊은 지하를 가리킨다.
15 金棺금관 : 구리로 만든 동관(銅棺)을 말한다. 진시황이 죽자 여산에 장례 지냈는데 묘지 속에
　　동으로 만든 관과 진기한 물건으로 가득 채웠다.

[古風9] **莊周夢蝴蝶**
장 주 몽 호 접

장주가 나비되는 꿈을 꾸고

이 시는 장주(莊周)가 나비가 되는 우화(寓話)와 ≪신선전≫에 나오는 마고선녀(麻姑仙女)가 언급한 상전벽해(桑田碧海)의 고사, 그리고 한창 권력을 잡았을 때에는 진나라 동릉후를 지낸바 있는 소평(邵平)이 지금은 농사짓는 노인이 된 고사 세 가지를 적절하게 이용하여 인생은 꿈과 같이 무상하고 부귀도 일정하지 않음을 탄식한 시이다. 장자가 나비가 되는 것은 한 개인에게는 큰 변화이지만, 신선이 산다는 봉래 바닷물이 얕은 개울물로 변하는 자연의 큰 변화 앞에서는 미미하고 작은 일이어서 허무한 것이라고 읊고 있다. 또한 옛날에는 제후였던 소평이 일개 농사꾼이 되어 평범하게 지내는 예에서 사람들이 부귀공명을 위하여 힘쓰는 것도 부질없다는 이백의 도가적(道家的) 인생관을 볼 수 있는 시이다.

▶ 元　劉貫道 〈夢蝶圖〉

莊周夢蝴蝶[1]	장주가 나비되는 꿈을 꾸니
蝴蝶爲莊周	나비는 다시 장주가 되었도다.
一體更變易	한 몸도 이렇게 변화하는데
萬事良悠悠	세상만사는 더욱 아득하구나.
乃知蓬萊水[2]	이에 알겠네, 봉래섬 바닷물이
復作淸淺流	다시 얕은 개울이 되는 것을
靑門種瓜人[3]	청문 곁의 오이 심는 사람이
舊日東陵侯[4]	옛날에는 동릉후였었다네.
富貴故如此	부귀는 원래 이와 같은 것이니
營營何所求[5]	분주히 무엇을 구하려 하는가요?

01 莊周장주 2구 : 장주는 전국시대의 도가적 사상가로서, 그가 지은 ≪장자 · 제물론(齊物論)≫에 보면 '옛날 장주가 나비가 되는 꿈을 꾸었다. 가고 싶은 데로 날아다니는 나비가 되어 즐기면서도 자신이 장주라는 것을 깨닫지 못했다. 문득 깨어나 보니 분명 장주였다. 장주가 꿈에 나비가 된 것인지, 나비가 꿈에 장주가 된 것인지 알 수 없었다(昔者莊周夢爲胡蝶, 栩栩然胡蝶也, 自喻適志與. 不知周也. 俄然覺, 則蘧蘧然周也. 不知周之夢爲胡蝶, 胡蝶之夢爲周與)'고 하는 고사가 있다.
02 蓬萊水봉래수 : ≪신선전(神仙傳)≫에 보면 마고(麻姑) 선인이 동해가 세 번 말라서 상전(桑田)이 되는 것을 보았는데 요즘 봉래에 가보니 바닷물이 전보다 반밖에 차지 않아서 또 육지가 되려는 것 같다고 하였다 한다.
03 靑門청문 : 장안성의 동쪽에 있는 문으로 푸른 칠을 하여서 '청문'이라 하였다.
04 東陵侯동릉후 : 오이를 심는 사람이 전에는 동릉후였음. 광릉(廣陵) 사람 소평(邵平)은 진나라 때 동릉후였는데, 진나라가 멸망하자 평민이 되어서 동문 밖에서 오이를 가꾸어 팔았다 한다. 권력과 부귀의 무상함을 잘 말해준다.
05 營營영영 : 악착같이 이익을 추구하는 모양, 세력이나 이익을 얻으려고 골똘함.

[古風24] 大車揚飛塵
큰 수레 질주하며 먼지 날리고

천보 초년 이백이 장안으로 들어갔을 때 지은 대표적인 정치풍자시이다. 당시 현종의 총애를 받은 환관과 투계꾼들은 장안부근의 좋은 저택과 농경지 절반을 차지할 정도로 위세가 대단하였다. 시 가운데에서 환관들의 교만과 사치, 투계꾼들의 기세등등함을 폭로하면서 은근히 현종이 요(堯)임금과 같지 않고 환관과 투계꾼들이 도척(盜跖)보다 심하다고 꾸짖으면서 귀를 씻은 세이옹(洗耳翁)인 허유(許由)를 자신에 비유하였다. 당시 혁혁하게 이름을 날린 젊은 투계군 가창(賈昌)은 비록 역사의 기록에는 보이지 않지만, 시에서와 같은 교만한 자세는 당나라 전기소설인 진홍(陳鴻)의 ≪동성노부전(東城老父傳)≫에 잘 표현되고 있다. 가창은 현종의 태산(泰山) 봉선(封禪)을 수행하던 도중에 부친이 죽자 장안으로 돌아와 장사를 지내는데, 주현(州縣)의 관리들이 장례도구와 상여를 낙양(洛陽)까지 조달하였다 한다[26]. 하나의 투계 소아에 대하여 이와 같이 정치적 대우를 하는 것은 단지 현종자신의 향락생활에 대한 수요를 충족하기 위한 것이었으니 당시 정치의 부패상을 가늠해 볼 수 있다.

이러한 현실을 목격한 이백은 평민의 입장에 서서 통치계층의 황음과 부패한 생활을 폭로하였는데, 이러한 시의 배후에는 많은 평민들의 고통과 분노가 은연중에 내포되고 있다.

---

26) 陳鴻, ≪東城老父傳≫ "唐玄宗喜歡鬪鷄遊戲, 治鷄坊於兩宮間. 開元間諸王 · 外戚 · 公主等養鷄成風. 童子賈昌因善鬪鷄, 深受玄宗寵幸, 金帛之賜, 日至其家. 開元十三年籠鷄三百從封東嶽, 父死泰山下, 縣官爲葬器喪車, 乘傳洛陽道, 歸葬雍州. 十四年八月, 衣鬪鷄服會玄宗於溫泉. 當時天下號爲神鷄童. 時人爲之語曰 '生兒不用識文字, 鬪鷄走狗勝讀書. 賈家小兒年十三, 富貴榮華代不如'"

大車揚飛塵	큰 수레 질주하며 먼지 날리니
亭午暗阡陌[1]	한낮의 거리가 깜깜해졌네.
中貴多黃金[2]	환관들 황금이 많아
連雲開甲宅[3]	구름에 닿을 듯한 집들이 널려있구나.
路逢鬪鷄者[4]	길에서 마주친 투계꾼들
冠蓋何輝赫[5]	의관과 수레가 어찌나 번쩍이는지.
鼻息干虹蜺[6]	콧 기운이 무지개까지 서려
行人皆怵惕[7]	행인들 모두 두려워하네.
世無洗耳翁[8]	세상에는 귀 씻던 허유가 없으니
誰知堯與跖[9]	누가 요임금과 도척을 분간할 수 있으리오?

01 **亭午**정오 : 정오(正午). '정(亭)'은 이르다는 뜻임.
　阡陌천맥 : 밭 사이로 난 작은 길. 남북으로 난 길을 '천', 동서로 난 길을 '맥'이라 한다.
02 **中貴**중귀 : 권세를 가진 환관.
03 **甲宅**갑택 : 고래 등 같은 좋은 집.
04 **鬪鷄者**투계자 : 현종의 총애를 받는 가창 등의 투계꾼들.
05 **冠蓋**관개 : 의관과 수레.
06 **鼻息**비식 : 코에서 내뿜는 기운. 여기서는 기염(氣焰)이 대단한 것을 가리킨다.
　干간 : 위로 침범하다.
07 **怵惕**출척 : 두려워하다.
08 **洗耳翁**세이옹 : 요임금 시대의 은자인 허유(許由)와 소보(巢父)를 가리킨다.
09 **堯與跖**요여척 : 상고시대의 성군인 요(堯)임금과 춘추시대의 대도인 척(跖). 현자 유하혜(柳下惠)의 아우인 척은 공자와 같은 노(魯)나라 사람으로 부하 도적 9천 명과 떼 지어 전국을 횡행하며 노략질을 일삼았다.

[古風35] 醜女來效顰
주녀가 서시 흉내 내어 이맛살 찌푸리며

시에서 절세미녀 서시를 흉내 낸 추녀와 조나라 수도 한단의 세련된 걸음걸이를 배우려다 본래의 걸음도 잃어버려 웃음거리가 된 수릉 땅 젊은이의 고사를 인용하여 진실된 행동이 아닌 꾸민 행동의 무용론을 펴고 있다.

당나라 초기의 문학은 육조 문학의 영향으로 형식주의적인 면이 짙었으며, 더욱이 당대에 실시한 과거제도에서 시부(詩賦)로 관리를 채용하여 일반문인들도 부귀공명을 취하고자 화려한 형식에 치중하고 실제 내용은 중시하지 않았다. 이백은 이러한 현실을 고사에 비유하여 성률에 얽매여서 꾸미기만하는 시문학 풍조를 비판하면서 자신의 반기교적인 문학관을 나타내었다. 그래서 도끼질 잘하는 석공과 영땅에 거주하는 사람을 빗대어 자신이 시단의 거장임을 은밀히 드러내며, 시경의 〈대아〉와 〈상송〉 등 고체시의 질박 자연함으로 회복하는 것이 자신의 임무임을 밝히고 있다.

醜女來效顰[1]　　추녀가 서시를 흉내 내어 이맛살 찌푸리면서

還家驚四鄰　　집으로 돌아오니 사방 이웃들 놀라 달아나고,

壽陵失本步[2]　　수릉 땅 젊은이 본래 걸음걸이 잃어

笑殺邯鄲人[3]　　한단 사람들 죽도록 웃겼다네.

一曲斐然子[4]　　비연자 한 곡조가 화려하여도

雕蟲喪天眞[5]　　꾸밈이 지나쳐 천진스러움 잃었으며,

棘刺造沐猴[6]　　대추나무 가시 끝에 원숭이 새기느라

---

01 醜女來效顰추녀래효빈 : ≪장자≫ 〈천운편(天運篇)〉에 나오는 고사. 미인 서시(西施)는 가슴앓이 병이 있어 미간을 찌푸리고 다녔는데, 마을의 추녀가 이 모양을 보고 아름답다고 생각하여 자기도 가슴에 손을 대고 미간을 찡그리며 마을을 돌아다녔다. 그 모습을 본 마을의 부자들은 문을 걸어 잠그고 나오지 않았고, 가난한 사람들은 처자를 이끌고 먼 마을로 도망쳤다(故西施病心而顰其里, 其里之醜人見之而美之, 歸亦捧心而顰其里. 其里之富人見之, 堅閉門而不出, 貧人見之, 挈妻子而去走)고 하였다.

02 壽陵失本步수릉실본보 : ≪장자≫ 〈추수편(秋水篇)〉에 나오는 고사. 수릉(壽陵)에 사는 젊은이가 조(趙)나라 서울인 한단(邯鄲)에 가서 그곳의 걸음걸이를 배우려다 한단의 걸음걸이를 제대로 배우지도 못한 채 본래의 걸음걸이마저 잊어버려 엎드려 기어서 돌아갔다 (且子獨不聞夫壽陵餘子之學行於邯鄲與? 未得國能, 又失其故行矣, 直匍匐而歸耳. 今子不去, 將忘子之故, 失子之業) 고 한다. 제 분수를 잊고 무턱대고 남을 흉내 내다가 모두 잃음을 비유하였다.
壽陵수릉 : 전국시대 연(燕)나라 읍성 이름.

03 笑殺소쇄 : 우스워 죽겠다는 뜻.
邯鄲한단 : 전국시대 조(趙)나라 수도로 지금의 하북성 한단시임.

04 斐然子비연자 : 화려한 문채의 가곡명.

05 雕蟲조충 : 시부(詩賦)를 지을 때 문장과 글귀를 다듬는 작은 잔재주로, 비록 격식은 맞지라도 훌륭한 작품을 만들지 못하는 것을 이른다. 한나라 양웅(揚雄)은 일찍이 사부(詞賦)에 대해 설명하면서 '벌레를 새기는 잔재주(雕蟲小技)'는 아이들이 할 일이지 장부가 할 일이 못 된다고 하였다.

06 棘刺造沐猴극자조목후 : 연(燕)나라 왕이 신기한 것을 매우 좋아하였는데, 위(衛)나라 사람이 이를 이용하여 거짓으로 대추나무 가시 끝에다 원숭이를 조각하는 재주가 있다고 하자, 왕이 많은 봉록을 내려주고 그 신기한 조각품을 완상하려 하였으나 여러 핑계를 대며 오랫동안 녹봉만을 축내다가 거짓이 탄로 나기 직전 사라졌다 한다.(≪韓非子≫ 〈外儲說左上〉 참조).
棘刺극자 : 가늘고 뾰족한 모양의 대추나무의 가시.
沐猴목후 : 원숭이의 일종.

三年費精神 （삼년비정신）　　삼년동안 온 정신 쏟았다네.

功成無所用 （공성무소용）　　성공은 하였어도 별 소용이 없으니

楚楚且華身[7] （초초차화신）　　산뜻하게 멋 부려 잠시 몸만 빛냈구나.

大雅思文王[8] （대아사문왕）　　대아 속 〈문왕〉의 그리움과

頌聲久崩淪[9] （송성구붕륜）　　〈상송〉의 아름다운 소리 없어진지 오래이니,

安得郢中質[10] （안득영중질）　　어디서 영 땅의 바탕 될 사람 얻어

一揮成斧斤 （일휘성부근）　　한번 휘둘러 바람 일으키는 도끼질 할 수 있을까나.

---

07 楚楚초초 : 차림새나 모양이 말쑥하고 깨끗한 모습.
　 華身화신 : 개인적으로 영광을 얻는 것을 가리킨다.
08 文王문왕 : ≪시경≫〈대아(大雅)〉속의 〈문왕〉편명.
09 頌聲송성 : ≪시경≫가운데 〈상송(商頌)〉의 아름다운 소리.
10 郢中質영중질 : ≪장자≫〈서무귀편(徐無鬼篇)〉에 나오는 고사. 영(郢)땅 사람이 코끝에 백토(석회)을 발랐는데 파리 날개와 같이 얇아지자 석공에게 그것을 깎게 하였다. 석공이 바람같이 도끼를 휘둘러 백토를 다 깎아 내렸는데도 코는 상하지 않고 영인도 얼굴색 한번 변하지 않고 꼿꼿하게 서 있었다 한다. 송나라 원군(元君)이 이 소문을 듣고 석공을 불러들여 재주를 보고자 하니 석공이 대답하기를 "신은 일찍이 그처럼 깎을 수 있었으나 제 기술을 시험할 상대가 죽은 지 오래입니다. 영인이 이미 죽었으니 아무도 나를 위해 코를 내줄 만한 사람이 없습니다"라고 하였다(郢人堊漫其鼻端, 若蠅翼, 使匠石斲之. 匠石運斤成風, 聽而斲之, 盡堊而鼻不傷, 郢人立不失容. 宋元君聞之, 召匠石曰. 嘗試爲寡人爲之. 匠石曰..臣則嘗能斲之. 雖然,信之質死久矣. 自夫子之死也,吾无以爲質矣,吾无與言之矣.) 한다. 여기서 영(郢)은 옛날 초나라의 수도임.

▶ 宋 馬遠 〈靜聽松風圖〉

[古風37] 燕臣昔慟哭
연 신 석 통 곡
옛적 연나라 신하가 통곡하고

이 시는 연나라 신하인 추연(鄒衍)과 제나라 미천한 여인의 억울함이 하늘을 감동시켰다는 고사를 비유하여 이백 자신이 참소로 버림받은 후의 심정을 서술하였다. 직접적으로 현실을 언급하고 있지는 않지만, 이면에는 탄식과 억울함을 표출하고 있다. 비흥(比興)의 수법을 써서 자연계의 사물을 형상적으로 비유하였으니, 간신들이 조정에 가득하여 '뜬 구름(浮雲)'과 '흰 해(白日)'로 군주가 현명하고 능력(賢能) 있는 인재를 알아보지 못함을 나타내고, 또한 '많은 모래(群沙)'와 '밝은 구슬(明珠)', '잡초(衆草)'와 '외로운 꽃(孤芳)'의 비유27)로서 소인들이 군자를 능멸하는 상황을 나타내었다. 궁중에서 참소로 쫓겨난 억울함을 표현하면서 군주가 사악한 무리들에게 가려지고 뛰어난 인재가 소인배들에게 곤경을 당하는 처지가 얼마나 외롭고 위험한가를 넌지시 알려주고 있다. ✍

---

27) 蕭士贇 ≪分類補注李太白詩≫卷2 『浮雲比力士(高力士), 紫闥比中宮, 白日比明皇』

燕臣昔慟哭[1]	옛적 연나라 신하가 통곡하자
五月飛秋霜	오월에도 가을 서리가 내렸고.
庶女號蒼天[2]	여염집 아녀자 푸른 하늘 향해 울부짖자
震風擊齊堂	거센 바람이 제나라 왕궁 부수었다네.
精誠有所感	정성이 하늘을 감동시켰으니
造化爲悲傷	자연의 조화도 슬퍼하였어라.
而我竟何辜	하지만 나는 무슨 허물 있어
遠身金殿旁	궁전 곁을 멀리 떠난 신세 되었나.
浮雲蔽紫闥[3]	뜬구름이 자색 궁궐을 가렸으니
白日難回光[4]	햇빛은 다시 광명 찾기 어려워라.
群沙穢明珠	모래더미가 구슬을 더럽히고
衆草凌孤芳	잡초들이 외로운 향기 풀 비웃네.
古來共歎息	오래 전부터 함께 탄식하나니
流淚空霑裳	흐르는 눈물이 부질없이 옷깃을 적시는구나.

---

01 燕臣연신 2구 : 연나라 추연의 고사. 한나라 장형(張衡)의 ≪논형(論衡)≫에 '추연은 죄가 없는데도 연나라 옥에 갇히자 오월 여름에 하늘을 우러러보며 탄식하니 하늘에서 서리가 내렸다(鄒衍無罪, 見拘於燕. 當夏五月, 仰天而嘆, 天爲隕霜)'는 고사가 있다.

02 庶女서녀 2구 : 제나라의 여염집 아녀자가 무고를 당하여 이를 밝힐 수 없자 원한을 품은 채 푸른 하늘 향해 울부짖으니 번개와 벼락이 떨어져 경공의 누대에 떨어져 팔다리를 다치고 바닷물이 크게 넘쳤다(≪淮南子·覽冥訓≫'庶女叫天, 雷霆下擊, 景公臺隕, 支體傷折, 海水大出')고 하였다.

03 浮雲부운 : 소인을 가리킨다.
　　紫闥자달 : 궁전을 가리킨다.

04 白日백일 : 군왕의 비유.

[古風39] 登^등高^고望^망四^사海^해

높은 산에 올라 사해를 바라보며

천보 2년(743) 가을, 이백이 장안에 머물면서 높은 산에 올라 조정의 정사가 그릇된 방향으로 흘러감을 알고 강호(江湖)로 돌아가고픈 감회를 읊은 시이다. 여기서 이백은 비흥(比興)의 수법으로 스산한 자연의 경치가운데 당시 조정에서 선과 악이 전도된 분위기를 직시하면서 아울러 결연히 떠나가겠다는 뜻을 표시하였다. 소사윤(蕭士贇)은 '「오동나무에는 연작이 깃들고」는 소인이 높은 관직을 차지하여 득지(得志)한 것이며, 「가시나무에는 원앙과 난새가 머무르네」는 군자가 하위직에 있으면서 그가 처해야 할 곳을 잃어버린 형상이다.[28]'라 하였다. 그러므로 원앙과 난새를 자신에 비유하면서 가시나무 위에서 머무르고 있기 때문에 검을 두드려 노래 부르며 전국시대 풍환(馮驩)처럼 노래를 배워 돌아가고자 하였다.

---

28) 蕭士贇, ≪分類補注李太白詩≫卷1 '梧桐巢燕雀, 喻小人在上位而得志也. 枳棘栖鴛鸞, 喻君子在下位而失所也.'

登高望四海 / 높은 산에 올라 사해를 바라보니
天地何漫漫 / 천지가 어쩌나 아득한지.
霜被群物秋 / 서리 덮인 만물은 가을을 알리고
風飄大荒寒 / 회오리바람 불어 대지가 차갑구나.
榮華東流水 / 영화는 동쪽으로 흐르는 물과 같고
萬事皆波瀾 / 만사는 돌아오지 않는 물결 같도다.
白日掩徂暉[1] / 밝은 해 가려져 광채도 지는 듯
浮雲無定端 / 뜬구름은 바른 자리 찾지 못하네.
梧桐巢燕雀 / 오동나무에는 연작이 깃들이고
枳棘栖鴛鸞[2] / 가시나무에는 원앙과 난새가 머무르네.
且復歸去來 / 다시 돌아가려 하노니
劍歌行路難[3] / 검 두드리며 〈행로난〉노래 부르리라.

---

01 徂暉조휘 : 지는 해의 빛.

02 鴛鸞원난 : 원앙과 난새. ≪장자·추수편(秋水篇)≫에 봉황새(鵷雛)는 남해에서 북해의 끝까지 날아가는데 오동나무가 아니면 머무르지 않고 연실이 아니면 먹지 않고 물 맛좋은 예천(醴泉)이 아니면 마시지 않는다고 했다.

03 劍歌行路難검가행로난 : 검을 두드리며 〈행로난〉 노래를 부르다. ≪전국책(戰國策)≫과 ≪사기≫에 나오는 풍환(馮驩)의 '탄협(彈鋏) 고사'를 인용했다. 전국시대의 풍환(馮驩)은 제나라 맹상군(孟嘗君)의 식객으로서 뜻을 얻지 못하자 검을 두드리며 노래 부르기를 '장검아 돌아가자 먹을 고기조차 없구나!'하여 고기를 대접받았으며, 두 번째로 검을 두드리면서 '장검아 돌아가자 탈 수레조차 없구나!'하여 수레를 타고 출입하도록 허용 받았다. 또 다음에도 검을 두드리면서 '장검아 돌아가자 머무를 집 한 칸 없구나!' 하자 맹상군은 그에게 돈을 주어 노모를 봉양토록 해주었다(≪史記·孟嘗君列傳≫'馮驩聞孟嘗君好客, 躡屩而見之. 孟嘗君置傳舍十日, 孟嘗君問傳舍長曰, 客何 答曰 馮先生甚貧, 猶有一劍耳, 又蒯緱. 彈其劍而歌曰 長鋏歸來乎, 食無魚. 孟嘗君遷之幸舍, 食有魚矣. 五日又問, 傳舍長答曰 客彈劍而歌曰 長鋏歸來乎, 出 食無輿, 孟嘗君遷之代舍, 出入乘輿車矣. 五日, 傳舍長答曰 先生又彈劍而歌曰 長鋏歸來 乎, 無而爲家, 孟嘗君不悅') 고 했다.

[古風40] 鳳飢不啄粟
봉황은 주려도 벼를 쪼지 않고

천보 3년(744) 봄, 조정을 떠날 때 장안의 친구와 이별하면서 지은 시이다. 이백은 스스로를 봉황에 비유하면서 굶주릴지라도 곡식을 다투지 않고 오로지 진주같이 생긴 낭간(琅玕)만을 먹겠다는 고귀한 뜻을 토로하였다. ≪회남자(淮南子)≫에 의하면 봉황이 한번 날면 만길 높이 올라가 곤륜산(崑崙山)에 있는 소포(疏圃)를 지나 세상과 동떨어진 곳에 위치한 지주산(砥柱山) 속 단뢰(湍瀨)에서 물을 마신다고 하였다.[29] 뭇 닭(群鷄)들이 음식을 다투지만 봉황은 그러한 곳에 끼지 않을 것임을 나타내어 평범한 무리들과 함께 더러워지지 않고 고결한 지조를 지키리라는 심정을 표시하였다. 마지막 두구에서 자신이 뜻을 펴지 못한 채 사금환산(賜金還山)한 처지를 비유하고 있다.

---

29) ≪淮南子·覽冥訓≫ '鳳凰之翔) 其曾游萬仞之上, 翱翔四海之外, 過崑崙之疏圃, 飮砥柱之湍瀨'

鳳飢不啄粟 봉황은 주려도 벼를 쪼지 않고

所食唯琅玕[1] 오직 낭간 열매만 먹는다네.

焉能與群鷄 어찌 뭇 닭 속에 섞여서

蹙促爭一餐[2] 악착스레 밥술을 다투리요.

朝鳴崑丘樹[3] 아침에는 곤륜산 나무 위에서 울고

夕飲砥柱端[4] 저녁에는 지주산 여울물 마시네.

歸飛海路遠 먼 바닷길을 날아 돌아와

獨宿天霜寒 홀로 서리 찬 하늘에서 자노라.

幸遇王子晉[5] 다행히 왕자진을 만날 수 있어서

結交靑雲端 청운 속 신선들과 사귀었어라.

懷恩未得報 은혜만 입고 갚지 못한 채

感別空長嘆 이별하면서 부질없이 한숨만 짓는구나.

---

01 琅玕낭간 : 생김새가 진주와 같은 아름다운 돌. ≪예문유취≫권90에 '노자가 말하기를 남방에 봉황이라는 이름의 새가 천리 높이 쌓인 돌에서 사는데, 수백 척이나 되는 경지라는 나무에 열린 구림과 낭간 열매를 먹고 산다고 들었다(老子曰 吾聞南方有鳥, 其名爲鳳. 所居積石千里, 天爲生食, 其樹名琼枝, 高百仞, 以璆琳琅玕爲實)'고 하였다.

02 蹙促축촉 : 닭들이 부리를 들이대고 모이를 쪼는 것.

03 崑丘곤구 : 곤륜산. 전설에 나오는 서방 신선이 사는 산

04 砥柱山지주산 : 삼문산(三門山)이라고도 부르며, 지금의 하남성(河南省), 섬서성(陝西縣) 동북 쪽 황하(黃河) 가운데 있다. 전설에 의하면 우(禹)임금이 홍수를 다스릴 때 산을 뚫어 하천을 통하게 하였으며, 흐르는 물이 산 주위로 흐르는데 산이 물 가운데로 기둥처럼 섰으므로 지주산 이라 불렀다고 한다.

05 王子晉왕자진 : 고대 선인(仙人)으로 원래는 주영왕(周靈王)의 태자 교(喬)이다. 이수(伊水)와 낙수(洛水)사이에 노닐면서 도사인 부구공(浮丘公)과 함께 숭산(嵩山)에 올라가 신선이 되었 는데, 봉황의 울음소리에 맞추어 생(笙)을 잘 불었다 한다.

2

樂府詩 악부시 ; 악부에서 읊은 시

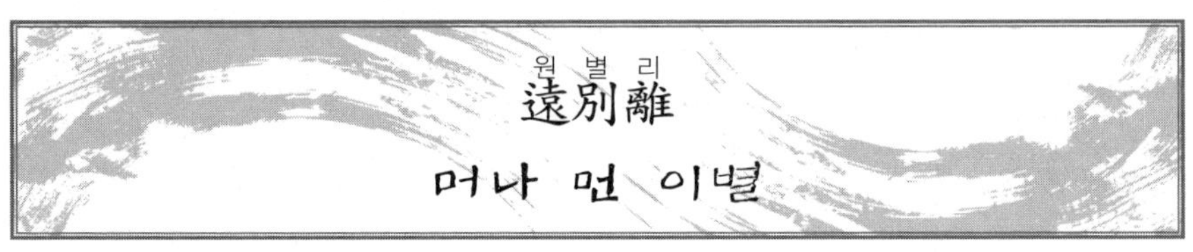

이 시는 이백의 대표작 중 한 수로 악부고제(樂府古題)를 차용하여 현실정치에 대한 깊은 우려를 표출하였다. 악부시의 의미를 살려 순(舜)임금과 그의 두 왕비인 아황(娥皇), 여영(女英)과의 슬픈 이별의 고통30)을 제재(題材)로 삼았다. 전설에 의하면 순(舜)임금이 남쪽으로 순행하다가 창오(蒼梧)의 들판에서 서거하자, 그의 두 왕비가 그를 찾아가다가 결국 따라가지 못하였다. 동정호에서 순임금이 죽었다는 소식을 듣고 남쪽을 바라보며 통곡하다가 상수에 몸을 던져 자살하였다. 그 후 그들은 상수의 여신이 되어 세칭 상군(湘君)이라 불렀다. 요(堯)는 순에게 제위(帝位)를 선양(禪讓)하고 순은 하(夏)나라 우(禹)에게 제위를 선양한 전설이 ≪사기·오제본기(五帝本紀)≫에 보이는데, 이러한 요순에 관련된 이설을 가지고 군신간의 이해관계에 따라 서로 찬탈하는 사실로써 현종에게 경계하라는 뜻을 암시적으로 보내고 있다. 소사윤(蕭士贇)은 천보 년간(753?) 현종이 정사를 돌보지 않은 결과 정권이 이임보(李林甫)에게 넘어가고 병권은 안록산(安祿山)과 가서한(哥舒翰)에게 귀속되자 이백이 이를 우려하여 지었다고 하였는데,31) 여러 학자들이 이 설에 동조하고 있다.

---

30) 劉向, ≪列女傳≫〈母儀傳·有虞二妃〉'有虞二妃者, 帝堯之二女也, 長娥皇·次女英……舜旣嗣位升爲天子, 娥皇爲侯, 女英爲妃.…舜陟方死於蒼梧, 呼曰重華. 二妃死於江湘之間.'
31) 蕭士贇 ≪分類補注李太白詩≫卷3 참조.

遠別離

아득히 먼 이별이여

古有皇英之二女[1]

옛적 아황과 여영 두 왕비는

乃在洞庭之南[2]

동정호의 남쪽

瀟湘之浦[3]

소상강가에 머물렀었네.

海水直下萬里深

바닷물은 아래로 만 길이나 떨어지니

誰人不言此離苦

그 누가 이러한 이별을 괴롭다 하지 않으리오?

日慘慘兮雲冥冥

해는 어득하고 구름은 아득한데

猩猩啼烟兮鬼嘯雨[4]

원숭이 안개 속에서 울고 귀신은 빗속에서 흐느끼네.

我縱言之將何補

내가 말한다 하여도 무슨 소용 있으랴?

皇穹竊恐不照余之忠誠[5]

하늘은 내 충성을 밝혀주지 못할까 두려워서

雷憑憑兮欲吼怒[6]

우뢰는 우르릉 노호하려 드는구나.

堯舜當之亦禪禹

요순도 할 수 없어 우에게 선위하고

君失臣兮龍爲魚[7]

임금이 신하 잃으니 용은 고기가 되었고

權歸臣兮鼠變虎[8]

신하가 권력 잡자 쥐가 호랑이로 변했도다.

---

01 皇英황영 : 아황(娥皇)과 여영(女英). 전설 속 요 임금의 두 딸이다. 요가 순의 재능과 덕을 높이 평가하여 두 딸을 그에게 시집보내서 아황은 왕후가 되고 여영은 왕비가 되었다.

02 洞庭동정 : 동정호. 지금 호남성 악양시 서쪽에 있다.

03 瀟湘소상 : 지금의 호남성 경내에 있는 두 물줄기. 동정호 남쪽 영릉부근의 소수(瀟水)와 양해산(陽海山)에서 발원하여 장강으로 유입되는 상수(湘水)로 소상팔경으로 유명함.

04 猩猩성성 : 원숭이 종류. 우는 소리가 구슬프다고 한다.

05 皇穹황궁 : 푸른 하늘로 여기서는 조정을 비유하였다.

06 憑憑빙빙 : 우레 치는 소리가 크고 급한 것을 형용한 말.

07 龍爲魚용위어 : 인군이 신하에게 권력을 잃으면 용이 변하여 고기가 되는 것과 같다.

08 鼠變虎서변호 : 간신이 권력 잡으면 쥐가 호랑이로 변하는 것과 같다.

或云堯幽囚⁹

누군가 말하기를 요임금 옥에 갇히고

舜野死¹⁰

순임금 들판에서 죽었다하네.

九疑聯綿皆相似¹¹

구의산은 이어져 모두가 비슷한데

重瞳孤墳竟何是¹²

성군도 외로운 무덤 되었으니 결국은 무엇인가.

帝子泣兮綠雲間¹³

임금 딸들 푸른 구름 사이에서 흐느끼며

隨風波兮去無還

풍파 따라 가서는 돌아오지 않노라.

慟哭兮遠望

통곡하며 멀리 바라보니

見蒼梧之深山

깊은 창오산만 보일 뿐이네.

蒼梧山崩湘水絶¹⁴

창오산 무너지고 상수가 끊어지면

竹上之淚乃可滅¹⁵

대나무 위 눈물 흔적 사라지리라.

---

09 堯幽囚요유수 : ≪사기 · 오제본기≫에서는 ≪죽서기년(竹書紀年)≫의 기록을 인용하여 요임금
이 순에게 제위를 잇게 한 것은 본래 선양(禪讓)이 아니고 '요의 덕이 쇠하여 순에게 갇히는
바가 되었다(堯德衰, 爲舜所囚)'라 하였다.

10 舜野死순야사 : 전설에 의하면 순이 유묘(有苗)를 정벌하다가 창오의 벌판((蒼梧之野)에서 죽었
다고 하였다.

11 九疑구의 : 구의산으로 호남성 영원현(寧遠縣) 남쪽에 있는데, 아홉 개의 골짜기가 비슷하므로
구의라고 불렀다. 전설에 의하면 순이 이곳에서 죽어 장사지냈으며, 능 이름이 영릉(零陵)이다.

12 重瞳중동 : 순 임금은 한 눈 가운데 두 개의 눈동자를 가졌다고 전해오며, 이로 인해 순임금을
다른 이름으로 중화(重華)라고 부르기도 한다(≪國語 · 魯語上≫ '舜勤民事而野死').

13 帝子제자 : 아황과 여영, 요임금의 두 딸이므로 임금의 자식(帝子)라 불렀음.

14 蒼梧창오 : 산 이름으로, 곧 구의산을 가리킨다.

15 竹上之淚죽상지루 : 순임금이 남쪽 순수길에 올라 순행 중 창오에서 죽게 되자 두 왕비가 상수(湘
水) 길을 따라 뒤쫓아 가면서 통곡을 그치지 않아 눈에서 피가 흘렀다. 피눈물이 대나무에
떨어져 얼룩 반점이 되었으므로 상비죽(湘妃竹)이라 부른다. 결국 아황과 여영은 비탄을 이기지
못하여 두 사람이 함께 상수에 몸을 던져 투신자살하였다.

  천보 9년(750) 이백이 여산(廬山)에서 북상하여 낙양(洛陽)으로 들어가면서 지은 시로 악부고제를 차용하여 정치상에서 받은 좌절 후의 비분을 표출하였다. 〈양보음〉은 본래 초조곡(楚調曲)으로서 ≪악부시집≫(권41)에 제갈공명의 작품이 있는데, 이백도 이를 모방하였다. 양보는 태산(泰山)아래에 있는 산 이름으로 고악부는 사람이 죽으면 이 산 아래에 장사지내면서 부르는 노래이다. 한나라 장형(張衡)은 〈사수시(四愁詩)〉에서 '내가 그리는 님은 태산에 있으니 그를 따르려 해도 양보가 가로막고 있네(我所思兮在泰山, 欲往從之梁甫艱)'라고 표현하였는데, 이백이 이시를 지을 당시의 심정과 일치하고 있다.

  시에서 이백은 영웅적 인물들에 대하여 깊이 동경하였는데, 여상(呂尙)과 역이기(酈食其)는 모두 초년의 불우함을 딛고 분연히 일어나 성공한 모범적인 사례로써, 이백도 분발하여 그들처럼 군신사이에 조우할 수 있도록 갈망하였다. 이어서 신화가운데 환상세계를 빌려 가슴속의 번민과 불평을 토로하였을 뿐만 아니라 춘추시대 제나라 경공(景公)의 용맹한 세장사가 죽임을 당하고, 서한 경제(景帝)때 주아부(周亞夫)가 재능 있는 극맹(劇孟)이 등용되지 못함을 비웃은 전고를 차용하여 이상이 단절된 상태에서의 회재불우(懷才不遇)의 고통을 심각하게 표현하였다. 이렇듯 이백은 현실가운데의 불합리한 현상을 맹렬히 비판하면서 충심을 가지고 있는 그의 정성을 알아주는 사람이 없음을 한탄하였다. 그러나 결론적으로는 그의 이러한 괴로움은 때를 만나지 못한 데서 비롯된 일이라 위안하며, 장화(張華)의 두 신검이 합치듯이 언젠가는 포부를 펼칠 수 있는 날이 올 것을 기약하는 의연함으로 돌아가고 있다.

長嘯梁甫吟　　　길게 양보의 노래 읊조리노니

何時見陽春[1]　　언제 화창한 봄을 만날 수 있으려나?

君不見　　　　　그대는 보지 못하였는가.

朝歌屠叟辭棘津[2]　조가현 백정 늙은이가 극진을 떠나서

八十西來釣渭濱　팔순에 서쪽으로 와 위수 가에서 낚시 드리웠네.

寧羞白髮照淸水　맑은 물에 비친 백발을 부끄러워하기보다

逢時壯氣思經綸[3]　때를 만나 장한 기운으로 경륜 펼칠 생각하였네.

廣張三千六百鉤[4]　3천6백일 동안 낚시 드리운 채

風期暗與文王親[5]　풍도로는 몰래 문왕과 친했어라!

大賢虎變愚不測[6]　큰 현인의 변신을 어리석은 이는 헤아리지 못하니

當年頗似尋常人　당시엔 범인들과 같은 듯 보였다네.

君不見　　　　　그대는 보지 못하였는가.

---

01 **陽春**양춘 : 햇볕이 따뜻하고 밝은 봄 날.
02 **朝歌**조가 : 은나라 수도로 지금의 하남성 기현(淇縣)임.
　屠叟도수 : 늙은 백정. 주의 건국공신 여상(呂尙;姜太公)을 가리킨다. 여상은 70세에 조가에서 소를 잡는 백정 노릇하였고, 80세에 위수(渭水)가에서 낚시를 드리웠다가 90세에 주문왕을 보좌하여 마침내 서주왕조를 창업하는 기틀을 닦았다.
　棘津극진 : 여상은 빈천할 때 밥을 팔던 곳으로 지금의 하남성 활현(滑縣) 서남쪽 옛 황하 가에 있다.
03 **經綸**경륜 : 천하를 다스리는 것의 비유.
04 **三千六百鉤**삼천육백구 : 3천6백일, 곧 10년이라는 오랜 세월동안 여상이 천하를 낚을 포부를 기른 것.
05 **風期**풍기 : 풍도.
06 **大賢虎變**대현호변 : 큰 인물은 범이 털을 새로 갈듯 문채가 나는 것으로서 정치적으로 뜻을 얻음을 비유한 말.
　愚不測우불측 : 어리석은 이는 예측하지 못함.

高陽酒徒起草中[7]　　고양의 술주정꾼이 초야에서 일어나서

長揖山東隆準公[8]　　산동의 코큰 어른(劉邦)께 길게 읍만 하였다네.

入門不拜騁雄辯　　안으로 들어와 절도 하지 않은 채 응변을 토하니

兩女輟洗來趨風　　두 여인 세숫물 거두자 바람처럼 달려 나왔네.

東下齊城七十二　　동쪽으로 제나라 일흔 두 성 항복받고

指揮楚漢如旋蓬[9]　　다북쑥 날리듯 초와 한나라를 지휘하였네.

狂客落魄尚如此　　낙백한 미치광이조차 이러하였거늘

何況壯士當群雄[10]　　하물며 뭇 영웅과 겨루는 장사임에랴!

我欲攀龍見明主[11]　　내가 용을 타고 어진임금 뵈려 하였더니

雷公砰訇震天鼓[12]　　우레신이 큰소리치며 하늘 북 울리노라.

帝旁投壺多玉女[13]　　임금 곁에 투호하는 미인들 많은데

→ → →

07 **高陽酒徒**고양주도 : 고양의 술주정뱅이. 한초의 역이기(酈食其;?–前203)를 가리키며, 진류(陳留) 고양사람으로서 처음에는 빈한한 가세로 불우하였지만, 후에 한고조 유방에게 등용되어 마침내는 제왕(齊王) 전광(田廣)에게 유세하여 70여성을 한나라에 바치도록 하였다. 고양(高陽)은 지금의 하남성 기현(杞縣)으로 역이기는 일찍부터 고양주도라고 자칭하였다.

08 **山東**산동 : 화산(華山)동쪽의 넓은 지역.
　　隆準公융준공 : 한고조 유방을 가리킨다. ≪한서≫ 〈고제기(高帝紀)〉에 '고조의 생김새는 코가 높고 용안을 가지고 있다 (高祖爲人, 隆準而龍顔)'고 하였다.

09 **旋蓬**선봉 : 다북쑥이 바람 따라 날리는 것, 곧 일을 쉽고 빨리 처리함을 비유한 것임.

10 **壯士**장사 : 이백 스스로의 비유.

11 **攀龍**반룡 : 천자를 의지하여 공업을 세운다는 뜻.

12 **雷公**뇌공 : 우레의 신.
　　砰訇팽굉 : 큰 소리.

13 **投壺多玉女**투호다옥녀 : 투호는 단지에 화살을 던져 넣는 고대에 성행했던 유희의 일종. 옥녀는 ≪신이경(神異經)≫ 〈동황경(東荒經)〉에 기록된 내용으로 신선 동왕공(東王公)이 옥녀들과 투호한 일을 말한다. 여기서 옥녀는 간사한 소인배의 무리들을 가리킨다.

← ← ←

三時大笑開電光[14]　　세 때 크게 웃다 번개를 치게 하고

倏爍晦冥起風雨[15]　　어둠속 번쩍이며 풍우를 일으키네.

閶闔九門不可通　　하늘의 아홉 문은 들어 갈 수 없어

以額扣關閽者怒　　이마로 빗장을 치니 문지기가 노하는구나.

白日不照吾精誠[16]　　태양은 나의 정성 비쳐주지 않나니

杞國無事憂天傾[17]　　무사하던 기나라 사람 하늘기울까 걱정했다네.

猰貐磨牙競人肉[18]　　알유는 이를 갈며 사람고기 다투지만

騶虞不折生草莖[19]　　추우는 풀줄기조차 꺾지 않았다네.

手接飛猱搏彫虎[20]　　손으로 잽싼 원숭이와 얼룩 범 잡으며

側足焦原未言苦[21]　　벼랑 바위 밟고도 괴롭다 말 못하네.

智者可卷愚者豪　　어진 자는 숨고 우매한 자가 날뛰니

世人見我輕鴻毛[22]　　세상 사람들 나를 기러기 털처럼 가벼이 여기네.

---

14 三時삼시 : 아침 점심 저녁. 끊이지 않고 연속되는 것을 이름.

15 倏爍숙삭 : 번개가 신속하게 번쩍이는 것.

16 白日백일 : 황제를 비유한 말.

17 杞國憂天기국우천 : 기나라 사람이 하늘기울까 땅이 무너질까 걱정한 일.

18 猰貐알유 : 전설 가운데 사람을 잡아먹는 맹수. 여기서는 현재 조정에서 권세를 쥐고 백성들의 고혈(膏血)을 착취하는 간신을 비유하였음.

19 騶虞추우 : 흰색 호랑이로 전설 속의 의로운 동물로 여기서는 충신을 비유하였음.

20 飛猱搏彫虎비노박조호 : 날랜 원숭이와 얼룩무늬의 호랑이를 잡는 것. ≪문선(文選)≫에서 장형이 지은 〈사현부(思賢賦)〉의 주에 의하면 황백(黃伯)이라는 용사는 능히 왼손으로 태행산의 원숭이(비노)을 잡고 오른손으로 얼룩 호랑이(조호)을 잡았다 한다.

21 焦原초원 : 춘추시대 거(莒) 나라에 있던 전설속의 거대한 바위. 넓이가 50보이며 아래로 1백장 깊이의 계곡이 있어 감히 그곳에 접근하는 사람이 없었다 한다(≪尸子≫卷下). 이 구절에서는 초원을 밟고도 두렵지 않다는 이백 자신의 용맹을 말한 것이다.

22 輕鴻毛경홍모 : 사마천의 〈임안에게 드리는 편지(報任安書)〉에 '죽음은 태산보다 무겁게 하기도 하고 혹은 기러기 털보다 가볍게 하기도 한다(死有重於太山, 或輕於鴻毛)'고 하였다.

力排南山三壯士²³　남산을 무너뜨릴 만한 세 장사를

齊相殺之費二桃　제나라 재상은 복숭아 두개로 살해하였네.

吳楚弄兵無劇孟²⁴　오초의 전쟁에 극맹이 없었을 때

亞夫咍爾爲徒勞　주아부는 너희들 헛일한다고 비웃었도다.

梁甫吟　양보의 노래는

聲正悲　정녕코 슬픈 소리요.

張公兩龍劍²⁵　장화의 두 용검처럼

神物合有時　신묘한 물건들의 합침에는 때가 있도다.

風雲感會起屠釣²⁶　풍운이 감돌면 백정과 어부도 일어나는 법이니

大人峨屼當安之²⁷　대인은 곤란을 당하여도 의연해야 한다네.

---

23 力排南山역배남산 2구 : 춘추시대 제나라 경공(景公)시 재상 안영(晏嬰)이 복숭아 두 개로 자신들의 공적을 자랑하는 공손접(公孫接), 고야자(古冶子), 전개강(田開疆) 등 세 호위무사를 살해한 '이도삼살사'의 고사임. 제갈량은 〈양보음〉에서 "하루아침에 참언을 받아 복숭아 두 개로 세 장사를 죽였네. 이러한 계책을 세운 사람은 제나라 재상 안자라네(一朝被讒言, 二桃三殺士. 誰能爲此謀, 國相齊晏子)"라 읊었는데, 이백은 이 시구와 고사를 인용하여 당시 재상인 이임보(李林甫)가 충신인 위견(韋堅) 등을 죽인 일을 풍자하였다.

24 吳楚弄兵오초농병 2구 : 한나라 경제 3년(기원전 145) 오초칠국(吳楚七國)의 난이 발생하였을 때 주아부(周亞夫)가 하남에서 극맹을 얻고 나서 오초의 전쟁에 재능 있는 극맹이 등용되지 못함을 비웃은 일을 가리킨다.

25 張公兩龍劍장공양용검 2구 : 서진(西晉)의 장화(張華)가 풍성현령인 뇌환(雷煥)으로 부터 춘추시대의 간장(干將)·막야(莫邪) 두 신검 중 간장을 구했는데, 뒤에 장화가 피살되고 뇌환도 죽었다. 훗날 뇌환의 아들인 뇌화(雷華)가 이 보검을 휴대하고 연평진을 건널 때 허리에 차고 있던 검이 갑자기 튀어 나와 물속으로 들어가서 원래 그 속에 있던 막야검과 합쳐 두 마리 용으로 변했다고 한다 (≪진서·장화전(張華傳)≫참조).

26 風雲感會풍운감회 : 임금과 신하가 우연히 만나는 것.
　　屠釣도조 : 소 잡고 낚시질한 여상(呂尙)을 가리킨다.

27 大人대인 : 웅장한 재주와 큰 지략을 지닌 사람.
　　峨屼아올 : 불안한 모양

烏夜啼(오야제)
까마귀 우는 밤에

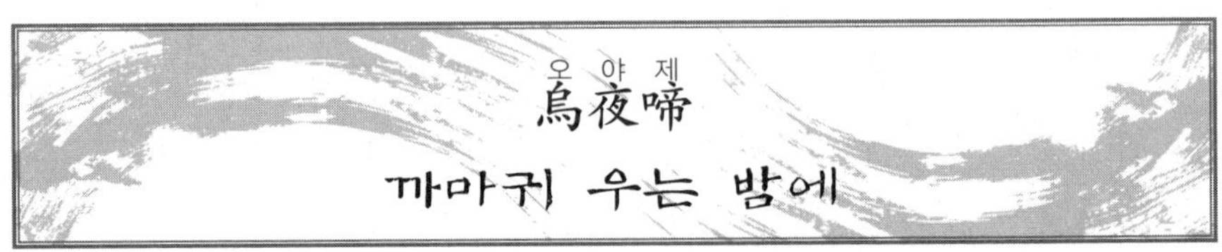

〈오야제〉는 〈청상곡사(淸商曲辭) · 서곡가(西曲歌)〉에 속하는 악부구제로서, 남조 송나라 임천왕(臨川王) 유의경(劉義慶)이 지었다. 송 원가(元嘉;424~453) 년간에 유의경과 팽성왕 유의강(劉義康)이 송 문제(文帝;劉義隆)의 노여움을 사 구금되었으나 후에 방면되는 과정에서 까마귀가 울어 미리 사면소식을 알려주었으므로 〈오야제〉를 지어 불렀다 한다. 이후에 지어진 같은 제목의 악부시도 남녀 간에 이별한 후 서로 그리워하는 심정을 읊은 시들이 대부분인데, 이백도 이전의 작품들과 유사한 주제로 이 시를 지었다. 이백은 ≪열녀전≫에 나오는 진천지방 여인 소혜를 인용하여 멀리 떠난 임을 그리는 가련한 여인의 전형적인 모습을 그려내고 있다. 누런 구름 뜬 성주변의 까마귀가 우는 넓은 지역을 배경으로 그리다가 바로 규중의 베 짜는 아낙네가 독수공방하면서 눈물지으며 님을 그리는 안타까운 광경을 핍진하게 표현하고 있다.

黃雲城邊烏欲棲[1]　　황운성 가에 깃들려는 까마귀가

歸飛啞啞枝上啼[2]　　날아 돌아와 까악까악 가지위에서 울어댄다.

機中織錦秦川女[3]　　베틀에서 비단 짜는 진천의 아낙네

碧紗如煙隔窓語[4]　　연기 같은 푸른 비단 집 창 너머로 혼자 말소리 하네.

停梭悵然憶遠人[5]　　북 멈추고 멍하니 멀리 가신 님 그리며

獨宿孤房淚如雨　　외로운 빈 방에서 비 오듯 눈물 흘리누나.

▶ 〈靑蓮詩(筆寫本)〉

---

01 烏欲棲오욕서 : 돈황본(敦煌本) 잔권(殘卷)에서는 '오야서(烏夜棲)'라고 되어있다.

02 啞啞아아 : 까마귀가 까악까악 우는 소리.

03 秦川女진천녀 : 소혜(蘇蕙)를 가리킨다. ≪진서(晉書)≫ 열녀전(烈女傳)에 의하면, 소혜의 자(字)는 약란(若蘭)으로 두도(竇滔)의 아내이다. 두도는 부견(符堅)밑에서 진주자사(秦州刺史)를 지냈는데, 죄를 지어 유사(流沙)로 귀양 가자 소혜는 남편을 생각하다 못해 비단을 짜서 회문선도(回文旋圖)를 만들어 840자로 된 시를 써서 주었는데, 내용이 몹시 처량하였다.

04 隔窓語격창어 : 까마귀 우는 소리를 듣고서 홀로 하는 말. 미물(微物)인 새도 돌아올 줄을 아는데, 우리 님은 오지 않음을 원망하면서 여인이 혼자 하는 말소리이다.

05 梭사 : 북. 베틀에서 실꾸리를 넣고 날실 사이로 오가면서 씨실을 넣어 베를 짜는 배 모양의 통.
　　悵然창연 : 실성한 듯 멍하니 실망감에 빠져 있는 모습.
　　遠人원인 : 멀리 떨어진 곳에 있는 남편이나 임을 가리킨다.

오서곡
烏棲曲
까마귀 깃들이고

〈오서곡〉은 악부구제(樂府舊題)로 〈청상곡사 · 서곡가〉에 편입되어 있다. 이러한 제목으로 양간문제(梁簡文帝) · 양원제(梁元帝) · 소자현(蕭子顯) 등의 작품이 있는데, 내용은 남녀 간 사랑과 연애를 노래한 것이 대부분이다. 이백은 옛 작품의 취지를 계승하였지만, 도리어 현실 풍자에 뜻을 두었다. 이전의 작품은 대부분 7언2운으로 각운마다 2구였지만, 이백은 7언3운으로 하고 마지막 1운은 3구로 하는 독특한 시 형식을 취하였다. 이 작품은 이백이 개원 년간 오월(吳越)지방을 유람하면서 지은 영사시이다. 차고풍금(借古諷今)의 형식으로 오왕 부차와 서시가 초저녁부터 새벽에 이르기까지 음락에 빠진 역사적 사실을 빌어 현종과 양귀비의 생활태도를 함축적으로 풍자하고 있다. 특히 마지막 구는 서시가 오왕에게 오왕이 서시에게 혹은 이백이 오왕에게 말한 것일 수도 있는데, 현종의 방탕한 생활을 간접적으로 표현하고 있다. ≪본사시(本事詩)≫에서는 이백이 처음 촉지방에서 장안으로 왔을 때 하지장(賀知章)이 이 〈오서곡〉을 보고 탄식하면서 귀신을 울릴만한 작품이라고 칭찬하였다[32]고 하였다.

32) ≪本事詩≫ '李白初自蜀至京師, 賀知章見其烏棲曲, 歎賞苦吟, 曰此詩可以泣鬼神矣'

^{고 소 대 상 오 서 시}
姑蘇臺上烏棲時[1]　　고소대 위에 까마귀 깃들일 때

^{오 왕 궁 리 취 서 시}
吳王宮裏醉西施[2]　　오왕 궁궐 속에선 서시가 취했어라.

^{오 가 초 무 환 미 필}
吳歌楚舞歡未畢　　　오나라 노래 초나라 춤에 즐거움 한창인데

^{청 산 욕 함 반 변 일}
青山欲銜半邊日[3]　　청산은 지는 해를 반쪽이나 머금었구나.

^{은 전 금 호 누 수 다}
銀箭金壺漏水多[4]　　은 화살 금 물병에 누수 차오를 제

^{기 간 추 월 추 강 파}
起看秋月墜江波[5]　　일어나 강물에 지는 가을 달 바라보는데

^{동 방 점 고 내 락 하}
東方漸高奈樂何[6]　　이 즐거움 어이하랴? 먼동이 터 오르네.

---

01 **姑蘇臺**고소대 : 옛터는 지금의 강소성 소주시 서남쪽 고소산 위에 있다. 오나라 왕 합려(閭閭)가 처음 짓기 시작하여 아들인 부차(夫差)가 더욱 웅장한 규모로 확장시켜 완공하였는데, 지금도 그 유적이 강소성 소주(蘇州)의 고소산(姑蘇山)위에 남아 있다. 전하는 바에 의하면 대의 넓이는 5리로 재목을 5년 동안 쌓아 완성시켰으며, 높은 데서 바라보면 3백리 밖이 보였다고 한다. 대위에 춘소궁(春宵宮)을 지었는데, 부차는 이곳에서 비빈(妃嬪)들과 밤낮으로 잔치를 열고 즐기었다. 이밖에도 소주에 계원(桂苑)·해령관(海靈館)·관왜각(館娃閣) 등을 지었으며, 1천석 분량의 술을 주조하여 1천 명이나 되는 많은 궁녀를 데리고 밤새도록 노닐었다. 또한 인공 연못인 천지(天池)를 만들어 청룡배를 띄우고 배 안에 기생과 악기를 가득 채운 채 하루 종일 서시와 물놀이하였다 한다.(≪史記·越王勾踐世家≫와 ≪越絕書≫ 등에 자세히 기록되어 있음)

02 **吳王**오왕 : 춘추시대 오나라 왕 부차.
　西施서시 : 춘추시대 유명한 미인. 부차가 월왕 구천(勾踐)을 패퇴시키자 구천이 서시 등을 오왕에게 미인계로 바치었고, 오왕과 서시는 음락에 빠져 마침내 구천에게 패하였다.

03 **青山欲銜半邊日**청산욕함반변일 : 해가 저물도록 계속 가무에 젖은 생활을 묘사한 것.

04 **銀箭金壺**은전금호 : 고대에 시간을 재는 기구. 금호는 구리(銅)로 제조하였는데, 그 가운데 물을 가두어 놓고 아래로 작은 구멍을 뚫어 누수(漏水)하도록 만들었다. 호 안에는 하나의 각도를 가진 화살(銀箭)이 있으며 수면이 내려감에 따라 화살위의 각도가 때를 표시하였다.

05 **秋月墜江波**추월추강파 : 달이 지고 하늘이 밝아오는 광경. 오왕 부차가 밤새도록 환락에 빠진 모습을 암시하였다.

06 **東方漸高**동방점고 : 먼동이 터 올라 동방이 점점 밝아진다는 의미임.

戰城南
성 남쪽에서의 전쟁

〈전성남〉은 ≪고취곡사(鼓吹曲辭) · 한요가(漢饒歌)≫에 편입되어 있는 악부구제로 고사에서 '성 남쪽에서 싸우고 성 북쪽에서 죽네. 들에서 죽으면 장사지내지 못하고, 까마귀와 새의 밥이 된다네. 충신이 되어서 아침에 전쟁에 나가서 저녁에는 돌아오지 못 한다네(戰城南, 死郭北. 野死不得葬, 爲烏鳥所食. 願爲忠臣, 朝出攻戰, 而暮不得歸也)'라는 반전사상을 읊은 작품인데, 이백도 고악부의 뜻에 따라 현실주의와 인도주의 정신을 계승 발전 시켰다.

이 시는 대략 천보 6년(747)경에 지었는데, 당 조정이 총하도(蔥河道) · 조지(條支) · 천산(天山) 등에서 토번(吐蕃)과의 대외전쟁을 해마다 일으켜 출정 나간 병사들이 당하는 극심한 고통에 대하여 불만과 동정을 표시하고 있다. 이렇듯 이백은 역대 대외전쟁의 엄중한 결과를 예로 들어 설명하고 아울러 전쟁의 참담한 광경과 그 잔혹성을 구체적으로 열거하면서 반전사상을 고취시켰는데, 특히 마지막 두 구에서 조정의 통치자에게 변경이 안정되었을 때에는 무력을 신중히 사용할 것을 권고하여 평화주의 정신을 천명하고 있다. ❀

去年戰桑乾源[1]　　　지난해에는 상건 벌판에서 싸웠고

今年戰葱河道[2]　　　올해에는 총하 길에서 싸우네.

洗兵條支海上波[3]　　조지 호숫가 물결에 병장기 씻고

放馬天山雪中草[4]　　천산 눈 속 풀밭에 말 풀어 먹였네.

萬里長征戰　　　　　만 리 길 기나긴 전쟁에

三軍盡衰老　　　　　삼군 병사들 모두 지치고 늙었어라.

匈奴以殺戮爲耕作[5]　흉노는 살인을 농사짓듯 하여

古來惟見白骨黃沙田　예로부터 누런 사막엔 백골만 보이누나.

秦家築城備胡處[6]　　진나라 때 성을 쌓아 오랑캐 막던 곳에

---

01 **桑乾源**상건원 : 상건하(桑乾河)로 하북성 서북부와 산서성 북부에 위치는 강으로 지금의 영정하 (永定河)임. 당나라 때에는 이곳에서 해(奚), 거란 등과 전쟁이 자주 있었다.

02 **葱河道**총하도 : 파미르 고원에서 발원한 총령하(葱嶺河)이다. 지금은 남북 두 개의 강이 있는데, 남쪽은 예얼창강(葉爾羌河)이고 북쪽은 카스거얼강(喀什噶爾河)으로 모두 신강성(新疆省)서 남부에 있다. 천보 원년(742)에는 왕충사(王忠嗣)가 해(奚)와 천보 6년(747)에는 고선지(高仙芝)장군이 토번(土蕃)과의 전쟁이 총령하에서 있었다.

03 **洗兵**세병 : 전쟁이 끝난 후 병장기를 씻는 것.
　　條支조지 : 한나라 때 서역지방에 있던 옛 나라 이름. ≪후한서·서역전(西域傳)≫에 의하면 조지국의 성은 산위에 있으며 주위가 40여리라고 하였다. 여기서는 서역지방을 넓게 가리킨 것이다.

04 **天山**천산 : 일명 백산(白山)이라고도 하며 지금의 신강성 경내에 있다. 봄여름에도 눈이 내리고 좋은 나무와 철이 나와 흉노인들은 천산이라 부르면서 그곳을 지날 때면 모두 말에서 내려 절을 하였다 한다.

05 **匈奴**흉노 : BC 3세기 말부터 AD 1세기 말까지 몽골고원과 만리장성 일대를 중심으로 활약한 유목기마민족(遊牧騎馬民族).

06 **秦家築城**진가축성 : 진시황이 천하를 통일한 후 몽염(蒙恬) 장군을 시켜 만리장성을 축조케 하여 흉노를 방비한 것을 가리킨다.

漢家還有烽火燃[7]　　한나라 때에도 여전히 봉화 연기 타오르네.

烽火燃不息　　봉화 연기 그치지 않으니

征戰無已時　　전쟁도 머질 날 없어라.

野戰格鬪死　　들판싸움에서 격투하다 죽으면

敗馬號鳴向天悲　　패한 말들 하늘 향해 구슬프게 울부짖고.

烏鳶啄人腸　　까마귀와 솔개는 사람 창자 쪼아

銜飛上挂枯樹枝　　물고 날아올라 마른 가지에 걸어 놓는구나.

士卒塗草莽[8]　　병졸들 죽어서 풀 섶에 피 바르니

將軍空爾爲[9]　　장군들은 어찌할 바를 모른다네.

乃知兵者是凶器[10]　　이제야 알았노라, 무기는 흉기라서

聖人不得已而用之　　성인은 부득이한 경우에만 썼다는 것을.

---

07 **烽火**봉화 : 옛날 신호용으로 사용했던 횃불. 산위에 봉화대를 설치하여 밤에는 횃불, 낮에는 연기로써 변경의 정세를 중앙에 급히 전달하였다.

08 **塗草莽**도초망 : 싸우는 병사들이 희생되어 피가 풀 섶을 칠하여 더럽히는 것.

09 **空爾爲**공이위 : 얻은 바가 없는 것, 혹은 해야 할 일이 없는 상태의 뜻.

10 **兵者是凶器**병자시흉기 : ≪육도·병략(六韜兵略)≫에 나오는 말로 '성인은 병기(전쟁)를 흉기라 부르며, 부득이한 경우에만 썼다(聖人號兵爲凶器, 不得已而用之)'라 하였다. 병(兵)은 무기(武器)를 가리킨다.

이 백의 음주시 가운데 가장 대표되는 명작으로, 〈장진주〉33)는 음주를 청한다는 권주의 뜻이다. 고악부 〈고취요가(鼓吹鐃歌)〉 18곡 가운데 하나로 대부분이 음주할 때 술을 권하면서 부르는 노래로 이백은 이를 이용하여 가슴속 울분을 표현하였다. 전에는 이 시를 천보 3년(744) 장안을 떠난 이후에 지었다고 하였지만, 현재에는 개원 21년(733) 숭산의 원단구 처소에서 지었다는 주장이 정설로 인정되고 있다. 이백이 청운의 뜻을 품고 장안으로 들어갔다가 뜻대로 되지 않자 실의한 채 돌아와 지은 시이다. 언어가 유창하고 기세가 호방하여 높은 예술성을 지닌 이백다운 특색이 잘 나타낸 작품이다.

시 가운데에서 인생이 짧은 것을 한탄하면서 술에 취해 행락을 추구하고 부귀공명을 경시한 점으로 보아 이백이 당시에 복잡하고 모순된 정서를 반영하면서 정치적으로 뜻을 얻지 못한 것에 대한 울분과 고민의 심정을 표출하고 있음을 볼 수 있다. 이는 소사윤(蕭士贇)이 '이백은 비록 광달하고 낭만적인 것 같지만 평소에 품고 있는 자신의 재주를 써주는 사람을 만나지 못하였기 때문에 스스로 위로하려 한 말'34) 이라고 언급한 점에서 알 수 있다. ✎

---

33) 악부구제(樂府舊題)로 제목이 〈석준공(惜樽空 ; 술동이가 빈 것을 애석해하며)〉라고 된 판본이 있다.

34) 蕭士贇 《分類補注李太白詩》卷3 '雖似任達放浪, 然太白素抱用世之才而不遇合, 亦自慰解之詞耳'

^{군 불 견}
君不見　　　　　그대는 보지 않았는가

^{황 하 지 수 천 상 래}
黃河之水天上來[1]　황하의 물이 하늘에서 내려와

^{분 류 도 해 불 부 회}
奔流到海不復回　바다까지 흘러가서 돌아오지 못하는 것을.

^{군 불 견}
君不見　　　　　그대는 보지 않았는가

^{고 당 명 경 비 백 발}
高堂明鏡悲白髮　대갓집 마님 거울 속 백발을 슬퍼하면서

^{조 여 청 사 모 성 설}
朝如靑絲暮成雪[2]　아침에 푸른 실 같더니 저녁엔 눈처럼 하얀 것을.

^{인 생 득 의 수 진 환}
人生得意須盡歡[3]　인생은 뜻 얻었을 때 마음껏 즐길지니

^{막 사 금 준 공 대 월}
莫使金樽空對月　금 술동이 비우지 않고는 달을 대하지 마시게.

^{천 생 아 재 필 유 용}
天生我材必有用　하늘이 내 재능주심은 반드시 쓰일 곳 있으리니

^{천 금 산 진 환 부 래}
千金散盡還復來　천 냥을 탕진해도 언젠가는 돌아오리라.

^{팽 양 재 우 차 위 락}
烹羊宰牛且爲樂　양 삶고 소 잡아 또한 즐길지니

^{회 수 일 음 삼 백 배}
會須一飮三百杯[4]　마땅히 단숨에 3백 잔은 마셔야 하네.

^{잠 부 자}
岑夫子　　　　　잠부자

---

01 **黃河之水**황하지수 구 : 황하가 높은 곤륜산(崑崙山)에서 발원하므로 하늘에서 내려왔다고 표현하였다.

02 **靑絲**청사 : 검은 머리를 형용한 것.
　　雪설 : 연로하여 머리가 하얗게 센 것의 비유. 이 두 구에서 인생은 빨리 흘러가고 늙음이 닥쳐오니 청춘은 잡아둘 수 없음을 슬피 탄식하였다.

03 **得意**득의 : 일시적으로 만족을 얻어 흥취가 고조된 것을 말한다.

04 **會須**회수 : 반드시. 마땅히.
　　三百杯삼백배 : 주량이 큰 것의 비유. ≪세설신어(世說新語)≫에 의하면 '원소가 정현을 불러서 가보니, 성 동쪽에서 전별연을 벌려 놓고 정현을 취하게 하리라 작정하고 모인 3백여 인사들이 모두 자리에서 일어나 술잔을 올리도록 하였다. 아침부터 저녁까지 마신 술이 삼백 잔이 넘었지만, 정현은 온화한 모습을 견지한 채 종일토록 흐트러진 모습을 보이지 않았다(≪世說新語 · 文學≫鄭玄 條 '袁紹辟玄, 及去, 餞之城東, 欲玄必醉. 會者三百餘人, 皆離席奉觴, 自旦及暮, 度玄飮三百餘杯, 而溫克之容, 終日無怠.')고 한다.

丹丘生[5]	단구생이여
進酒君莫停	술을 드리려 하니 사양치 마시오.
與君歌一曲[6]	그대 위하여 한 곡조 부르리니
請君爲我側耳聽	나를 향해 귀 기울여 주시게나.
鍾鼓饌玉不足貴[7]	멋진 음악 맛있는 음식도 귀한 것이 못되니
但願長醉不用醒	다만 오래도록 취한 채 깨기를 원치 않노라.
古來聖賢皆寂寞	예로부터 성현들은 모두 적막하였지만
惟有飮者留其名[8]	오로지 술 마시는 이만 그 이름 남겼도다.
陳王昔時宴平樂[9]	진왕은 옛날 평락관에서 잔치할 때
斗酒十千恣歡謔[10]	한말에 만 냥 나가는 술로 마음껏 즐겼다네.

---

05 岑夫子잠부자, 丹丘生단구생 : 잠부자는 잠훈(岑勛), 단구생은 원단구(元丹丘)를 가리키며, 모두 이백의 친구들임. 양제현(楊齊賢)은 잠부자를 잠참(岑參)이라 하였는데 잘못된 견해이다.

06 與君여군 : 포조(鮑照)의 〈낭월행(朗月行)〉에 '그대를 위하여 한 곡조 부르리라(爲君歌一曲)'라는 구절이 있다.

07 鍾鼓종고 : 고대에 권세가와 귀족들이 사용하던 아악(雅樂) 악기.
　饌玉찬옥 : 옥같이 귀하면서도 맛좋은 음식.

08 飮者留其名음자유기명 : 음주로 후세에 이름을 전한 완적(阮籍)·유령(劉伶)·장한(張翰) 등을 가리킨다. 특히 장한은 "내가 현달하여 이름을 남기는 것이 눈앞의 한잔 술을 마시는 것보다 못하네(使我有身後生名, 不如卽時一杯酒)"라 하였다.

09 陳王진왕 : 삼국시대 조식(曹植)으로, 그가 임종하던 해인 태화(太和) 6년에 진땅(陳은 지금의 河南省 淮陽과 安徽省 亳縣일대임)의 왕에 봉해졌으며, 죽은 후 시호를 사(思)라 하였으므로 세칭 진사왕(陳思王), 혹은 진왕이라고 하였다.
　宴平樂연평락 : 평락은 한 명제(明帝)때 지은 궁궐인 평락관(平樂觀)으로, 옛 건물터가 지금의 하남성 낙양시 부근에 있다. 조식의 〈명도편(名都篇)〉에 '돌아와 평락관에서 잔치하는데, 맛좋은 술 한말에 만 냥이나 되네.(歸來宴平樂, 美酒斗十千)'라 하였다.

10 斗酒十千두주십천 : 술 한말의 값이 십천 즉 만 냥이나 나간다 하였으므로 그 귀함을 말한 것이다.
　恣歡謔자환학 : 뜻과 정을 마음대로 펼쳐 행락(行樂)을 추구하는 것.

主人何爲言少錢	주인은 어찌 돈이 없다 하시오
徑須沽取對君酌[11]	모름지기 술을 사와 그대와 대작하리로다.
五花馬[12]	꽃무늬 그려진 준마와
千金裘[13]	천금 나가는 갖옷으로
呼兒將出換美酒[14]	아이 불러 맛좋은 술과 바꿔 오게 하여
與爾同銷萬古愁[15]	그대와 함께 만고의 시름 녹여 보리라!

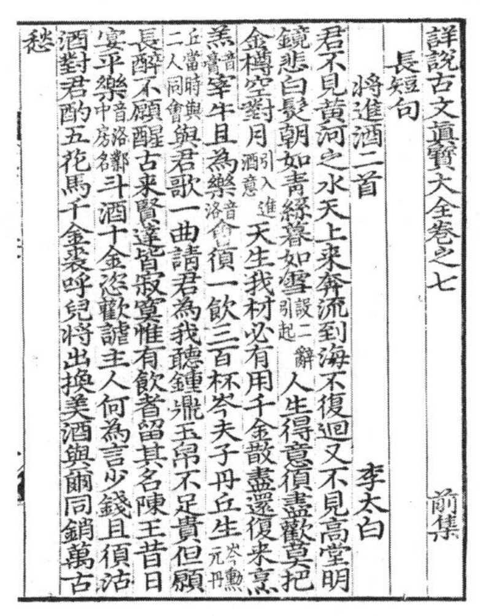

▶ 〈古文眞寶大全前集(木版本)〉

---

11 **徑須**수경 : 곧 바로, 반드시, 모름지기.

12 **五花馬**오화마 : 털의 빛깔에 오화(五花) 무늬가 있는 귀하고 훌륭한 말.

13 **千金裘**천금구 : 천 냥이나 나가는 귀중한 갖옷 가죽. ≪사기·맹상군열전(孟嘗君列傳)≫에 '맹상군은 천금의 값어치가 나가는 여우 갖옷을 가지고 있었는데, 천하에 둘도 없는 귀한 것이다.(孟嘗君有一狐白裘, 直千金, 天下無雙)'라 하였다.

14 **將出**장출 : 가지고 가서.
　　換美酒환미주 : 노조린(盧照鄰)은 〈행로난(行路難)〉에 '값나가는 담비 옷을 술과 바꾸었다.(金貂有時須換酒)'고 하였다.

15 **萬古愁**만고수 : 영원토록 무한한 깊고 넓은 근심.

▶ 明 萬邦治 〈醉飲圖〉

天馬歌
천마의 노래

〈천마가〉는 악부구제로 지은 해가 미상인 작품이지만, 명의 호진형 (胡震亨)은 ≪이시통(李詩通)≫에서 한림공봉을 사직하고 장안을 떠난 후에 지은 작품인 듯하다고 하였다. 이백은 시에서 '천마'·'곤륜산'·'비룡' 등의 비현실적인 소재를 사용하고 비약과 과장법을 사용하여 낭만주의 시의 특성을 마음껏 구사하면서 지기(知己)를 만나지 못한 지사(志士)의 불우한 처지에 자신의 현실을 빗대어 표현하였다. 시에서 뛰어난 재주를 가지고 있으면서도 부당한 대우를 받고 있는 천마는 곧 임금을 보필하고자 하나 뜻을 이루지 못한 이백 자신을 기탁한 것으로 천마의 조우는 바로 이백 일생의 기록이라고 할 수 있다. 전체 시를 세 단락으로 구분할 수 있는데, 처음 단락에서 천마의 웅장한 기상을 읊은 것은 청년시기 이백의 비범한 기풍과 정신을 비유한 것이고, 다음으로 천마가 하늘의 거리를 내달리며 황제가 계신 도성(皇都)을 비쳤다 함은 '한림공봉'으로 재직할 때의 이백 형상을 재현한 것이며, 끝으로 천마가 늙어 버림받아 사방을 방황하면서 님 계신 곳을 그리워함은 이백이 장안을 떠난 이후 곤경에 처한 상황과 회재불우의 심정을 술회한 것으로 지금이라도 현종에게 다시 등용되기를 희망하는 심정을 강하게 표출하고 있음을 볼 수 있다.

天馬來出月支窟[1] 천마는 월지나라 굴 안에서 나왔는데

背爲虎文龍翼骨[2] 등은 범의 무늬요 골격은 용의 날개이네.

嘶靑雲 울음소리 청운까지 진동하고

振綠髮[3] 검푸른 갈기 떨치면서

蘭筋權奇走滅沒[4] 강건한 모습으로 까마득히 내달려 사라지네.

騰崑崙 곤륜산 넘어가고

歷西極[5] 서방 끝을 지나도록

四足無一蹶[6] 네다리 튼튼해 넘어지지 않는다네.

鷄鳴刷燕晡秣越[7] 닭 우는 새벽에 연나라에서 씻고 저녁 무렵에는
월나라에서 꼴 먹으며

神行電邁躡恍惚[8] 귀신 가고 번개 치듯 쏜살같이 질주하네.

---

01 **天馬**천마 : 대완마(大宛馬)를 가리킨다. ≪사기≫ 〈대완열전(大宛列傳)〉에 서북에서 얻은 신마 중 오손마(烏孫馬)를 '서극(西極)'이라 부르고 대완에서 얻은 한혈마(汗血馬)를 '천마(天馬)'라 불렀다.
　月支窟월지굴 : 월지는 서역에 있던 옛 나라 이름. 처음에는 감숙성 돈황과 기련 사이에 있었지만 뒤에 흉노족의 침공으로 지금의 아프칸 동북쪽으로 옮겨 갔다. 월지굴은 천마가 태어났다고 전하는 호수가를 가리키는데, 일설에는 돈황 부근의 악와수(渥洼水)라고도 한다.
02 **虎文**호문 : 말의 털색이 호랑이 등 무늬와 같은 것.
03 **綠髮**녹발 : 말갈기(鬃)로 말의 이마 위에 난 푸른 털.
04 **蘭筋**난근 : 말 이마 위에 불거져 나온 근육. ≪마상경(馬相經)≫에 의하면 난근이 있는 말은 근력이 강건하여 족히 천리를 달린다 함.
　權奇권기 : 기이하고 비상한 것.
　滅沒멸몰 : 그림자도 소리도 없는 듯 천마의 달려가는 속도가 매우 빠름을 형용한 말.
05 **西極**서극 : 서쪽 끝에 있는 땅.
06 **四足無一蹶**사족무일궐 : 바람같이 내달리지만 한 번도 실족하지 않는다는 말임.
07 **晡秣**포말 : 포는 신시(申時) 곧 저녁 5-6시이며, 말(秣)은 말먹이는 꼴을 가리킨다.
08 **神行電邁躡恍惚**신행전매섭황홀 : 말이 빨리 달리는 모습을 형용한 말로, 번개같이 지나가 그림자조차도 보이지 않고 쏜살같이 질주하는 모습.

天馬呼
천마 울부짖으며

飛龍趨[9]
비룡처럼 나아가니

目明長庚臆雙鳧[10]
눈은 샛별같이 빛나고 가슴은 물오리처럼 날렵해라.

尾如流星首渴烏[11]
유성 같은 꼬리에 머리는 까마귀 모습

口噴紅光汗溝朱[12]
붉은 입김 내뿜으며 피 같은 땀방울 흘리누나.

曾陪時龍躍天衢[13]
일찍이 용 뫼시고 하늘 거리 내달릴 때

羈金絡月照皇都[14]
달 모양 황금 굴레는 서울을 비추었네.

逸氣稜稜陵九區[15]
빼어난 기상은 온 세상을 능가하니

白璧如山誰敢沽
흰 구슬이 산같이 쌓였어도 누가 감히 살 수 있나?

回頭笑紫燕[16]
머리 돌려 자연마를 비웃으며

→ → →
---

09 飛龍비룡 : 준마를 가리킨다. ≪주례(周禮)≫에 '팔 척 이상의 말을 용이라 불렀다'고 한다.

10 長庚장경 : 장경성. 별이름으로 저녁 서쪽 하늘에 빛나는 계명성(啓明星; 太白星이라고도 부름)임.
　臆雙鳧억쌍부 : 말 앞가슴의 근육이 두 마리 오리 모습 같음을 이른다.

11 流星유성 : 혜성(彗星), 곧 꼬리별·살별. 말 꼬리의 말린 모습이 빛나며 떨어지는 별, 즉 혜성과 같음을 이른 말.
　渴烏갈오 : 고대 수차(水車)의 높은 곳에서 물이 흘러들게 하는 장치인 죽통(竹筒). 말머리를 쳐든 모습이 갈오, 즉 까마귀와 비슷하다고 하였다.

12 口噴紅光구분홍광 : ≪제민요술(齊民要述)≫〈권6)에 의하면 말의 상을 볼 때 입 안이 불빛같은 홍백색을 띠면 좋은 자질의 말로 기운이 좋고 오래 산다고 하였다.
　汗溝朱한구주 : 말이 질주할 때 정강이와 가슴을 연결하는 오목한 곳에 피와 같은 붉은 땀이 흐른다 하여 한구라 불렀다.

13 天衢천구 : 하늘의 거리. 여기서는 수도 장안을 가리킨다.

14 羈金기금 : 황금으로 장식한 말의 굴레.
　絡月낙월 : 말의 두개골이 보름달처럼 둥근 모양으로 ≪마상경≫에 천리마임을 알려주는 표식이라 하였다.

15 稜稜능릉 : 위엄 있는 모양.
　九區구구 : 구주(九州).

16 紫燕자연 : 자연마(紫燕馬)임. 유소(劉劭)의 〈조도부(趙都賦)〉에 좋은 말에는 적토(赤兎)·해사(奚斯)·상려(常驪)·자연(紫燕) 등이 있다고 하였다.

但覺爾輩愚　　단지 그대들의 어리석음을 깨달을 뿐이네.

天馬奔　　천마는 달리며

戀君軒[17]　　임 계신 곳 그리워서

驕躍驚矯浮雲翻[18]　　재갈 채쳐 놀라 내달으니 뜬구름 흩날린다.

萬里足躑躅[19]　　만 리를 지나다가 머뭇거리며

遙瞻閶闔門[20]　　멀리 하늘 문 바라보네.

不逢寒風子[21]　　한풍자를 만날 수 없으니

誰採逸景孫[22]　　뉘라서 날랜 말의 후손임을 알아주리요?

白雲在靑天　　푸른 하늘 흰 구름아래

丘陵遠崔嵬[23]　　구릉은 우뚝 솟아 아득하여라.

鹽車上峻坂　　소금수레로 높은 언덕 오를 적

倒行逆施畏日晚　　거꾸로 가는 듯 날 저물까 걱정이네.

---

17 君軒군헌 : 천자의 수레.
18 驕躍송약 : 말이 재갈을 채치고 질주하는 것.
　　驚矯浮雲翻경교부운번 : 천마가 고개를 쳐들고 허공으로 질주하는 것 같은 모습.
19 躑躅척촉 : 앞으로 나아가지 못하고 머뭇거리는 모습.
20 閶闔창합 : 창합은 천문(天門)인데, 후에는 서울 궁궐의 대문을 범칭 하였다. 여기서는 장안
　　혹은 궁궐 문을 비유한 말.
21 寒風子한풍자 : 말의 치상(齒相)을 잘 보기로 유명한 말 관상쟁이임(≪呂氏春秋≫〈恃君 · 覽觀
　　表〉 '古時善相馬者, 寒風氏相口齒, 天下之良工也').
22 逸景일경 : 곧 일영(逸影)으로 양마(良馬)의 이름.
　　孫손 : 신마의 후손으로 이백을 스스로 비유한 말.
23 崔嵬최외 : 산이 높은 모습.
　　鹽車염거 : 소금을 실은 수레.

伯樂剪拂中道遺[24]　　　백락이 돌보아 주었어도 중도에서 버림받고

少盡其力老棄之　　　젊어서 힘 다 쓰니 늙을 적에 쫓겨났네.

願逢田子方[25]　　　바라건대 전자방이나 만나서

惻然爲我悲　　　내 슬픔을 위로 받아보려 하오.

雖有玉山禾[26]　　　비록 옥산에 목화(木禾)가 있다 한들

不能療苦飢　　　노고와 허기를 채울 수 없어라.

嚴霜五月凋桂枝[27]　　　오월 찬 서리는 계수나무도 시들게 하니

伏櫪銜寃催兩眉　　　마구간에 누워 울분 품은 채 양미간 찌푸린다.

請君贖獻穆天子[28]　　　그대가 나를 목천자께 바쳐 준다면

猶堪弄影舞瑤池[29]　　　그림자와 함께 요지 연못에서 춤추리라.

---

24 伯樂백락 : 춘추시대 말의 관상을 잘 본 사람으로, 성은 손(孫) 이름은 양(陽)이다.
  剪拂전불 : 말의 털과 갈기를 깎아 주며 때와 먼지를 씻기고 털어주는 것.
25 田子方전자방 : 전국시대 위(魏)나라 사람으로 이름은 무택(無擇)임. 위문후(魏文侯)가 그를
  스승으로 섬길 때, 늙고 병든 말을 사들여 천하의 곤궁한 선비들의 마음을 얻었다는 고사로
  ≪한시외전(韓詩外傳)≫(권8)에 의하면 전자방이 길에 버려진 늙은 말을 보고 "젊어서 그 힘을
  다하였는데 늙었다고 푸대접하는 것은 어진 사람이 할 일이 아니다"라고 하면서 비단을 주고
  그 말을 사자 천하의 곤궁한 선비들이 이를 듣고 그를 의지하여 따랐다고 한다.
26 玉山禾옥산화 : 경산(瓊山), 곧 곤륜산(崑崙山)에서 난다는 목화로서, ≪산해경(山海經)≫에 의
  하면 높이가 다섯 길이고 둘레가 다섯 아름이라 한다.
27 嚴霜五月엄상오월 : 추연(鄒衍)의 고사를 인용하여 이백 자신이 무죄이면서 억울함을 당하였다고
  말한 것임. ≪논형(論衡)≫〈감허편(感虛篇)〉에 추연이 연의 혜왕(惠王)에게 충성을 다 바쳤지
  만 소인배들의 참소로 죄가 없는데도 투옥되자 하늘을 우러러 통곡을 하니 오월인데도 하늘에서
  서리가 내렸다고 하였다.
28 穆天子목천자 : 주나라 목왕(穆王;기원전 947-928재위)이 팔준마를 타고 서왕모를 찾아가 요지에
  서 술 마시며 즐겼다 한다. 여기서는 지금의 천자인 현종을 비유하였다.
29 瑤池요지 : 서왕모가 거처하는 곳.

행 로 난
行路難

인생길 어려워라

〈**행**로난〉은 본래 고악부 ≪잡곡가사(雜曲歌辭)≫에 속하지만 옛 가사(古辭)는 전해지지 않는다. 육조와 당대 문인들의 모방 작품이 매우 많았는데, 대부분 인생여정의 어려움과 인생무상을 개탄한 작품들이다. 이백의 이 시도 전인들의 〈행로난〉 주제와 비슷하지만, 이상이 단절된 갈림길에서 회재불우와 방황하는 심정을 생동적으로 표현하였다. 〈행로난〉 3수는 긴밀하게 연관되어 분리할 수 없으며, 구체적으로 지은 시간과 지점에 대해 자세히 밝혀지지 않았지만, 대략 천보 3년(744) 장안을 떠난 후에 지었다는 것이 정설로 인정되고 있다.

≪其1≫

금 준 청 주 두 십 천
金樽清酒斗十千[1]　　금동이 속 맑은 술은 한말에 만 냥이요

옥 반 진 수 직 만 전
玉盤珍羞直萬錢[2]　　옥쟁반 위 진수성찬도 만전의 값어치이지만,

정 배 투 저 불 능 식
停杯投筯不能食　　잔 놓고 수저 던져 먹지를 못하고

---

01 **清酒**청주 : 탁주(濁酒)와 상대적인 말로서, 맑은 술.
　　斗十千두십천 : 술 한 말이 십천, 즉 만 냥이나 나가는 술.
02 **珍羞直萬錢**진수치만전 : 안주의 값어치가 만 냥이나 됨. '수(羞)'는 '饈(반찬)'와, '치(直)'는 '値(값)'와 같이 통함. ≪진서·하증전(何曾傳)≫에 '하루 식사 값이 만 냥이나 되지만, 오히려 젓가락을 내려놓을 데가 없다 하네(日食萬錢, 猶云無下筯處.)'라 하였다.

拔劍四顧心茫然[3]   칼 빼어 사방을 들러봐도 마음만 답답하네.

欲渡黃河氷塞川   황하를 건너고자하나 얼음이 강을 막고

將登太行雪滿山[4]   태행산을 오르려 해도 눈이 가득 쌓였어라.

閑來垂釣碧溪上   한가로이 푸른 계곡에 낚시를 드리웠다가

忽復乘舟夢日邊[5]   다시 배를 타고 해 있는 곳 꿈꿔보네.

行路難, 行路難   가야할 길은 어렵고도 어려워라

多岐路, 今安在[6]   갈림길 많으니 지금은 어디에 있는 건가?

長風波浪會有時[7]   큰 바람이 파도 만날 때 오면

直掛雲帆濟滄海[8]   바로 구름에 돛 걸고 창해를 건너리라.

    제1수에서는 이백의 공업이 아직 이루어지지 않았는데, 장안을 떠나게 된 비분의 심정을 표출하면서도 아직 미래에 대한 희망이 존재함을 읊고 있다. 곧 청주와 진수성찬을

---

03 **拔劍**발검 : 포조(鮑照)의 〈의행로난(擬行路難)〉에 '밥상을 대하여도 먹지 못하고, 검을 빼들어 기둥 치며 길게 탄식하노라(對案不能食, 拔劍擊柱長歎息..)'라는 시구가 있음.
   四顧心茫然사고심망연 : 〈고시 19수〉에 '사방을 둘러보아도 아득하고, 봄바람이 봄 풀 흔드네(四顧何茫茫, 東風搖百草.)'라는 내용이 있음.

04 **太行**태행 : 하남성에서 하북성에 걸쳐 있는 태행산.

05 **日邊**일변 : 황제의 신변으로 조정을 가리킨다.

06 **多岐路**다기로, **今安在**금안재 : 나아갈 길이 이렇게 많은데 현재 가야만 할 길은 어디에 있는가? 라는 뜻. 포조(鮑照) 〈대만가(代挽歌)〉에 '장사들이 모두 죽고 없으니, 남아 있는 사람들은 어디에 있는가?(壯士皆死盡, 餘人安在哉)'라는 내용이 있음.

07 **長風波浪**장풍파랑 : 종각(宗慤)의 고사. 《송서 · 종각전(宋書 · 宗慤傳)》에 '숙부 종병은 벼슬에 뜻이 없는 고상한 선비였는데, 종각이 어렸을 적에 숙부가 그의 뜻을 묻자 종각은 '큰 바람타고서 만리의 풍랑을 헤쳐 나가고자 합니다(叔父炳高尙不仕, 慤少年時, 炳問其志, 慤曰, 願乘長風 破萬里浪)'라고 답하였다.

08 **雲帆**운범 : 구름까지 높이 걸린 돛.
   滄海창해 : 큰 바다. 전설에 의하면 창해는 신선이 거주하는 북해의 섬이라고 함. 동방삭(東方朔) 의 《해내십주기(海內十洲記)》에 '창해도는 북해 가운데 있는데, 물이 모두 푸른색인지라 신선들이 이를 창해라고 불렀다(滄海島在北海中, …水皆蒼色, 仙人謂之滄海也)'고 하였다.

대하고서도 먹지 못하고 칼을 빼들고 사방을 답답한 마음으로 보는 것은 내심 깊은 고통을 품고 있음을 알 수 있다. 또한 현실의 장벽에 막혀 계곡(碧溪)에서 낚시를 드리운 채 은거하면서도 한편으로는 조정으로 나아갈 꿈 또한 버리지 않았으니, 세상을 구제하지도 못하고 버릴 수도 없는 어려운 행로였다. 이렇듯 해결할 수 없는 모순 속에서도 마지막 구절에서 이백은 적극적인 인생의 이상을 미래에 반드시 이루겠다는 강렬한 희망을 피력하고 있다.

≪其2≫

大道如青天　　큰길이 푸른 하늘처럼 트였는데

我獨不得出　　나만 홀로 나서지 못하네.

羞逐長安社中兒[1]　　부끄럽게도 장안의 시정잡배 뒤쫓으며

赤鷄白狗賭梨栗[2]　　투계와 투견으로 배와 밤 내기를 하였노라.

彈劍作歌奏苦聲[3]　　칼 두드리며 괴로움을 노래로 불러 볼 뿐

曳裾王門不稱情[4]　　옷깃 끌며 왕가의 문전 드나들기 내키지 않는구나.

淮陰市井笑韓信[5]　　회음의 부랑아들 한신을 비웃었고

01 社中兒사중아 : 시정의 소년. 고대에 25가(家)를 사(社)라 하였는데, 여기서는 시정의 골목의 말한다.

02 赤鷄白狗적계백구 : 투계와 투견 등의 유희. 당 현종은 투계를 좋아하여 궁중에 계방(鷄坊)을 두었으므로 장안의 권력층들은 투계와 투견의 풍속이 매우 성하였다.
　　賭梨栗도리율 : 배와 밤 등 물건으로 내기를 하는 것.

03 彈劍作歌탄검작가 : 풍환(馮驩)의 고사. 전국시대 유명한 책사인 풍환은 맹상군(孟嘗君)의 식객으로 있으면서 처음에는 중시 받지 못하였기 때문에 일찍이 검을 세 차례 치면서 "장검아 돌아가리라(長鋏歸來乎)"라 노래하였다.(고풍 39수 참조)

04 曳裾王門예거왕문 : 옷깃을 끌고 권세가의 문으로 분주히 모여 드는 것. 한나라 초기의 문사인 추양(鄒陽)은 지모가 뛰어난 사람으로 오왕비(吳王濞)에게 그의 정치적 주장이 채용되지 않자 오나라를 떠나 양(梁)으로 갔다.

05 笑韓信소한신 : 한나라 개국명장인 한신은 회음(淮陰) 출신으로 젊어서 시정잡배들에게 가랑이 사이로 기어가는 모욕을 당하였다(≪史記·淮陰侯列傳≫'韓信, 淮陰人. 淮陰屠中少年有侮信者, 曰「若雖長大, 好帶刀劍, 中情怯耳」衆辱之, 曰信能死, 刺我, 不能死, 出我胯下, 於是信熟視之, 俯出胯下, 蒲伏, 一市人皆笑信, 以爲怯.').

漢朝公卿忌賈生[6]　　　한 조정의 공경들은 가생을 꺼렸도다.

君不見　　　그대는 보지 못 하였나

昔時燕家重郭隗[7]　　　옛날 연나라에서는 곽외를 귀하게 대접하여

擁彗折節無嫌猜[8]　　　대빗자루 손수 쥐고 굽실거리며 공경하였다네.

劇辛樂毅感恩分[9]　　　극신과 낙의는 성은에 감복하여

輸肝剖膽效英才[10]　　　간과 쓸개 바쳐 뛰어난 재주로 보답하였도다.

昭王白骨縈蔓草　　　소왕의 무덤에 덩굴풀이 우거졌으니

誰人更掃黃金臺[11]　　　뉘라서 다시 황금대를 쓸어 주랴.

行路難, 歸去來　　　가는 길 어려우니. 돌아가리라!

　　제2수에서는 시세에 영합하기 싫으면서도 정계에 진출하려는 꿈을 버리지 못하는 이백의 이상이 단절된 처지를 읊었다. 이백에게 정치상 출로가 없었던 원인은 몸을 굽히는 것을 원하지 않아서였다. 그러므로 투계와 도박을 일삼는 하층부류들과 같이 더러워짐을

---

06 **賈生**가생 : 가생은 가의(賈誼)임, 가의는 조정에서 한문제의 총애를 받았으나 후에 권신들에게 투기와 참소를 받아 유배당하였다(≪史記·屈原賈生列傳≫'天子議以爲賈生任公卿之位, 絳·灌·東陽侯·馮敬之屬盡害之, 乃短賈生曰, 洛陽之人, 年少初學, 專欲擅權, 紛亂諸事, 於是天子後亦疏之, 不用其議').

07 **燕家重郭隗**연가중곽외 : 곽외는 재지가 평범하였지만 연나라 소왕(昭王)이 극진히 대접하여 황금대를 축조하고 그를 스승으로 삼았다.

08 **擁彗**옹수 : 수는 빗자루로서, 비를 들고 쓸 때 흙먼지가 곽외에게 미칠까 조심하여 쩔쩔매는 모습의 표현.

　　折節절절 : 아랫사람에게 자신을 굽히는 것.

09 **劇辛**극신 : 전국시대 때 조(趙)나라 사람으로 연으로 들어가 모사(謀士)가 되었음.

　　樂毅낙의 : 위(魏)나라 사람으로 연왕이 인재를 예우한다는 것을 알고 몸을 맡겨 신하가 되니 연왕이 그를 상장군으로 삼아 제나라를 쳐 70여 성을 빼앗았다.

10 **輸肝剖膽**수간부담 : 간을 쪼개고 쓸개를 바치다.

11 **黃金臺**황금대 : 황금대는 역수(易水) 동남쪽 80리에 있으며, 연나라 소왕이 대위에 금을 쌓아 놓고 천하의 인재를 끌어 들였다.

원치 않으면서도 어울린 것은 조정의 권력자들을 극도로 멸시하였기 때문인데, 이러한 행동들은 정치가 부패하여 이상이 소멸된 데서 나오는 침통함을 표현한 것이다. 이어서 군왕을 위하여 큰 공을 세웠지만 보답을 받지 못한 풍환, 한신, 가의 등을 자신에 비유한 것은 현종을 견책하고 조정에서의 멸시와 참소 당하는 처지를 표명한 것이다. 또한 곽외, 극신, 악의 등을 등용한 연나라 소왕이 세상에 없음을 한탄한 것은 곧 현종이 인재등용을 중시하지 않음을 견책한 것이다. 이로써 그는 장안을 떠나고자 하는 좌절상태를 읊었다.

≪其3≫

有耳莫洗潁川水[1]　　귀 있어도 영천 물에 씻지 말며

有口莫食首陽蕨[2]　　입 있어도 수양산 고사리는 먹지 마시게.

含光混世貴無名[3]　　세상살이에 재주 있어도 무명이 귀한 것이니

何用孤高比雲月　　고고하게 운월에 비한들 무슨 소용 있으리오?

吾觀自古賢達人　　자고로 현명하고 부귀누린 인물들을 보건대

功成不退皆殞身[4]　　공 이루고 은퇴하지 않아 모두 몸을 상하였다네.

---

01 **潁川水**영천수 : 요(堯)임금이 은사인 허유(許由)에게 천하를 물려주려 하자, 그는 더러운 소리를 들었다하여 영천의 물에 귀를 씻은 고사(晉 皇甫謐, ≪高士傳≫'許由耕於中岳潁水之陽·箕山之下, 堯召爲九州長, 由不欲聞之, 洗耳於潁水濱'). 영수는 지금의 하남성 등봉현(登封縣) 경내에 있다.

02 **首陽蕨**수양궐 : 수양산은 지금의 하남성 언사현(偃師縣) 서북쪽에 있다. 궐(蕨)은 야채의 일종인 고사리로서 연한 줄기를 식용으로 씀. ≪사기·백이열전≫에 의하면 백이(伯夷) 숙제(叔齊)는 무왕(武王)이 은나라를 멸망시키는 것을 반대하고 수양산에 은거하여 산나물과 고사리를 먹고 지내면서 차라리 굶을지언정 주나라의 곡식을 먹지 않겠다고 하면서 그 곳에서 굶어 죽었다.

03 **含光混世**함광혼세 : 빛을 감추고 세상의 추이에 따르는 것. 뛰어난 재주를 드러내지 않은 채 세속에 따른다는 뜻. ≪고사전(高士傳)≫에 '소부가 허유에게 이르기를 당신은 왜 모습을 숨기지 않고 또 당신의 광채를 감추지 않았는가?(汝何不隱汝形, 藏汝光)'라 하였다.

04 **殞身**운신 : 몸이 죽는 것. 운(殞)은 사망을 말한다.

子胥既棄吳江上[5]　　　자서는 이미 오강에 버려졌고

屈原終投湘水濱[6]　　　굴원도 끝내는 상수가에 투신했다네.

陸機雄才豈自保[7]　　　육기의 뛰어난 재주로도 보신하지 못하였고

李斯稅駕苦不早[8]　　　이사는 벼슬길에서 늦게 물러난 것 괴로웠어라.

華亭鶴唳詎可聞[9]　　　화정의 학 울음소리 어찌 들을 수 있으며

上蔡蒼鷹何足道[10]　　상채의 매사냥을 어찌 말할 수 있으리오?

君不見　　　　　　　　그대는 보지 못하였는가.

吳中張翰稱達生[11]　　오 땅 사람 장한은 달관한 선비로서

秋風忽憶江東行　　　　추풍에 불현듯 고향생각 일어 강동으로 갔다네.

---

05 **子胥既棄**자서기기 구 : 오자서(伍子胥)는 춘추시대 오나라의 공신이지만 후에 모함을 받아 억울하게 죽었다. ≪오월춘추≫에 '오왕은 자서가 원한을 품었다는 말을 듣고 사람을 보내 속루검으로 자결하도록 하였다. 이에 자서가 칼을 물채 죽자, 오왕이 자서의 시체를 치이라는 그릇에 담아 강 속으로 던졌다(≪吳越春秋≫〈卷5〉〈夫差內傳〉 吳王聞子胥之怨恨也, 乃使人賜屬鏤之劍, 子胥…伏劍而死, 吳王乃取子胥尸, 盛以鴟夷之器, 投之於江中).'고 한다.

06 **屈原終投**굴원종투 구 : 굴원은 전국시대 초나라의 대부로서 만년에 상수로 방축 당하였다가 마침내 멱라(汨羅) 강물에 투신하였다. 멱라강이 상수 근처에 있으므로 '상수빈(湘水濱)'이라고 하였다.

07 **陸機雄才**육기웅재 : 서진(西晉)의 육기는 장군이 되어 하북대도독을 지냈으나 참소를 받아 성도왕(成都王) 사마영(司馬穎)에게 살해당하였다.

08 **華亭鶴唳**화정학려 : 화정은 지금의 상해 송강현(松江縣)임. 육기는 사형 당하기 전에 "화정의 학 울음소리를 어찌 다시 들을 수 있겠는가?"라고 탄식하였다(≪晉書≫卷5,〈陸機傳〉 '華亭鶴唳, 其可復得聞乎').

09 **李斯稅駕**이사탈가 : 이사는 진시황의 재상으로서 시황이 죽자 진2세 호해(胡亥)를 즉위시켰지만, 환관인 조고(趙高)의 무고로 함양시에서 허리가 잘리는 형벌을 당하였다.

10 **上蔡蒼鷹**상채창응 : 상채는 지금의 하남 상채현. 이사는 상채 출신으로 자칭 '상채포의(上蔡布衣)'라고 하였으며, 어릴 적 고향에서 매와 개를 풀어 사냥을 즐겼다(≪太平御覽≫권926에서 ≪史記≫를 인용하여 '李斯臨刑, 思牽黃犬, 臂蒼鷹, 出上蔡東門, 不可得矣'라 하였다).

11 **吳中張翰**오중장한 : 장한은 서진(西晉)시 오 지방 출신으로 제왕(齊王) 사마경(司馬冏)이 권력을 장악하였을 때 장한을 대사마동조연(大司馬東曹椽)에 임명하였다. 후에 가을바람 불자 문득

且樂生前一杯酒 　모름지기 생전에 한 잔술을 즐길진대

何須身後千載名 　죽은 후에 명성 구하여 무엇하리요?

　　이 3수에서는 용전(用典)을 빈번하게 사용하여 감정의 도약과 발설하기 어려운 고충을 처리하였다. 처음부터 역사상의 저명한 은자인 소부와 허유, 백이와 숙제가 세상을 버리고 은거하는 것에 대하여 불만을 표시하면서 그들처럼 행동하는 것을 원치 않았다. 그러나 다시 오자서, 굴원, 육기, 이사 등이 죽음을 당한 역사적 교훈을 상기하고 세태의 험악함을 깊이 느끼면서 최후에는 시기를 잘 선택하여 은퇴한 장한을 칭찬하면서 공업을 이룬 뒤에는 일찍 물러나는 것만 같지 못하다고 하였다.

▶ 明 唐寅 〈溪山漁隱圖〉

고향인 오 땅의 순채국(蓴羹)과 농어회(鱸魚)가 마침 맛좋을 때라는 것을 생각하고 벼슬을 사직한 채 고향으로 돌아갔다. 얼마 후 제왕 경이 패하였을 때 화를 면하게 되었으므로 다른 사람들은 모두 그가 예견이 있음을 칭송하였다(≪晉書≫卷92 〈張翰傳〉 張翰, 字季鷹, 吳郡吳人也. 有淸才, 善屬文, 而縱任不拘. 齊王冏辟爲大司馬東曹掾. 冏時執權, 翰因見秋風起, 乃思吳中蔬菜·蓴羹·鱸魚膾, 曰人生貴得適志, 何能羈宦數千里而要名爵乎. 遂命駕而歸. 俄而冏敗, 人皆謂之見機. 翰任心自適, 不求當世, 或謂之曰 卿乃可縱適一時, 獨不爲身後名耶. 答曰 使我身後名, 不如卽時一杯酒. 時人貴其曠達).

　　이백이 천보 11년(752년) 유주(幽州)에 들렀을 때 지은 시이다. 변
방으로 출정한 남편이 전사하자 비통한 심정을 억누를 길 없는
여인의 내면세계를 섬세하게 보여주고 있는데, 시의 끝부분 두구가 이
시의 중심부분으로 과장법을 사용하여 병사 아내의 골수에 사무치는 비
통한 심정을 반영하였다. 남편이 전사하는 비극적 결말을 읊고 있는 이
시는 희망이 완전히 사라지고 난 후에 문제는 여주인공 스스로의 단절할
수 없는 슬픔의 근원을 어떻게 처리하는가에 있으며, 이후의 세월은 암담
한 고통의 연속임을 보여주고 있다. 이러한 단절된 희망 속에서도 여주
인공의 남편에 대한 순수한 애정과 지고지순한 순결성을 느낄 수 있다.
남편이 변경을 평정하러 떠나(救邊去) 전사하였지만 자신은 무한한 원
한만을 마음속에 간직한 채 밖으로 표시할 수 없었으니, 이는 대의명분을
살린 것으로 그녀의 숭고한 정신을 읽을 수 있다.

燭龍棲寒門[1]　　　촉용이 한문에 사노니

光耀猶旦開[2]　　　훤하기가 마치 동이 튼 듯하구나.

日月照之何不及此　　해와 달은 여기까지 비치지 못하고

惟有北風號怒天上來　북풍만이 노호하며 하늘에서 불어올 뿐이네.

燕山雪花大如石[3]　　연산의 눈송이는 방석만 하여

片片吹落軒轅臺[4]　　펄펄 날리어 헌원대에 내려앉네.

幽州思婦十二月[5]　　유주 땅 12월에 임 그리는 아낙네는

停歌罷笑雙蛾摧[6]　　노래와 웃음 멈추고 두 눈썹 찌푸렸네.

倚門望行人　　　　문에 기대어 행인을 바라보니

念君長城苦寒良可哀　장성 추위 속 고생하시는 님 생각에 슬프기만 하구나

---

01 **燭龍**촉룡 : 신화 속 신룡(神龍)을 말한다. ≪산해경≫과 ≪회남자·지형훈(地形訓)≫에 의하면 촉용은 안문의 북쪽에 있으며 위우산(委羽山)에 가려 있어 해를 보지 못한다. 그 신은 사람의 얼굴에 용의 몸을 가지고 있다고 하였다. 고휴(高誘)의 주에 의하면 용이 촛불을 물고 수천 리나 되는 태음을 비추는데, 쳐다보면 낮이 되고 눈을 감으면 밤이 되며, 숨을 내쉬면 겨울, 들이 마시면 여름이 된다고 하였다(≪山海經·大荒北經≫'西北海之外, 赤水之北, 有章尾山. 有神, 人面蛇身而赤. 直目正乘. 其瞑乃晦, 其視乃明. 不食不寢不息, 風雨是竭. 是燭九陰, 是謂燭龍)'.
　　寒門한문 : 신화 가운데 지명으로 북극의 문을 가리킨다. 추위가 쌓여 있으므로 한문으로 불렀다 (≪淮南子·地形訓≫'北方曰北極之山, 曰寒門') 한다.
02 **猶旦開**유단개 : 밝기가 대낮과 같다.
03 **燕山**연산 : 지금의 하북성 계현(薊縣) 동남쪽에 위치하며, 일반적으로 북경지방 일대의 산간지역을 가리킨다.
04 **軒轅臺**헌원대 : 연산의 남쪽에 위치하며, 지금의 하북성 회래현(懷來縣) 교산(喬山)위에 있는데 지금도 그 곳에 옛터가 있다. 전설에 의하면 황제(黃帝)가 이곳에서 치우(蚩尤)와 큰 전쟁을 치른 곳이라 한다.
05 **幽州**유주 : 당대의 주군 이름으로 천보 원년에 범양군(范陽郡)으로 바꾸었다.
06 **雙蛾摧**쌍아최 : 근심으로 두 눈썹을 펴지 못한 모습을 가리킨다.

別時提劍救邊去　　칼 차고 수자리 지킨다고 떠나던 날

遺此虎文金鞞釵[7]　　범 무늬 새겨진 이 전통을 남겨 두었네.

中有一雙白羽箭　　속에는 한 쌍 백우전 있어

蜘蛛結網生塵埃[8]　　거미가 줄을 치고 먼지만 쌓였구나.

箭空在　　화살만 부질없이 남아 있고

人今戰死不復回　　임은 전사하여 돌아오지 못하여라.

不忍見此物　　차마 이 물건 볼 수 없으니

焚之已成恢　　태워서 재가 되었도다.

黃河捧土尙可塞[9]　　황하의 물은 흙을 쌓아 막을 수 있다지만

北風雨雪恨難哉　　북풍한설 이내 한은 어이하리요.

---

07 鞞釵병차 : 화살을 넣는 주머니.
08 蜘蛛지주 : 거미.
09 黃河捧土황하봉토 구 : 황하의 맹진(孟津) 주변에 사는 사람들이 강에서 부는 바람과 파도가 세어서 흙으로 막으려 하였다는 고사가 있다.

　　한나라 때 절세미인 왕소군(王昭君)이 이역만리 떨어진 오랑캐지방으로 출가하는 모습을 묘사한 시다. 왕소군은 성은 왕(王), 이름은 장(嬙), 자가 소군으로 원제의 후궁으로 들어갔으나 흉노와의 화친정책에 따라 원제의 명으로 흉노의 호한야선우(呼韓邪單于)에게 시집보내졌다. 오랑캐 땅으로 들어간 소군은 그 곳에서 한나라를 그리워 하다가 죽었는데, 당시 사람들은 멀리 시집가는 소군을 불쌍하게 여기어 시를 지어 위로해 주었다. 왕소군에 대한 기록은 ≪후한서≫와 ≪서경잡기(西京雜記)≫ 등에 보이며, 원·명나라로 내려와서는 희곡과 잡극형태로 그 이야기가 연출되었다. 그 중에서도 원대 마치원(馬致遠)의 〈한궁추(漢宮秋)〉와 명대의 잡극인 〈명군출새(昭君出塞)〉 등이 사람들에게 잘 알려져 있다.

　　이 두수의 시는 문명대국인 한나라 궁녀 왕소군이 미개한 지역으로 출가하는데 대한 안타까운 심정을 읊고 있다. 특히 두 번째 시에서 왕소군이 말안장을 부여잡고 눈물을 흘리며 이별하는 짧은 순간의 포착과 전결 양구에서 이국땅으로 가서 선우(單于)의 처첩이 되는 사실을 평범하게 읊은 듯하지만, 그 이면에는 수많은 고뇌가 숨겨져 있음을 느낄 수 있다. 그래서 이 3.4구에 대하여 청나라 조익(趙翼)은 ≪구북시화(甌北詩話)≫에서 의미가 무궁하여 명비(明妃)를 읊은 시 가운데 절창(絕唱)이라고 칭찬하였다.

〈其1〉

漢家秦地月
한나라 때 진 땅에 뜬 달이

流影照明妃
떠나가는 명비 그림자 비치는구나.

一上玉關道[1]
한번 옥문관 가는 길에 올라

天涯去不歸
하늘 끝으로 가서는 돌아오지 못하네.

漢月還從東海出
한나라 달은 동해에서 솟아오르지만

明妃西嫁無來日
서쪽으로 출가한 명비는 돌아올 기약 없구나.

燕支長寒雪作花[2]
긴 겨울 연지산엔 눈송이가 꽃이 되니

蛾眉憔悴沒胡沙
미인은 수심 속에 호 땅 사막에서 죽었도다.

生乏黃金枉圖畫[3]
살아서는 황금 없어 얼굴 잘못 그렸더니

死留靑塚使人嗟[4]
죽어 남긴 푸른 무덤은 탄식을 자아내누나.

---

01 玉關옥관 : 옥문관(玉門關)이며, 지금의 감숙성 돈황 서북쪽에 있다.

02 燕支연지 : 연지산(燕支山)으로 지금의 감숙성 영창현(永昌縣)과 민락현(民樂縣) 사이에 있는데, 당시는 흉노지방이다.

03 黃金枉圖畫황금왕도화 : 화공들이 뇌물을 받고 궁녀들의 그림을 그린 사건으로 ≪후한서·남흉노전(南匈奴傳)≫과 ≪서경잡기(西京雜記)≫ 등에 다음과 같이 자세히 나온다. 원제(元帝)는 후궁이 너무 많아 일일이 다 볼 수가 없었으므로 화공에게 궁녀들의 모습을 그려 바치도록 하고, 그 그림 속의 아름다운 궁녀들을 골라 맞아들였다. 대부분의 후궁들은 모두 화공에게 수만 냥의 뇌물을 바쳤지만, 소군은 자신의 미모를 믿고 뇌물을 바치지 않아 화공이 그녀를 추하게 그려 부름을 받지 못하였다. 후에 흉노(匈奴)의 추장 호한야선우(呼韓邪單于)가 입조하여 배필을 구할 때 원제는 추하게 그려진 소군의 그림을 보고 일부러 그녀를 간택하였다. 소군이 궁궐에서 흉노지방으로 출발하려고 할 때, 그녀의 미모가 눈부시게 아름다움을 알고 중대한 실수를 범하였음을 깨달았으나 외국과의 약속인지라 어찌할 수 없었다. 그리하여 천자는 그림에 대한 자초지종을 물어 진상을 파악한 후, 화공 중 뇌물을 받은 모연수(毛延壽)·진창(秦敞)·유백(劉白)·공관(龔寬)·두양망(杜陽望)·번청(樊靑) 등을 모두 같은 날에 처형하고 그들의 재물을 압수하였다.

04 靑塚청총 : 왕소군이 죽어 묻힌 푸른 풀이 난 무덤. 지금의 내몽고자치구(內蒙古自治區) 내의 후허하오터(呼和浩特)시 남쪽 20리에 있다.

〈其2〉

昭君拂玉鞍[1]
소군이 옥안장을 부여잡고

上馬啼紅頰
붉은 뺨에 눈물지으며 말에 오르네.

今日漢宮人
오늘은 한나라 궁녀이지만

明朝胡地妾[2]
내일은 오랑캐 땅 첩 신세이어라.

▶ 倪田 〈昭君出塞圖〉

---

01 **玉鞍**옥안 : 한나라 무제(武帝; BC142-BC87 재위)시 신독국(身毒國)에서 하얗게 빛나는 유리옥으로 만든 연환기(連環羈)라는 안장을 바쳤는데, 어두운 곳에서도 십여 장이나 떨어진 곳까지 대낮같이 환하게 비쳤다 한다. 여기서는 옥으로 장식한 화려한 안장을 말한다.

02 **妾**첩 : 부녀자의 의미로, 여자가 남자에 대하여 자기를 낮추는 겸칭.

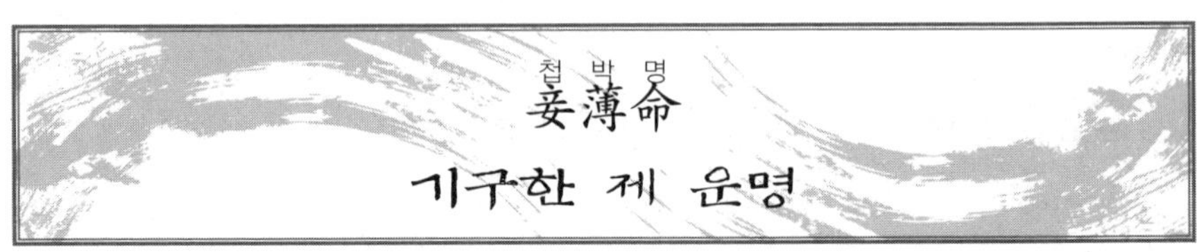

악 부구제로 〈잡곡가사(雜曲歌辭)〉에 속한다. 한나라 무제가 진황후(陳皇后)를 유폐시킨 사건을 읊으면서 은총이 극에 달하면 애정이 쇠하여지고, 한번 엎어진 물은 거두어 담기 힘들듯 총애의 유무에 따라 달라지는 신세를 점층적으로 표현하였다. 전반부는 제삼자의 입을 통하여 진황후가 총애를 잃는 과정을 읊었으며, 후반부는 기구한 운명을 가진 여인의 깊은 원한을 서술하고 있다. 마지막 두구는 귀결되는 부분으로 미색만으로 사람을 섬기면 오래도록 유지하기 힘들 뿐만 아니라 박명해지는 원인이 된다는 뜻이 내포되어 있다. ✍

한 제 중 아 교
漢帝重阿嬌[1]   한 무제가 아교를 어여삐 여겨

저 지 황 금 옥
貯之黃金屋[2]   황금 궁궐에 모셔 두었을 때,

---

01 阿嬌아교 : 전한 무제(武帝)의 황후인 진황후(陳皇后)의 어렸을 때 이름이 아교임.

02 黃金屋황금옥 : 황금으로 만든 집. 한 무제가 어렸을 때 아교를 부인으로 삼아 황금으로 만든 궁궐에서 살도록 하겠다고 한 고사. 아교가 어렸을 때, 그녀의 어머니 장공주〈長公主-관도장공주유표(館陶長公主劉嫖)는 무제(武帝)의 아버지 경제(景帝)의 동모자(同母姉)로 당시 황태자였던 유철(劉徹-후의 武帝)과 그녀가 함께 있던 자리에서 유철(劉徹)에게 '아교(阿嬌)를 아내로 맞이하고 싶으냐?'고 묻자, 유철(劉徹)이 '만약 제가 아교를 아내로 맞는다면, 금(金)으로 만든 집에서 아교(阿嬌)를 살게 해줄 것이다'고 하였다. 그러자 장공주(長公主)가 아주 크게 기뻐하면서 그에게 아교(阿嬌)를 시집보내서 황태자비가 되었다〈≪漢武故事≫ '年四歲, 立爲嬌東王. 數歲, 長公主嫖抱置膝上, 問曰兒欲得婦否. 嬌東王曰欲得婦. 長主之左右長御百餘人, 皆云不用. 末指其女問曰阿嬌好否, 于是乃笑對曰好若得阿嬌作婦, 當作金屋貯之也. 長主大悅, 乃苦要上, 遂成婚焉'. 금옥(金屋)은 고귀하거나 훌륭한 집이다.

咳唾落九天[3]	침방울이 구천에서 떨어지면
隨風生珠玉	바람 따라 구슬이 된다네.
寵極愛還歇	총애가 지극하면 애정도 식는 법
妬深情却疎	질투가 심해지자 정 또한 시들었어라.
長門一步地[4]	장문궁이 지척에 있건마는
不肯暫廻車	잠시도 수레를 돌리지 않는구나.
雨落不上天[5]	떨어진 빗방울은 하늘로 오르지 못하고
水覆難再收	엎어진 물은 도로 담기 어려워라.
君情與妾意	님의 정과 저의 마음은
各自東西流	제각기 동서로 흐르고,
昔日芙蓉花	어제는 한 떨기 부용꽃이
今成斷根草[6]	오늘은 뿌리 잘린 풀로 변하였네.
以色事他人	예쁘다하여 다른 사람을 총애하니
能得幾時好	어느 때나 사랑을 다시 얻을 수 있을까요?

---

03 **咳唾**해타 2구 : 세력을 얻었을 때는 모든 것이 귀하게 변함을 표현한 것이다(≪莊子.秋水篇≫'子
不見夫唾者乎. 噴則大者如珠, 小者如霧, 雜而下者不可勝數也').
04 **長門**장문 2구 : 아교가 총애를 잃었을 때의 모습.
05 **雨落**우락 2구 : 진행된 일은 만회할 수 없다는 뜻.
06 **斷根草**단근초 : 뿌리 잘린 풀. 먹을 수 없지만 그 꽃은 아름다워 '부용'이라 부른다고 하였다.

제 목인 〈결말자(結襪子)〉는 악부구제로 남북조시대 북위(北魏) 온 자승(溫子昇)에게 같은 제목의 시가 있는데, 군왕의 은혜에 보답 하기 위해 목숨을 초개같이 버린다는 내용이다. 이백의 이 시도 고사의 뜻을 이어받아 춘추전국시대 연나라 남쪽 지방에 거주하는 고점리(高漸 離)와 오나라 전저(專諸) 등 협객들이 자신을 알아주는 주인에게 보답하 고자 목숨조차 초개같이 바친다는 무협정신과 호방한 기개를 찬양하였 다. 기승 양구에서는 연나라가 망한 후 고점리는 형가(荊軻)와 태자 단 (丹)의 원수를 갚기 위하여 자신의 영달을 포기한 채 진시황을 시해하려 다 실패한 일을 읊었다. 전결 양구에서는 춘추시대 오나라 전저가 공자 광을 위하여 생선 뱃속에 비수를 감추었다가 왕료를 살해한 사실을 기록 하였다. 죽음을 두려워하지 않는 지사들의 행적을 함축적으로 표현한 호 매한 시구는 천고에 독보적이다.

^{연 남 장 사 오 문 호} 燕南壯士吳門豪[1]	연 땅 남쪽 장사와 오나라 호걸은
^{축 중 치 연 어 은 도} 筑中置鉛魚隱刀[2]	축 안에 납덩어리 넣고 생선에 칼 숨겼네.
^{감 군 은 중 허 군 명} 感君恩重許君命	군왕의 큰 은혜 보답하기 위해
^{태 산 일 척 경 홍 모} 太山一擲輕鴻毛[3]	태산 같은 목숨을 새털처럼 던졌어라.

---

01 **燕南壯士**연남장사 : 연나라 남쪽의 장사. 전국시대 말엽 연나라 고점리(高漸離)로서, 자객 형가 (荊軻)와 더불어 유명한 협객임.

　吳門豪오문호 : 춘추시대 오나라 전저(專諸)·연나라 고점리와 함께 ≪사기≫〈자객열전(刺客列傳)〉에 등장하는 인물이다.

02 **筑中置鉛**축중치연 : 축 안에 납덩어리를 넣다. ≪사기(史記)≫〈자객열전(刺客列傳)〉에 고점리에 대하여 다음과 같은 고사가 전한다. 연(燕)나라가 진(秦)에게 멸망당하자 태자단(太子丹)과 형가(荊軻) 등도 모두 죽음을 당하였다. 고점리(高漸離)는 성명을 바꾸고 바보처럼 행세하면서 송(宋)씨 집에 숨어 지냈다. 축(筑)을 뜯으면서 노래 부르니 손님들이 모두 눈물을 흘리면서 돌아갔다. 진시황(秦始皇)이 이 소식을 듣고 궁중으로 불렀을 때, 그를 알아보는 사람이 고점리라고 하였지만, 진시황은 축 타는 솜씨가 아까워 놓아주었다. 그 후에도 고점리는 자신의 눈알을 뽑아내어 얼굴을 변형시킨 채 축을 탔는데 칭찬하지 않는 사람이 없었다. 얼마 후 진시황에게 더욱 가까이 접근할 수 있는 기회가 오자 납덩어리를 넣은 축으로 진시황을 내리쳤으나 적중하지 못하고 마침내 고점리도 죽음을 당하였다. 여기서 축은 거문고와 비슷한 13현의 악기로 타는 법은 왼손으로 줄을 잡고 오른손으로 대나무 막대기(竹尺)를 가지고 율조에 따라 두드린다.

　魚隱刀어은도 : 고기 뱃속에 칼을 숨기다. ≪사기(史記)≫〈자객열전(刺客列傳)〉에 전저에 대하여 다음과 같은 고사가 전한다. 오자서(伍子胥)는 공자 광(公子光)이 오왕 료(吳王僚)를 살해하려는 것을 돕기 위해 자신의 수하인 전저(專諸)를 공자 광에게 보냈다. 광은 병사들을 굴 안에 숨기고 주연을 베풀어 오왕 료를 초청하였다. 왕료는 궁중의 병사를 광의 집으로 파견하여 모두 긴 창을 지닌 채 진열하게 하니 온 집안과 그의 좌우 모두가 왕료의 부하들이었다. 술이 거나해지자 공자 광이 짐짓 다리를 삔 것처럼 가장하고 굴 안으로 들어가서 전저에게 고기뱃속에 비수를 감추고 들어가 왕료를 살해하도록 시켰다. 왕료에게 다가 간 전저는 고기의 배를 가르고 비수를 꺼내 왕료를 찌르니 즉사하였다. 이때 좌우에 있던 왕료의 병사들이 바로 전저를 살해하였다. 이어 공자 광은 그의 부하들에게 왕료의 군사를 치게 하여 모두 죽이고 드디어 왕위에 올랐으며, 전저의 아들에게 상경이란 벼슬을 주어 보답하였다. 여기에 나오는 공자 광이 훗날 오왕 합려(闔閭)로서, 바로 오월동주(吳越同舟)와 와신상담(臥薪嘗膽)으로 유명한 오왕 부차(夫差)의 아버지이다.

03 **太山**태산 : 곧 태산(泰山)으로 생명을 비유한 것.

　輕鴻毛경홍모 : 가벼운 기러기 털. 이시의 마지막 구는 ≪연단자(燕丹子)≫가운데의 '절개를 지닌 열사는 죽기를 태산보다 무겁게 하여야 하지만 어떤 때에는 기러기 털보다도 가벼이 하여야 하는 바, 그것은 어디에 쓰이는가에 따라 다르다(烈士之節, 死有重於太山, 有輕於鴻毛者, 但問用之所在耳)'에 근원을 두고 있다.

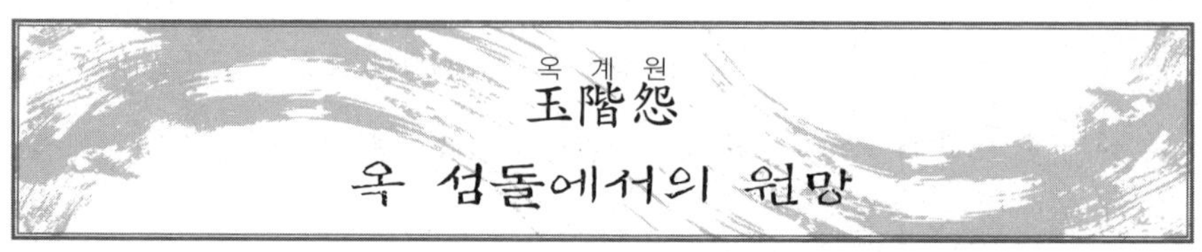

옥 계 원
玉階怨
옥 섬돌에서의 원망

〈상화가사·초조곡(相和歌詞·楚調曲)〉에 속하는 악부시로, 대부분의 작품이 봉건사회에서 규중에 갇혀 지내는 궁녀가 님을 그리는 원정(怨情)을 묘사하였다. 이 시는 남제(南齊) 사조(謝眺;464-499)가 지은 〈옥계원〉35)의 제목을 모방한 것으로, 한 궁녀가 가을밤에 홀로 달을 바라보는 정경을 통해 내심의 애원을 나타내었다. 전반 양구는 여주인공이 흰 이슬 내린 계단 위를 배회하면서 하염없이 님을 기다리는 동안 밤이 이슥해지자 서리가 버선을 적시는 모습을 묘사하였다. 후반 양구는 규중(閨中)의 여주인공이 실외에서 실내로 들어와 영롱한 달빛을 바라보면서 임을 그리는 무한한 정한(情恨)을 그리고 있다. 이 작품은 봉건사회에서 님에게 버림받거나 이별한 여인네들의 기막힌 원정을 세인들에게 더욱 잘 이해시킬 수 있었던 이백의 대표적인 시이다.

---

35) 〈玉階怨〉 '저녁나절 주렴 내리니, 반디들 쉬었다 날아가네. 긴긴밤 비단옷 꿰매며, 임 그리는 마음 끝이 없어라(夕殿下珠簾, 流螢飛復息. 長夜縫羅衣, 思君此何極.)'

玉階生白露[1]　　옥 섬돌에 내린 흰 이슬
夜久侵羅襪[2]　　밤 깊자 비단버선 적시네.
却下水精簾[3]　　수정 발 걷어 내리고
玲瓏望秋月　　영롱한 가을 달 바라다본다.

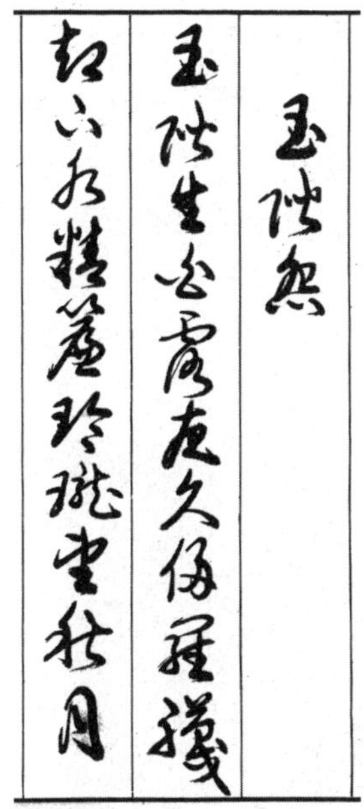

▶ 李超哉 書, 〈李太白詩帖〉

01 **玉階**옥계 : 백옥으로 만든 층계. 귀인이나 부유한 사람의 집에 있는 섬돌을 가리킨다.
02 **羅襪**나말 : 비단으로 만든 버선.
03 **水精簾**수정렴 : 수정(水晶)을 꿰어 만든 주렴. 왕가(王嘉)의 ≪습유기(拾遺記)≫에 '월나라는 두 미인을 오나라에 조공으로 바쳤다. 오나라에서는 그녀들이 머무는 방을 산초나무로 장식하고 작은 진주를 꿰어 발을 만들었다. 아침에는 발을 내려 햇빛을 가리고 저녁에는 말아 올려 달뜨기를 기다렸다(越貢二美人于吳, 吳處以椒華之房, 貫細珠爲簾幌, 朝下以蔽景, 夕卷以待月)'고 하여 수정렴에 대하여 언급하였다.

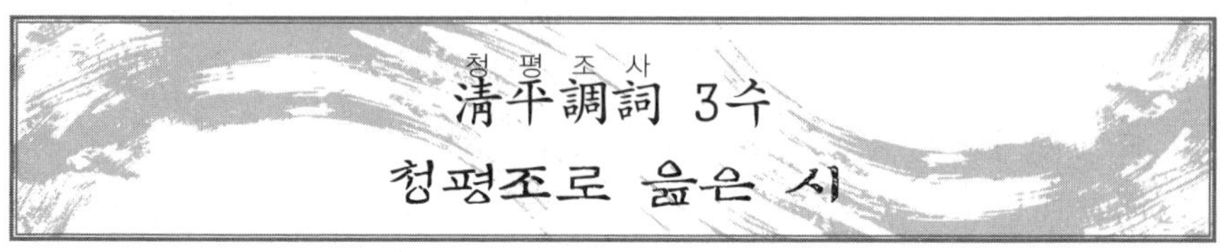

천 보(天寶) 2년(743) 봄, 이백이 장안의 조정에서 한림공봉(翰林供奉)으로 재직할 때 지은 시이다. 하루는 현종과 양귀비(楊貴妃)가 흥경궁(興慶宮) 안의 침향정(沈香亭)에서 모란을 감상하면서 이백에게 시를 짓게 하고, 악사(樂師)인 이구년(李龜年)에게 곡에 맞추어 연주하도록 명하였다. 그러나 이백은 전날 마신 술이 그때까지 깨어나지 않은 몽롱한 상태에서 일필휘지로 즉석에서 이 〈청평조사〉36) 3수를 지었다.

▶ 淸 蘇六朋, 〈淸平調圖〉

---

36) 제목인 청평조(淸平調)는 노래곡조(曲調)인 평조(平調) · 청조(淸調) · 슬조(瑟調)를 가리키며, 모두 주(周)나라 방중(房中)에서 쓰던 소리이다.

≪**其1**≫

운 상 의 상 화 상 용
雲想衣裳花想容[1]　　구름은 귀비 옷이요, 꽃은 귀비 얼굴

춘 풍 불 함 노 화 농
春風拂檻露華濃[2]　　봄바람 부는 난간에 이슬 머금은 모습 농염하구나.

약 비 군 옥 산 두 견
若非群玉山頭見[3]　　만약 군옥산에서 본 서왕모가 아니라면

회 향 요 대 월 하 봉
會向瑤臺月下逢[4]　　달 뜬 요대 아래에서 만난 선녀이리라.

　　이 시는 첫 번째 작품으로 구름과 모란꽃을 양귀비의 아름다운 복장과 미모에 비유하고, 또 양귀비의 아름다운 자태를 서왕모(西王母)와 항아(嫦娥)와 같은 신선에 비유하였다. 반복적인 비유로서 모란꽃과 같은 아름다운 미인의 형상을 만들었다. 첫 구에서 구름과 꽃을 양귀비의 옷과 용모에 각각 비유하여 그 아름다움을 묘사하였으며, 둘째 구에서는 봄날 꽃이 필 무렵 침향정 난간 위에서 잔치에 참가할 때, 모란꽃이 춘풍과 이슬을 함박 머금은 것이 마치 귀비가 군왕의 총애를 받는 것과 같음을 읊었다. 3·4구에서는 군옥산에 거주하는 서왕모와 월궁속의 항아를 각각 양귀비의 수려한 모습에 비유하였는데, 이는 양귀비가 인간세상에서 흔히 볼 수 있는 사람이 아니라 천상의 신녀(神女)와 같은 미인임을 시적으로 표현한 것이다.

---

01 **想**상 : 서로 같은 것을 연상시킨다는 뜻.

02 **檻**함 : 침향정의 정자 난간.

03 **群玉山**군옥산 : 신화 가운데 등장하는 신선이 사는 산(仙山)의 하나로 전설에 의하면 옥의 산지이며 서왕모(西王母)가 거주하던 곳이라 한다(≪穆天子傳≫卷2 '癸巳, 至於群玉之山').

04 **瑤臺**요대 : 곤륜산(崑崙山)에 있는데 신선들이 거주하는 곳이다. 진(晉) 왕가(王嘉)가 지은 ≪습유기(拾遺記)≫권10 〈곤륜산조(崑崙山條)〉에 '제9층에 있는 산의 모습은 점점 좁아진다. 산 아래로는 지초와 혜초를 심은 밭 수백 이랑이 있으며, 신선들이 모여 김매고 씨 뿌리고 있다. 곁에는 요대가 열 두 곳 있는데, 각각 넓이가 천 보나 되었으며, 대(臺)의 주초를 모두 오색의 옥으로 만들었다(第九層山形漸小狹, 下有芝田蕙圃, 皆數百頃, 群仙種耨焉. 傍有瑤臺十二, 各廣千步, 皆五色玉爲臺基)'고 하였다.

≪其2≫

일 지 홍 염 노 응 향
一枝紅艶露凝香　　　한 떨기 붉은 모란 이슬 맺혀 향기롭고

운 우 무 산 왕 단 장
雲雨巫山枉斷腸[1]　　　운우지정 무산선녀 공연히 애끊는구나.

차 문 한 궁 수 득 사
借問漢宮誰得似　　　묻건대 한나라 궁녀 중 뉘와 같은가요?

가 련 비 연 의 신 장
可憐飛燕倚新妝[2]　　　어여쁜 비연이 새로 화장한 모습이어라

　　제2수에서는 양귀비의 모습은 이슬을 가득 머금은 붉은 모란꽃 같이 아름다워 무산의 신녀조차도 애간장만 태울 뿐이라고 하였다. 다만 한나라 최고 미인 조비연(趙飛燕)이 새로 단장하고 난간에 기댄 모습만이 양귀비와 비견될 수 있을 뿐이라고 하여 양귀비의 뛰어난 미모와 현종의 총애를 묘사하였다.

　　첫 구에서는 모란꽃에 이슬과 향기가 가득하다고 하여 군왕(君王)의 총애가 지극함을 나타내었으며, 두 번째 구에서는 초왕(楚王)이 신녀(神女)와 만난 사건을 묘사하여 귀비가 실제로 사랑을 듬뿍 받고 있음을 나타내었다. 3·4 양구에서는 새로 화장한 한나라 절대가인 조비연이 성제(成帝)의 총애를 받고 있음을 묘사하여 귀비의 경국지색(傾國之色)을 더욱 두드러지게 나타내었다. 이백은 억양법(抑揚法)을 사용하였는데, 무산 신녀와 조비연을 내세워 양귀비의 화용월태(花容月態)를 더욱 강조하였다.

---

01 **雲雨巫山**운우무산 : 초 양왕(襄王)이 무산에서 신녀(神女)와 밀회를 나눈 전설을 사용하였다. 송옥(宋玉;기원전 290-223)의 ≪고당부(高唐賦)≫에 의하면 양왕이 고당에 노닐 때, 꿈속에서 한 부인이 '저는 무산(巫山)에 거주하는 여인입니다. 고당의 손님이 된 그대가 이곳으로 유람하신다는 말을 듣고 자리를 깔아 모시고자 합니다'라고 하면서 함께 밀회를 즐겼다. 헤어지면서 '첩은 무산 남쪽에 있는데 높은 언덕이 가로막고 있습니다. 아침에는 구름이 되고 저녁에는 비가 되어 조석으로 양대(陽臺) 아래에 있을 것입니다.(旦爲行雲, 暮爲行雨)'라 하였다. 후인들이 이를 빌려 남녀의 정사를 가리켜 운우지정(雲雨之情)이라 하였다.

02 **可憐**가련 : 비연이 새로 단장하여 사랑스러운 모습을 표현한 말이다.
　　飛燕비연 : 한(漢) 성제(成帝)의 황후인 조비연(趙飛燕)으로 한대 제일의 미인이다. ≪서경잡기(西京雜記)≫ 상권(上卷)에 의하면 '왕비 조비연은 몸매가 가냘프고 허리가 가늘며 걸음걸이가 예뻤으나 여동생 소의는 이에 미치지 못하였다. 그러나 소의는 풍만한 몸을 가진데다 우스갯소리에 뛰어났다. 두 사람의 자색은 붉은 옥 같아 당시 제일의 미인으로 모두 총애를 받는 후궁이 되었다(趙后體輕腰弱, 善行步進退, 女弟昭儀不及也. 然昭儀弱骨豊肌, 尤工笑話, 二人并色如紅玉, 爲當時第一, 皆擅寵後宮)'라 하였다. 또한 ≪삼보황도(三輔黃圖)≫(卷3)에 '한 성제시 조 황후는 소양전에 거처하면서, 여동생과 함께 첩여에 봉해졌다(成帝趙皇后, 居昭陽殿, 有女弟俱爲婕妤)'라 하였다.

≪其3≫

名花傾國兩相歡[1]　　모란과 미인이 모두 즐거워하니

長得君王帶笑看　　군왕은 미소 띤 채 오래도록 바라보네.

解釋春風無限恨[2]　　춘풍 속 끝없는 한을 풀어버리려고

沉香亭北倚欄干[3]　　침향정 북쪽 난간에 기대어 섰구나.

　　제3수는 앞 두 수의 뜻을 이어받아 모란·양귀비·군왕(현종)을 하나로 묶어 조화시키고 있다. 첫 구에서는 모란(名花)과 미인(傾國)을 서로 화합시키었으며, 두 번째 구에서는 군왕이 기뻐하는 모습을 묘사하였다. 3·4 양구에서는 군왕이 침향정 난간에 기대어 귀비와 함께 모란을 감상하면서 가슴속에 품은 근심을 모두 없애 버리려고 하였다. 사람은 난간에 기대어 섰고, 꽃은 난간밖에 있으니 우아하고 풍류스러운 운치를 상상해 볼 수 있다.

01 名花명화 : 모란꽃을 가리킨다.
　　傾國경국 : 요염한 미모를 가진 절세미인. 한(漢) 이연년(李延年)의 〈이부인가(李夫人歌)〉에 '북방의 미인 홀로 세상에 뛰어나네. 한 번 돌아보면 성이 기울고 두 번 돌아보면 나라가 망한다네(北方有佳人, 絕世而獨立. 一顧傾人城, 再顧傾人國)'라 하였다. 여기서 경국은 실제로는 이연년이 누이인 이부인을 한무제에게 추천하면서 한 말이지만, 이 제3수에서는 양귀비를 가리킨다.
02 解釋해석 : 흩어져 사라진다는 뜻. 여기서는 천자의 무한한 근심을 춘풍이 부는 곳에서 사라지게 함을 의미한다.
03 沈香亭침향전 : 흥경궁(興慶宮) 용지(龍池) 서쪽에 있는 정자로 침향으로 만들었기 때문에 이러한 이름이 붙여졌다. ≪당양경성방고(唐兩京城坊考)≫〈卷1) 〈흥경궁(興慶宮)〉 조에 의하면 '흥경궁의 정문은 서쪽을 향하므로 흥경문이라 부른다. 그 안에 흥경전이 있으며, 흥경전 뒤에 용지(龍池;연못)가 있다. 용지의 서쪽으로 교태전이 있으며, 교태전 서북쪽에 침향정이 위치한다(宮之正門西向, 日興慶門, 其內興慶殿, 殿後爲龍池, 池之西爲交泰殿, 殿西北爲沈香亭)'고 하였다.
　　倚欄干의난간 : 현종과 양귀비가 난간에 기대어 꽃을 감상하는 것.

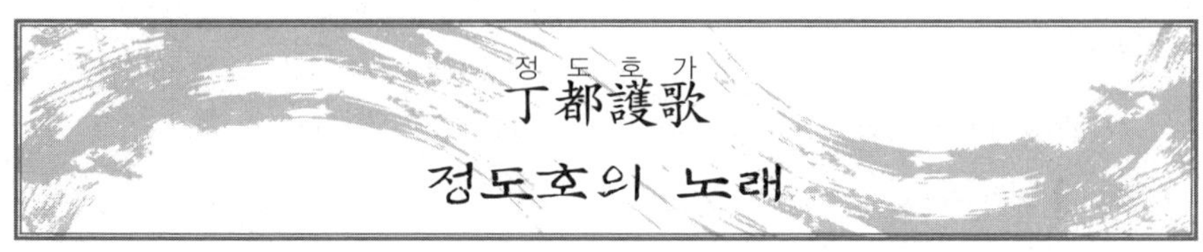

개원 26년(738) 이백이 오지방의 운양(雲陽; 지금의 丹陽縣)을 유람할 때, 더운 여름 뱃일하는 사람(船夫)들이 뭍으로 배를 끌면서 돌을 운반하는 괴로움을 동정하여 지은 시이다. 〈정도호가〉는 남조 악부 구제 계열의 ≪청상곡사·오성가(吳聲歌)≫에 속하는 악부시이다. ≪송서·악지(宋書·樂志)≫에 의하면 송 고조 유유(劉裕)의 사위인 서규(徐逵)가 노궤(魯軌)에게 피살당하자, 직독호(直督護)인 정오(丁旿)가 장례를 주관하였다. 고조의 장녀인 서규 부인은 정오를 부르며 전각 아래로 달려와 장례지내는 절차를 직접 관여하며 물을 때마다 한번 탄식하면서 '정도호(丁督護)'라고 부르는데 그 소리가 애절하므로 후인들이 그 소리에 따라 곡을 지어 〈정도호〉라 불렀다 한다.[37]

이백은 옛 제목을 사용하여 새로운 뜻으로 당시의 현실을 반영하였다. 악부시 본래 가사(本辭)와는 전연 다르지만, 원곡의 슬픈 정조를 답습하고 있다. 특히 마지막 연(聯)의 "그대가 저 크고 많은 산같이 쌓인 돌들을 본다면, 눈물 훔치며 천고에 슬퍼하리라"는 이백이 직접 이러한 광경을 목격하고 동정의 눈물을 흘린 것이다. 전형적인 낭만주의 시인인 이백의 시 가운데 드물게 볼 수 있는 현실적 측면을 읊은 명편이다.

---

37) ≪宋書·樂志≫ '督護歌者, 彭城內史徐逵之爲魯軌所殺, 宋高祖使督護政旿收斂殯埋之. 逵之妻高祖長女也, 呼旿之閤下, 自問殯送之事, 每問輒歎息曰丁督護. 其聲哀切, 後人因其聲廣其曲焉.'

雲陽上征去[1]　　　운양으로 거슬러 올라가니

兩岸饒商賈[2]　　　양쪽 언덕엔 상인들이 북적대네.

吳牛喘月時[3]　　　오지방 물소들 달 보고 헐떡일 때

拖船一何苦　　　배 끌기가 어찌나 힘든지.

水濁不可飮　　　물은 흐려 마실 수 없고

壺漿半成土　　　병속 미음마저 절반은 흙탕이로다.

一唱都護歌　　　한바탕 도호가를 부르니

心催淚如雨　　　마음 쓰라려 눈물이 비 오듯 흐르네.

萬人鑿盤石[4]　　　많은 석공들이 반석을 쪼개지만

無由達江滸[5]　　　강기슭까지 닿을 방도 없구나.

君看石芒碭[6]　　　그대가 저 많은 돌들을 본다면

掩淚悲千古[7]　　　눈물 훔치며 천고에 슬퍼하리라.

---

01 **雲陽**운양 : 강소성 단양(丹陽)의 옛날 이름임.

02 **商賈**상고 : 상인. 떠돌아다니면서 장사하는 것은 '상(商)', 한 곳에 앉아서 장사하는 것은 '고(賈)'이다. 여기서는 상업과 상점을 가리킨다.

03 **吳牛喘月**오우천월 : 삼복더위에 오지방의 물소들이 달을 보고 헐떡이는 것. 오우는 강회(江淮)지방에서 나오는 물소인데, 남방은 더워서 태양열을 두려워하기 때문에 물소들이 달을 보고도 해로 여겨 헐떡인다 함.

04 **盤石**반석 : 큰 돌. 운양 이남에서 캐서 배로 운반한다.

05 **江滸**강허 : 강변, 강가. 여기서 강은 장강임. 운양은 장강의 남안에 있으므로 채석한 돌을 먼저 수로로 장강까지 운반하였다가 다시 운하의 북쪽으로 운반하여야 한다.

06 **芒碭**망탕 : 돌이 크고 많은 모양. 혹은 망탕산(芒碭山)의 돌이라는 설이 있다.

07 **掩淚**엄루 : 손으로 얼굴을 가리고 우는 것.

멀리 변방으로 수자리 간 남편을 그리워하는 정을 두 지방의 봄 경치를 대조하면서 아내의 심리를 묘사한 애정시이다. 원대 소사윤(蕭士贇)은 "북쪽 연(燕)지방은 추워서 풀이 더디 난다. 진(秦)지방 뽕잎이 푸를 때 연 땅 풀은 이제 돋아나기 시작하는데, 이는 남편이 고향으로 돌아오고 싶은 마음이 일어나는 것과 연 땅 풀이 돋아나는 시기가 같음을 표현하고 있다. 그리고 이 몸이 그대를 오래도록 그리워하는 것과 진 지방 뽕잎이 이미 가지를 드리운 것과 같은 것이다"라고 하였다.[38] 시의 마지막 두 구에서 "봄바람은 내 심정도 모르면서 자꾸만 비단 휘장 파고든다"는 것은 곧 임이 돌아오지 않음을 원망한 것이다. 그러나 이러한 마음은 정숙하게 스스로 지킬 수 있으니, 곧 춘풍과 같은 외물의 방해에도 동요되지 않는다는 굳은 마음과 내면으로 응축된 고통이 드러나고 있다.

---

38) 蕭士贇 ≪分類補注李太白集≫ 卷6 '燕北地寒, 草生遲, 當秦桑低綠之時, 燕草方生, 言其夫方萌懷歸之心, 猶燕草之方生. 妾卽思君之久, 猶秦桑之已低枝也.'

燕草如碧絲[1]
연 땅 풀이 파란 실같이 돋아날 때

秦桑低綠枝[2]
진 땅 뽕잎은 녹음을 드리웠네.

當君懷歸日[3]
그대 돌아올 날 생각하니

是妾斷腸時[4]
이 몸의 애간장 다 녹인다.

春風不相識
봄바람은 내 심정도 모르면서

何事入羅帷
자꾸만 비단 치마 속으로 파고드나.

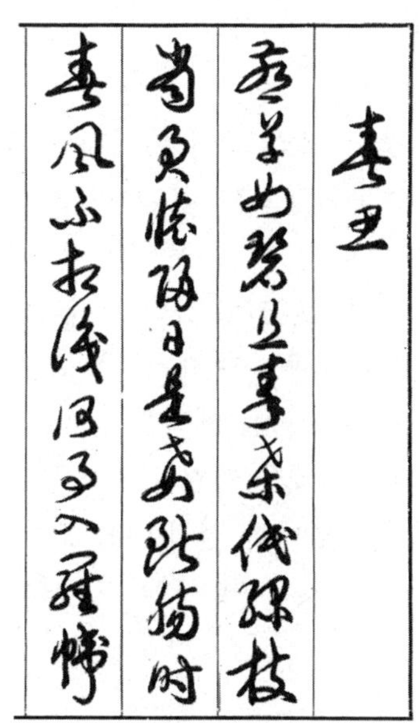

▶ 李超哉 書, 〈李太白詩帖〉

01 **燕草**연초 : 연지방의 풀. 연은 하북성 북부일대로 여기서는 널리 북쪽 변경을 가리키며 출정한 남편이 있는 곳이다.
02 **秦桑**진상 : 진지방의 뽕. 진은 섬서성(陝西省) 일대로 여기서는 주인공인 부인이 있는 곳이다.
03 **君**군 : 출정한 남편.
04 **妾**첩 : 후방의 부인 스스로를 가리킨다.

秋思
가을날의 그리움

가을에 출정한 남편을 그리는 아내의 심정을 읊은 시이다. 앞의 〈춘 사(春思)〉에서는 불안한 심리 가운데에서도 희망적이었지만, 이 시에서는 침중한 분위기일 뿐만 아니라 조그마한 희망조차도 철저하게 단절되었음을 볼 수 있다.

푸른 실 같던 봄의 풀이 낙엽 되어 떨어지는 가을까지 계속 남편이 돌아오기를 바랐지만 끝내 돌아오지 않았으니, 병사 아내의 참담한 심정을 짐작할 수 있다. 더욱 심한 것은 가을이란 계절은 바로 오랑캐 병사들이 남하하는 호기로서, 사절(使節)로 갔던 한나라 사신이 돌아오니 화친은 기대할 수 없고 전쟁의 먹구름이 백척간두로 다가왔다. 다른 한편으로는 장차 발발될 전쟁에서 생사를 예측할 수 없으니, 만약 남편이 있는 진지가 적에게 함락된다면 그것은 영원히 돌아올 날이 없어진 '무귀일(無歸日)'이 되므로 양자 모두 암담한 정경이다. 또한 몸에 지닌 혜초가 봄과 가을이 지나 시들었다는 것은 여주인공의 비통한 심정을 상징적으로 반영한 것이다.

燕支黃葉落[1]	연지산에 누런 낙엽 질 때
妾望白登臺[2]	소첩은 백등대를 바라보네.
海上碧雲斷	바다에는 푸른 구름 끊어지고
單于秋色來[3]	선우씨의 변방엔 가을빛 머금었네.
胡兵沙塞合[4]	오랑캐들 변새에 집결하니
漢使玉關回[5]	한나라 사신은 옥문관에서 돌아오는구나.
征客無歸日[6]	수자리 가신 님 돌아올 기약 없어
空悲蕙草催[7]	부질없이 시드는 혜초를 슬퍼하네.

---

01 **燕支**연지 : 연지산(燕支山). 산 이름으로 언지산(焉支山)이라고도 부르며, 감숙성 영창현(永昌縣) 서쪽에 있다.

02 **白登臺**백등대 : 산서성 대동시(大同市) 동북쪽에 백등산(白登山)이 있고 정상에 대(臺)가 있으므로 백등대라 불렀다

03 **單于**선우 : 선우는 고대 지명으로 선우도호부(單于都護府)를 가리킨다. 지금의 내몽고 허린커얼(和林格爾) 서북쪽에 있다. 여기서는 변새지방을 범칭 한다.

04 **沙塞合**사새합 : 오랑캐 병사들이 이미 집결하여 전쟁준비를 마친 것을 뜻한다.

05 **漢使**한사 : 여기서 한은 당(唐)을 대신한 것으로 당나라 사신을 말한다.

06 **征客**정객 : 출정한 남편. '정객(征客)' 구(句)는 한편으로 보면 출정한 전사가 전쟁에서 살아 돌아 올 기약 없고 전쟁이 언제 끝날지 모른다는 것이다.

07 **蕙草**혜초 : 향초 이름으로 '패란(佩蘭)'이라고도 부르며, 고인들은 이 풀을 몸에 지니고 다니면 질병을 피할 수 있다고 여겼다.

子夜吳歌

오나라 자야의 노래

〈자야오가〉는 남조 때 자야라는 여인이 부른 애절한 노래로 악부구제 〈청상곡사(淸商曲辭)·오성가곡(吳聲歌曲)〉의 하나이다. 이백이 지은 자야가는 전체 춘·하·추·동 4계절로 나누어 4수로 이루어졌는데, 봄을 노래한 춘가에서는 한나라 진땅 미녀 나부(羅敷)의 고사를 읊었으며, 여름을 읊은 하가에서는 춘추시대 오나라의 절세미녀 서시(西施)를 묘사하였다. 여기서는 당대의 현실을 반영한 시로 병사 아내의 고난을 읊은 추가와 동가를 소개한다.

▶ 李超哉 書, 〈李太白詩帖〉

≪秋歌≫

長安一片月　　　　장안에 뜬 조각 달

萬戶擣衣聲[1]　　　집집마다 다듬이 소리 들리네.

秋風吹不盡　　　　가을바람 끝없이 부니

總是玉關情[2]　　　옥관에 계신 임 그리는 마음뿐이라.

何日平胡虜　　　　어느 날 오랑캐 평정하고서

良人罷遠征[3]　　　임께선 먼 출정 마치시려나?

　　개원 년간 이백이 처음 장안으로 들어갔을 때 지은 시다. 병사의 아내는 옥관으로 출정나간 남편이 있는 변경이 평정되어 빨리 돌아오기를 바라는 마음을 묘사하고 있다. 특히 〈추풍(秋風)〉의 두구는 후방의 병사 아내가 출정나간 남편을 그리는 정을 막을 수 없음을 생동적으로 반영하였으니, 청나라 왕부지(王夫之)는 천지간에 생성된 좋은 시구를 태백이 습득하였다고 극찬하였다.[39] 장안에 비치는 달빛·집에서 울리는 다듬이 소리· 옥관 밖의 가을바람 등의 풍경은 남편이 하루 속히 수자리 생활을 끝내고 함께 지내고자 하는 병사 아내의 강렬한 소망을 나타내고 있다.

---

01 **擣衣**도의 : 다듬이질.
02 **玉關**옥관 : 옥문관(玉門關)의 간칭으로 서한(西漢)에 설치하였으며, 당대에는 지금의 감숙성(甘肅省) 안서현(安西縣) 동쪽 쌍보탑(雙塔堡) 부근에 있다. 여기서는 변새(邊塞)로 통하는 관문을 대신 가리킨다.
03 **良人**양인 : 남편. 아내가 남편을 가리켜 양인이라 부른다.

39) 王夫之, ≪唐詩評選≫卷2 '天壤間生成好句, 被太白拾得'

≪冬歌≫

明朝驛使發[1] 내일아침 역리가 출발한다기에

一夜絮征袍[2] 밤새도록 님의 솜옷 짓네.

素手抽針冷 바느질하는 하얀 손이 차가워서

那堪把剪刀[3] 가위를 어이 잡을 소냐.

裁縫寄遠道 지은 옷 먼 곳으로 부치나니

幾日到臨洮[4] 언제나 임조에 도착할까요?

옛날 중국에서는 추풍이 불기 전에 옷을 만들어 다듬이질한 후, 멀리 변방에 있는 남편에게 부쳐 추위를 막을 수 있도록 하였다. 그러므로 육조이후의 시부가운데에는 이를 빌려 규원(閨怨)을 묘사한 시가 많았는데, 이 시가 그 대표적인 예이다. 밤새도록 겨울옷을 지어 임조(臨洮)로 떠나는 역리에게 부친다는 병사 아내의 근심과 수고로운 심정을 읊었다. 앞 시와 같은 악부구제로 지은 시기도 같다. 이백 연구가인 욱현호(郁賢皓)는 〈자야오가〉3, 4수 두 편의 내용은 서로 연관되니, 젊은 아낙이 군인 남편을 그리는 것에서 오랑캐가 빨리 평정되기를 바라는 것까지 모두 고악부의 전통제재와 민가풍의 곡조를 벗어나지 않는다고 하였다.[40]

---

01 **驛使**역사 : 옛날 역참(驛站) 사이에서 우편물을 전달하는 사람.
02 **絮**서 : 면의(綿衣)를 만들 때 옷 속에 넣는 솜.
03 **剪刀**전도 : 가위.
04 **臨洮**임조 : 군명(郡名)으로 당대에 농우도(隴右道)에 속하였으며, 지금의 감숙성(甘肅省) 임장현(臨潭縣)이다.

---

40) 郁賢皓, ≪李白選集≫(上海古籍出版社 1990) 63면 '三四兩篇詞義相連, 從少婦思念征夫, 寫到希冀平虜罷征, 總不脫古樂府傳統題材和民歌風韻'

靜夜思
고요한 밤의 고향노래

이백이 직접 창작한 악부 곡명으로 신악부사(新樂府辭)에 속한다. 나그네의 망월회향(望月懷鄕)과 전전반측(輾轉反側)하는 심정을 노래한 사향곡(思鄕曲)으로서, 이백시 가운데 인구에 회자(膾炙)되는 명편 중 하나다. 기승 양구에서는 침대 맡에 드리운 달빛을 묘사하였다. 깊은 밤 창문으로 들어와 침실 바닥을 밝게 비친 달빛을 서리 같다고 의심한 것으로 보아 가을임을 암시하고 있다. 전결 양구에서는 잠 못 이룬 채 고향을 그리는 깊고 복잡한 심사를 표출하였다. 비록 간결한 시이지만, 공간과 시간의 영역을 광범위하게 전개시켜 천고에 유전되는 절창(絕唱)이 되었다.

牀前看月光[1]　　　　침대 맡에 비친 달빛보고

疑是地上霜　　　　　땅위에 내린 서리인가 의심하였네.

擧頭望明月[2]　　　　고개 들어 명월을 바라보고

低頭思故鄕　　　　　고개 숙여 고향을 그리워하네.

---

01 **看月**간월 : '명월(明月)'로 된 판본이 있다.
02 **明月**명월 : '산월(山月)'로 된 판본이 있다.

천보 원년(742) 이백이 장안의 조정에서 한림공봉으로 재직하고 있을 때, 고구려에서 파견된 사신이 이국적으로 춤추는 모습을 직접 목격하고 그에게서 받은 인상을 간결하게 그린 시이다. 이백이 우리나라를 읊었다는 점에서 감회가 남다르다. 원래 〈고구려〉는 악부관서에서 노래 제목으로 불렸던 악부구제로, ≪악부시집≫ 가운데 〈잡곡가사(雜曲歌詞)〉에 속한다. 기승 양구는 고구려 악무(樂舞)로서 무용하는 사람의 복식과 동작을 그렸고, 전결 양구는 유연하게 춤추는 자태를 묘사하였다. 비록 20자로 짧게 읊었지만 당시 수도 장안의 조정에서는 고구려 악무의 연주가 성황을 이루고 있었음을 엿볼 수 있다. 여기서 이백은 고구려인의 복식에 대하여 호기심과 신선감을 느꼈던 것으로 보인다.

金花折風帽[1]　　　　금화 꽃은 절풍모 쓰고

白馬小遲回[2]　　　　백마 탄 채 의젓하게 걸어오네.

翩翩舞廣袖　　　　넓은 소매 펄럭이며 춤추는 모습

似鳥海東來[3]　　　　해동에서 온 보라매와 같구나.

▶ 〈李翰林集〉(當塗本)

---

01 **折風帽**절풍모 : 고구려인(高句麗人)이 쓰는 일종의 모자로써 새의 깃털이나 금은으로 장식하였다. 이 시에 나오는 금으로 장식한 꽃(金花)·백마(白馬)·넓은 소매(廣袖)는 당시 악무(樂舞)하는 단원의 장식이다.

02 **遲回**지회 : 천천히 들어오는 모습.

03 **海東**해동 : 새 이름. 동해준골(東海俊鶻)의 명칭이 해동청(海東靑)인데, 여기서는 무도(舞蹈)하는 모습이 해동청과 같이 빠르고 민첩함을 비유하였다. 고구려가 발해(渤海)의 동쪽에 위치하기 때문에 해동이라 불렸다.

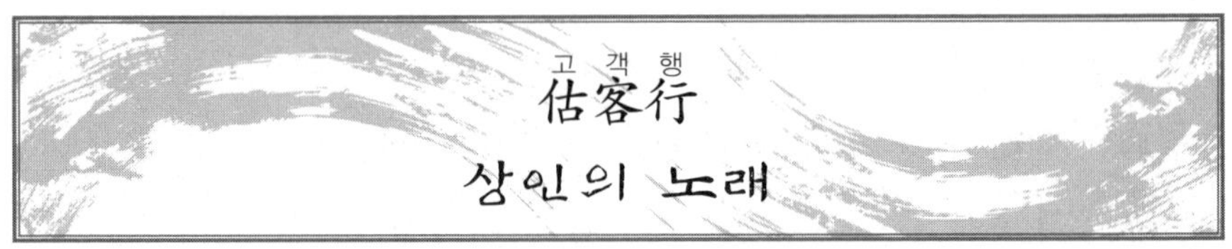

이 시[41]는 악부구제로 ≪악부시집≫ 권48의 〈청상곡사 · 서곡(西曲)〉 중에 〈고객락(估客樂)〉이 있다. 제(齊)나라 무제(武帝;483-493 재위)는 왕위에 오르기 이전에 번주(樊州)와 등주(鄧州) 일대를 유람하였는데, 왕위에 오른 이후 지난날을 회억(回憶)하면서 노래를 지었다.[42] 고사(古辭)는 '소식 오면 자주 편지를 띄우지만, 소식이 없을 때에는 오래도록 그리워한다네. 우물에 떨어지는 두레박 되지 마시오, 한번 가고는 소식이 없어라(有信數寄書, 無信長相憶. 莫作瓶落井, 一去無消息.)' 이다. 이백은 이 옛 노래를 모방하여 수운(水運), 즉 뱃길로 장사를 떠나는 상인이 돌아올 기약 없는 담담한 태도를 예술적으로 묘사하고 있다. 기승 양구에서는 상인이 아무런 미련 없이 배를 타고 행상을 떠나는 과정을 그렸으며, 전결 양구에서는 구름 속으로 날아간 새와 같이 상인이 흔적도 없이 사라진 형상미를 그렸는데, 낭만적 표현의 극치이다. 비록 짧지만, 이백시의 중요한 풍격인 청신하고 표일(飄逸)한 정서를 충분히 구현하고 있다.

---

41) 일명 〈고객락(估客樂)〉 또는 〈상려행(商旅行)〉이라고 부르기도 한다.
42) 估客樂者, 齊武帝之所制也. 帝布衣時, 嘗遊樊鄧, 登祚以後, 追憶往事而作歌.

海客乘天風[1] 　　바다 상인 천풍 타고

將船遠行役[2] 　　배로 먼 장삿길 떠나네.

譬如雲中鳥 　　구름 속으로 사라지는 새처럼

一去無縱跡 　　한번 가서는 종적이 묘연하여라.

▶ 〈李翰林集〉(當塗本)

---

01 **海客**해객 : 항해하는 사람으로서, 여기서는 배를 타고 사방의 먼 곳으로 행상을 떠나는 상인을
　　가리킨다.
02 **行役**행역 : 외지로 나아가 장사하거나 일하는 것. 여기서는 멀리 행상을 떠나는 것을 가리킨다.

3

歌吟詩 가음시 ; 노래로 불린 시

襄陽歌
양양지방 노래

낭만주의 특색이 풍부한 7언가행체 시로서, 이백이 처음 장안으로 가서 공업을 추구하다가 뜻을 이루지 못하고 돌아와 분노와 격정에 쌓인 상태에 놓여 있었던 개원 22년(734)경에 지은 시이다. 먼저 진대(晉代)의 양양태수인 산간(山簡)의 방탕하고 거리낌 없는 주취상태로서 흥기하였으며, 이어 자신이 기녀와 놀고 음주에 탐닉하는 생활을 서술하였다. 후반부에서는 이사(李斯)가 승상이면서도 피살당하였고, 양호(羊祜)의 송덕비가 훼손된 것을 예로 들면서 부귀공명도 믿을 만한 것이 못되므로 한잔 술을 기울이는 것만 못하다고 설명하였다. 그러나 음주에 대하여는 관대한 태도를 취하였으니, 한수의 푸른 물결을 보고 만약 이 강물이 모두 술(春酒)로 변한다면 평생 술 걱정하지 않고 보낼 수 있을 것이라는 기발한 상상을 하였으며, 또한 강 위의 청풍명월은 한 푼 들이지 않고도 살 수 있을 것이라고 하였다. 이와 같이 그는 이미 만취되어 옥산(玉山)이 넘어지듯 쓰러진 상태에서도 주흥이 사라지지 않을 정도였으므로 호방표일한 음주정취는 천고에 독보적이다.

落日欲沒峴山西[1]
현산 서쪽으로 저녁 해가 지려는데

倒着接䍦花下迷[2]
모자 거꾸로 쓰고 꽃 속에서 취해 있네.

襄陽小兒齊拍手
양양의 아이들 일제히 손뼉 치며

攔街爭唱白銅鞮[3]
거리를 누비며 다투어 백동제 노래하네.

傍人借問笑何事
옆 구경꾼이 묻기를 무슨 일로 웃는가요?

笑殺山公醉似泥[4]
곤죽같이 취한 산공이 우스워 죽겠다나.

鸕鶿杓[5]
물새 모양 구기와

鸚鵡杯[6]
앵무새 술잔으로

百年三萬六千日
백년 3만 6천 일 동안

---

01 **峴山**현산 : 현수산(峴首山)이라고도 부르며, 양양의 동남쪽 9리 떨어진 곳에 위치하고 동쪽으로
한수와 접해있다.

02 **接䍦**접리 : 두건 이름. 백로의 깃털로 장식을 하여 백접리(白接䍦)라고도 부른다.

03 **白銅鞮**백동제 : 본래는 말발굽을 가리키지만, 여기서는 남조 양(梁)나라 때 양양일대에서 유행하
였던 동요 이름.

04 **山公**산공 : 서진의 산간(山簡)으로 죽림칠현의 한사람인 산도(山濤)의 아들임. ≪진서(晉書)·산
간전(山簡傳)≫에 의하면, 산간은 영가 3년, 남방을 평정하는 장군이 되어, 형·상·교·광주의
4주 도독이 되었다. 양양에 머무르면서 고양지라고 부르는 연못에 자주 들렀다가 날이 저물면
말을 거꾸로 타고 대취하여 종종 말을 타고 흰 모자를 거꾸로 쓴 채 돌아왔다 한다. (永嘉三年,
出爲征南將軍, 都督荊湘交廣四州諸軍事, 假節鎭襄陽.--簡每出遊嬉, 多之池上, 置酒輒醉,
名之日高陽池. 時有童兒歌日, 山公出何許, 往至高陽池. 日夕倒戴歸, 酩酊無所知. 時時能
騎馬, 倒著白接䍦).
醉似泥취사니 : 술이 곤드레만드레 취한 상태.

05 **鸕鶿杓**노자표 : 물새 모습을 조각한 구기. 양제현(楊齊賢)은 주에서 '노자'는 물새로서 그 목이
길어 구기의 자루모양을 하고 있다고 한다.

06 **鸚鵡杯**앵무배 : 앵무새 모양을 새긴 술잔. 뾰족하고 회선형으로 굽어 붉은 빛을 띤 것이 앵무새의
부리와 비슷하므로 이러한 이름이 붙여졌다 한다. 잔의 표피는 초록빛 무늬가 있으며, 큰 것은
두 되를 담을 수 있다.

一日須傾三百杯[7]   하루에 3백 잔씩 기울인다네.

遙看漢水鴨頭綠[8]   멀리 오리머리처럼 푸른 한수를 보시게나

恰似葡萄初醱醅[9]   포도주가 처음 발효되는 것 같아라.

此江若變作春酒[10]   이 강물이 막걸리로 변한다면

壘麴便築糟邱臺[11]   쌓아 논 누룩더미로 조구대를 지을 수 있으리라.

千金駿馬換小妾[12]   천금 가는 준마를 젊은 첩과 바꾸어서

笑坐雕鞍歌落梅[13]   웃으며 비단 안장에 앉아 낙매곡 부르노라.

車旁側挂一壺酒   수레 옆에 술 단지 하나 걸어 놓고

鳳笙龍管行相催[14]   봉 생황과 용 젓대 불면서 가는 길 재촉하네.

---

07 一日須傾三百杯일일수경삼백배 : 후한의 정현(鄭玄)이 원소(袁紹)와 헤어지면서 조금도 흐트러짐 없이 3백 잔을 마신 고사.(〈장진주〉 참조)

08 鴨頭綠압두록 : 한강의 빛깔이 오리머리의 깃털 색처럼 푸르다는 뜻.

09 葡萄포도 : 술을 만드는 원료로서 그 빛깔이 녹색임.
醱醅발배 : 두 번 빚어 괴어 있는 아직 거르지 않은 술(≪廣韻≫13末 '醱醅, 酦酒', ≪廣韻≫15灰 '醅, 酒未漉也'.)

10 春酒춘주 : 언 막걸리. 주(周)나라에서는 겨울에 술을 빚어 봄이 지나야 비로소 숙성되므로 춘주라고 하였다.

11 麴국 : 술의 효모(酵母)인 누룩. 술을 빚을 때 사용하는 발효물.
糟邱조구 : 술지게미를 쌓아 만든 언덕. 하나라 걸왕(桀王)이 만든 술 연못에는 배를 띄울 수 있고, 지게미를 쌓은 언덕은 10리 밖에서도 볼 수 있으며, 북을 한번 울리면 소 3천 마리가 와서 마시었다 한다.

12 駿馬換妾준마환첩 : 위나라 조창(曹彰)은 성품이 대범하고 탈속하여 준마를 보면 자신의 아름다운 첩과 교환하였다(≪獨異志≫ '後魏曹彰性倜儻, 遇逢駿馬, 愛之, 其主所惜也. 彰曰子有美妾可換, 惟君所選. 馬主因指一妓, 彰遂換之.')

13 落梅낙매 : 〈낙매화(落梅花)〉로 악부에서 피리곡조명인 횡취곡(橫吹曲).

14 鳳笙봉생 : 대나무로 만든 생황의 모습이 봉황과 같으므로 이와 같은 이름이 붙여졌다.
龍管용관 : 피리소리가 물 속 용이 읊조리는 소리와 흡사하므로 이렇게 불렀다.

咸陽市中嘆黃犬[15]　　함양 저자에서 누런 사냥개를 탄식하였으니

何如月下傾金罍[16]　　어찌 달 아래에서 금 술잔 기울이는 것만 같으랴?

君不見　　그대는 보지 못하였는가.

晉朝羊公一片石[17]　　진나라 양공의 비석이

龜頭剝落生莓苔[18]　　거북머리 떨어지고 이끼 낀 것을.

淚亦不能爲之墮　　눈물 또한 그를 보고 떨어지지 않고

心亦不能爲之哀　　마음 또한 그를 보고 슬퍼할 수 없구나.

淸風朗月不用一錢買　　청풍명월은 한 푼 들이지 않고 즐길 수 있으며

玉山自倒非人推[19]　　옥산은 사람이 밀지 않아도 저절로 쓰러지네.

---

15 **咸陽**함양 : 진나라 수도로 지금 섬서성 서안시 서북쪽에 있다.

  嘆黃犬탄황견 : 진 승상 이사(李斯)가 2세 황제에게 체포되어 사형을 당하게 되자 그의 둘째 아들에게 "너와 함께 누런 개를 끌고 상채의 동문에서 토끼몰이 할 기회가 오겠느냐?(吾欲與若復牽黃犬, 俱出上蔡東門, 逐狡兎, 豈可得乎)"라 하였다.

16 **金罍**금뢰 : 술을 담는 그릇으로 황금 술독. 신하들과 술잔을 주고받을 때 군왕은 황금으로 장식한 것을 쓴다. 크고 귀한 것은 거북이 눈으로 꾸미며, 용기의 덮개는 구름과 우레의 모습을 조각하였다.

17 **晉朝羊公**진조양공 : 양공은 서진의 명장인 양호(羊祜)이다. ≪진서·양호전(晉書·羊祜傳)≫에 '양호는 산수를 좋아하여 경치를 감상할 때는 반드시 현산에 들렀다. 술상을 차려 놓고 하루 종일 읊조려도 싫증내지 않았다. 58세에 임종하자, 양양의 백성들은 그가 평생 즐겨 노닐던 현산에 비석을 세우고 매년 제사를 드렸다. 그 비석을 바라다 본 사람들은 눈물을 흘리지 않은 사람이 없었으므로, 두예(杜預)는 눈물을 떨구는 비석(타루비)이라는 이름을 붙였다(羊祜樂山水, 每風景必造峴山, 置酒言詠, 終日不倦. 卒時年五十八. 襄陽百姓於峴山祜平生遊憩之所, 建碑立廟, 歲時享祭焉. 望其碑者, 莫不流涕. 杜預因名爲墮淚碑)'고 했다.

18 **龜頭**귀두 : 비석을 받치고 있는 거북모양의 받침대.

  剝落박락 : 벗겨져 떨어져 나간 것.

19 **玉山自倒**옥산자도 : 술에 취해 넘어지는 모습. ≪세설신어·용지편(容止篇)≫에서 죽림칠현의 하나인 혜강이 취하여 쓰러지는 모습은 옥산이 무너지는 것(山公曰, 嵇叔夜之爲人也, 岩岩若孤松之獨立, 其醉也, 傀俄若玉山之將崩)과 같다고 하였는데, 여기서는 이백 스스로를 비유한 것으로, 자신은 술 취해 넘어지는 것 외에는 다른 어떠한 힘으로도 그를 넘어뜨릴 수 없음을 뜻하고 있다.

舒州杓²⁰

서주산 구기와

力士鐺²¹

역사 그려진 술잔이여

李白與爾同死生

이백은 그대들과 생사를 같이하리라.

襄王雲雨今安在²²

양왕의 운우지정 지금은 어디에 있나요?

江水東流猿夜聲

강물이 동쪽으로 흐르는 밤 잔나비만 슬피 우네.

▶ 〈青蓮詩(筆寫本)〉

---

20 舒州杓서주표 : 당시에 쓰이던 귀중한 음주 용기. 서주는 지금의 안휘성 잠산(潛山)일대로 주기(酒器) 산지로 유명함.

21 力士鐺역사당 : 세 발 달린 술을 따뜻하게 데우는 용기로 당대 예장군(豫章郡 ; 지금의 江西南昌市)에서 생산되었다.

22 襄王雲雨양왕운우 : 초나라 양왕(襄王)이 무산에서 신녀(神女)와 운우지정(雲雨之情)의 밀회를 나눈 전설.

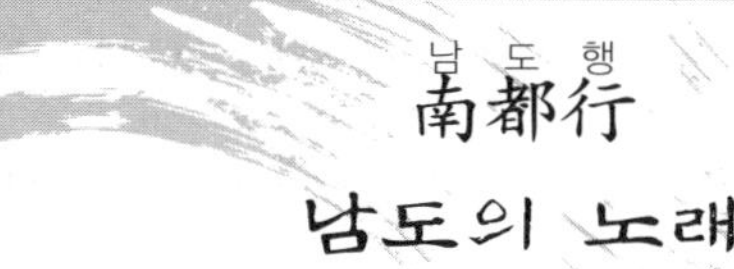

남도는 당대에는 산남동도 남양군이었으며, 지금의 하남성 남양시로 ≪문선(文選)≫에 장형(張衡)의 〈남도부(南都賦)〉가 수록 되어 있다. 여기서 남도의 유래에 대하여 이선(李善)은 ≪문선(文選)≫에서 지우(摯虞)의 말을 인용하여 남양군은 완(宛)이 다스리며 수도의 남쪽에 있기 때문에 남도라고 불렀다고 하였다. 이에 대해 왕기는 남도는 후한 광무제의 고향으로 즉위 후에 낙양을 수도로 세우고 남양을 별도(別都)로 정하여 남도라 불렀다고 하였다. 이 시에서는 남양의 땅이 신령스럽고 범려 · 백리해 · 광무제 · 음려화 등의 뛰어난 인물들이 배출된 것에 대하여 찬양하는 마음을 표시하였으며, 아울러 와룡인 제갈량을 이백 자신에 비유하면서 세상에 쓰이기를 바라는 회재불우의 심정을 드러내었다. ✍

▶ 宋 張擇端 〈淸明上河圖卷〉

南都信佳麗
남도는 진실로 아름다운 곳

武闕橫西關[1]
무궐산이 서쪽 관문에 걸쳐 있어라.

白水眞人居[2]
백수진인 광무제가 머물던 곳엔

萬商羅廛闤[3]
많은 상점들이 거리에 늘어서 있네.

高樓對紫陌
높은 건물은 자주색 길과 마주하고

甲第連靑山[4]
좋은 집은 청산과 닿아 있어라.

此地多英豪
이 땅 출신 많은 영웅호걸들

邈然不可攀
아득히 뛰어나 견줄 수가 없으니,

陶朱與五羖[5]
도주공 범려와 오고대부 백리해는

名播天壤間
명성이 온 세상에 퍼져있도다.

麗華秀玉色[6]
음려화는 아름다운 자태 빼어나고

---

01 **武闕**무궐 : 산 이름.
   西關서관 : 지금의 단동현(丹風縣) 동남쪽에 있는 무관(武關)이다.
02 **白水眞人**백수진인 : 후한의 광무제(光武帝)로, 용릉(春陵)의 백수향(白水鄉)에서 일어났으므로 백수진인이라 불렀다.
03 **廛闤**전환 : 저자거리(市井). 전(廛)은 저자의 가게이고 환(闤)은 거리의 담장이다.
04 **甲第**갑제 : 좋은 집을 갑제라 부른다.
05 **陶朱**도주 : 범려(范蠡)임. 춘추오패 중 월나라가 오나라를 멸망시킨 후 범려는 재상자리를 마다하고 도(陶) 땅에 이르러 도주공이라 자칭하며 장사를 하여 많은 재물을 모았다.
   五羖오고 : 백리해(百里亥)임. 괵(虢) 나라가 진(晉)에 멸망당하자 백리해는 초(楚)로 도망갔다가 잡혀 노비가 되었는데, 진(秦)의 목공(穆公)이 그의 현명함을 듣고 다섯 마리 양피(羊皮)를 바치고 면죄 받아 진의 국정을 맡겼으므로 오고대부라 불렀음(≪史記·秦本紀≫참조). 역사의 기록에 의하면 범려와 백리해 모두 남양사람이라 하였다.
06 **麗華**여화 : 광무제의 황후인 음려화(陰麗華)임. ≪후한서·황후기(皇后紀)≫에 의하면 광무제의 음황후는 이름(휘)이 여화로 남양 신야(新野)사람이다. 처음 광무제가 신야로 갔을 때, 황후의 아름다움에 대하여 듣고 마음속으로 기뻐하였다. 뒤에 장안으로 가서는 집금오(執金吾)의 말과 수레(車騎)가 성대함을 보고 탄식하면서 "관직에 나아가면 집금오가 되고, 아내는 음려화를 얻어야 한다"고 하였다. 황제 원년 6월에 드디어 완(宛)에서 왕후를 맞아 들였다고 기록되었다.

漢女嬌朱顔[7]	한수가 여인들 발그레한 얼굴이 사랑스럽네.
淸歌遏流雲	맑은 노랫소리는 떠가는 구름을 멈추게 하고
豔舞有餘閑	고운 춤사위는 찬탄을 자아내노라.
遨遊盛宛洛[8]	번화한 남양과 낙양은 유람명승지로
冠蓋隨風還	화려한 수레들 바람 따라 왕래하고,
走馬紅陽城[9]	홍양성 밖에서 말 몰아 달리며
呼鷹白河灣[10]	백하만에서 매 불러 사냥하는구나.
誰識臥龍客[11]	누가 와룡선생을 알아 볼 수 있으리요?
長吟愁鬢斑[12]	백발에 수심 겨워 양부음 길게 읊조리노라.

---

07 **漢女**한녀 : 한수(漢水)가에 사는 여인.

08 **遨遊盛宛洛**오유성완낙 : 여기서 완은 남양이고 낙은 낙양으로, 사조(謝朓)는 '완낙은 놀기 좋은 곳, 봄빛이 서울에 가득하네(宛洛佳遨遊, 春色滿皇州)' 라 읊었다.

09 **紅陽**홍양 : 남양에 있는 지명. ≪한서 · 지리지≫에 '남양군에 홍양 제후국(紅陽侯國)이 있다'고 하였는데, 지금의 하남성 무양현(舞陽縣) 서북쪽이다.

10 **白河**백하 : 백수(白水)라고도 함. 하남 숭현(嵩縣) 서남에서 발원하여 남쪽으로 남양시 동쪽을 지나 호북 양번시(襄樊市)에 이르러 한수로 들어간다.

11 **臥龍**와룡 : 누워있는 용이라는 뜻으로 제갈량을 이르는 말. 선주 유비가 신야에 주둔할 때 서서(徐庶)가 선주에게 '제갈공명은 와룡이니 장군께서는 어찌 돌아보지 않으십니까?'라고 추천하였다. ≪한진춘추(漢晉春秋)≫에 '제갈양의 집은 남양의 등현(鄧縣)으로 양양성 서쪽 20여리에 있는데 융중(隆中)이라 부른다'와 ≪출사표(出師表)≫의 '신은 본래 포의로서 남양에서 몸소 농사지었다(臣本布衣, 躬耕南陽)'고 하였는데, 남양이 바로 이곳이다.

12 **長吟**장음 : 제갈량은 자가 공명으로 남양에서 농사지으면서 〈양부음(梁父吟)〉 지어 읊조리기를 좋아하였다.

강 상 음
江上吟
강에서 술 마시며 노래하다

개원 22년(734) 이백이 강하(江夏)지방을 유람하면서 직접 창제한 가행체(歌行體)시이다.[43] 시 가운데에서 음주와 가무로 자유분방한 낭만적인 생활을 노래하고 때에 미쳐 즐기는 급시행락(及時行樂)의 퇴폐적인 정서를 표현하고 있지만, 초왕의 호화스런 궁궐들은 황폐해진 반면 굴원의 사부작품들은 후세에 길이 남아 빛날 것이라 하며 높이 추앙하고 있다. 이렇듯 문장과 시가의 불후성에 비하여 부귀공명이 속히 시듦을 오만하게 보고 있으며, 아울러 자신의 문학적인 재능에 대하여도 상당한 포부를 밝히고 있다. 제목에서의 강은 한수(漢水)를 가리킨다.

▶ 俞泰興 刻, 〈江上吟〉

---

43) ≪악부시집≫(권73)의 〈잡곡가사〉에 사조(謝朓)의 〈강상곡(江上曲)〉이 있지만 이 시와는 다르다.

木蘭之枻沙棠舟[1] 목란나무 삿대에 사당나무 멋진 배

玉簫金管坐兩頭[2] 옥퉁소 금피리 부는 사람 양편에 앉았구나.

美酒樽中置千斛[3] 단지에 맛좋은 술 만 말이나 담아서

載妓隨波任去留[4] 기녀 싣고 파도 따라 자유로이 노니노라.

仙人有待乘黃鶴[5] 선인은 기다리다 황학 타고 떠났으며

海客無心隨白鷗[6] 어부는 무심코 흰 갈매기 따라 노닐었네.

---

01 **木蘭**목란 : 진귀한 나무이름. 두란(杜蘭) 혹은 임란(林蘭)이라고도 부르며, 모양이 녹나무(楠木)와 비슷하다. 좌사(左思)의 〈촉도부(蜀道賦)〉에 목란나무가 등장하며, 유규(劉逵)의 주에는 '목란은 큰 나무로 잎은 시들지 않고 겨울과 여름에 무성하다. 꽃은 항상 겨울에 피며, 그 열매는 작은 감과 같고 단맛이나 남쪽지방 사람들은 매화라고 하며 그 가죽은 식용한다'라고 하였다.
枻예 : 배의 키 혹은 노(楫 · 柁)를 가리킨다. 초사(楚辭) ≪구가(九歌) · 상군(湘君)≫에 '계수나무 노에 자목련 키(桂棹兮蘭枻)'라는 구절이 있음.
沙棠사당 : 사당나무. ≪술이기(述異記)≫에 '한나라 성제는 조비연과 태액지에서 노닐 때 사당나무로 만든 배를 탔다. 그 사당나무는 곤륜산에서 나오는데, 사람이 그 열매를 먹으면 물에 빠져도 가라앉지 않았다(木蘭, 大樹也. 葉似長生, 冬夏榮. 常以冬花, 其實如小柿, 甘美, 南人以爲梅, 其皮可食)'라 하였는데, 여기서는 화려하고 기품 있는 배를 가리킨다.
02 **玉簫金管**옥소금관 : 옥으로 만든 퉁소와 황금으로 만든 피리. 본래는 금옥으로 장식한 악기이지만, 여기서는 옥피리와 금관악기를 연주하는 사람을 가리킨다.
坐兩頭좌양두 : 악기를 연주하는 사람들이 배의 양 머리에 앉은 것.
03 **斛**곡 : 고대에 곡식을 되는 그릇의 총칭. 열말(十斗)이 일곡(一斛)으로 여기서 천곡(千斛)은 많은 량의 술을 형용한 말.
04 **任去留**임거류 : 자신의 마음대로 왔다 갔다 하는 것. 곽박(郭璞)의 ≪수해경찬(水海經贊)≫중 '사당나무를 구하여 용 배 만들어서, 창해에 띄워 놓고 멀리 놀러 나가네. 소요하면서 제멋대로 가고 오게 맡겨 놓는다(安得沙棠, 制爲龍舟. 泛彼滄海, 渺然遐游. 聊以逍遙, 任彼去留.)'라는 뜻을 차용하였다.
05 **黃鶴**황학 : 신선들이 타고 하늘로 올라간다는 노란 학.
06 **海客**해객 : 바닷가에 사는 사람.
無心무심 : 속이려는 마음이 없는 것.
隨白鷗수백구 : 흰 갈매기를 따라 노니는 것. ≪열자 · 황제편(黃帝篇)≫에 '바닷가에 갈매기를 좋아하는 사람이 살았다. 매일 아침마다 바닷가에서 새와 같이 놀았는데, 백여 마리나 되는 갈매기의 무리가 그의 곁을 떠나지 않았다. 그 아버지가 "갈매기가 모두 너를 따라 노니 네가 새를 잡아오면 내가 가지고 놀겠다"고 하였다. 다음날 아침 바닷가로 나갔지만 갈매기들은 춤을 추면서 내려오지 않았다(海上之人有好鷗鳥者, 每旦之海上, 從鷗鳥游. 鷗鳥之至者百, 往而不止. 其父曰 鷗鳥皆從汝游, 汝取來, 吾玩之. 明日至海上, 鷗鳥舞而不下也.)'고 하였다.

屈平詞賦懸日月[7]　　　굴평의 사부는 일월처럼 빛나건만

楚王臺榭空山丘[8]　　　초왕 살던 궁궐들은 산언덕이 되었구나.

興酣落筆搖五岳[9]　　　흥겨워 글씨 쓰면 오악이 춤을 추고

詩成笑傲凌滄洲[10]　　　시 지어 웃으면서 창해를 깔보노라.

功名富貴若長在　　　부귀공명이 오래도록 있는 것이라면

漢水亦應西北流[11]　　　한수도 서북쪽으로 역류하리라.

---

07 屈平굴평 : 초나라 회왕(懷王)때 삼려대부(三閭大夫)인 굴원(屈原). 이름이 평(平)이고 자가
　　원(原)이며, 호가 영균(靈均)임.
　　懸日月현일월 : 일월과 같이 빛난다는 뜻.
08 楚王초왕 : 초나라 회왕(懷王)과 경양왕(頃襄王)을 가리킨다.
　　臺榭대사 : 궁전과 같은 건물. 초나라 영왕(靈王)이 세운 장화대(章華臺)와 장왕(莊王)이 세운
　　유조대(有釣臺)가 모두 초왕의 대사들임. 정강성(鄭康成)의 ≪예기≫의 주에 의하면 흙을 모아
　　사방을 높게 쌓은 것이 대(臺)이고, 대위에 건물을 세운 것이 사(榭)이다(闍者爲之臺, 有木者
　　謂之榭, 是榭乃臺上有屋者也)라고 하였다.
　　空山丘공산구 : 대와 사가 이미 없어졌으니 산과 구릉만이 부질없이 남았다는 뜻.
09 五岳오악 : 중국의 진산(鎭山)으로 받들어 천자가 제사를 지내던 명산으로, 동악 태산(泰山)·서
　　악 화산(華山)·남악 형산(衡山)·북악 항산(恒山)·중악 숭산(嵩山)으로 오진(五鎭)이라고도
　　함. 여기서는 높은 산의 범칭이다.
10 笑傲소오 : 조소하면서 거만하게 쳐다보는 것. '소오(嘯傲)'로 된 판본이 있다.
　　滄洲창주 : 창해(滄海)와 같은 뜻으로 고대에는 은자(隱者)가 머무는 장소로 쓰였다.
11 漢水한수 : 섬서성 영강현(寧强縣)에서 발원하여 동남쪽으로 흘러 섬서성 남부를 지나 호북성
　　서부와 중부를 거쳐 무한(武漢)에 도달하였다가 장강으로 흘러든다.
　　西北流서북류 : 동남쪽으로 흐르는 한수가 서북쪽으로 역류한다는 것으로 불가능한 일에 대한
　　비유.

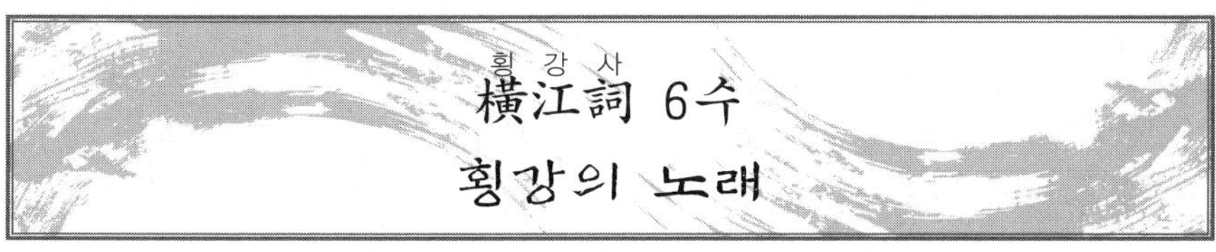

천보 13년(754) 가을, 이백이 역양(歷陽)을 유람할 때 지은 시이다. 횡강(橫江)은 안휘성(安徽省) 화현(和縣) 동남쪽에 있는 횡강포(橫江浦)와 반대편 채석기(采石磯)사이에 있는 강을 가리킨다. 이 연작시에서 이백은 횡강을 건너는데 풍파가 험악함을 말하면서 아울러 자신의 정치적 불우감과 국가에 대한 근심을 기탁하고 있다.

≪其1≫

인 도 횡 강 호
人道橫江好　　　사람들은 횡강이 좋다고 말 하지만

농 도 횡 강 악[1]
儂道橫江惡　　　나는 횡강을 사납다고 말 하겠네.

일 풍 삼 일 취 도 산[2]
一風三日吹倒山　삼일동안 부는 바람은 산을 넘어뜨릴 듯

백 랑 고 어 와 관 각[3]
白浪高於瓦官閣　흰 파도는 와관각 보다도 더 높이 이는구나.

　제1수는 여섯 수의 서곡(序曲)으로서, 이백이 금릉 지방을 유람하다가 횡강을 건너면서 지었는데, 첫 구는 전해들은 말이고, 둘째 구 이하는 직접 목도한 모습이다. 3·4구에서 횡강에 이는 파랑이 25장(丈)이나 되는 와관각 옥상보다도 더 높다고 한 과장법은 이백 특유의 기발한 착상이다.

01　**儂**농 : 나(我), 곧 자신을 가리키는 제일인칭 대명사로 오(吳)지방 방언.

02　**一風三日**일풍삼일 : 큰바람이 한번불면 3일 동안 계속되는 모습을 말한다.
　　吹倒山취도산 : 바람이 산을 무너뜨릴 만큼 매우 세차게 부는 것을 형용한 말.

03　**瓦官閣**와관각 : 곧 와관사(瓦官寺)를 가리킨다. ≪강남통지(江南通志)≫에 의하면 승원각(昇元閣)은 강녕성(江寧城) 밖에 있음. 양(梁)나라 때 지은 것으로 높이가 2백 4십 척(尺)이며, 남당(南唐)때 까지도 건물이 남아 있었다 한다.

≪其2≫

海潮南去過尋陽[1] 조수가 남쪽으로 밀려가 심양을 지나가니

牛渚由來險馬當[2] 예로부터 우저산이 마당산보다 험하다네.

橫江欲渡風波惡 횡강을 건너려니 풍파가 사나워서

一水牽愁萬里長 물줄기처럼 긴 수심 만 리를 흐르누나.

　　우저산(牛渚山)의 맹렬한 봄 파도와 험악하게 부는 바람이 무한한 근심을 자아냄을 묘사하였다. 강기슭에 서서 남쪽을 바라보았지만, 보이는 것이라곤 모든 물체들을 닥치는 대로 삼켜버릴 듯한 흉맹스런 파도뿐인지라 수심(愁心)이 장강의 물줄기처럼 만 리까지 길게 뻗친다고 하였다. 이러한 정경은 이백이 일생동안 조우한 인생역정과 회재불우(懷才不遇)를 비유한 것이다.

▶ 宋　馬遠 〈水圖(層波疊浪)〉

---

01 **海潮**해조 : 옛날에는 바다 조수가 장강으로 들어와 심양까지 도달한다고 하였다.
　尋陽심양 : '潯陽'이라고도 쓴다. 당 천보원년(742) 강남서도(江南西道)에 심양군(潯陽郡)을 두었음. 지금의 강서성(江西省) 구강시(九江市).
02 **牛渚**우저 : 우저산(牛渚山)으로 강과 닿은 곳에 우저기(牛渚磯)가 있음. 당대에는 당도현(當塗縣)에 속하였지만, 현재는 마안산시(馬鞍山市)에 속함. 이곳과 화현(和縣)의 횡강포(橫江浦)와는 강을 사이에 두고 대치하고 있다.
　馬當마당 : 마당산(馬當山)으로, 산이 말의 모습과 비슷하여 이렇게 불렀다. ≪원화군현도지≫에 의하면 마당산은 강남도(江南道) 강주(江州) 팽택현(彭澤縣) 동북쪽 백여 리에 위치하는데, 강과 닿은 곳이 매우 험난하여 왕래할 때 배가 뒤집히는 사고가 잦다고 하였다.

≪其3≫

横江西望阻西秦[1]　　횡강에서 바라보니 서쪽 진땅 아득하고

漢水東連揚子津[2]　　한수는 동쪽으로 양자진과 닿았어라.

白浪如山那可渡　　흰 물결 산 같으니 어떻게 건널 수 있을까요?

狂風愁殺峭帆人[3]　　거센 바람이 뱃사람들 근심케 하는구나.

　　횡강 언덕에 서서 서쪽에 있는 장안을 바라본 광경을 읊었다. 그러나 구름 낀 산이 가로막아 장안이 어디 있는지 보이지 않아 조정으로 다시 들어갈 수 없는 안타까운 심정을 피력하고 있다. 여기서 이백은 조정에 대하여 사모하는 마음을 가지고 건너고자 하였지만, 장애물 때문에 건널 수 없는 근심을 유로시키고 있다.

---

01 **西秦**서진 : 서쪽 섬서성(陝西省) 일대인 진지방. 춘추전국시대 전국칠웅(戰國七雄)중 진(秦)나라에 속하며 나머지 여섯 나라의 서쪽에 위치하므로 서진이라 불렀음. 여기서는 수도인 장안을 가리킨다.

02 **漢水**한수 : 한수는 섬서성 영강현(寧强縣)의 파총산(嶓冢山)에서 발원하여 한구(漢口)에서 민강(岷江)과 합류한다. 동쪽으로 양주(揚州)에 이르러 양자강(揚子江)이 되어 바다로 들어간다. **揚子津**양자진 : 강소성(江蘇省) 양주(揚州) 서남쪽에 위치하는데, 고대에는 장강 하류의 중요한 나루터였다.

03 **愁殺**수쇄 : '쇄(殺)'가 매우 심함을 이르는 말이므로, '수쇄(愁殺)'는 근심이 매우 큼을 가리킨다. **峭帆人**초범인 : 배에 돛을 올리는 뱃사람.

≪其4≫

海神來過惡風迴[1]
해신이 지나가자 사나운 바람 불고

浪打天門石壁開[2]
물결이 천문산 치니 석벽이 열렸도다.

浙江八月何如此[3]
팔월 절강지방 어찌 이와 같은가요?

濤似連山噴雪來[4]
산만한 파도가 눈보라 치면서 밀려오네.

  횡강의 조수가 천문산을 지나 용솟음치며 흘러가는 광경을 묘사하였다. 횡강 하류
는 바다로 통하므로 이백은 해신(海神)을 연상시키었는데, 광풍과 폭우를 동반한 해신이
지나가면서 일어난 흰 파도가 천문(天門)사이를 부딪치자 양 언덕의 석벽(石壁)이 활짝
열리는 듯하니 진실로 험난한 곳이라 할 만하다. 이어진 산들이 눈을 뿜어내는 듯한 파도
는 비록 절강성 8월의 조수도 이에 미치지 못한다고 하였다.

▶ 宋 馬遠 〈水圖(黃河逆流)〉

---

01 **海神**해신 : 바다에 사는 신.
02 **天門**천문 : 안휘성(安徽省) 당도현(當塗縣) 서남쪽에 위치한 산. 동쪽으로는 박망산(博望山)과
  서쪽으로는 양산(梁山)이 큰 강을 끼고 양안(兩岸)으로 대치한 채 서 있어 마치 하늘의 문과
  같다.
03 **浙江**절강 : 일명 전당강(錢塘江)으로, 여름 8월8일에 강물이 가장 세차게 흐른다.
04 **連山**연산 : 파도치는 것이 연이은 산봉우리 같음을 비유한 것.

≪其5≫

横江館前津吏迎[1]　　횡강관 나루터 관리가 마중 나와서

向余東指海雲生[2]　　나를 향해 구름 몰려오는 동쪽바다를 가리키네.

郎今欲渡緣何事[3]　　'그대는 지금 무슨 일로 강을 건너려 하시오

如此風波不可行　　이러한 풍파에는 건너실 수 없습니다.'

　　횡강관을 관리하는 나루터 관원(津吏)이 나와 장차 더 큰 풍파가 몰려올 것이니 이백에게 강을 건너는 모험을 감행하지 말도록 충고하고 있다. 전체적으로 풍운(風雲)의 변화에 대하여 숙지하고 있는 나루터 관리의 모습을 그리고 있는데, 특히 후반 양구는 인생이나 벼슬길에 나아가는 것에 비유되고 있다.

---

01 **橫江館**횡강관 : 횡강 나루터에 세운 역사(驛舍). 당대에 당도현(當塗縣) 채석기(采石磯) 아래에 있던 건물로 나라에서 관리하였다. 장강 건너편 언덕에 있는 횡강포와 서로 바라다 보인다.
　　津吏진리 : 나루를 관리하는 벼슬아치. 당 고종 영휘(永徽;650-655) 이전에는 배와 교량을 관리하는 벼슬아치를 진위(津尉)라고 불렀지만, 영휘 이후에는 진위를 없애고 상관에 여덟 명의 진리를 두었다 함.
02 **海雲生**해운생 : 해상에 짙은 구름이 생기면서 장차 큰 풍랑이 일어날 것을 가리킨다.
03 **郎**낭 : 관리가 한 말로, 일반적으로 남자에 대한 존칭.

≪其6≫

月暈天風霧不開¹   달무리 속 천풍불어 안개 자욱한데

海鯨東蹙百川迴²   바다 고래 동해에서 내닫자 온 내가 요동치네.

驚波一起三山動³   놀란 파도 한번 일면 삼산이 흔들리나니

公無渡河歸去來⁴   그대는 건너지 마시고 돌아가시오.

　　전체 여섯 수의 총결(總結)편으로 횡강의 기후와 사나운 파도의 상황을 종합하여 건너지 말라(公無渡河)는 결론을 내리고 있다.

　　당여순(唐汝詢)은 '나루터 관리가 풍파의 험난함을 말하면서 바로 돌아갈 것을 권하였는데, 이는 그냥 읊은 듯하면서도 비유한 것이다. 달무리와 안개는 군왕이 막혀 있는 모습이고, 바다의 고래는 신하들이 마음대로 날뛰는 모습을 비유한 것이다. 물과 산이 요동치고 하늘과 땅이 제 모습으로 바로잡지 못하였으니, 어찌 현명한 자가 벼슬길로 나아갈 시기이겠는가?'44)라 하였는데, 의미심장한 말이다. 이후 이백은 선성(宣城)에 도착하여 경정산(敬亭山) 아래에 은거하고 있다가 안사의 난을 맞이하였다.

---

01 **月暈**월훈 : 달무리. 고어(古語)에 '달무리 지고 바람 불자, 주춧돌에 물끼 머금어 비 내리는 것 알겠노라(月暈而風, 礎潤知雨)'라는 말이 있다.

02 **百川**백천 : 많은 냇물. 여기서는 장강을 가리킨다.

03 **三山**삼산 : 남경에서 서남쪽으로 28.5Km 떨어진 양자강변에 있는 산. 세 봉우리가 남북으로 연결되어 있으므로 삼산이라 부른다.

04 **公無渡河**공무도하 : 고악부의 하나인 〈공후인(箜篌引)〉을 가리킨다. 최표(崔豹)의 ≪고금주(古今注)≫에 의하면 공후인은 조선 나루터(朝鮮津)의 관리 곽리자고(霍里子高)의 처 여옥(麗玉)이 지었는데, "그대에게 강을 건너지 말라 하였는데, 그대는 마침내 건넜도다, 물에 빠져 죽었으니 장차 임을 어이할꼬?(公無渡河, 公竟渡河, 墮河而死, 將奈公何)"이다. 이 시의 마지막 구절에서는 노랫말을 차용하였을 뿐이다.

歸去來귀거래 : 은거하고자 하는 뜻. 출처는 동진(東晉)의 유명한 전원시인 도연명(陶淵明)이 벼슬을 버리고 돌아가고자 한 〈귀거래사(歸去來辭)〉의 제목.

---

44) 唐汝詢, ≪唐詩解≫ '津吏盛陳風波之惡而直勸其歸, 亦賦而比也. 暈霧比君之蔽壅. 海鯨喻臣之跋扈. 河山動搖乾坤板蕩, 豈賢者仕進之時也.'

추 포(秋浦)는 당대 지주(池州)에 속한 현명(縣名)으로, 지금의 안휘성(安徽省) 귀지현(貴池縣)이다. 현의 서남쪽에 풍경이 수려한 추포호(秋浦湖)가 있으므로 귀지(貴池), 즉 귀한 못이라는 현의 명칭이 붙여졌다.

천보 13년(754)경, 50대 후반의 노년으로 접어든 이백은 여러 차례 추포를 유람하였는데, 〈추포가〉 17수는 이 시기에 지은 대표적인 연작시다. 비록 일시에 지은 것은 아니지만, 추포의 산천경물(山川景物)과 노동하는 백성들의 생활상을 읊었다. 내용이 다양하고 감정이 진지하며, 생활 속의 숨결이 그대로 드러나고 민가(民歌)의 풍미가 넘쳐흘러 낭만주의 색채를 구비하고 있다. 여기서는 제2수와 15수를 소개한다.

〈其2〉

秋浦猿夜愁　　추포 원숭이 밤마다 슬피 우니

黃山堪白頭[1]　　황산도 수심 겨워 정상이 하얘졌네.

靑溪非隴水[2]　　청계는 비록 농수는 아니지만

翻作斷腸流　　농수마냥 슬피 울며 흐르누나.

欲去不得去　　여기를 떠나려도 갈 수 없는 신세

薄游成久游[3]　　잠시 머물려다 오래도록 지체하네.

何年是歸日　　어느 해에나 고향으로 돌아갈 수 있나요?

雨淚下孤舟　　외로운 배 위에서 눈물만 흘리노라.

　　일생동안 유랑생활로 보낸 이백은 농수가 흐르는 촉지방 고향을 그리는 마음을 촌시도 잃지 않았으므로 이 시에서 금의환향하지 못하는 쓰라린 심정을 읊고 있다. 특히 마지막 두구는 인구에 회자되는 명구이다.

---

01 **黃山**황산 : 지주성 남쪽으로 70여 리에 있는 황산령(黃山嶺)을 가리킨다.
　　白頭백두 : 산 정상에 눈이 쌓여 있는 모습을 말한다.
02 **靑溪**청계 : 곧 청계(淸溪)이다. 안휘성 귀지현 고계산(浩溪山)에서 발원하여 귀지현 경내를 지나서 청계(淸溪)에 이르러 장강으로 흘러 들어간다.
　　隴水농수 : 이백의 고향인 사천성 농산에서 발원하여 흐르는 물.
03 **薄游**박유 : 잠시 머물러 노니는 것.

〈其15〉

白髮三千丈[1]　　　　3천 장이나 되는 흰머리

緣愁似箇長　　　　근심으로 이렇듯 길어졌는가.

不知明鏡裏[2]　　　　모르겠네. 거울 속에 비친 모습

何處得秋霜[3]　　　　어디서 가을서리 맞고 왔는가?

　　추포에서 유람할 때, 길게 늘어진 백발을 보고 흉중의 깊은 근심, 즉 장지(壯志)를 펼칠 수 없는 세태와 자신이 성공하지 못한 심정을 묘사하였다. 기승 양구에서는 긴 백발로 깊고 무거운 근심을 대담한 과장법을 사용하여 비유하였으며, 전결 양구에서는 거울 속에 나타난 자신의 백발을 보고 놀라는 모습에서 더욱 가슴이 막히도록 억울함을 느끼고 고민을 해소할 수 없는 심정을 읽을 수 있다.

▶ 宋 范寬 〈谿山行旅圖〉

---

01 三千丈삼천장 : 3천 장은 9Km로 여기서는 긴 모습을 묘사한 것이다.
02 明鏡명경 : 거울과 같이 맑은 호수로 추포 경내에 있는 옥경담(玉鏡潭)을 가리킨다. 지금의 안휘성 지주시 대루산(大樓山) 아래 청계하(清溪河) 위에 있다.
03 秋霜추상 : 서리같이 하얀 머리카락을 비유한 것이다.

永王東巡歌
영왕의 동쪽 순방을 노래하다

숙종 지덕2년(757) 정월 이백이 영왕 휘하의 군중에서 영왕을 칭송하면서 자신의 항적보국(抗敵報國)하고자 하는 심정을 표출한 연작시 형식의 작품이다.

영왕은 이름이 이린(李璘)으로 현종의 열여섯 번째 아들이다. 안사란(安史亂)이 일어난 후 천보 15년(756) 6월 장안이 함락되자 현종은 촉(蜀) 지방으로 피난하였다. 7월12일에 태자인 숙종 이형(李亨)이 영무(靈武)에서 즉위한 후 지덕(至德)이라 개원(改元)하였다. 그러나 이러한 소식을 접하지 못한 현종은 15일 행촉(幸蜀) 도중 제서(制書)를 반포(頒布)하여 태자 이형을 천하병마원수(天下兵馬元帥)로 삼아 삭방(朔方)·하동(河東)·하북(河北)·평려절도사(平盧節度使)를 통솔하도록 하고, 영왕 이린을 산남동(山南東)·영남(嶺南)·검중(黔中)·강남서(江南西)의 사도절도도사(四道節度都使) 겸 강릉대도독(江陵大都督)에 임명하였다. 영왕은 명을 받들어 강릉(江陵) 일대의 장사들을 모집하여 독자적으로 관직을 수여한 후, 이해 12월 수군을 인솔하고 동쪽으로 내려와 세모(歲暮)무렵 심양(尋陽)에 주둔하였다. 이때 이백은 여산(廬山) 병풍첩(屏風疊)에 은거하고 있었는데, 당시 영왕은 사도절도채방사(四道節度采訪使) 겸 강릉도독(江陵都督)의 신분으로 이백을 막부(幕府)로 초빙하였다. 이백은 여러 번 사양하다가 나라를 위하여 반란군을 평정하려는 숙원을 이루기 위하여 이에 응하였다. 그가 영왕 막부에 참가할 당시에는 승리의 서광이 보이는 것 같아 격앙되어 〈영왕동순가〉를 읊기에 이르렀다. 전체는 11수이지만 여기서는 제1수와 마지막 11수를 소개한다.

≪其1≫

永王正月東出師¹　　영왕이 정월에 동쪽으로 군대를 출동하니

天子遙分龍虎旗²　　천자가 멀리서 용호기를 나누어 주었네.

樓船一擧風波靜³　　누선이 출동하자 풍파가 잠잠해져

江漢翻爲雁鶩池⁴　　강수와 한수는 안목지가 되었도다.

　　영왕이 명을 받고 동순(東巡)하는 것을 찬미하고 있다. 기승 양구에서 영왕의 동순은 천자에게 명령받은 것으로 그의 출사가 정정당당하다는 것을 춘추필법(春秋筆法)으로 천명하고 있다. 전결 양구는 영왕이 출사하여 활동하는 범위와 목적을 밝혔으니, 그가 관할하는 산남동도(山南東道) 지방을 안정시킨다는 뜻으로 동순의 제의(題意)와 부합된다. 강한(江漢) 지방을 조정인 장안 궁궐원유(宮闕苑囿) 내의 안목지(雁鶩池)로 바꾼 것은 구체적으로 그 지역을 평정하는 모습을 형용한 것이다. 따라서 이는 출사하는 영왕 군대(永王軍隊)의 당당한 위세를 노래한 것임을 알 수 있다.

01　正月정월 : 지덕 2년(757) 정월을 말한다.
02　天子천자 : 현종을 가리킴.
　　遙分요분 : 면대(面對)하면서 나누어 준 것이 아니라 멀리 떨어진 다른 곳에서 나누어 준 것으로 전년 7월 현종이 제왕들에게 임무를 분담시킨 것을 뜻한다.
　　龍虎旗용호기 : 용과 호랑이를 그린 깃발로서, 용호기를 군중에서 나누어주었다 함은 병권을 상징하며, 여기서는 당시의 천자인 현종이 영왕을 임명한 일을 가리킨다.
03　樓船누선 : 고대에 누각을 3층 높이로 세운 전함(戰艦).
04　江漢강한 : 장강(長江)과 한수(漢水) 유역.
　　雁鶩池안목지 : 한대(漢代) 양효왕(梁孝王)이 양원(梁苑)에 만든 연못으로 물짐승을 기르던 궁원(宮苑)이다.

≪其11≫

試借君王玉馬鞭[1]   군왕의 옥 말채찍 잠시 빌려서

指揮戎虜坐瓊筵[2]   잔치자리에 앉아 포로들을 지휘하네.

南風一掃胡塵靜[3]   남풍이 오랑캐 먼지 쓸어버리고

西入長安到日邊[4]   서쪽 장안으로 들어가 천자를 배알하노라.

이 11수는 제1수와 서로 호응하여 영왕에 대한 찬사가 고조되고 있다. 기승 양구는 영왕이 현종의 수중에서 군사를 통솔할 수 있는 '옥마편(玉馬鞭)'을 얻어 마치 동진의 명장 사안(謝安)처럼 경연(瓊筵)에서 담소하는 사이에 적을 제압한다는 내용을 읊고 있다. 전결 양구는 영왕이 남방에서 기병하여 오랑캐들을 격파한 후 장안으로 입조하여 천자를 배알함을 묘사하였다. 낭만적인 시인인 이백은 영왕이 반란을 이미 평정시키고 장안으로 개선하여 승리를 자축하는 장면을 상상으로 묘사하였으니, 이는 당시 백성들의 기원과 희망을 반영한 것이다.

---

01 君王군왕 : 군왕은 현종이다. 영왕이 현종의 명을 받았음을 밝히고 있다.
   玉馬鞭옥마편 : 지휘권을 비유한 것. 옥마편은 천자의 채찍으로 진의 명제(明帝;323-325재위)에게는 칠보로 만든 칠보편(七寶鞭)이 있었고, 현종에게는 산호로 만든 산호편(珊瑚鞭)이 있었는데, 모두 귀중한 물건이다.
02 戎虜융로 : 즉 호로(胡虜). 안사의 반군을 가리킨다.
   坐瓊筵좌경연 : 사안(謝安)의 고사를 사용한 고사로 연회를 열면서 군대를 지휘하여 적을 평정하는 것이다.
03 南風남풍 : 당시 영왕은 남쪽인 강한(江漢)에 머물렀고, 안사의 반군은 낙양 즉 북쪽에 있었으므로 영왕의 군대를 남풍에 비유하였다. 남풍이 일어나서 오랑캐들이 소탕되는 것을 말하고 있다.
04 日邊일변 : 해(日)는 군왕의 상징이므로, 군왕이 머무는 수도를 일변(日邊)이라 부른다. 즉 군왕의 신변을 가리킨다.

上皇西巡南京歌
상황 현종이 남경으로 순방한 노래

이 시는 칠언절구 10수로 된 연작시로 숙종 지덕 2년(757) 12월 말, 안사(安史)의 난중에 지었다. 이해 9월 수도 장안이 수복되어 12월 3일 현종이 촉중에서 함양(咸陽)으로 돌아오고, 무오(戊午;15일)일에 숙종은 대사면령을 내리면서 "촉군(즉 成都)을 남경으로, 봉상군을 서경으로, 서경(즉 長安)을 중경으로 삼는다(以蜀郡爲南京, 鳳翔郡爲西京, 西京爲中京)"라고 반포(頒布)하였다. 이때 이백은 영왕의 사건에 연루되어 야랑으로 유배당하는 도중으로 아직 사면을 받지 못한 상태이었다. 그러나 그는 사면 받을 것을 확신하고 희열의 심정으로 이 시를 지으면서, 현종의 행촉(幸蜀)과 장안으로 돌아오는 역사적 사건을 노래하였다. 제목에서 상황(上皇)은 현종을 가리킨다. 천보 15년(756) 7월 갑자(甲子, 즉 7월 12일)일, 태자 이형(즉 肅宗)은 영무(靈武)에서 황제에 즉위하고 현종을 상황천제(上皇天帝)라고 추존하였다. 서순(西巡)은 실제로는 서쪽에 위치한 촉으로 피난한 일로 황제가 순수(巡守)한 일을 가리키는데, 여기서는 미화하는 뜻을 품은 완곡한 필법으로 표현하였다. 남경(南京)은 촉군의 소재지인 성도를 가리키며, 장안의 남쪽에 위치하므로 남경이라 불렀다.

≪其1≫

胡塵輕拂建章臺[1]　　오랑캐 먼지가 건장대를 가볍게 건드리니

聖主西巡蜀道來[2]　　밝은 임금은 서쪽 땅 촉도로 오셨구나.

劍壁門高五千尺[3]　　검문관(劍門關) 높이는 5천척이요

石爲樓閣九天開[4]　　돌로 만든 누각은 하늘로 통하노라.

　　제1수에서는 안록산의 반군(叛軍)들이 장안의 궁궐을 점령하자, 현종이 서쪽으로 순행(西巡)하여 험난한 검각을 지나 촉으로 들어간 사건을 묘사하였다. 오랑캐들이 건장대를 가볍게 스치자 천자가 서쪽 촉지방으로 몽진하는데, 높디높은 검각산과 잔도가 하늘 위에 의지해 있으니 천자가 머무는 곳이 장엄하여 진실로 수도의 모습이라고 읊고 있다.

01 胡塵호진 : 오랑캐 군대를 가리킨다.
　　建章臺건장대 : 한 무제(武帝)시 장안의 건장궁(建章宮) 안에 세운 신명대(神明臺)로 당대 장안 궁궐을 상징한다. 건장대를 가볍게 스쳤다는 표현은 오랑캐가 장안을 침략한 사건을 말한다.
02 聖主성주 : 현종을 가리킨다.
　　西巡蜀道서순촉도 : 현종은 천보 15년(756) 6월13일 장안에서 서쪽으로 피난길에 올라 7월29일 성도에 도착하였다. 촉군은 중국의 서남부에 위치하므로 서순(西巡)이라 불렀다.
03 劍壁검벽 : 현재의 사천(四川) 검문현(劍門縣) 북쪽에 있는 검문관을 가리킨다. 대검산과 소검산이 문과 같이 대치해 있다.
04 石爲樓閣석위누각 : 사천성 검각현 동북쪽 대검산(大劍山)과 소검산(小劍山) 사이에 있는 검각(劍閣)의 잔도(棧道)를 가리킨다. 전하는 바에 따르면 삼국시대 제갈량(諸葛亮)이 쌓은 것으로 진과 촉 지방을 통하는 주요 통로로 군사상 수비의 요해처이다. 잔도는 높은 산에 만든 길인데, 험한 곳은 돌을 쌓아 만들었으므로 밑에서 보면 누각같이 보인다고 한다.
　　九天開구천개 : 검각이 하늘 위를 파서 만든 것 같으므로 매우 높은 것을 형용하여 하늘이 열린다고 말하였다.

≪其2≫

九天開出一成都[1]　　구천이 열리면서 나타난 성도엔

萬戶千門入畵圖[2]　　수많은 인가들이 그림 속에 펼쳐졌구나.

草樹雲山如錦繡　　초목과 운산은 비단 깔아 놓은 듯

秦川得及此間無[3]　　진천에서는 이런 풍경 볼 수 없으리라.

　　제2수에서는 성도(成都)의 번성한 인가와 산천의 아름다움에 대하여 묘사하였다. 성도는 비록 지금은 새로운 수도라고 말하지만 산천초목 등 입지조건이 옛 수도 장안보다 더 뛰어나 천자가 머무를 만한 곳이라고 하였으며, 천자는 사해를 집으로 삼으므로 그 발길 닿는 곳이 모두 수도가 된다는 뜻이 내포되어 있다. 앞 3구에서는 성도의 산천과 경치·시가지의 번화와 아름다운 풍경을 열거하였고, 마지막 구에서는 성도가 진천(秦川) 지방, 즉 장안에 비교하여도 손색없을 정도로 풍광이 좋은 고장이라는 점을 표명하였다. 이백은 본래 촉(蜀)지방 출신이기 때문에 고향에 대하여 자부심을 가지고 있었는데, 마침 안사란 중 현종의 어가가 촉지방으로 출행하자 내심으로 이를 표출할 수 있는 좋은 기회로 여겼던 것이다.

▶ 唐 (佚名) 〈明皇行蜀圖〉

01 **成都**성도 : 지금의 사천성 성도시(成都市)로 금성(錦城)이라 불렀다.
02 **萬戶千門**만호천문 : 만 집과 천 개의 대문, 즉 인가들이 즐비하게 모여 있는 것을 말한다.
03 **秦川**진천 : 진령(秦嶺)이북 위수(渭水)유역의 관중(關中) 평원(平原)이다. ≪자치통감(資治通鑑)≫권74 호삼성(胡三省) 주(注)에는 '관중지방은 기름진 천리 평야로 진나라 옛 땅이기 때문에 진천이라고 불렀다.(關中之地, 沃野千里, 秦之故國, 謂之秦川)'고 하였다. 여기서는 수도인 장안을 가리킨다.

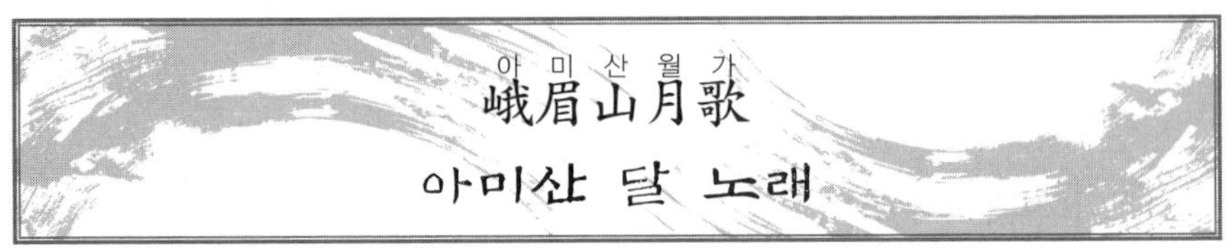

개 원 12년(724), 이백이 처음 원대한 뜻을 품고 장강 하류로 만유할 때, 아미산에 뜬 달을 보고 고향 촉 지방에 대한 그리움을 나타낸 시이다. 명 왕세정(王世貞)은 "이 시는 이백의 절창이다. … 후인들이 이를 지으려 하여도 그 흔적을 뛰어 넘을 수 없는 작품으로 더욱 절묘함이 엿 보인다(此詩太白佳境, … 使後人爲之, 不勝痕迹矣, 盆見此老爐錘之妙)"라 하였으며, 왕린주(王麟洲)도 "네 구 가운데 다섯 지명을 삽입하였지만, 진정 중복되거나 싫증나지 않으니 고금에 걸쳐 절창으로 여겨진다(四句入地名者五, 古今目爲絕唱, 殊不厭重)"라고 극찬하였다.

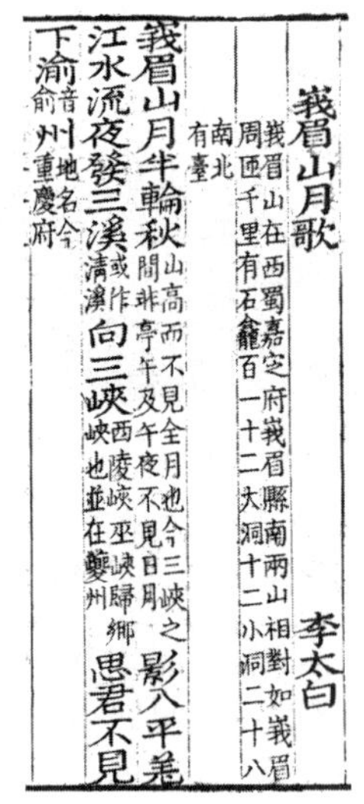

峨眉山月歌　李太白

峨眉山在西蜀嘉定府峨眉縣南兩山相對如峨眉 周匝千里有石龕百一十二大洞十二小洞二十八 南北有臺

峨眉山月半輪秋 山高而不見全月也今三峽之間非亭午夜不見日月

影入平羌江水流

夜發清溪向三峽 溪或作清溪 西陵峽巫峽歸鄉峽也並在夔州

思君不見下渝州 渝音俞州地名今重慶府

▶ 〈古文眞寶大全前集(木版本)〉

峨眉山月半輪秋[1]　　　아미산에 뜬 가을 반달 보며

影入平羌江水流[2]　　　평강강 속 그림자는 강물 따라 흘러가네.

夜發淸溪向三峽[3]　　　밤에 청계 떠나 삼협으로 향하니

思君不見下渝州[4]　　　그리운 그대 보지 못한 채 유주로 내려가노라.

01 **峨眉山**아미산 : 사천성 아미현 남서쪽에 있는 산으로 높이가 3,092M임. ≪원화군현지≫〈아미현(峨眉縣)〉편에 '아미산은 아미현 북쪽 7리에 있으며,…두 산이 서로 마주 대하고 있어 그를 바라다보면 눈썹 같으므로 아미라 이름 지었다(峨眉大山, 在縣北七里……兩山相對, 望之如峨眉, 故名)'라고 하였다.

02 **平羌江**평강강 : 아미산(峨眉山) 동북쪽에 있는 강으로 지금의 청의강(靑衣江)임. 사천성 노산현(蘆山縣)에서 발원하여, 아안(雅安)·홍아(洪雅)·협강(夾江)을 지나 낙산(樂山)에 이르러 대도하(大渡河)·민강(岷江)과 합류한다. 여기서의 평강강은 낙산 서북쪽, 아미현 동쪽 일대를 가리킨다.

03 **淸溪**청계 : 곧 청계역(淸溪驛)을 가리킨다. 일설에 의하면 청계역은 지금의 사천성(四川省) 건위현(犍爲縣)에 있는데, 아미산 부근이라고 하기도 하며, 또 다른 설에 의하면 청계역은 바로 가주(嘉州)부근에 있는 판교역(板橋驛)이라고도 한다.
　　三峽삼협 : 파동삼협(巴東三峽, 즉 장강삼협)으로 사천성 봉절(奉節)에서 호북성 의창(宜昌)사이에 있는 구당협(瞿塘峽)·무협(巫峽)·서릉협(西陵峽)이다.

04 **思君**사군 : 여기서 「군(君)」은 직접적으로는 달을 가리키지만, 쌍관어(雙關語)로 아미산 명월과 고향의 친구를 가리키기도 한다.
　　渝州유주 : 당대 주 이름으로, 현재의 사천(四川) 중경시(重慶市)임. 원래는 초주(楚州)였지만, 수나라 개황(開皇)9년에 주변에 유수(渝水)가 흐르므로 유주로 이름이 바뀌었다.

〈강 하행)45)은 이백이 개원 년간(725년경) 강하(지금의 武昌)를 유
람하면서 지은 작품이다. 이 시에 등장하는 남편은 당시 중요한
상업도시의 하나인 양주(揚州)일대에서 장강을 왕래하며 장사하는 상인
이다. 이백은 일찍이 지금의 호북, 안휘 및 강소성 등 상업이 번성한 지
역을 유람하면서 상인들의 생활상을 충분히 파악하였다. 〈강하행〉은 바
로 이러한 상인 아내들의 생활과 정서를 구체적으로 묘사하였는데, 그
녀들의 회한의 정서를 표출한 동정적인 태도 외에도 오로지 이윤만을
추구하는 상인들의 본질적인 면을 고발하고 있다. 시에서 행상 떠난 남
편과의 이별의 고통을 감내하면서도 후회하는 생활을 애절하게 묘사하
였는데, 이는 당시 무수한 상인 아내들의 보편적인 생활과 운명을 개괄
하고 있다. ☙

---

45) 이백이 창제한 악부신제로, 곽무천(郭茂倩)은《신악부사(新樂府詞)》속에 배치하였다.

憶昔嬌小姿[1]	아리땁던 어린 시절 생각하나니
春心亦自持[2]	설레는 마음 가지고 있었어라.
爲言嫁夫壻	좋은 남편 만나 시집간다면
得免長相思	서로 그리는 맘 진정되리라.
誰知嫁商賈	장사꾼에게 시집갈 줄 누가 알았으리요?
令人却愁苦	도리어 시름과 고통뿐이네.
自從爲夫妻	부부의 정을 맺은 뒤로
何曾在鄉土	고향에 있었던 적 일찍이 없었네.
去年下揚州[3]	지난해 양주로 떠나갈 때
相送黃鶴樓[4]	황학루에서 작별하였지.
眼看帆去遠	눈은 멀어져가는 돛단배 바라보며
心逐江水流	마음도 강물 따라 쫓아갔어라.
只言期一載[5]	한 해 지나 돌아온다고 기약했는데
誰謂歷三秋	세 가을이 지나갈 줄 누가 알았으리요?
使妾腸欲斷	구곡간장 끊는 듯한 저의 마음은

---

01 **嬌小姿**교소자 : 아름다운 자태.
02 **春心**춘심 : 소녀가 이성을 그리워하는 연애감정.
03 **揚州**양주 : 지금의 강소성 양주시임. 당대의 회남도(淮南道)의 대도독부 소재지로 상업이 번창하여 많은 상인들이 왕래하는 동남지방의 큰 도회지이다.
04 **黃鶴樓**황학루 : 강남 삼대명루중 하나. 옛터는 무창 장강남안 황학기위에 있다.
05 **期一載**기일재 : 1년을 기한으로 삼다.

恨君情悠悠 　　그대를 원망하지만 정은 하염없어라.

東家西舍同時發[6] 　　한날한시에 떠난 동서쪽 이웃들은

北去南來不逾月 　　한 달을 안 넘긴 채 남북에서 돌아오는데,

未知行李遊何方[7] 　　우리 집 낭군은 어디에 계시온지?

作箇音書能斷絶[8] 　　이토록 소식마저 끊어 졌나요.

適來往南浦[9] 　　지금 막 남포로 달려가서

欲問西江船[10] 　　서강에서 오는 배에 소식을 물어보네.

正見當壚女[11] 　　주막집 아낙을 때마침 만났는데

紅粧二八年 　　붉은 화장에 꽃 같은 이팔청춘이라.

一種爲人妻[12] 　　다 같이 남의 아내 되었건만

獨自多悲悽 　　어이타 나만은 슬픔 속에 살아가나.

對鏡便垂淚 　　거울을 대하여도 눈물이 떨어지고

逢人只欲啼 　　사람들 만나도 설움만 북받치네.

---

06 東家西舍동가서사 : 좌우에 거주하는 이웃.

07 行李행리 : 행인이 가지고 다니는 휴대품. 여기서는 행인을 가리킨다.

08 音書음서 : 서신.

09 南浦남포 : 강하현 남쪽 3리에 있는 옛 강 이름. 일명 신개항으로 지금의 무한시 남쪽에 있으며, 왕래하는 상선들이 정박하는 지방으로 고시에서 송별하는 장소로도 널리 쓰였다.

10 西江船서강선 : 장강하류로부터 오는 배. 서강은 지금의 강소성 남경시 서쪽에서 강서성 구강(九江)일대까지를 가리킨다.

11 當壚女당로녀 : 주점에서 술파는 여인.

12 一種일종 : 함께, 같이.

不如輕薄兒[13]	차라리 경박한 남편 만나서
旦暮長追隨	조석으로 오래도록 함께 할 것을,
悔作商人婦	장사꾼 아내 된 것 후회하나니
靑春長別離	청춘을 긴 이별 속에 보내고 있네.
如今正好同歡樂	지금 한창 사랑을 주고받을 때인데
君去容華誰得知[14]	님 떠났으니 꽃다운 얼굴 누가 보아주리요?

▶ 明 陳洪綬 〈雜畵(遠浦歸帆)〉

13 **輕薄兒**경박아 : 경박한 소년, 일을 하지 않고 한가롭게 놀기만 하는 난봉꾼.
14 **容華**용화 : 아름다운 용모.

임 로 가
臨路歌
임종의 노래

종 보응(寶應) 원년(762) 겨울 62세의 이백은 병이 심해지자 이 임종가를 짓고 졸하였다. 시에서 호방하고 유유자적한 대붕을 자신의 불우(不遇)한 처지에 비유하였는데, 바로 사회적 구속을 벗어나 이상을 펴겠다는 욕구인 것이다. 이백은 '사직을 안정시키고(安社稷), 백성을 구제한다(濟蒼生)'는 이상을 실현하려 하였지만, 분투에도 불구하고 현실적으로 뜻을 펴 보지도 못하고 좌절되어 깊은 비분과 무한한 실망감을 품은 채 이 절필시(絕筆詩)를 남기었다. 시의 끝 부분에서 ≪사기·공자세가≫의 노(魯)나라 사람이 상서로운 동물인 기린을 잡자 공자가 탄식하여 눈물을 흘렸다는 고사를 인용하였다. 자신의 진정한 이상을 후세에 전해 줄 공자가 없기 때문에 회재불우의 절망을 품고 세상을 하직하였던 것이다. ❧

大鵬飛兮振八裔[1]　　대붕이 세상 끝까지 떨쳐 날다가

中天摧兮力不濟　　　중천에서 날개 꺾여 힘없어졌어도

餘風激兮萬世　　　　남은 바람은 천추만세를 격동하리라.

游扶桑兮掛石袂[2]　　부상나무에서 노닐다 왼 소매를 걸어 놓았지만

後人得之傳此　　　　후대 사람들이 이 시문을 얻어 전하려 해도

仲尼亡兮誰爲出涕[3]　공자님 없으니 누가 날 위해 눈물 흘려주나요?

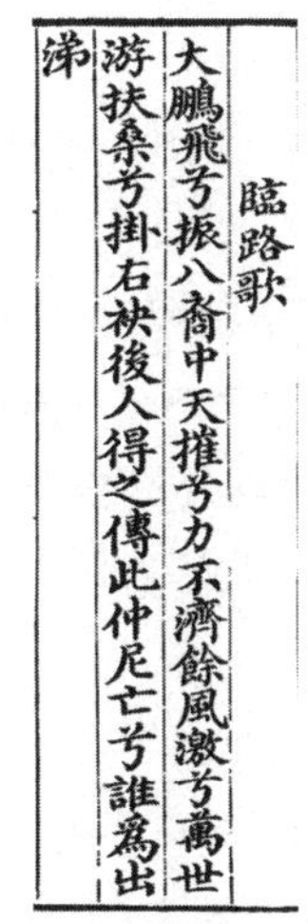

▶ 〈李翰林集〉(當塗本)

01　八裔팔예 : 팔방. 온 세상을 가리킨다.
02　扶桑부상 : 전설에 나오는 신령스런 나무(神木). 신화가운에서 해는 탕곡(湯谷)에서 나와 함지
　　(咸池)에서 목욕한 후 부상나무에 씻는다고 하였다.
　　石袂석몌 : 왕기의 주에 의하면 '石'이 '左'나 '右'의 잘못일 것으로 보았다.
03　仲尼중니 : 공자(BC.551-479)의 자(字).
　　出涕출체 : 눈물을 흘리다. ≪사기·공자세가≫의 노 애공(哀公) 14년 봄에 노나라에서 상서로운
　　동물인 기린이 잡혔다는 소문이 나자, 도가 바로 서지 않은 때에 나타나 잡힌 것을 상서롭지
　　못하게 본 공자가 눈물을 흘리며 탄식했다는 '공자읍린(孔子泣麟)'의 고사를 인용하였다.

4

贈詩 증시 ; 드리는 시

贈孟浩然
맹호연에게 드림

맹 호연(689-740)은 호북성 양양(襄陽)사람으로 이백이 존경하는 선배시인 중 하나로 중국 문학사상 유명한 전원시인이다. 평생 동안 벼슬을 하지 않고 녹문산(鹿門山)에서 장기간 머무르면서 독서하다가 나이 4십이 되어 장안으로 나와 과거에 응시하였지만 낙방하였다. 그 후 오월(吳越)지방을 유람하다가 다시 양양으로 돌아와 은거할 때 이백이 그를 방문하여 교유하면서 이시를 지어 주었는데, 이 해가 개원 37년 (739)이다. 맹호연은 뜻을 펴지 못한 채 다음해에 52세를 일기로 죽었다. 이 시에서는 맹호연이 평생 동안 세속의 권력과 명예에 물들지 않고 녹문산에 은거하면서 자연을 벗 삼으며 지낸 고상한 품격을 찬미하면서 그에 대한 깊은 공경과 흠모의 정을 표시하고 있다.

吾愛孟夫子　　　　내가 존경하는 맹부자 님은

風流天下聞[1]　　　풍류로 천하에 명성이 알려졌네.

紅顏棄軒冕[2]　　　젊어서 벼슬자리를 멀리하더니

白首臥松雲[3]　　　늙어서도 소나무와 구름 속에 누워 있구나.

醉月頻中聖[4]　　　달에 취해 자주 술과 만났고

迷花不事君　　　　꽃에 미쳐 임금도 섬기지 않았도다.

高山安可仰[5]　　　산 같은 고결함을 어찌 미칠 수 있나요?

徒此揖淸芬[6]　　　청아한 덕행에 오직 절할 뿐이네.

---

01 風流풍류 : 우아한 정취. 맹호연이 음주와 시를 좋아한 면을 가리킨다.
02 軒冕현면 : 고대에 경대부(卿大夫) 이상의 고관(高官)이 타던 초헌(軺軒)과 머리에 쓰던 면류관. 일반적으로 조정의 고관을 가리킨다.
03 松雲송운 : 소나무와 운하(雲霞). 벼슬길에 나가지 않고 산림에서 은일생활을 하는 것.
04 頻빈 : 언제나. 자주.
　　中聖중성 : 맑은 술을 마시고 취하는 것. 삼국시대에 술을 좋아하는 이들이 청주(淸酒)를 성인(聖人)으로 탁주(濁酒)를 현인(賢人)으로 불렀으니(≪三國志·魏志·徐邈傳≫ '平日醉客爲酒 淸者爲聖人, 濁者爲賢人'), 중성(中聖)은 술을 마시고 취하는 것을 뜻하는 은어이다.
05 高山고산 : 맹호연의 고매한 인품을 비유한 말.
　　安可仰안가앙 : 맹호연의 인품에 미칠 수 없음을 말한다.
06 淸芬청분 : 맑은 향기. 고결한 품격의 비유.

贈何七判官昌浩
증 하 칠 판 관 창 호

판관 하 창호에게 드림

이 시의 편년에 대하여는 여러 설이 분분하여 정설이 없는 실정이다. 하판관 창호는 집안 항렬이 7번째이므로 하칠이라고 불렀으며, 판관은 당시에 절도사의 속관으로 하판관은 유주절도사의 판관일 것이라고 고증되고 있다. 시에서 전반부는 늙을 때까지 유생이 되는 것 원치 않고 사막에서 검을 휘둘러 공업을 세우기를 원하였으며, 후반부에서는 하판관이 춘추전국시대 제나라 재상 관중과 연나라 명장 악의와 같이 뛰어난 재주를 지니고 있으니 나와 함께 전장으로 달려가 공업을 이루기를 바란다는 희망을 피력하였다. 시 가운데 적극적으로 노력하고자 하는 진취적 정신이 넘치고 있다.

有時忽惆悵[1]
유 시 홀 추 창

어떤 때에는 홀연 마음이 슬퍼져서

匡坐至夜分[2]
광 좌 지 야 분

한밤중까지 바로 앉아 지새고,

平明空嘯咤[3]
평 명 공 소 타

날이 밝으면 부질없이 울부짖으며

思欲解世紛[4]
사 욕 해 세 분

세상의 분쟁을 해결하려 하였노라

---

01 惆悵추창 : 애통하여 슬퍼함.
02 匡坐광좌 : 정좌하는 것.
　　夜分야분 : 야반(夜半)과 같은 말
03 平明평명 : 이른 새벽 날이 밝아오는 때
　　嘯咤소타 : 탄식. 이름을 부르며 길게 울부짖는 것.
04 世紛세분 : 세간의 분쟁.

心隨長風去	마음은 긴 바람 따라 만 리를 올라가서
吹散萬里雲	하늘의 뜬 구름을 흩어 버리는구나.
羞作濟南生[5]	제남의 복생처럼 될까 부끄러우니
九十誦古文	구십 나이에도 고문 외우기만 했었다네.
不然拂劍起	검을 떨치며 일어나는 것만 못해
沙漠收奇勳	사막으로 가서 뛰어난 공업을 이루시구려.
老死阡陌間[6]	밭두둑 사이에서 늙어 죽는다면
何因揚清芬[7]	어떻게 꽃다운 이름을 전할 수 있을까요?
夫子今管樂[8]	그대는 요즘의 관중과 악의이니
英才冠三軍	뛰어난 재능으로 삼군의 으뜸이 되시게나.
終與同出處[9]	종국에는 우리 함께 공을 세울 것이니
豈將沮溺羣[10]	어찌 장저와 걸익 같은 무리가 되겠는가?

---

05 **濟南生**제남생 : 노 땅의 대학자인 복생(伏勝). 서한 제남사람으로 일찍이 진에서 박사를 지냈으며 서경에 정통하였다. 진나라 시황제가 분서갱유(禁書坑儒)를 시행하여 경전 등이 없어지자, 한나라에 들어와서 복생은 자신이 암송한 ≪금문상서(今文尚書)≫를 제노지방에서 가르쳤으며, 문제가 복생을 조정으로 불렀을 때 나이 90여 세로 늙어서 갈 수가 없자 조착(晁錯)으로 하여금 가서 배워오게 하였다(≪漢書·儒生傳≫참조).

06 **阡陌**천맥 : 밭 사이로 난 도로. 남북으로 난 길을 '천(阡)', 동서로 난 길을 '맥(陌)'이라 함. 경작지 (耕作地)를 달리 일컫는 말.

07 **清芬**청분 : 방명(芳名). 꽃다운 이름. 좋은 평판.

08 **夫子**부자 : 하창호를 가리킨다.
　管樂관악 : 춘추시대 제(齊)나라 재상 관중(管仲)과 전국시대 연(燕)나라의 명장 악의(樂毅)를 가리킨다.

09 **出處**출처 : 출(出)은 관직으로 나가는 것이고 처(處)는 은거하는 것을 말한다.

10 **沮溺**저익 : 장저(長沮)와 걸익(桀溺)으로 공자가 정처 없이 천하를 주유하는 것을 비웃은 춘추시 대의 저명한 은사이다(≪論語·微子篇≫참조).

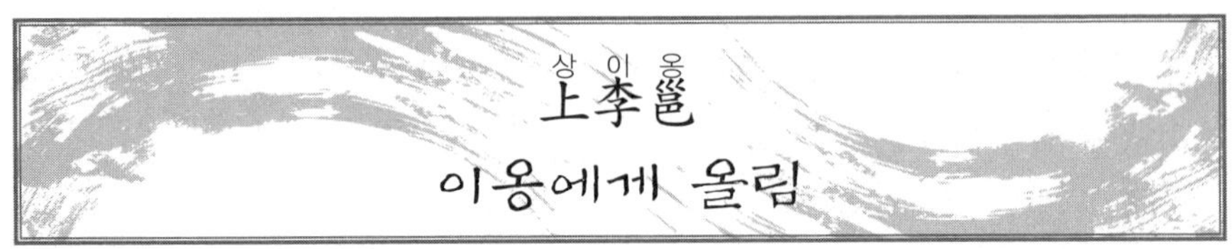

이 옹(李邕)은 자가 태화(泰和)로 성당시기 저명한 서예가이자 문장
가이다. 개원 8-9년(720-721년)경, 약관의 이백이 유주자사(渝州
刺史)[46]인 이옹을 방문하였는데, 그 이유는 그에게 자신의 재능을 펼쳐
보이고 능력을 인정받아 훗날 조정에 출사하여 관직에 나아갈 수 있도록
추천을 받기 위함이었다. 여기서 이백은 자신을 ≪장자≫⟨소유요⟩ 편에
나오는 대붕에 비유하면서 원대한 지향과 호매한 정회를 표출시켰지만,
나이 많은 유주자사 이옹은 젊은 이백의 호방한 성격과 재능을 알아보지
못하고 냉대했다. 이에 이백은 이 시를 답례로 써서 복수하려는 뜻을 표
시하였는데, 감히 대인물에게 하룻강아지 범 무서운 줄 모르듯 도전하려
는 날카로운 기세가 넘쳐난다. 시 가운데에서 이백의 구름을 뚫을 만한
큰 뜻과 세상에 쓰이고자 하는 강렬한 의지를 읽을 수 있다.

---

46) 渝州는 현재의 重慶

大鵬一日同風起¹ 　　대붕은 하루에 바람 따라 일어나서

扶搖直上九萬里² 　　곧장 구만 리를 날아오르네.

假令風歇時下來 　　바람이 멎을 땐 잠시 내려오기도 하지만

猶能簸卻滄溟水³ 　　여전히 넓은 바닷물을 휘저을 수 있노라.

時人見我恒殊調⁴ 　　세상 사람들 나를 보고 늘 뛰어나다 하면서도

聞余大言皆冷笑 　　내 호언장담 듣고는 모두 냉소를 짓는구나.

宣父猶能畏後生⁵ 　　공자께서도 후배를 경외하라고 하셨으니

丈夫未可輕年少⁶ 　　대장부는 젊은 사람 무시하면 안 된답니다!

---

01 **大鵬**대붕 : ≪장자(莊子) · 소요유(逍遙遊)≫편의 대붕이 남해에서 3천 리나 되는 물보라를 치며
구만 리를 날아올라 간다는 웅지를 표현하였다.
02 **簸卻**파각 : 높이 날던 대붕이 아래로 내려와서 두 날개로 거대한 파도를 쳐 올리는 모습.
　　扶搖부요 : 아래로부터 위로 날아 올라가는 회오리바람.
03 **滄溟**창명 : 큰 바다.
04 **恒殊調**항수조 : 항상 대중과는 다른 특수한 의론을 발표하는 것.
05 **宣父**선부 : 공자를 가리킨다. ≪신당서 · 예악지(禮樂志)≫에 정관(貞觀)11년 공자를 선부로 존
중한다는 조서를 내렸다는 기록이 있다.
　　畏後生외후생 : 뒤에 난 사람은 두려워할 만하다는 뜻. ≪논어 · 자한편≫에서 후생가외(後生可
畏)라 하였다.
06 **丈夫**장부 : 고대에 남자에 대한 통칭으로 여기서는 이옹을 가리킨다.

파 릉 증 가 사 인
巴陵贈賈舍人
파릉에서 사인 가지에게 드림

이 시는 건원 2년(759) 9월 파릉[47) 곧 악주(岳州)에서 지은 수증시(酬贈詩)이다. 가사인(賈舍人)은 중서사인을 지낸 시인 가지(賈至:718-772)로 왕거영(王去榮)사건에 연루되어 악주사마(岳州史馬)로 좌천당하였다. 이백과 가지(賈至)는 일찍이 천보 년간(741-756) 장안에서 교유한 적이 있었다. 이때 이백은 야랑으로 유배 가는 도중이었는데, 장사(長沙) 상류인 백제성(白帝城)부근에서 사면령을 받은 후, 파릉에서 가지와 만나 이 시를 기증하였다. 좌천당하여 유배 가는 가지를 한나라 때의 유명한 문장가인 가의(賈誼)에 비유하면서 조정에 대한 일편단심을 표출시키고 있다.

---

47) 파릉(巴陵)은 당대의 악주(岳州)로 천보 원년(742) 파릉군으로 고쳤다가 건원 원년(758) 다시 악주라고 불렀다. 지금의 호남성(湖南省) 악양시(岳陽市)로, 동정호 동안(東岸)에 위치하고 있다.

賈生西望憶京華[1]　　가의도 서쪽 바라보며 장안 그리워하였으니

湘浦南遷莫怨嗟[2]　　남쪽 소상가로 유배가도 원망하지 마시게나.

聖主恩深漢文帝[3]　　군왕의 은전이 한문제보다 깊으니

憐君不遣到長沙[4]　　그대를 어여삐 여겨 장사로 보내지 않으리.

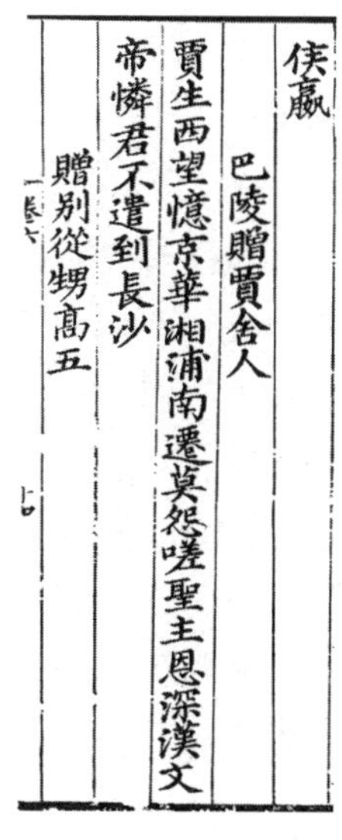

▶ 〈李翰林集〉(當塗本)

---

01 **賈生**가생 : 전한의 가의(賈誼)로서 사람들이 가생이라 칭하였다. 어려서 총명하여 제자백가(諸子百家)를 통달하고 20여세에 박사(博士)·태중대부(太中大夫)를 지냈지만, 참소 당하여 장사왕태부(長沙王太傅)로 좌천되어 33세의 젊은 나이로 요절하였다.
　　京華경화 : 수도 장안(長安)을 가리킨다.
02 **湘浦**상포 : 장사(長沙)지방을 가리키는데, 여기서는 악주(岳州)를 비유한 말.
03 **聖主**성주 : 당 숙종(肅宗)을 가리킨다.
　　漢文帝한문제 : 전한의 5대 황제.
04 **長沙**장사 : 파릉(巴陵)에서 남쪽으로 5백5십리 멀리 떨어졌다.

천보 13년(754) 가을, 이백이 추포(秋浦)에서 경현(涇縣)으로 가는 도중 도화담(桃花潭)에서 왕륜과 작별하면서 기증한 시[48]이다. 송 양제현(楊齊賢)의 주에 의하면 '이백이 경현의 도화담에 노닐 때 촌민인 왕륜이 항상 맛좋은 술로 이백을 대접하였는데, 왕륜의 후손들은 지금까지도 이 시를 가보로 여기고 있다'[49]고 하였다. 기승 양구에서는 이백이 왕륜의 집에서 며칠 동안 유숙한 후 그 지방을 떠나면서 배에 오르는 아쉬운 송별 장면을 읊고 있으며, 전결 양구에서는 연못물(潭水)이라는 구체적인 형상으로 추상적인 우정에 비교하면서 친구와의 이별의 정을 생동적으로 묘사하였다. 청 심덕잠은 ≪당시별재≫에서 '왕륜과의 우정을 천 길 깊이의 도화담수에 비유하였는데, 평범한 말이 한순간에 절묘한 경지로 바뀌었다[50]'고 평하였다.

---

48) 제목이 일명 〈도화담에서 왕륜과 이별하며(桃花潭別汪倫)〉라고도 한다.

49) 白游涇縣桃花潭, 村人汪倫常釀美酒以對白. 倫之裔孫至今寶其詩.

50) 沈德潛≪唐詩別裁≫卷2 '若說汪倫之情比于潭水千尺, 便是凡語, 妙境只在一轉換間'

李白乘舟將欲行   이백이 배를 타고 막 떠나려는데

忽聞岸上踏歌聲[1]   홀연 언덕 위에서 답가소리 들리네.

桃花潭水深千尺[2]   도화담 연못물이 천척이나 깊다한들

不及汪倫送我情[3]   왕륜이 나를 보내는 정에는 미치지 못하리라.

▶ 淸 黃愼 〈山水人物冊〉

01 **踏歌**답가 : 손을 잡은 채 발로 땅을 구르며 절주에 맞춰 부르는 연창(演唱) 형식의 노래. ≪자치통감≫ 호삼성(胡三省) 주에 '답가는 손을 잡은 채 노래 부르면서, 땅을 절주에 맞춰 밟는 것(踏歌者, 連手而歌, 踏地以爲節)'이라고 하였다.

02 **桃花潭**도화담 : 경현(涇縣) 서남쪽으로 80리 떨어진 청익강(靑弋江)가의 적촌(翟村)에 있음. ≪일통지(一統志)≫에 따르면 도화담은 깊어서 그 깊이를 측량할 수 없다고 하였다.

03 **汪倫**왕륜 : 지금의 안휘성(安徽省) 경현(涇縣) 도화담 부근에 사는 지방 호족(豪族)임. 경현에서 발견된 ≪왕씨종보(汪氏宗譜)≫에 따르면 '왕륜은 봉림(鳳林)이라고도 부르며, 인소공(仁素公)의 둘째 아들로 당나라 때 유명한 인사였다. 이청련(李白)과 왕망천(王維) 등 여러 문인들과 왕래하면서 자주 시문으로 교유하였는데, 청련거사인 이백과는 더욱 막역한 사이였다. 왕륜이 개원·천보 년간 경현의 현령으로 있을 때, 이백이 찾아가자 관대하게 대접하여 차마 이별하기 어려웠다. 왕륜은 벼슬을 그만두고 난 후에는 경읍에 있는 도화담에서 거주하였다. 아들 문환(文煥)을 낳고 이후 후손들 십여 대가 그 곳에서 살다가 상주(常州)의 마진(麻鎭)으로 옮겨 살았다. 그의 형 봉사는 일찍이 흡현령을 지냈다(汪倫, 又名鳳林, 仁素公之次子也. 爲唐時知名士. 與李靑蓮王輞川諸公相友善, 數以詩文往來贈答. 靑蓮居士尤爲莫逆交. 開元天寶間, 公爲涇縣令, 靑蓮往候之, 款洽不忍別. 公解組後, 居涇邑之桃花潭. 生子文煥, 傳十世餘, 有遷常州麻鎭者. 其兄鳳思, 曾爲歙縣令).'고 기록되었다.

5

寄詩 기시 ; 부쳐 보내는 시

沙丘城下寄杜甫
^{사 구 성 하 기 두 보}

사구성 아래에서 두보에게 지어 보내다

천보 5년(746) 가을, 이백과 두보는 노군(魯郡)의 석문산(石門山)에서 이별한 후, 두보는 장안으로 가고 이백은 산동 문수(汶水)부근의 사구성으로 돌아와서, 이 시를 지었다. 사구성은 이백이 머무르던 노군의 거주지로 문수부근에 위치한다. 전반 6구에서는 친구와 이별하고 난 후의 고독하고 실의에 잠긴 심경을 읊고 있으며, 마지막 양구에서는 서남쪽으로 호탕하게 흐르는 문수에게 자신의 깊은 마음을 실어서 장안으로 간 친우에게 뜻을 전하였으니, 말은 다했지만 뜻이 무궁한 이른바 '언유진이의무궁(言有盡而意無窮)'의 여운을 남기고 있다. 당나라 양대 시인의 깊은 우의를 읽을 수 있다.

我來竟何事
내가 무슨 일로 여기에 와서

高臥沙丘城[1]
사구성에 한가로이 누워 있는가?

城邊有古樹
성 주변에 있는 오래된 고목에는

日夕連秋聲
밤낮으로 가을소리 그치지 않는구나.

魯酒不可醉
노나라 술로도 취하지 않으며

齊歌空復情
제나라 노래도 공연히 정만 돋우노라.

思君若汶水[2]
그대를 생각하는 마음 문수와 같아

浩蕩寄南征[3]
호탕하게 남쪽으로 흐르는 물에 띄워 보내네.

沙丘城下寄杜甫
我來竟何事高臥沙丘城城邊有古樹日夕連秋聲
魯酒不可醉齊歌空復情思君若汶水浩蕩寄南征

▶ 〈李翰林集〉(當塗本)

---

01 **沙丘城**사구성 : 산동성(山東省) 서쪽에 있는 은나라 주왕(紂王) 때 세워졌다는 성.
02 **汶水**문수 : 연주(兗州) 하구현(瑕丘縣) 북쪽을 지나 서남쪽으로 흘러 대야택(大野澤)으로 들어간다.
03 **南征**남정 : 남쪽으로 흐르는 물.

聞王昌齡左遷龍標遙有此寄
문 왕 창 령 좌 천 용 표 요 유 차 기

왕창령이 용표로 좌천당한 소식을 듣고
멀리서 부치다

왕 창령(698-757)이 용표[51] 현위로 폄적 당하자 그를 근심하여 지은 시로, 불행한 처지를 당한 친구에 대한 깊은 동정과 무한한 관심을 읽을 수 있다. 이백과 왕창령은 모두 칠언절구로 세상에 이름을 떨친 시인인 동시에 절친한 친구이기도 하므로 명나라 왕세정(王世貞)은 ≪예원치언≫에서 당시사상 칠언절구의 성수(聖手)인 왕창령과 이백은 좋은 경쟁자로서, 그들의 절구시는 신의 작품과 같다[52]고 극찬하였다. 천보 2년(743) 봄, 이백은 공봉한림으로 재직하면서 왕창령과 교제를 하였으며, 천보 8년(749)에 왕창령이 강령현승(江寧縣丞)에서 용표현위(龍標縣尉)로 좌천되었을 때 이 시를 지어 보내 위로하였다.

---

51) 지금의 湖南省 黔陽縣.
52) 王世貞 ≪藝苑巵言≫ '七言絕句, 王少白與太白爭勝毫厘, 俱是神品'

楊花落盡子規啼[1]　버들 꽃 다 떨어지고 두견새 슬피 울 때

聞道龍標過五溪[2]　용표가 오계를 지나간다는 소식 들었네.

我寄愁心與明月　나의 수심 밝은 달에게 부쳐 보내니

隨風直到夜郎西[3]　바람 따라 야랑 서쪽에 바로 도착하리라.

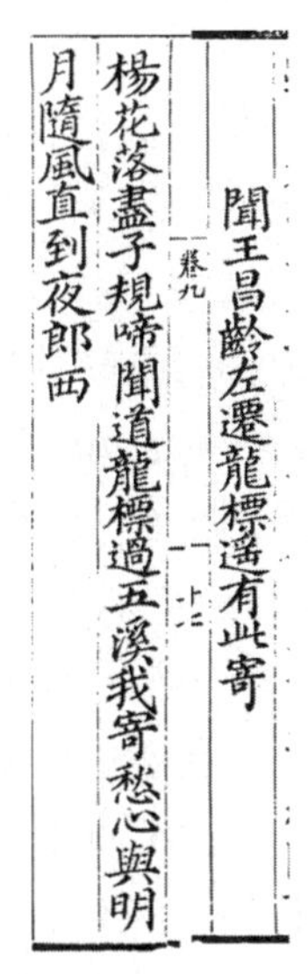

▶ 〈李翰林集〉(當塗本)

01 子規자규 : 두견(杜鵑)새. 늦은 봄에 우는데, 그 소리가 처절하리만큼 구슬프다.

02 龍標용표 : 용표현. 무주(巫州)에 속하는 당나라 현명(縣名)으로 당시에는 매우 황량하고 궁벽한 곳이었음. 천보 원년(742) 용양군(龍陽郡)으로 개명하였으며, 지금의 호남성(湖南省) 서부에 위치한 검양현(黔陽縣).
　　五溪오계 : 오계는 호남성 서남쪽에 있는 무계(武溪)·무계(巫溪)·유계(酉溪)·완계(浣溪)·진계(辰溪)의 총칭. 당대에는 개화되지 않고 낙후된 지역이었으므로 사람들에게 궁벽하고 황량한 인상을 주었다.

03 夜朗야랑 : 지금의 호남성 신황현(新晃縣) 지강(芷江) 서쪽 지방으로 용표와는 약 1백여 리쯤 떨어져 있다.

寄東魯二稚子
동로의 어린 두 자식에게 부치다

천보 8년(749) 봄에 금릉(지금의 남경)을 유람하면서 지은 시이다. 이때 이백은 동로를 떠난 지 3년이 지났으므로 시에서 남풍을 매개로 하고 복숭아꽃을 실마리로 삼아 고향에서 일어나는 일들에 대하여 풍부한 상상력을 펼쳐 두 아이들을 그리워하는 마음이 심금을 울리듯 오롯이 표현되고 있다. 고향을 떠나면서 집에 심은 복숭아나무 주변에서 귀여운 딸 평양(平陽)과 아들 백금(伯禽)이 아버지를 그리워하는 정경을 마치 그곳에서 직접 보고 읊은 듯 골육간의 깊은 정을 핍진하게 묘사하고 있다. 평양과 백금은 첫 번째 부인인 허씨 소생으로 그녀가 일찍 죽어 의지할 데 없는 두 자녀에 대한 이백의 사랑은 각별하였다. 특히 이백은 정치적 이상을 추구하며 사방을 유람하면서 아이들과 자주 떨어져 있었으므로 자식에 대한 보살핌이 적었던 것에 대하여 항상 마음속에 미안한 마음을 가지고 있었다. 이 시에서 주선(酒仙)이며 낭만주의자인 이백에게 이런 자상한 면이 있나 할 정도로 일반 부모들과 다름없는 진솔한 면모를 보여주는 시이다.

吳地桑葉綠[1]	오 땅 뽕잎이 초록 빛 띠니
吳蠶已三眠[2]	그 곳 누에는 벌써 세 잠을 잤으리라.
我家寄東魯	동로에 있는 우리 집에 부치노니
誰種龜陰田[3]	누가 구음 밭에서 파종하고 있을까?
春事已不及[4]	봄철 농사일 아직 끝나지 않았는데
江行復茫然	강호 떠도는 일은 여전히 아득하구나.
南風吹歸心	남풍은 돌아가고 싶은 마음 실어
飛墮酒樓前[5]	술집 문 앞에 날아다 떨어뜨리네.
樓東一株桃	다락집 동쪽에 한 그루 복숭아나무
枝葉拂青煙[6]	가지와 잎에 파란 연기 스치리라.
此樹我所種	내가 심은 이 나무들
別來向三年[7]	떠나온 지 벌써 삼년이 되었네.
桃今與樓齊	복사꽃 나무도 이제 다락만큼 자랐을 것이나

---

01 **吳地**오지 : 오 땅. 당시 이백이 여행할 때 소재한 금릉(金陵)이 춘추시대의 오나라에 속하였으므로 오지방(吳地)이라 하였다.

02 **三眠**삼면 : 누에가 허물을 벗을 때에는 먹지도 않고 움직이지도 않아 그 모습이 잠을 자는 것과 같은데, 이렇게 누에가 세 번 잠을 자면 바로 실을 토해내면서 고치를 켠다. 여기서 「삼면」은 시간이 이미 삼년이 지났음을 가리킨다.

03 **龜陰田**구음전 : 구산(龜山)의 북쪽에 있는 밭으로 여기서는 이백이 동노에 소유하고 있던 농지를 가리킨다. 구산(龜山)은 산동성 신태시(新泰市) 남쪽에 있다.

04 **春事**춘사 : 봄날의 농사, 곧 씨 뿌리고 경작하는 일.

05 **酒樓**주루 : 임성(任城; 山東省 濟寧市)에 있는 주루.

06 **拂青煙**불청연 : 가지와 잎이 빽빽한 모습을 형용한 것.

07 **向三年**향삼년 : 근접함. 이백이 천보 5년에 동노를 떠나 남하하였는데, 이 시를 쓸 때 벌써 삼년이 가까워짐을 말한 것이다.

我行尙未旋[8]　　떠도는 나는 돌아가지 못하는구나.

嬌女字平陽　　예쁜 딸 이름은 평양인데

折花倚桃邊　　복숭아나무에 기댄 채 꽃을 꺾고 있으리니,

折花不見我　　꽃을 꺾으면서 애비가 보이지 않아

淚下如流泉　　흘러내리는 눈물이 샘물 같으리라.

小兒名伯禽　　작은 아들 이름은 백금인데

與姊亦齊肩　　누이와 키가 비슷하게 자랐을 것이니,

雙行桃樹下　　둘이서 나란히 복숭아나무 아래로 걸을 제

撫背復誰憐　　누가 있어 등을 어루만지며 사랑해주리오.

念此失次第[9]　　이런 그리움에 마음이 산란하여

肝腸日憂煎　　날마다 근심으로 애간장이 타는구나.

裂素寫遠意[10]　　찢어진 흰 비단에 그리운 마음 적어 멀리

因之汶陽川[11]　　문양천으로 흘려보내네.

---

08 旋선 : 돌아가는 것.
09 失次第실차제 : 마음이 안정되지 않고 산란한 상태.
10 裂素열소 : 고대에는 편지를 쓸 때 종이 대신에 흰 비단을 찢어 그 위에 썼다.
11 汶陽川문양천 : 곧 문수(汶水)로, 문양(汶陽; 지금의 山東省 泰安일대)의 남쪽을 경유하면서 흐른다.

여 산 요 기 노 시 어 허 주
盧山謠寄盧侍御虛舟

여산 노래를 시어사 노허주에게 부치다

이 시는 상원 원년(760) 야랑유배 도중 사면을 받아 강하로 돌아와 동정호 주변을 유람할 때 재차 여산에 노닐면서 지은 이백의 말년 작품이다. 이때 이백은 아직도 세상에 쓰이고자하는 마음이 있었지만 정치적인 출로가 환상으로 끝났다. 그러므로 시에서 먼저 자신이 신선을 찾느라 먼 길도 마다 않으며 명산을 찾아 노니는 데 한평생을 보낸 행적을 서술하고, 다음으로 기이하고 웅장하며 화려하고 섬세한 변화의 극치를 이루고 있는 여산의 풍경을 묘사하였다. 마지막에는 대자연의 신비함을 사랑하여 속세를 떠나 신선세계에 노닐고자하는 은퇴하고픈 심정을 피력하고 있다. 이렇듯 이백은 이시에서 여산의 풍경을 통하여 세상을 벗어나려는 감정을 내 비치고 조정에 대한 실망을 기탁하면서 아울러 친구인 노허주에게 은퇴하기를 권고하고 있음을 볼 수 있다.

　제목의 여산은 지금의 강서성 구강시(九江市) 남쪽에 있는 산으로53), 주나라 무왕(武王)때 광속(匡俗)이란 사람의 7형제가 모두 도술을 좋아하여 이 산에 오두막을 짓고 신선이 되어 여막의 허공에 머물렀으므로 여막 려(廬)자를 써 여산이라 불렀다 한다. 노허주는 자가 유진(幼眞)이며 범양(范陽)사람으로 숙종 때 전중시어사(殿中侍御史)를 지냈다. ✎

---

53) 여산은 높이가 2천 3백 6십 장이고 주위가 2백 5십 리이며, 총면적이 약 302Km에 달한다. 최고봉인 한양봉은 해발 1474m이다.

我本楚狂人[1] 나는 본래 초나라 미치광이

鳳歌笑孔丘[2] 봉황노래 부르며 공자를 비웃었노라.

手持綠玉杖 손에는 푸른 옥 지팡이 잡은 채

朝別黃鶴樓 아침에 황학루를 떠나 왔도다.

五岳尋仙不辭遠 신선 찾으려 오악을 멀다하지 않고

一生好入名山遊 한평생 명산을 찾아서 즐겁게 놀았었네.

廬山秀出南斗傍[3] 여산은 남두 옆에 빼어나게 솟아 있고

屛風九疊雲錦張[4] 아홉 겹 병풍 첩에는 구름 비단 펼쳤어라.

影落明湖靑黛光[5] 구름이 명호에 잠겨 검푸르게 빛나고

金闕前開二峰長[6] 금궐 앞에는 두 봉우리 길게 열려있네.

銀河倒挂三石梁[7] 은하는 삼석량에 거꾸로 걸려서

---

01 楚狂人초광인 : 춘추시대 초 소왕(昭王) 때의 은사인 육통(陸通)으로 자(字)가 접여임. 초나라의 정치가 어지러워지자 거짓으로 미친 체하며 벼슬길에 나아가지 않았으므로 '초나라 미치광이(楚狂)'라 불렀다.

02 鳳歌笑孔丘봉가소공구 : 공자가 초나라에 갔을 때 미치광이인 접여와 그 문인들이 노래 부르기를 '봉아, 봉아, 덕이 쇠하였구나! 오는 세상은 기다릴 수 없고 지나간 세월은 붙잡을 수 없네'라 하였다(≪莊子·人間世≫, ≪論語·微子≫, ≪高士傳≫등에 기록되었음).

03 南斗남두 : 28숙 가운데 두숙(斗宿)이란 별이름으로 북두성의 남쪽에 있기 때문에 남두라 칭하였다. 옛날에 남두는 중국 남방인 심양지방을 가리키는 말이다.

04 屛風九疊병풍구첩 : 병풍첩으로 여산 오로봉 아래에 있는데 산의 모습이 병풍과 같다. 구첩은 산봉우리가 많은 것을 이른다.

05 明湖명호 : 파양호(鄱陽湖)를 가리킨다.

06 金闕금궐 : 동진의 혜원(慧遠)이 지은 ≪여산기(廬山記)≫에 여산 서남쪽에 있는 석문은 천 길이나 높은 폭포가 흐른다고 하였는데, 금궐은 여기를 가리킨다.

07 銀河은하 : 폭포를 가리킨다.
三石梁삼석량 : 왕기 주에는 ≪심양기(尋陽記)≫에 이르기를 여산 위에 있는 삼석량은 길이는 수십 장인데 비해 넓이는 한자를 넘지 않아서 아득하여 밑이 보이지 않는다고 하였다. 곧 삼첩천은 구첩병의 왼쪽에 있으며 수세가 세 번 꺾이며 내려오는데 은하가 석량에 걸린 듯하다고 하였다.

香爐瀑布遙相望[8]
향로봉 폭포와 멀찌감치 마주 보는구나.

廻崖沓嶂凌蒼蒼
언덕 둘러 솟은 산봉우리는 파란 하늘 위에 솟고

翠影紅霞映朝日
푸른 그림자 붉은 노을에 아침 햇빛 비치는데

鳥飛不到吳天長
새도 날아서 닿지 못하는 오 땅 하늘 아득하다.

登高壯觀天地間
높은 데 오르니 천지사이가 장관인데

大江茫茫去不還
아득한 장강 물은 흘러가서 돌아오지 않는구나.

黃雲萬里動風色
누런 구름은 만 리를 바람 따라 이동하고

白波九道流雪山[9]
아홉 갈래 흰 물결은 눈 덮인 산처럼 흐르노라.

好爲盧山謠
여산 노래 하도 좋으니

興因盧山發
여산 따라 흥 또한 일어나누나.

閑窺石鏡清我心[10]
한가로이 석경 들여다보며 내 마음 씻어보는데

謝公行處蒼苔沒[11]
사공이 머물던 곳에 푸른 이끼가 가득하다.

早服還丹無世情
일찍이 환단 먹어 세속 정을 잊었고

---

08 **香爐**향로 : 향로봉으로 여산 서북쪽에 있는데, 정상에 운무가 둘러싸여 있을 때 마치 향로처럼 보이므로 이러한 명칭이 붙여졌다. ≪태평환우기(太平寰宇記)≫ 〈강남서도 강주(江南西道江州)〉편에 의하면 '여산 서북쪽에 있는 향로봉은 그 봉우리가 뾰족하고 둥근데, 안개와 구름이 모였다가 흩어지는 모습이 마치 박산의 향로와 같다 (香爐峰在盧山西北, 其峰尖圓, 煙雲聚散, 如博山香爐之狀)'고 하였다.
瀑布폭포 : 여산에는 폭포가 10여 군데 있는데, 동남쪽에 향로봉에서 흘러내리는 폭포는 향기가 어린 듯 흐른다고 하였다.

09 **九道**구도 : 아홉 갈래의 강으로 지금의 강서성 구강시 부근에 흐르는 물줄기를 가리킨다.

10 **石鏡**석경 : 여산의 동쪽 봉우리에 거울 모양의 둥근 바위가 있는데, 사람의 모습을 비춰 볼 수 있다 한다.

11 **謝公**사공 : 남조 송(宋)의 사령운으로 그는 일찍이 여산을 유람하면서 〈여산 정상에 올라 여러 봉우리들을 바라보다(登盧山絶頂望諸嶠)〉라는 시를 지었다.

琴心三疊道初成[12]
금심삼첩으로 도를 처음 이뤘노라.

遙見仙人綵雲裏
멀리 채색 구름 속 신선을 바라보며

手把芙蓉朝玉京[13]
손에 연꽃을 쥐고 옥경에서 조회하네.

先期汗漫九垓上[14]
세상 밖에서 신선되고자 먼저 기약하였으니

願接盧敖遊太淸[15]
바라건대 노오를 만나 천상에서 노닐고 싶구나.

廬山謠寄盧侍御虛舟

我本楚狂人　鳳歌笑孔丘
手持綠玉杖　朝別黃鶴樓
五嶽尋仙不辭遠　一生好入名山遊
廬山秀出南斗傍　屏風九疊雲錦張
影落明湖青黛光
金闕前開二峰長　銀河倒掛三石梁
香爐瀑布遙相望　迴崖沓嶂凌蒼蒼
翠影紅霞映朝日　鳥飛不到吳天長
登高壯觀天地間　大江茫茫去不還
黃雲萬里動風色　白波九道流雪山
好為廬山謠　興因廬山發
閑窺石鏡清我心　謝公行處蒼苔沒
早服還丹無世情　琴心三疊道初成
遙見仙人彩雲裏　手把芙蓉朝玉京
先期汗漫九垓上　願接盧敖遊太淸

▶ 〈靑蓮詩(筆寫本)〉

---

12 **琴心三疊**금심삼첩 : 도교에서 단약을 굽는 술어로 심신을 수련하여 마음이 평화롭고 기운이 온화해 지는 경계에 도달하는 것.

13 **玉京**옥경 : 하늘 위에 있는 궁궐로 도교의 큰 신인 원시천존(元始天尊)이 거주하는 곳이다.

14 **汗漫**한만 : 끝이 없는 경계. 여기서는 견줄 수 없을 만큼 넓고 큰 신선세계를 가리킨다.
　　九垓구해 : 아홉 겹 하늘, 곧 구천의 밖을 이른다.

15 **盧敖**노오 : 연나라 사람으로, 진시황 때 박사로 신선을 만나 불로초를 구하려 보냈으나 가서 돌아오지 않았다 한다(≪淮南子·道應訓≫참조). 여기서는 노오를 노허주에게 비유하였다.
　　太淸태청 : 신선이 거주하는 곳으로 도교에서 최고의 선경(仙境)을 가리킨다. 도가에서는 하늘과 인간의 두 경계밖에 있는 옥청(玉淸)·상청(上淸)·태청(太淸)의 삼천(三天)중 가장 높은 곳이 태청이라고 하였다.

早春寄王漢陽
이른 봄 왕 한양현령에게 부치다

이 시는 상원 원년(760) 이른 봄 이백이 영릉(零陵)에서 강하로 돌아오면서 지은 시이다. 겨울이 아직 끝나지 않은 초봄 친구인 한양현령을 찾아갔다가 만나지 못하고자, 쓸쓸한 마음을 넓은 물과 아득한 구름에 기탁하면서 청산 속 바위에 낭만적인 술자리를 마련하여 함께 어우러져 만나기를 간절히 바라는 우정을 읊은 시이다.

聞道春還未相識　　봄이 왔다는 말 실감하지 못했는데

走傍寒梅訪消息　　길옆 추위 속 매화가 소식을 전해주네.

昨夜東風入武昌　　어제 저녁 봄바람이 무창으로 들어오니

陌頭楊柳黃金色　　밭두둑 위 버드나무 누런 빛 돌아났네.

碧水浩浩雲茫茫　　푸른 물 넓디넓고 구름은 아득한데

美人不來空斷腸[1]　　고운 님 오지 않으니 공연히 애끊누나.

預拂靑山一片石　　청산에 있는 바위를 미리 쓸어 놓고

與君連日醉壺觴　　그대 오면 함께 여러 날 취하리라.

---

01 美人미인 : 미인, 곧 고운 님. 바로 친우인 왕 한양현령을 가리킨다.

6

留別詩 유별시 ; 이별하며 남아 있는 이에게 써준 시

夢遊天姥吟留別

꿈에 천모산을 유람한 후 친구와 이별하며 읊다

이 시는 다른 제목으로 〈동노지방의 여러 친구와 이별하며(別東魯諸公)〉라고도 한다. 이백은 천보 3년(744), 궁정생활을 청산하고 침통한 심정으로 장안을 떠났다. 그 2년 후인 천보 5년(746) 머물던 동노지방에서 오월 땅으로 유람차 떠나 갈 때, 이백이 남아 있는 친구에게 작별 인사를 하면서 써준 시로 낭만주의 색채가 짙은 절창이다. 이즈음 이백은 지난날 장안에서의 일들을 돌아보고 앞일을 근심하면서 처량한 심정을 꿈에 천모산에 노니는 것에 기탁하였다.

시에서 정치적으로 실의한 상태에서 신선세계에 대한 깊은 동경을 표현하여 해탈하고자 하는 심정을 반영하고 있다. 전체적으로 풍부한 상상력과 과장법을 적절히 배합하여 꿈에 선경에서 노니는 생동적인 묘사를 통하여 이백의 현실에 대한 회포를 표출시키고 있다. 특히 시의 마지막 부분인 '고개 낮추고 허리 굽혀 권력과 부귀를 쫓아서 내 마음과 얼굴을 펴지 못하게 하겠는가'의 두 구에서 권세가에 대한 멸시적인 표현은 그가 자유로운 생활을 추구하는 반항적인 기질을 갖고 있음을 볼 수 있는 대목이다.

천모산은 지금의 절강성 신창현 동쪽에 있으며 천태산과 마주보고 있다. 산봉우리가 높이 솟아 가파른데 섬현에서 올려다보면 하늘 끝에 있는 것 같다고 한다. 도교의 명산으로 도가에서는 제 16복지(福地)로 삼고 있다.

海客談瀛洲[1]　　　　바다 나그네가 말하는 영주산은

煙濤微茫信難求　　　안개 낀 파도 아득하여 찾아보기 어렵다 하고,

越人語天姥　　　　　월나라 사람이 말하는 천모산은

雲霓明滅或可睹　　　구름 무지개 사라질 때 혹 볼 수 있다 하네.

天姥連天向天橫　　　하늘에 닿은 천모산은 하늘 향해 가로놓여

勢拔五岳掩赤城[2]　　기세는 오악을 능가하고 적성산을 압도하니,

天臺四萬八千丈[3]　　천태산 4만 8천 장 높이도

對此欲倒東南傾　　　이 산과 마주치면 동남쪽으로 기울어 굴복하네.

我欲因之夢吳越　　　나는 꿈속의 오월 땅에 노닐고 싶어서

一夜飛渡鏡湖月[4]　　하루밤새 달 뜬 경호를 날아서 건너노라.

湖月照我影　　　　　호수에 뜬 달은 내 그림자를 비추면서

送我至剡溪[5]　　　　나를 섬계까지 바라다 주네.

---

01 **海客**해객 : 강과 바다를 유람하는 나그네로 곧 사방으로 방랑하는 자.
　瀛洲영주 : 고대 전설 속에 등장하는 바다가운데의 선산. ≪십주기(十洲記)≫에 의하면 영주는 동해 가운데 있는데 지방이 4천 리이며, 대략 회계에서 7십만 리 떨어져 있다고 한다.
02 **五岳**오악 : 중국 오대 명산의 총칭.
　赤城적성 : 절강성 천태현 북쪽에 있는 도교의 명산. ≪원화군현지(元和郡縣志)≫에 의하면 적성산은 동남지방의 명산으로 토색이 모두 붉어서 운하(雲霞)와 흡사하며 바라보면 성가퀴(雉堞)같다고 하였다.
03 **天臺**천대 : 천태현 북쪽에 있는 산으로, 산 높이가 1만 8천 장, 주위가 8백 리이고 산은 여덟겹으로 되어 있다.
04 **鏡湖**경호 : 호수 이름으로 감호(鑑湖)라고도 부르며, 지금의 절강성 소흥시 회계산 산기슭에 있다. 지금은 호수 밑에 진흙이 쌓여서 경작지로 변하였다.
05 **剡溪**섬계 : 절강성 승현(嵊縣)에서 동북방향으로 흐르는 강으로 월지방의 명승임. 조아강(曹娥江) 상류에 있으며 부근에 명승고적이 많다.

謝公宿處今尚在[6]　　사령운이 묵던 곳 여전히 남아 있어

淥水蕩漾淸猿啼　　맑은 물 넘실대며 원숭이 울음소리 청아하네.

脚著謝公屐[7]　　발에는 사령운의 나막신 신고

身登靑雲梯[8]　　몸은 푸른 구름 속 사다리타고 올라가누나.

半壁見海日　　절벽 중턱에서 바다 해돋이 보고

空中聞天雞[9]　　공중에서 하늘 닭 울음소리 듣는다.

千岩萬壑路不定　　수많은 바위와 골짜기 속 찾기조차 어려운 길

迷花倚石忽已暝　　꽃에 취해 바위에 기대니 어느새 날이 어득하네.

熊咆龍吟殷岩泉[10]　　곰은 으르렁, 용은 끙끙, 바위 샘물소리 요란하니

慄深林兮驚層巓　　깊은 숲도 떨고 높은 산봉우리도 놀라는구나.

雲靑靑兮欲雨　　구름이 짙푸르니 비가 내릴 듯 하고

水澹澹兮生煙[11]　　물결이 출렁이니 안개 피어난다.

裂缺霹靂[12]　　번개치고 벼락 떨어지니

丘巒崩摧　　언덕과 산은 무너지고 꺾이었어라.

---

06 謝公사공 : 남조 송의 시인인 사령운(謝靈運)으로 일찍이 회계태수를 지내면서 섬계와 천모산의 산수를 유람하였다.

07 謝公屐사공극 : 사령운이 산수를 등산할 때 특수하게 제작하여 착용한 나막신.

08 靑雲梯청운제 : 푸른 구름 속 사다리. 산이 높아 청운 속으로 들어가는 것 같음을 이른다.

09 天雞천계 : 신화에 나오는 하늘에 사는 닭. 곽박(郭璞)의 ≪현중기(玄中記)≫에 의하면, 도도산(桃都山)에는 큰 나무가 있는데 도도나무라고 부른다. 가지 사이가 3천 리 떨어져 있고 그 위에 하늘 닭(天鷄)이 사는데, 해가 떠서 나무를 비칠 때 처음으로 울기 시작하면 이를 따라 세상의 닭들이 모두 운다고 한다.

10 殷은 : 본래는 천둥소리를 형용하는데 여기서는 진동하다는 뜻.

11 澹澹담담 : 물결이 잔잔하게 출렁이는 모습.

12 裂缺霹靂열결벽력 : 번개가 치고 우레가 울리는 모습의 형용.

洞天石扇[13]　　　신선 사는 돌문이

訇然中開　　　큰소리 내며 가운데서 열리니,

青冥浩蕩不見底[14]　　　푸른 하늘 넓고 넓어 바닥이 안보이고

日月照耀金銀臺[15]　　　해와 달은 금은대를 환하게 비추노라.

霓爲衣兮風爲馬[16]　　　무지개로 옷 해 입고 바람을 말 삼아

雲之君兮紛紛而來下[17]　　　구름 속 신선들이 훨훨 날아 내려오네.

虎鼓瑟兮鸞回車[18]　　　범들은 비파 타고 난새는 수레 끌며

仙之人兮列如麻　　　선계 사람들이 삼대같이 늘어섰네.

忽魂悸以魄動[19]　　　갑자기 마음이 놀라고 넋이 움직여서

恍驚起而長嗟[20]　　　깜짝 놀라 일어나 긴 탄식 하노라.

惟覺時之枕席　　　오직 베개와 자리만 그때 일을 알 뿐

失向來之煙霞　　　아까의 그 선경들은 간곳조차 없어졌네.

世間行樂亦如此　　　인간세상의 즐거움도 이와 같아서

---

13 洞天동천 : 도가에서의 별천지로 신선이 거처하는 곳.
　石扇석선 : 석문.
14 青冥청명 : 본래는 높고 먼 하늘의 모습을 형용하였으나 일반적으로 푸른 하늘, 허공을 가리키는
말로 사용한다.
15 金銀臺금은대 : 선대(仙台), 신선이 살고 있는 금과 은으로 지은 궁궐.
16 霓爲衣예위의 : 무지개로 옷을 삼는다. 주 무지개는 홍(虹)이고, 부 무지개는 예(霓)이다.
17 雲之君운지군 : 구름속의 신선을 가리킨다.
18 鸞난 : 난새. 선인들이 타고 다니는 선조(仙鳥).
19 悸계 : 놀라서 움직이는 것.
20 恍황 : 심신이 진정되지 않은 모습.

古來萬事東流水[21]
예로부터 온갖 일들 동으로 흐르는 물과 같다네.

別君去兮何時還
그대와 이별하고 떠나가면 언제나 돌아올까?

且放白鹿靑崖間
푸른 절벽 속에 흰 사슴 풀어놓고

須行卽騎訪名山
떠날 때 잡아타고 명산을 찾으리라.

安能摧眉折腰事權貴[22]
어찌 고개 낮추고 허리 굽혀 권력과 부귀를 섬겨

使我不得開心顔
내 마음과 얼굴을 펴지 못하게 하리오!

▶ 〈靑蓮詩(筆寫本)〉

---

21 東流水동류수 : 중국에서는 모든 물이 동쪽으로 흐르는 것을 비유하여 세상의 올바른 이치를 말한다.

22 摧眉최미 : 눈썹을 낮춘다는 뜻으로, 고개를 숙이거나 굴복하는 것을 이른다.
折腰절요 : 허리를 굽히는 것.

▶ 明 董其昌《倣古山水(谿石圖)》

金陵酒肆留別
금릉 주막에서 작별하다

이 시는 개원 14년(726) 양춘가절 이백이 금릉을 떠나 양주로 갈 때 금릉에서 사귀었던 환송 나온 친구들과 주막에서 이별하면서 지은 시이다. 봄날 순박하고 정겨운 주막의 정취와 떠나가려는 이백과 못 가도록 만류하는 친구들과의 이별의 아쉬움이 잘 표현된 명편이다.

금릉은 유서 깊은 도시로 지금의 강소성 남경이다. 전국(戰國)시대에 초나라 위왕(威王)이 처음으로 금릉읍(金陵邑)을 설치하였으며, 진시황 때 말릉(秣陵)으로 고쳐 불렀다가 삼국시대에는 오나라에 속하여 건업(建業)으로, 서진(西晉) 말에는 건강(建康)으로 고쳤다가 동진 말에서 남조 때까지 이를 따랐다. 당나라 정관(貞觀) 9년에 윤주(潤州) 강녕현(江寧縣)으로 고쳐 개원 년간까지 강남동도(江南東道)에 속하였다. 당나라 시인들의 시문가운데 금릉이라는 지명으로 자주 등장하였다.

^{풍 취 유 화 만 점 향}
風吹柳花滿店香　　봄바람 불어 버들 꽃향기 가득한 주막에

^{오 희 압 주 환 객 상}
吳姬壓酒喚客嘗[1]　오 땅 미녀가 술 걸러 길손더러 맛보라 하는구나.

^{금 릉 자 제 래 상 송}
金陵子弟來相送　　금릉 도련님들 이별하기 아쉬워서

^{욕 행 불 행 각 진 상}
欲行不幸各盡觴[2]　떠난다 가지마라 술잔만 다 비우네.

^{청 군 시 문 동 류 수}
請君試問東流水　　그대여 동으로 흘러가는 강물에 물어 보시게나

^{별 의 여 지 수 단 장}
別意與之誰短長　　이별하는 정과 강물 중 어느 쪽이 더 긴지를!

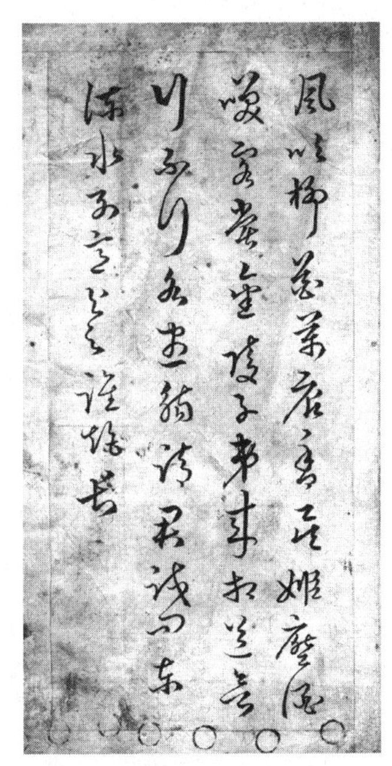

▶ 韓石峯 書, 〈李白詩〉

---

01 **壓酒**압주 : 술통에 담근 술을 용수로 눌러 마실 수 있는 술을 걸러내는 것.
　喚客嘗환객상 : 나그네를 불러 술을 맛보게 하다. '권객상(勸客嘗)'이라고 된 판본이 있다.
02 **盡觴**진상 : 상은 술잔이니 잔속에 있는 술을 다 마시는 것을 말한다.

別東林寺僧
동림사 스님과 이별하며

천보 년간(750), 이백이 여산의 동림사 스님과 이별할 때 즉흥적으로 읊은 시로서, 남북조시대의 고승인 혜원(慧遠)이 도연명(陶淵明)을 전송하던 고사를 사용하였다. 여산 동림사의 삼문(三門) 안에는 조그마한 도랑이 있는데 호계라고 부른다. 혜원이 절에 온 손님을 보낼 때는 반드시 이 시내를 건너기 전에서 배웅하였다 한다. 시에서도 동림사에서 습관적으로 손님을 전송하는 곳에 도착하였을 때, 마침 달이 뜨고 흰 원숭이가 울었다. 담소하면서 여산을 멀리 떠나 왔으니 구태여 당신은 호계교를 건넌 것을 번거롭게 생각할 필요가 있을까 라고 반문하고 있다.

東林送客處[1]　손님을 전송하던 동림사 뜨락에

月出白猿啼　달뜨자 흰 원승이 슬피 우는구나.

笑別廬山遠　담소하며 헤어질 때 여산과 멀어졌으니

何煩過虎溪[2]　호계교 지나쳐도 번민하지 않으리라.

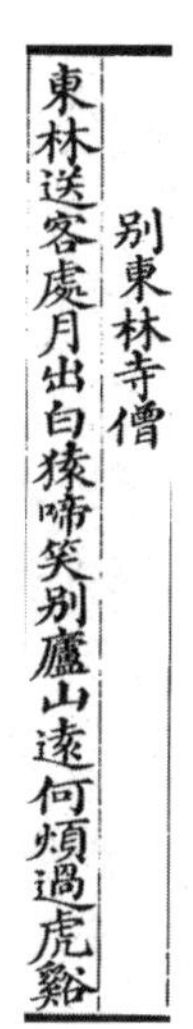

▶ 〈李翰林集〉(當塗本)

01 東林동림 : 동림사로 진(晋) 무제(武帝) 태원(太元) 10년(385)에 여산(廬山) 남쪽 5리 떨어진 곳에 건립된 고찰이다. 절에는 혜원법사(慧遠法師)의 가사(袈裟)와 양 무제의 탁발 주머니(鉢囊), 사령운(謝靈運)이 번역한 불경 패엽(貝葉) 5~6편이 전해지고 있으며, 당대에는 태평 흥룡사(太平興龍寺)라고 불렀다. 명의 ≪일통지(一統志)≫에 의하면 '동림사는 여산에 있다. 진의 명승인 혜원과 동문인 혜영(慧永)은 서쪽 숲(西林)에 거처하였는데, 제자들이 날로 많아져 그 절의 동쪽에 따로 거처하였다. 후에 사령운이 못을 파고 연꽃을 심었다(東林寺, 在廬山, 晋僧慧遠與同門慧永居西林. 學徒日衆, 別居林之東, 謝靈運爲鑿池種蓮.)'고 하였다.

02 虎溪호계 : 동림사 근처에 있는 작은 시내. 전설에 의하면 혜원이 이곳에서 손님을 보낼 때마다 호랑이가 울었다 하여 호계라 불렀다 한다. 후에도 손님을 보낼 때는 계속 이 곳의 경계를 넘어가지 않았는데, 허물없는 친구였던 도연명(陶淵明)과 육정수(陸靜修)를 전송할 때만큼은 담소하면서 자신들도 모르는 사이에 호계교를 지나 왔으므로 서로 크게 웃었다는 이야기가 전해오고 있다.

黃鶴樓送孟浩然之廣陵
황학루에서 광릉으로 가는 맹호연을 보내며

개 원 16년(728) 늦은 봄, 이백이 무창(武昌) 황학루에서 맹호연을 광릉으로 보내면서 지은 시이다. 이 시를 짓기 전 해 가을과 겨울 사이에 이백은 양양을 유람하면서 이미 맹호연과 두터운 우정을 맺었다. 이 시는 맹호연과의 이별을 낭만적인 필치로 묘사한 시정화의(詩情畵意)가 넘치는 송별시의 가작이다. 기승 양구에서는 양춘가절에 친구를 번화한 도시인 광릉으로 보내는 특별한 정의를 표현하였다. 광릉은 곧 강소성(江蘇省) 양주(揚州)로서, 천보 원년에 광릉군(廣陵郡)이라 고쳐 불렀다. 맹호연은 개원 말년에 이곳에서 졸하였다. 전결 양구는 멀리 보이는 풍경을 빌려 정을 읊고 있다. ≪당송시순≫에서는 이 시에 대하여 '말은 가깝지만 정은 멀리 있다. 손으로 거문고를 타는 듯, 눈으로 멀리 날아가는 기러기를 보내는 듯 절묘한 경지이다(語近情遙, 有手揮五弦, 目送飛鴻之妙)'라고 극찬하고 있다.

故人西辭黃鶴樓[1]　　옛 친구 서쪽 황학루를 떠나

烟花三月下揚州[2]　　꽃피는 춘삼월 양주로 내려가네.

孤帆遠影碧空盡　　외로운 돛단 배 푸른 허공 속으로 사라지니

唯見長江天際流　　하늘에서 흘러 내려오는 장강 만 보이누나.

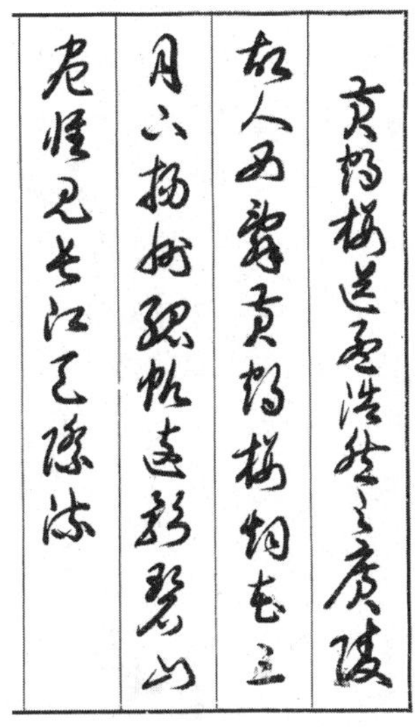

▶ 李超哉 書, 〈李太白詩帖〉

---

01 **故人西辭**고인서사 : '고인'은 맹호연을 가리킨다. '서사(西辭)'는 황학루를 떠난다는 뜻으로 황학
루가 광릉의 서쪽에 있기 때문에 그렇게 표현하였다.
　黃鶴樓황학루 : 중국의 유명한 명승고적의 하나로, 옛 터가 지금의 무한시(武漢市) 사산(蛇山)의
황학기(黃鶴磯) 위에 있으며, 현존하는 건물은 중수(重修)한 것이다. 무창(武昌)의 서쪽으로
황학산이 있고, 산 서북쪽으로는 황학기가 있으며, 그 위에 세워진 누각이 바로 황학루다.
원래 세워졌던 누각은 이미 무너졌고 현재에 있는 건물은 새로 중건한 것이다. 일설에는 왕자안
(王子安)이라는 신선이 황학을 타고 이곳을 지나갔으므로 이러한 이름이 붙여졌다고 한다.
실제로는 황학산으로 인하여 붙여진 이름이다.
02 **烟花**연화 : 봄날 옅은 안개 속에 가려진 채 고운 꽃이 피어 있는 모양이다.
　下揚州하양주 : 양주는 장강의 하류에 있기 때문에 '하(下)'라고 표현하였다.

渡荊門送別
도 형 문 송 별

형문을 건너와서 송별하다

개 원 12년(724) 가을 이백이 고향인 파촉(巴蜀)에서 처음 나와 강을 따라 동쪽으로 내려가면서 지은 오언율시이다. 시 가운데에서 배를 타고 형문을 지나는 광경을 묘사하면서 고향에서 흘러온 강물은 만리 길도 멀다하지 않고 나를 바라다 준다고 하여 향수의 정을 낭만적으로 표현하였다. 형문은 형문산으로 초나라와 촉지방의 접경지이다. 지금의 호북성 의도현(宜都縣) 서북쪽으로 흐르는 장강 남쪽 언덕에 있는데, 북쪽 언덕의 호아산(虎牙山)과 대치하고 있다. 산세가 험하여 예로부터 초나라 서쪽의 요새(要塞)라고 불렀다.

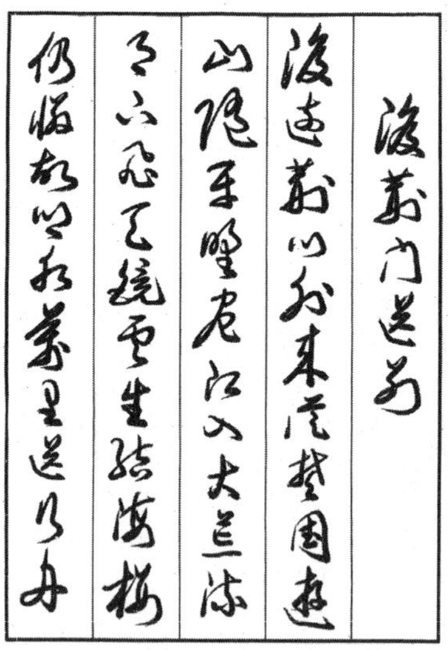

▶ 李超哉 書, 〈李太白詩帖〉

渡遠荊門外   멀리 형문산을 배로 건너와서

來從楚國遊[1]   초나라 땅을 향해 유람가노라.

山隨平野盡   산들은 평원을 따라가다 사라지고

江入大荒流   강물은 넓은 황야로 흘러 들어가네.

月下飛天鏡[2]   달은 내려와 물속을 비치는 거울이 되었고

雲生結海樓[3]   운무는 일어나 바다 신기루 만들었네.

仍憐故鄕水[4]   사랑하는 고향의 강물은

萬里送行舟   만 리 뱃길을 전송하는구나.

---

01 **楚國**초국 : 장강은 촉지방에서 나와 바로 역사상의 초나라 경내로 흘러 들어가므로 이렇게 불렀다.
02 **月下飛天鏡**월하비천경 : 달이 강 속에 비친 광경을 묘사한 것이다. 여기서 천경은 요대 거울(瑤臺鏡)을 말한다.
03 **雲生結海樓**운생결해루 : 강의 표면의 운무가 변화하는 모습을 묘사한 것으로, 여기서 해루(海樓)는 바다에 생기는 신기루를 가리킨다.
04 **憐**련 : 사랑하다.
   故鄕水고향수 : 고향의 강물. 이백의 고향인 사천성에서 흘러온 장강을 가리킨다.

<ruby>南<rt>남</rt></ruby><ruby>陵<rt>릉</rt></ruby><ruby>別<rt>별</rt></ruby><ruby>兒<rt>아</rt></ruby><ruby>童<rt>동</rt></ruby><ruby>入<rt>입</rt></ruby><ruby>京<rt>경</rt></ruby>
남릉에서 아이들과 이별하고 장안으로 들어가며

천보 원년(742) 가을, 현종이 내린 입조하라는 조서를 받고 장안으로 들어가면서 남릉에서 지은 작품인데 시 가운데에서 기뻐하는 심정이 곳곳에 나타나고 있다. 이백은 20대 중반에 고향인 촉 지방을 나와 십여 년 동안을 만유하면서 여러 통로를 거쳐 군왕을 알현하기를 원하였지만 성공하지 못하였으므로 전국시대 소진(蘇秦)과 한나라 주매신(朱買臣) 두 사람의 고사를 인용하여 지난날의 불우했던 자신의 과거를 떠올리면서 처자식과 이별하는 심회(心懷)를 빗대어 읊기도 하였다. 그러나 지금은 현종의 조서를 받고 장안으로 입경하여 경세제민의 큰 뜻을 펼칠 수 있는 기회를 얻었으니, 마지막 두 구의 '하늘 향해 크게 웃으며 문을 나서 떠나가니, 나 같은 무리가 어찌 초야에 묻혀 살기만 하는 사람이겠는가!'에서 벼슬길로 나아가는 득의의 심정이 잘 표출되고 있다.

<ruby>白<rt>백</rt></ruby><ruby>酒<rt>주</rt></ruby><ruby>新<rt>신</rt></ruby><ruby>熟<rt>숙</rt></ruby><ruby>山<rt>산</rt></ruby><ruby>中<rt>중</rt></ruby><ruby>歸<rt>귀</rt></ruby>[1]　　백주가 새로 익어 산중으로 돌아오니

<ruby>黃<rt>황</rt></ruby><ruby>雞<rt>계</rt></ruby><ruby>啄<rt>탁</rt></ruby><ruby>黍<rt>서</rt></ruby><ruby>秋<rt>추</rt></ruby><ruby>正<rt>정</rt></ruby><ruby>肥<rt>비</rt></ruby>　　기장 쪼는 누른 닭이 가을 맞춰 살쪄있다.

<ruby>呼<rt>호</rt></ruby><ruby>童<rt>동</rt></ruby><ruby>烹<rt>팽</rt></ruby><ruby>雞<rt>계</rt></ruby><ruby>酌<rt>작</rt></ruby><ruby>白<rt>백</rt></ruby><ruby>酒<rt>주</rt></ruby>　　동자 불러 닭을 삶고 백주를 마시는데

<ruby>兒<rt>아</rt></ruby><ruby>女<rt>녀</rt></ruby><ruby>嬉<rt>희</rt></ruby><ruby>笑<rt>소</rt></ruby><ruby>牽<rt>견</rt></ruby><ruby>人<rt>인</rt></ruby><ruby>衣<rt>의</rt></ruby>[2]　　아이들은 웃어대며 옷자락을 잡아끄누나.

---

01 **山中歸**산중귀 : 산속의 집으로 돌아 온 것. 여기서 산은 이백이 은거했던 조래산(徂徠山)이다.

02 **兒女**아녀 : 큰 딸 평양과 작은 아들 백금.

高歌取醉欲自慰　　소리 높여 노래하고 취하여 스스로를 위로하고자

起舞落日爭光輝[3]　　일어나 춤추면서 지는 해와 풍채를 견주노라.

遊說萬乘苦不早[4]　　임금 설득하는 일 일찍 못해 괴로웠지만

著鞭跨馬涉遠道　　채찍 흔들며 말에 올라 먼 길 떠나려네.

會稽愚婦輕買臣[5]　　회계의 어리석은 아낙이 매신을 업신여겼으니

余亦辭家西入秦[6]　　나도 집을 하직하고 서쪽 진에 가려하네.

仰天大笑出門去　　하늘 향해 크게 웃으며 문을 나서 떠나니

我輩豈是蓬蒿人[7]　　내가 어찌 초야에 묻혀 살기만 하겠는가!

---

03 **起舞落日**기무낙일 **구** : 술에 취한 흥취로 일어나서 춤추니 풍채가 빛이 나서 저녁 무렵 지는 햇빛과 견줄 만 하다는 뜻.

04 **遊說**유세 : 옛날에 책사들이 여러 나라로 돌아다니며 자신의 정치적 포부나 주장을 펴서 통치자를 설득시키는 일. 전국시대 대표적 유세가인 소진은 출세를 위해 집을 떠났다가 뜻을 이루지 못하고 남루한 모습으로 집에 돌아오니 그의 아내는 베틀에서 내려오지 않고 형수는 밥도 주지 않았다. 크게 자극 받아 다시 집을 떠나 제후들에게 합종설(合從說)로 유세하여 마침내 금의환향하였다.

　　萬乘만승 : 천자. 일승(乘)은 말 네 마리가 끄는 수레 한대로 천자(天子)는 수레 만 대를 거느렸다.

05 **會稽愚婦**회계우부 : 한대 회계에 사는 주매신의 아내는 남편이 뜻을 펴지 못한 채 빈천하게 지내자 업신여기고 그의 곁을 떠나 재혼했다. 후에 주매신이 한 무제의 중용을 받아 회계태수가 되었을 때 부인은 부끄러워 자살하였다. 여기서는 이 고사를 빌려 자신이 마침내 포부를 펼칠 수 있는 기회가 왔다는 것을 묘사하였다.

　　買臣매신 : 주매신(朱買臣). 한(漢) 무제(武帝) 때 중대부(中大夫)가 되었으며, 회계태수(太守)를 거쳐 승상장사(丞相長史)까지 지냈다.

06 **西入秦**서입진 : 서쪽 진의 땅인 수도 장안으로 가는 것.

07 **蓬蒿人**봉호인 : 쑥대밭에 묻혀 사는 사람. 즉 초야에서 나서 죽는 사람으로 평생 곤궁하고 빈한한 사람을 비유한 것.

別山僧
산에서 온 스님과 헤어지며

천보 15년(755)경 이백이 선주 경현(宣州 涇縣 :지금의 안휘성)의 수서산을 유람할 때, 먼 지방에서 온 스님과 교유하다가 이별하면서 지은 시이다. 예전 진대(晉代)의 명승인 지둔과 원공(곧 혜원)을 이 시속의 산승과 비교하면서 이별하는 아쉬움을 나타내었다. 특히 여섯 번째 구의 '발을 수서산 최고봉에 올려놓고 고개 돌려 밑을 내려다보니 많은 봉우리들이 저만큼 아래에 있네(擧足回看萬嶺低)'는 비록 스님의 행동을 표현한 것이지만, 이백의 고오(高傲)한 인생 태도나 문학적 자부심을 표출한 것으로도 볼 수 있다.

別山僧 涇縣作

何處名僧到水西　平明別我上山去　騰身轉覺三天近
乘舟弄月宿涇溪　手携金策踏雲梯　擧足回看萬嶺低
謔浪肯居支遁下　此度別離何日見
風流還與遠公齊　相思一夜暝猿啼

▶ 〈靑蓮詩(筆寫本)〉

何處名僧到水西[1]　　어느 절 고승께서 수서산에 오셨나요?

乘舟弄月宿涇溪[2]　　배 탄 채 달 감상하며 경계에 머무르네.

平明別我上山去[3]　　날이 밝자 나와 헤어져 산으로 오르는데

手攜金策踏雲梯[4]　　손에 선장(禪杖) 들고 구름사다리 밟고 가는구나.

騰身轉覺三天近[5]　　몸 돌려 깨달으니 삼천 세계가 가까웁고

擧足回看萬嶺低　　다리 올려 돌아보니 많은 봉우리들 아래에 있네.

謔浪肯居支遁下[6]　　초탈한 행동 어찌 지둔의 아래이며

風流還與遠公齊[7]　　풍류는 도리어 원공과 견주노라.

此度別離何日見　　이번에 헤어지면 언제나 볼 수 있으려나

相思一夜暝猿啼　　그리워 잠 못 이루는 밤 원숭이만 슬피 우네.

---

01 **水西**수서 : 곧 수서산을 가리킨다. 수서산은 안휘성 경현 서쪽 5리에 있는 산이다.

02 **涇溪**경계 : 경현(涇縣)의 경내에 있는 계곡.

03 **平明**평명 : 날이 밝아지는 것.

04 **金策**금책 : 승려의 지팡이. 선장(禪杖).

05 **三天**삼천 : 불교에서 말하는 색계(色界)·욕계(欲界)·무색계(無色界)를 삼천세계라 칭하는데, 여기서는 높은 허공을 말한다.

06 **支遁**지둔 : 진나라의 명승으로 항상 섬중(剡中)에 은거하면서 사람들과 교유하지 않았으며, 매와 말 기르기를 좋아하였지만 풀어 놓거나 타지 않은 것으로 유명함.

07 **遠公**원공 : 곧 진(晉)의 고승인 혜원(慧遠;334-416)으로 혜공(遠公)이라고도 부른다. 처음에는 유학을 배우고, 육경 및 노장(老莊)의 학에 정통하였으며, 후에 도안대사(道安大師)를 따라 출가하여 대승불교의 오지(奧旨)에 통달하였다.

7

送詩 송시 ; 전송하며 지은 시

금 향 송 위 팔 지 서 경
金鄕送韋八之西京
금향현에서 서경으로 가는 위팔을 전송하다

천보 4년(745) 이백이 장안을 떠난 후 양송(梁宋)[54]지방을 유람한 후 산동성에 속한 연주(兗州)에 이르러 지은 오언율시이다. 제목의 금향은 당대 연주에 속한 현 이름이며, 서경은 장안(지금의 西安)이다. 천보 원년(742)에 장안을 서경, 낙양을 동경, 태원(太原)을 북경이라 불렀다. 위팔은 성명미상이며 위씨 형제간의 항렬이 8번째로 대략 이백이 장안에 있을 때 사귄 친우로 추정된다. 위팔이 장안에서 와서 다시 장안으로 돌아갈 때 이백이 그와 헤어지면서 이 시를 지어 주었다. 전체적으로 시어가 평범하고 통속적이어서 꾸밈을 가한 흔적이 보이지 않는다. 특히 경련의 '미친 듯한 세찬 바람이 내 마음을 불어 날려서 서쪽 함양에 있는 나무에 걸어놓았다'는 표현은 평지에서 갑자기 일어난 듯한 상상력이 뛰어난 시구로서 역대로 많은 사람들의 입에 오르내렸는데, 청대의 유희재(劉熙載)는 ≪예개(藝概)≫에서 "말은 입에서 하였지만, 생각은 멀리 하늘 밖에서 나왔다(言在口頭, 想出天外)"라고 칭찬하였다. 이러한 시구는 바로 이백의 천재성을 드러낸 것으로 일반인들이 도달하기 힘든 표현법이다. ❧

---

54) 지금의 河南省 開封과 商丘

客自長安來

장안에서 온 그대여

還歸長安去

다시 장안으로 돌아가는구나.

狂風吹我心[1]

미친바람은 내 마음을 불어다가

西掛咸陽樹[2]

서쪽 함양 나무에 걸어놓았네.

此情不可道

이 아쉬움을 말로 다 표현할 수 없으니

此別何時遇

지금 이별하면 언제 다시 만날 수 있으려나?

望望不見君[3]

아득히 바라보아도 그대는 보이지 않고

連山起煙霧[4]

맞닿은 산에는 연무만 일고 있네.

▶ 宋 夏珪 〈溪山淸遠圖〉

01 **狂風**광풍 : 미친 듯이 부는 바람. 여기서 혹자는 광풍이 자연계의 광풍이 아니라 실제로 장안을 그리워하는 이백의 마음이 분등함을 표현한 것이라고 하였다.

02 **咸陽**함양 : 함양은 지금의 섬서성(陝西省) 서안의 서북쪽에 있다. 여기서는 실제로 장안을 가리키지만 1·2구의 장안과 중복을 피하여 함양으로 표현하였다.

03 **望望**망망 : 오래도록 바라보는 것. 2자를 연용하여 이백이 오래도록 서서 멀어져가는 모습을 바라보는 것으로 친우간의 우정이 깊음을 표시한 것이다.

04 **煙霧**연무 : 안개와 연기

魯郡東石門送杜二甫
노군 동쪽 석문에서 두보를 보내며

이백과 두보는 병칭되는 중국의 양대 시인으로서 서로 존경할 뿐만 아니라 돈독한 관계를 유지한 좋은 친구 사이였다. 천보 3년(744) 이백은 사금환산 당한 후 장안을 떠나 일생에서 두 번째의 만유를 시작하였다. 이러한 시기에 이백은 두보·고적(高適)과 만나 함께 낙양·양송(梁宋)·제노(齊魯) 등지를 유람하면서 시와 술로 화창하였다. 두보시 가운데 〈기십이백이십운(寄十二白二十韻)〉에서의 '양원의 밤 술 취해 춤추고, 사수의 봄날 떠돌며 노래 불렀네(醉舞梁園夜, 行歌泗水春)'와 '가을 날 취한 채 이불을 같이 덮었고, 낮에 손잡고 동행하였네(醉眠秋共被, 携手日同行)' 등이 모두 이 당시의 정황을 가리킨 것이다. 두 사람은 제노 지방을 유람한 후 천보 4년(745) 장안으로 가는 두보와 강동으로 떠나는 이백이 노군 성 동쪽의 석문에서 헤어졌고 이백은 떠나기에 앞서 이 송별시를 지었다. 시에서 이백은 두보와의 깊은 우정을 표현 했는데, 다시 만날 날을 기약하지 못하고 헤어지는 아쉬움이 행간에 가득하다. 결국 두 사람은 이때의 헤어짐을 끝으로 다시 만나지 못했다.

醉別復幾日   취한 채 이별을 나눈 지 몇 날이 되었는가?

登臨遍池臺   높이 올라 못과 누대를 두루 보노라.

何時石門路[1]   언제 석문 길에서

重有金樽開   다시 황금 술항아리를 열어 볼거나.

秋波落泗水[2]   가을 파도는 사수로 흘러들고

海色明徂徠[3]   바다 물은 조래산을 밝게 비추노라.

飛蓬各自遠   서로 다북쑥 신세 된 채 멀리 헤어지리니

且盡手中杯   손에 든 술잔이나 다 비어보세.

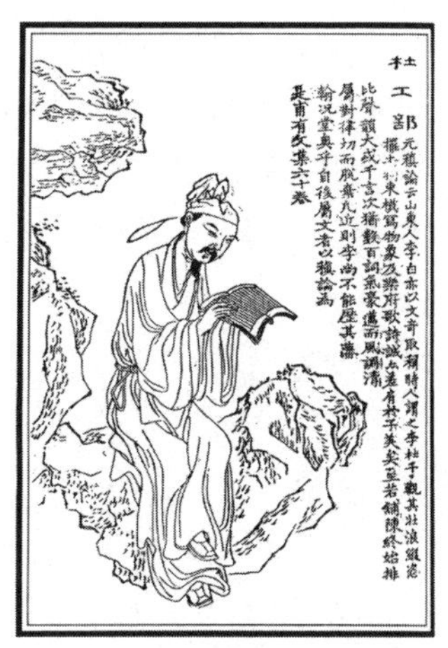

▶ 淸 上官周 〈杜工部〉

---

01 **石門**석문 : 산동성 곡부현에 있는 석문. 연주(兗州) 성 동쪽 7리쯤 떨어진 수수(洙水) 위에 있으므로 '수수석문'이라고도 부른다.

02 **泗水**사수 : 산동성 사수현 동몽산(東蒙山) 남쪽 기슭에서 발원하며, 곡부(曲阜) 연주(兗州)를 경유하여 제녕(濟寧)에서 회하(淮河)로 들어간다.

03 **徂徠**조래 : 지금의 산동성 태안현 동남쪽에 위치하며, 일명 용래산(龍崍山)이라고도 부른다.

灞陵行送別
파 릉 행 송 별
파릉에서 송별하다

이 백이 천보3년(744) 봄에 장안을 떠날 때 지은 시이다. 파릉(灞陵)은 장안성에서 동남쪽으로 20여 리 떨어진 곳에 있는 지금의 백록원(白鹿原)이다. 여기에는 원래 파수(灞水)가 흐르고 있으며, 한 문제(文帝)를 이곳에서 장사(葬事)지냈으므로 파릉이라고 불렀다. 당나라 때에는 사람들이 장안성 동문에서 나와 친구를 송별할 때 항상 이곳에서 헤어졌다. 그러므로 파상(灞上), 파릉, 파수 등은 당나라 시 속에서 항상 이별과 관련되어 쓰였다. 친구와 송별하면서도 조정에는 뜬 구름, 곧 간사한 무리들이 있어 마음속의 근심이 됨을 은연중 나타내고 있다. 이 시에서 이백과 이별한 사람은 왕창령(王昌齡)일 것이라고 여겨지고 있다.

灞陵行送別

送君灞陵亭　灞水流浩々
上有無花之古樹　我向秦人問路岐
下有傷心之春草　云是王粲南登之古道
古道連綿走西京　正當今夕斷腸處
紫闕落日浮雲生　黃鸝愁絕不忍聽

▶ 〈青蓮詩(筆寫本)〉

送君^송瀟^군陵^파亭^릉^정[1] 파릉 정자 위에서 그대를 보내는데

瀟水流浩浩[2] 파수 물 아득히 흘러가누나.

上有無花之古樹 위에는 꽃 피지 않는 늙은 나무요

下有傷心之春草[3] 아래에는 마음 슬프게 하는 봄풀이 우거졌어라.

我向秦人問路歧 내가 진땅 사람에게 헤어지는 길 물으니

云是王粲南登之古道[4] 왕찬이 남쪽으로 떠났던 옛길이라 하네.

古道連綿走西京 옛길은 서경(장안)으로 이어져 뻗어 있는데

紫闕落日浮雲生[5] 궁궐에는 날 저물어 뜬구름 이는구나.

正當今夕斷腸處 오늘 밤 애간장 끊어지는 바로 여기서

驪歌愁絶不忍聽[6] 여가노래 수심 겨워 차마 들을 수 없어라.

---

01 **瀟陵亭**파릉정 : 파릉에 있는 정자. 파수 흐르는 물위에 파교(瀟橋)가 있으며 그 다리위에 정자가 있는데, 대부분은 이별하는 사람들이 여기에서 헤어졌다.

02 **瀟水**파수 : 장안에 흐르는 파수. 장안 동남쪽 남전현(藍田縣)에 있는 남전 계곡에서 발원하여 서북쪽으로 파릉 아래를 지나 장안성 동쪽을 경유하여 북으로 위수(渭水)로 흘러든다.

03 **春草**춘초 : 강엄(江淹)의 〈별부(別賦)〉중 '봄풀은 푸른색이요, 봄 강물은 맑디 맑구나. 남쪽 포구에서 그대를 보내니, 얼마나 근심이 많은가(春草碧色, 春水淥淥, 送君南浦, 傷如之何)'의 뜻을 차용하였다.

04 **王粲**왕찬 : 삼국시대 건안시기의 시인으로 건안칠자(建安七子)중 한사람. 동한 말엽 장안에서 동탁(董卓)의 부장들이 전란을 일으키자 난을 피하여 남쪽 형주(荊州)로 내려가 유표(劉表)에게 의지하였다. 그때 〈칠애시(七哀詩)〉 3수를 지었는데, 그 가운데 '남쪽 파릉 언덕에 올라서서, 고개 돌려 장안을 바라보네(南登瀟陵岸, 回首望長安)'라는 구절이 있다.

05 **紫闕**자궐 : 제왕이 거처하는 궁궐.
落日낙일 : 지는 해, 현종을 비유하였다.
浮雲부운 : 조정 가운데 간사한 무리들을 비유하였다.

06 **驪歌**여가 : 없어져서 전해지지 않는 일시(逸詩)인 〈여구(驪駒)〉라는 노래로 원래 고대의 이별하는 노래인데, 후세에 이별을 알릴 때 부르는 노래가 되어 〈여가〉라고 불렀다.

送韓侍御之廣德
광덕으로 가는 한 시어를 보내며

이 시는 숙종 상원 2년(761)에 지었다.[55] 제목에서의 광덕(廣德)은 지금의 안휘성 광덕현(廣德縣)이며, 한시어는 일찍이 감찰어사(監察御使)와 예부랑중(禮部郎中)을 지낸 바 있는 한운경(韓雲卿)으로 당송팔대가의 한사람인 한유(韓愈)의 숙부이기도 하다. 시의 전반 두 구에서 광덕으로 가는 한시어에게 옛날 부귀영화 누리던 시절을 회상하면서 오늘 저녁 술을 사와 그대와 대작하고 싶다고 하여 그와의 돈독한 우정을 읊고 있다. 세 번째 구는 이백 특유의 기발한 착상으로 주흥(酒興)을 더해 주었으며, 마지막 구에서는 한시어를 도연명에게 비유하여 술과 관련지어 표현하였다. 여기서 이백은 한시어가 세속의 명예와 이욕(利欲)에 담백하여 도연명처럼 귀은(歸隱)하려는 마음이 있음을 찬미하였는데 시의가 소탈하다. ❦

---

55) 다른 제목으로 〈광덕현령으로 부임하는 한시어를 보내며(送韓侍御之廣德令)〉가 있다.

^{석 일 수 의 하 족 영}
昔日繡衣何足榮[1]　　옛날 수의어사 지냈으니 얼마나 영화로웠소!

^{금 소 세 주 여 군 경}
今宵貰酒與君傾[2]　　오늘 밤 술을 사와 그대와 대작하리라.

^{잠 취 동 산 사 월 색}
暫就東山賖月色　　잠시 동산에 뜬 달빛 빌려와서

^{감 가 일 야 송 천 명}
酣歌一夜送泉明[3]　　하룻밤 진탕 마신 후 천명을 보내리라.

▶ 淸 裘尊生 〈將進酒圖〉

01 **繡衣**수의 : 비단으로 수놓은 옷을 입은 자로서, 시어사(侍御史)의 대칭. 한대에는 일찍이 수의직지(繡衣直指)라는 관직이 있었는데, 이를 시어사로 충당하였으므로 수의어사(繡衣御史)라고 칭하였다. ≪한서·백관공경표(百官公卿表)≫에 '시어사에 수의직지가 있었는데, 교활한 사람을 징벌하고 큰 옥사를 다스렸다(侍御史有繡衣直指, 出討奸猾, 治大獄)'라 하였다. 이러한 연고로 후세에서는 수의는 시어사를 가리키는 말로 존귀하고 총애를 받는 자를 가리킨다.

02 **貰酒**세주 : 외상으로 술을 사오는 것.

03 **泉明**천명 : 천명은 연명(淵明)으로, 동진의 유명한 전원시인인 도잠(陶潛)임. 당나라에서는 고조 이연(李淵)의 연(淵)자를 피휘(避諱)하여 천(泉)으로 고쳐 불렀으며, 여기서는 도연명으로서 한시어를 대신 지칭하였다. ≪야객총서(野客叢書)≫중 〈해록쇄사(海錄碎事)〉에서는 도연명의 자(字) 가운데 하나가 천명이라고도 하였다.

送友人
친구를 보내면서

안기(安旗)는 ≪이백전집편년주석≫에서 이백의 이 시는 개원 26년 (738)에 하남성 남양(南陽)에서 지었다고 하였다. 또한 시 가운데에서 첫 번째 구의 청산은 남양에서 서북쪽으로 27리 떨어진 곳에 있는 정산(精山)이며, 두 번째 구의 백수는 남양에서 동쪽으로 3리에 있는 속명으로 백하(白河)라 불리는 육수(淯水)를 가리킨다고 하였는데 주목할 만한 견해이다. 푸른 산과 흰 물을 배경으로 친구와 헤어지면서 보내는 이와 떠나는 이의 심정과 풍경을 낭만적으로 읊은 시정화의(詩情畵意)가 넘치는 송별시의 가작이다. 오언율시의 모범이 되는 작품으로 대구(對句)가 공교롭다.

▶ 李超哉 書, 〈李太白詩帖〉

青山橫北郭[1]	푸른 산은 북쪽 성곽에 걸쳐 있고
白水繞東城	흰 물은 동쪽 성을 감싸며 흘러가네.
此地一爲別	이곳에서 한번 헤어지면
孤蓬萬里征[2]	외로운 쑥처럼 만리 타관 떠돌리라.
浮雲遊子意[3]	뜬 구름은 떠나는 그대의 마음이요
落日故人情[4]	지는 해는 보내는 나의 아쉬운 정이라.
揮手自玆去	손을 흔들며 이제 떠나가노니
蕭蕭班馬鳴[5]	멀어져가는 말울음 소리도 쓸쓸하구나.

---

01 北郭북곽 : 옛날 성에서 북쪽 바깥에 있는 외성(外城)을 북곽이라 하였다.

02 蓬봉 : 풀이름으로 쑥. 가을이나 겨울철에 말라 죽은 후 바람 따라 어느 곳이든 날아다니므로 비봉(飛蓬)이라 부르기도 한다. 시인들은 항상 쑥을 정처 없이 이리저리 떠도는 나그네에 비유하였다.

03 浮雲부운: 뜬 구름. 나그네가 정처(定處) 없이 떠돌아다니는 것을 표시함.

04 落日낙일: 지는 해. 이별하는 우울한 마음을 표시한 것.

05 蕭蕭소소 : 말이 쓸쓸히 우는 울음소리의 형용.

班馬반마 : 무리로부터 떠나는 말. 《좌전》 양공(襄公) 18년 조에 '떠나는 말의 울음소리가 들리니 제나라 군대가 달아나는 것이다(有班馬之聲, 齊師其遁)'가 있는데, 두예(杜預)는 주에서 '반은 떠나가는 것이다(班, 別也)'라 하였다.

송 우 인 입 촉
送友人入蜀
촉 땅으로 들어가는 벗을 보내며

개 원 년간(731년경) 이백이 처음 장안으로 갔을 때, 진 지방에서 촉 땅으로 들어가는 친구를 보내며 지은 오언율시다. 당시 이백은 공업을 이루지 못한 채 실의에 빠진 상태였으므로 이시의 미련(尾聯)에서 인생의 영달과 곤궁한 운수는 이미 정해져 있으니, 한대(漢代)의 유명한 점술가인 엄군평에게 점쳐 물을 필요 있을까라고 친구에게 얘기하였지만 실제로는 자신의 근심을 기탁한 것이다.

이렇듯 시에서 촉도로 들어가는 길의 험난함을 묘사하면서 한편으로는 벼슬길로 나아가는 길의 어려움을 읊고 있어 경치에 마음속 감흥을 담고 있는 쌍관법을 쓰고 있다.

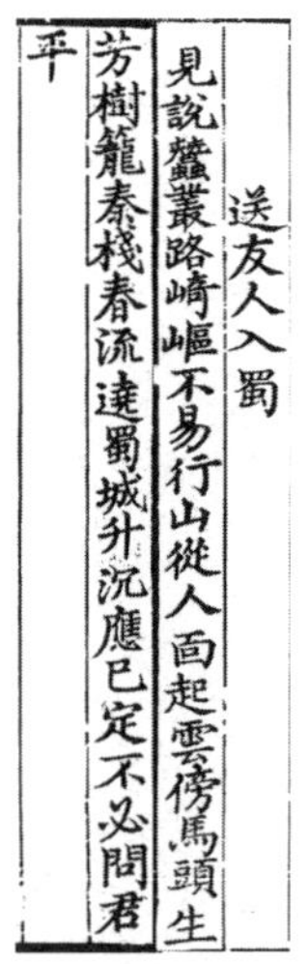

送友人入蜀

見說蠶叢路　崎嶇不易行
山從人面起　雲傍馬頭生
芳樹籠秦棧　春流遶蜀城
升沈應已定　不必問君平

▶ 〈李翰林集〉(當塗本)

見說蠶叢路[1]　　　내 듣기에 촉 땅으로 들어가는 길은

崎嶇不易行　　　가파르고 험해서 오르기 쉽지 않다 하네.

山從人面起[2]　　　산은 얼굴로부터 우뚝 솟아나고

雲傍馬頭生[3]　　　구름은 말 머리 옆에서 피어나노라.

芳樹籠秦棧[4]　　　꽃핀 나무들은 잔도에 가득하고

春流繞蜀城[5]　　　봄 물결은 촉성을 감싸 흘러가누나.

升沉應已定[6]　　　인생의 부침은 이미 정해져 있으니

不必問君平[7]　　　군평에게 점쳐 물을 필요 없으리라.

---

01 蠶叢路잠총로 : 잠총은 촉(蜀)나라의 개국 임금. 여기서 잠총로는 촉으로 들어가는 길의 이름이다.

02 山從人面起산종인면기 : 촉도로 가는 도중 만난 풍경의 형용. 사람이 잔도를 걸어갈 때 가파른 산이 마치 사람의 얼굴로부터 우뚝 솟아나는 것 같은 느낌을 표현한 것임.

03 雲傍馬頭生운방마두생 : 구름이 말 머리 옆으로 올라가는 형상을 표현한 것임.

04 芳樹방수 : 향기 나는 꽃이 핀 나무
秦棧진잔 : 고대에 나무 기둥을 얽어 만든 산길을 잔도라 하며, 진(지금의 陝西省)땅에서 촉으로 들어가는 길을 진잔이라 불렀다.

05 春流춘류 : 물이 불어난 봄 강.
蜀城촉성 : 성도(成都)

06 升沉승침 : 관직 등에 나아가고 물러나고 올라가고 가라앉는 이른바 사람이 세간에서 만나는 운명을 말한다.

07 君平군평 : 서한(西漢)의 엄준(嚴遵)으로 자는 군평(君平)임. 은거하며 벼슬길에 나아가지 않고 성도(成都)에서 점치면서 살았다.

送儲邕之武昌
무창으로 가는 저옹을 전송하며

천보 13년(754) 늦은 봄 파릉(巴陵) 부근에서 지은 시다. 무창은 당 강남서도 악주(鄂州)에 속하며, 지금의 호북성 악성현(鄂城縣)이다. 저옹에 대하여는 생평이 밝혀지지 않고 있는데, 이백이 개원 년간에 지은 〈섬중으로 가는 저옹과 헤어지며(別儲邕之剡中)〉라는 시를 쓴 지 3십여 년 후에 이 시를 지었다.

시에서 이별의 정을 묘사하면서 황학루에 높이 뜬 달과 만 리를 흐르는 장강의 아득함을 배경으로 고시의 자유로운 흥취를 한껏 돋우고 있는 점이 특색이다. 이백의 무창에 대한 그리움과 저옹을 차마 보내지 못한 채 술잔을 기울이면서 아쉬워하는 마음이 선명하게 표현되고 있다. 심덕잠은 ≪당시별재≫에서 고풍시의 작법으로 장편배율을 지어 이백의 천재성이 드러난 작품이라고 칭찬하고 있다.

黃鶴西樓月[1]　　황학루 서쪽 누각에 뜬 달은

長江萬里情　　내 마음 싣고 만 리 장강을 흐르누나.

春風三十度　　봄바람이 서른 번을 불어와

空憶武昌城　　공연히 무창성을 그리워하노라.

送爾難爲別　　너를 보내려니 이별하기 어려워

銜杯惜未傾　　술잔 들고 차마 기울이지 못하네.

湖連張樂地[2]　　호수 물결은 동정호까지 이어지고

山逐泛舟行　　산은 배가는 곳을 따라 가는구나.

諾謂楚人重[3]　　초 땅 사람들은 언약을 귀중히 여기고

詩傳謝朓淸[4]　　사조의 맑은 시 가락이 전해지노라.

滄浪吾有曲[5]　　내가 부르는 <창랑가> 곡조를

寄入棹歌聲　　노 젓는 소리에 부쳐 보내노라.

---

01 **黃鶴**황학 : 지금의 무한시 무창에 있는 황학루.
02 **張樂**장락 : 음악을 연주하는 것. ≪장자·천운편(天運篇)≫에 '순임금이 동정호 벌판에서 함지라
　　는 음악을 연주하였다(帝張咸池之樂於洞庭之野)'고 하였다.
03 **諾謂楚人重**낙위초인중 : ≪사기·계포열전(季布列傳)≫에 '계포가 한번 승낙하는 것이 황금 백
　　냥을 얻는 것보다 어렵다'는 말이 있는데, 초 땅 사람은 언약을 귀중히 여기는 것을 말한다.
04 **詩傳謝朓淸**시전사조청 : 사조의 시가 청아하고 수려하여 유명한 것을 가리킨다.
05 **滄浪曲**창랑곡 : 곧 창랑가(滄浪歌)로 ≪맹자·이루(離婁)≫와 ≪초사·어부사(漁父辭)≫에 창랑
　　의 물이 맑으면 내 갓끈을 씻고 창랑의 물이 흐리면 내 발을 씻는다는 내용. 여기서는 자신의
　　고결한 지조로 세속의 더러움에 동조하지 않음을 말한 것이다.

8

酬答詩 수답시 ; 주고 받은 시

오 월 동 노 행 답 문 상 옹
五月東魯行答汶上翁
오월 동노로 가면서 문수가 노인에게 답하다

제목 아래 '노 땅에서(魯中)'라는 원래 주가 달려있다. 대략 개원 28년(740년) 5월, 이백이 동노의 임성으로 가는 도중 문수에서 지은 시이다. 동노는 노군(魯郡)으로 지금의 산동 연주(兗州)이며, 문(汶)은 연주 북쪽에 있는 문수로 곧 지금의 대문하(大汶河)이다.

시 가운데에서 먼저 계절을 읊고 난 후, 노 지방 사람들이 베짜기를 중시한다고 칭송하면서 한편으로 자신이 산동으로 검술을 배우러 왔지만 문수가의 늙은이가 자신을 알아보지 못하고 조롱받았음을 진술하고 있다. 이에 이백은 자신을 노중련(魯仲連)에 비유하면서 세상과 백성을 구제하고 공업을 세울 수 있는 재능이 있음을 피력하였다. 그리고 문수가 늙은이의 비웃음에 굴하지 않고 큰 길로 가겠다는 완강한 정신을 표현하면서 아울러 부귀영달에 구애받지 않는 달관한 심정을 피력하고 있다.

五月梅始黃
매실이 누렇게 익어가는 5월

蠶凋桑柘空[1]
양잠이 끝나니 뽕 잎도 앙상한데,

魯人重織作[2]
노 땅 사람들 베짜기를 중시하여

機杼鳴簾櫳
베틀 북소리가 주렴과 창문에 울리누나.

顧余不及仕
벼슬길에 나가지 못한 나는

學劍來山東[3]
검술 배우려고 산동으로 왔어라.

擧鞭訪前途[4]
채찍 드날려 나갈 길 물으니

獲笑汶上翁[5]
문수가의 늙은이에게 조롱 받았네.

下愚忽壯士[6]
어리석은 사람이 장사를 업신여기니

未足論窮通[7]
빈궁과 영달을 논하기 어렵구나.

---

01 **蠶凋**잠조 : 양잠이 이미 끝난 것을 가리킨다.
　桑柘상자 : 뽕나무와 산뽕나무로 잎은 누에의 먹이이다.
02 **機杼**기저 : 베틀과 북으로 베를 짜는 데 중요한 부분으로 여기서는 베 짜는 기계를 가리킨다.
　櫳농 : 창호(窓戶), 곧 창살 있는 창.
03 **山東**산동 : 당대에 산동은 화산(華山) 이동의 넓은 지역을 가리킨다.
04 **訪前途**방전도 : 길을 묻다. 자기가 나아갈 길을 묻는다는 뜻.
05 **獲笑**획소 : 업신여김과 비웃음을 받다.
06 **下愚**하우 : 유가에서는 사람을 삼등분하는데, 천생적으로 우둔하여 고칠 수 없는 사람을 하우라
　한다. ≪논어·양화(陽貨)≫에 '상지와 하우는 바꿀 수 없다'라 하였다. 여기서는 문상옹을 가리
　킨다.
　忽홀 : 경시.
　壯士장사 : 이백 자신.
07 **窮通**궁통 : 정치상 뜻을 잃음과 뜻을 얻는 것. 이 구에서는 문수가의 늙은이가 인재를 알아보지
　못해 궁통의 이치를 더불어 얘기할 수 없다는 뜻.

我以一箭書　　　　나는 노중련처럼 한 대 화살로

能取聊城功[8]　　　요성을 함락하는 공을 세울 수 있어도,

終然不受賞　　　　끝내 상을 받지 않으리니

羞與時人同　　　　세속인과 같이 행동하는 것 부끄러워서이네.

西歸去直道　　　　서쪽에서 돌아와 큰 길로 나서는데

落日昏陰虹[9]　　　지는 해가 무지개에 가려 어두워지네.

此去爾勿言[10]　　　이번 가는 길을 당신은 말하지 마시게

甘心如轉蓬[11]　　　내 마음은 날리는 다북쑥과 같다네.

---

08 **我以一箭書**아이일전서 **2구** : 이백이 노중련의 고사로서 자신의 정치적 재능과 포부에 비유하여 서술한 것임. 노중련의 사적은 다음과 같다. 전국시대 연나라 장군이 제나라의 요성(聊城)을 공격하였을 때 참언을 받아 연으로 돌아갈 수 없었다. 후에 제나라 전단(田單)이 요성을 공격하였지만 1년이 지나도록 많은 사상자만 낸 채 함락시키지 못하였다. 이에 노중련이 화살에 서신 한 통을 묶어 성안으로 쏘아 보냈는데, 서신에서 포위된 성을 사수하여도 출로가 없음을 설명하니 연나라 장군이 이를 보고 삼일동안 통곡한 후 자살하였다. 요성이 어지러운 틈을 타 전단이 요성을 공격하여 함락시켰다. 제왕이 노중련에게 관작을 주려하였지만 노중련은 "부귀하면서 남에게 굽히는 것보다 가난하면서 자유로운 것만 못하다"라고 하면서 바닷가로 들어가 은거하였다.

09 **落日昏陰虹**낙일혼음홍 : 음홍은 상서롭지 못한 무지개. 정치적 암흑을 은유한 것.

10 **爾**이 : 문상옹을 가리킨다.

11 **轉蓬**전봉 : 바람 따라 굴러서 옮겨 다니는 쑥.

▶ 淸 石谿 〈山高水長圖〉

산 중 문 답
山中問答
산속에서의 문답

이백은 어린 시절과 안륙(安陸)에 머무르던 청년시기에 산 속에서 지내면서 독서한 적이 있는데, 이 시56)는 그가 산에 은거하고 있을 때의 정경을 문답식으로 읊은 작품이다. 산에 사는 사람의 한적함과 아름다운 경치가 서로 잘 조화를 이루고 있다. 시에서 은거하여 산에서 사는 그윽하고 한가로운 심정을 속인들에게 말하기 어려움을 웃으면서 대답하지 않고 경치를 묘사하여 대답을 대신하였다. 특히 3구는 도연명의 〈도화원기(桃花源記)〉에 나오는 어부가 무릉도원(武陵桃源)을 찾아가는 고사를 사용하였지만 드러나 보이지 않으며, 말구에서의 깊은 이면에는 이백의 회재불우의 심정을 인간세상 밖에 있는 별천지에 기탁하고 있음을 볼 수 있다. ✍

---

56) 제목이 일명 〈산중답속인(山中答俗人)〉 혹은 〈답속인문(答俗人問)〉이라고도 한다.

問余何事棲碧山[1]　무슨 일로 푸른 산에 사느냐고 묻기에

笑而不答心自閑　웃으며 대답하지 않으니 마음이 한가롭네.

桃花流水窅然去[2]　물 위에 뜬 복사꽃 아득히 흘러가는 곳

別有天地非人間　다른 세상이지 인간속세 아니라네.

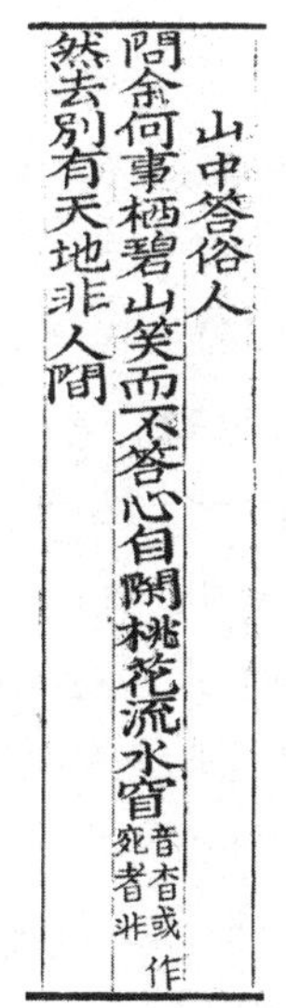

▶ 〈古文眞寶大全前集(木版本)〉

---

01 **碧山**벽산 : 호북성 안륙(安陸)에 있는 산. ≪안륙현지(安陸縣志)≫에 의하면 '백조산은 일명 벽산으로, 산 아래에 도화암이 있는데 이백이 독서하던 곳이다(白兆山, 一名碧山, 山下有桃花巖, 李白讀書處)'라 하였으며, 또 ≪가경영국부지(嘉慶寧國府志)≫에 의하면 "벽산은 옛날에는 석벽산이라 불렀다. 시냇물 사이로 석문산과 대치하고 있다. 시내를 따라가면 좁은 오솔길이 나오는데 그윽하고 오묘한 별경이다. 여기서 생산되는 차는 유명하며 향기 나는 상서로운 돌이 많다. 이백의 시 중에 '문여하의서벽산'에서의 벽산이 바로 여기다(碧山, 舊作石碧山, 隔溪與石門山對峙. 沿溪窄徑別自幽奇, 是産名茶, 多瑞香奇石. 李白詩 問余何意棲碧山, 卽此)"라 하였다.

02 **桃花流水**도화유수 : 산 속의 경치.
　　窅然묘연 : 깊고 아득(深遠)한 모양.

酬崔侍御
최시어에게 답하여 드리는 시

이 시는 천보 6년(747) 전후에 지었다. 최시어(崔侍御)는 최면(崔沔)의 장자인 최성보(崔成甫)로 일찍이 감찰어사를 지냈으며, 이백과는 친우지간이다. 최성보가 이백에게 준 〈이백에게 드리는 시(贈李十二)〉의 답시이다. 당시 재상 이임보가 위견(韋堅)을 함정에 빠뜨리려는 계책에 최성보도 연루되어 이곳으로 폄적(貶謫)되었다. 최성보가 소상가에서 금릉으로 오면서 이백과 만났는데, 이때 서로 이 시를 주고받았다. 시에서 행동이 고상하여 군왕에게 벼슬을 구하지 않고 부춘산의 푸른 냇물에 낚시하면서 유유자적한 동한의 엄자릉(嚴子陵)을 자신에 비유하였다. 이백은 자신이 공봉한림을 사직하고 장안을 떠난 것은 고오하여 억매이지 않았던 엄릉과 같다고 최시어에게 시로 설명하고, 아울러 강동으로 유람하면서 산수 간에 소요하려는 심정을 나타내고 있다. ✤

嚴陵不從萬乘遊[1]　　　엄릉은 만승천자를 쫓아 벼슬하지 않고

歸臥空山釣碧流[2]　　　빈산으로 돌아와 푸른 물에 낚시 드리웠네.

自是客星辭帝座[3]　　　객성이 스스로 임금 계신 곳을 떠나온 것이요

元非太白醉揚州[4]　　　본래부터 태백성이 양주에서 취한 것이 아니라네.

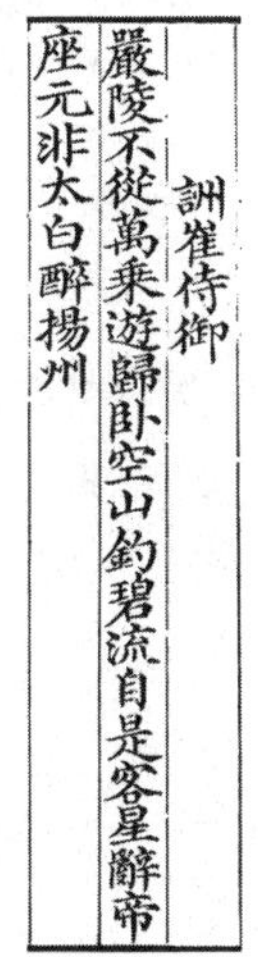

▶ 〈李翰林集〉(當塗本)

---

01 **嚴陵**엄릉 : ≪후한서(後漢書)≫권83 〈일민전(逸民傳)〉에 의하면 '엄광은 일명 준(遵)으로 자가 자릉이며, 회계(會稽) 여요인(余姚人)이다. 젊어서부터 뜻이 고상하였으며, 광무제(光武帝)와 함께 수학하였지만 그가 황제로 즉위하자 성명을 바꾸고 은거하였다. 광무제는 그의 어짊을 사모하여 조정으로 초청하여 후에 간의대부(諫議大夫)를 제수하였지만, 응하지 않고 부춘산(富春山)에 은거하였다. 후인들은 그가 낚시하던 곳을 엄릉탄(嚴陵灘)이라 명명하였다.'라 하였다.

02 **空山**공산 : 엄릉이 은거했던 부춘산(富春山)을 가리킨다.

03 **客星**객성 : 홀연히 나타났다가 홀연히 사라지는 별. 은사가 군왕(君王)으로부터 지우(知友)의 예로 대접받는 것을 '객성(客星)'이라고 한다. ≪후한서≫권73 〈엄광전(嚴光傳)〉에 의하면 광무제와 엄릉이 만나 같이 누워 잘 때 엄광의 잠버릇이 험하여 발을 임금의 배 위에 올려놓았다. 다음날 별자리를 관찰한 태사(太史)가 광무제에게 고하기를 객성이 임금의 자리를 범하는 다급한 일이 닥쳤음을 아뢰었다. 이에 광무제가 웃으면서 말하기를 "짐의 옛 친구인 엄자릉과 함께 잤을 뿐이다"라고 하였다.

04 **揚州**양주 : 금릉(金陵)을 가리킨다.

9

遊宴詩 유연시 ; 잔치 술자리에서 읊은 시

하 종 남 산 과 곡 사 산 인 숙 치 주
下終南山過斛斯山人宿置酒
종남산을 내려와 곡사산인의 집에 묵으며 술을 마시다

이 시의 지은 해에 대하여는 정확하게 규명되지 않았지만, 천보 초년 이백이 한림공봉으로 재직할 때 종남산 아래에 은거하는 친구 집을 방문하여 지었다는 주장이 설득력 있다. 제목의 종남산은 지금의 섬서성 진령(秦嶺)산맥에 있으며, 당나라 때에는 많은 유생과 도인들이 수행하던 곳이기도 하였다. 달밤에 종남산에서 내려와 산 밑에 은거하는 성이 곡사(斛斯)라는 은사의 집을 방문하였는데, 초가집 주변의 아름다운 경치를 감상한 후 주인과 함께 술을 마시면서 하룻밤을 보내는 과정을 서술체 형식으로 읊고 있다. 풍격이 자연스럽고 진솔하여 이백의 호방한 기풍의 시와는 또 다른 정취를 느끼게 하는 단아한 시다.

모 종 벽 산 하
暮從碧山下　　해질 무렵 어스름 산에서 내려오는데

산 월 수 인 귀
山月隨人歸　　산달도 나를 따라 돌아오노라.

각 고 소 래 경
却顧所來徑[1]　　잠시 내려 온 길을 돌아다보니

01 **却顧**각고 : 고개를 돌려 돌아다보는 것.

蒼蒼橫翠微[2]	검푸른 기운이 산허리에 서려있구나.
相携及田家[3]	서로 손잡고 농가에 당도하자
童稚開荊扉[4]	어린 아이가 사립문을 열어주노라.
綠竹入幽徑	초록 대숲 속 그윽한 길로 들어가니
青蘿拂行衣	푸른 담쟁이덩굴이 옷자락을 스치네.
歡言得所憩[5]	머물러 쉴 곳 찾아 담소 즐기며
美酒聊共揮[6]	맛 좋은 술을 함께 마시노라.
長歌吟松風[7]	긴 노래 솔바람에 맞춰 읊조리나니
曲盡河星稀[8]	곡조 끝날 무렵 은하수도 희미해지네.
我醉君復樂	나도 취하고 그대 또한 즐거워지니
陶然共忘機[9]	거나하게 취한 채 세상일을 잊어 보세나.

---

02 翠微취미 : 어슴푸레하게 보이는 푸른 산을 이른다.

03 相携상휴 : 두 가지로 해석될 수 있는데, 하나는 이백과 곡사산인이 함께 종남산을 유람하다 서로 손잡고 집으로 도착한 것이며, 또 하나는 산을 내려오는 도중 곡사산인과 만나 곡사산인이 이백을 맞이하여 그 집에 다다른 것인데 두 가지 모두 통한다.

04 童稚동치 : 작은 아이. 곡사산인의 심부름하는 어린아이일 가능성이 있다.
　荊扉형비 : 가시나무로 엮어 만든 사립문.

05 憩게 : 유숙(留宿)하는 것.

06 揮휘 : 잔을 기울여 술을 마시는 것.

07 吟松風음송풍 : 노래 소리와 산 속의 솔바람 소리가 서로 어우러져 울리는 것.

08 河星하성 : 은하수.
　稀희 : 밤이 깊은 것을 가리킨다.

09 陶然도연 : 술이 거나하게 취해 즐거운 모양.
　忘機망기 : 속세(俗世)의 일이나 욕심(慾心)을 잊는 것.

把酒問月
_{파 주 문 월}
술잔 들고 달에게 묻다

이 시의 제목 아래 이백이 '친구인 가순령이 나에게 묻기에(故人賈淳
令子問之)'라고 주(注)를 달았으므로 옛 친구의 청에 응하여 지은
시이다.

이백이 술잔을 잡고 달에게 언제부터 하늘에 있었는지 물어본다는 물
음으로 시작하여 달을 대한 채 술 마시는 것으로 끝을 맺고 있는데, 영원
히 아름답게 빛나는 명월에 비하여 초로와 같은 인생의 유한함에 안타까
움을 표시하고 있다. 곧 흰 토끼와 항아라는 선녀가 살고 있는 명월은
영원토록 비추고 있는 존재이지만, 달에 비해 인간은 세상에 오래 머무를
수 없으므로 즐거움을 주는 명월과 미주를 대하였을 때 노래 부르면서
행락을 즐겨보자는 내용이다. 전시를 통하여 이백의 활달한 도량을 철학
적으로 표현하고 있지만, 한편으로는 인생무상의 소극적인 사상이 드러
나고 있다.

靑天有月來幾時
푸른 하늘에 달이 있은 지 얼마나 되었나요?

我今停盃一問之
내가 지금 술잔 멈추고 한 번 물어 보노라.

人攀明月不可得
사람들은 달에 오르려 해도 오를 수가 없지만

月行却與人相隨
달은 오히려 사람들을 따라 다니는구나.

皎如飛鏡臨丹闕[1]	거울같이 밝게 솟은 달이 선궁(仙宮)에 걸린 듯
綠煙滅盡淸輝發[2]	초록 안개 다 없어지자 맑은 빛을 뿜어내네.
但見宵從海上來	다만 밤에 바다 위로 떠오르는 모습만 보았으니
寧知曉向雲間沒	새벽녘 구름 사이로 사라지는 줄 어찌 알았으리오?
白兔搗藥秋復春[3]	흰 토끼는 불사약을 봄가을로 찧고 있으니
姮娥孤栖與誰隣[4]	항아는 홀로 살며 누구와 이웃하나?
今人不見古時月	지금 사람은 옛날 뜬 달을 보지 못하였지만
今月曾經照古人	지금 달은 일찍이 옛 사람들 비추었노라.
古人今人若流水[5]	옛 사람이나 지금 사람들 모두 흐르는 물과 같으나
共看明月皆如此	달을 감상하는 마음은 모두 이와 같으리라.
惟願當歌對酒時[6]	오직 바라건대, 노래 부르면서 술 마시는 동안
月光長照金樽裏	달빛은 황금단지 속을 오래도록 비추고 있으시길.

---

01 **飛鏡**비경 : 나는 거울, 곧 달을 가리킨다. 고시(古詩)에 '깨진 거울이 하늘로 올라갔네(破鏡飛上天)'란 시구가 있다.
  丹闕단궐 : 붉은 색의 선궁의 문을 가리킨다.
02 **綠煙**녹연 : 달이 비치기 전 밤에 피어난 연무(煙霧)를 말한다.
  淸輝청휘 : 맑은 달빛.
03 **白兔搗藥**백토도약 : 전설에 의하면 달 가운데에 흰 토끼가 약을 찧는다고 전해오는데, 부현(傅玄)은 '달 속에는 무엇이 있나요? 흰 토끼가 약을 빻고 있네(≪藝文類聚≫卷1, 月中何有, 白兔搗藥)'라고 하였다.
04 **姮娥**항아 : 달 속에 살고 있는 선녀이름. ≪회남자≫에 '예가 서왕모에게 불사약을 구했는데, 이를 아내인 항아가 훔쳐가지고 달로 도망쳤다.'고 하였으며, 또한 ≪독이지(獨異志)≫에도 '예가 선약을 불에 구워 만들자, 그 아내인 항아가 훔쳐 먹고는 달가운데로 도망갔다(≪淮南子·覽冥訓≫'羿請不死之藥於西王母, 姮娥竊以奔月'. 獨異志, '羿燒仙藥, 藥成, 其妻姮娥竊而食之, 遂奔入月中.).'라고 하였다. 원래는 항아(姮娥)인데, 한나라 문제(文帝) 유항(劉恒)의 항을 피휘(避諱)하여 상아(嫦娥)라고 고쳐 불렀다.
05 **若流水**약류수 : 흐르는 물과 같이 차례로 사라지는 것.
06 **當歌對酒**대주당가 : 술 마실 때 곁들여 노래 부르는 것. 조조(曹操)는 〈단가행(短歌行)〉에서 '술 마시며 노래 부르니, 사람이 얼마나 오래 살겠는가?(對酒當歌, 人生幾何.)'라 하였다.

배 시 랑 숙 유 동 정 취 후
陪侍郎叔遊洞庭醉後 3수
시랑 벼슬을 지낸 족숙을 모시고 동정호에서 취한 후 짓다

건원 2년(759) 가을 악주(岳州), 곧 지금의 호남성 악양(岳陽)에 있는 동정호에서 취한 후 지은 시이다. 동정호는 ≪원화군현도지(元和郡縣圖志)≫에 의하면 '파릉현 서남쪽으로 1리 5십 보 떨어진 곳에 있으며, 둘레가 2백 6십 리이다(洞庭湖, 在(巴陵)縣西南一里五十步. 週迴二百六十里)'라고 하였다. 시랑은 이백의 족숙인 이엽(李曄)으로, 회남정왕(淮南靖王) 이신통(李神通)의 증손이며, 종정경(宗正卿) 이수(李琇)의 아들이다. 벼슬이 형부시랑(刑部侍郎)까지 올랐다가 그 해(759년) 4월 환관 이보국(李輔國)사건[57]에 연루되어 영하위(嶺下尉)로 폄적당하여 가는 길에 악주를 지나다가 이백과 상봉하였다.

---

57) 李輔國은 당 玄宗시 宦官으로 노비출신이었지만 현종의 황태자를 모시었다. 陳元禮가 楊國忠을 주살하는 모사에 가담하였으며, 후에 태자가 靈武에서 즉위하자 肅宗의 측근이 되었다. 사람됨이 겉으로는 선량하게 보이지만 안으로는 음험하였다. 代宗이 즉위하였을 때, 尙父가 되어 세력을 등에 업고 더욱 跋扈하자 왕이 자객을 보내 밤에 刺殺하였다.

≪其1≫

今^금日^일竹^죽林^림宴^연[1]　　오늘 대 숲 속에서 열린 잔치에

我^아家^가賢^현侍^시郎^랑　　우리 집안 어진 시랑과 함께 하였네.

三^삼盃^배容^용小^소阮^완[2]　　세 잔 술에 소완을 용서하듯

醉^취後^후發^발淸^청狂^광[3]　　취한 뒤 마음껏 청담을 즐겼노라.

　　종숙인 이엽과 함께 동정호에서 유연에 참가한 일을 묘사한 시이다.

　　숙질(叔姪)간인 완적과 완함을 이엽과 자신에 비유하면서 호방한 흥취를 기탁하였는데, 숙질사이에 대작하다 취태를 부리더라도 조카인 소완, 즉 이백을 용서해 줄 것을 청하고 있다. 또한 세 잔을 마시고 나니 나도 취하여 청광(淸狂)의 경지에 들어간 음주정취를 묘사하고 있다.

---

01 **竹林宴**^{죽림연} : 서진(西晉)의 산도(山濤)·완적(阮籍)·혜강(嵇康)·상수(向秀)·유령(劉伶)·완함(阮咸)·왕융(王戎) 등 일곱 사람이 항상 죽림 아래에 모여 음주와 고담(高談)을 즐겼는데, 이들 7명을 죽림칠현(竹林七賢)이라 불렀다(南朝·宋·劉義慶의 ≪世說新語·容止≫ '陳留阮籍, 譙國嵇康, 河內山濤, 三人年皆相比, 康年少. 亞之預此契者, 沛國劉伶, 陳留阮咸, 河內向秀, 琅琊王戎, 七人常集于竹林之下, 肆意酣暢, 故世謂竹林七賢)'. 이들은 조(曹)씨의 위(魏)나라가 사마(司馬)씨의 진(晉)나라로 넘어가는 어지러운 세태에 환멸을 느끼고 속세를 떠나 죽림에서 음주와 청담(淸談)을 즐기며 한가롭게 유유자적한 사람들이다. 여기서는 죽림연을 이용하여 이백과 이엽(李曄)이 벌린 유연(遊宴)에 비유하였다.

02 **小阮**^{소완} : 죽림칠현 중 완함을 말한다. 완함은 자가 중용(仲容)으로 완적의 조카임. 완적은 자기의 아들인 완혼(阮渾)에게는 방종한 생활을 하지 못하도록 훈계하였지만, 조카인 완함에게는 죽림의 유연에 참가토록 허용하였다.

03 **淸狂**^{청광} : 시인들이 시주(詩酒)를 즐기면서 마음대로 행동 하는 것.

≪其2≫

선 상 제 요 락
船上齊橈樂[1]　　　배 탄 채 일제히 뱃노래 부르며

호 심 범 월 귀
湖心泛月歸[2]　　　호수에 비친 달빛 싣고 돌아오노라.

백 구 한 불 거
白鷗閒不去　　　한가로운 백구는 떠나가지 않고

쟁 불 주 연 비
爭拂酒筵飛　　　다투듯 술자리를 날아 맴도는구나.

　　달빛 드리운 동정호에서 배위에 주연상을 차려놓고 노 저으며 유람하는 정취를 묘사하였다. 기승 양구에서는 뱃놀이와 노래 부르는 것을 병행하면서, 호수 위에 비친 월광을 배에 싣고 돌아오는 광경을 읊었다. 전결 양구에서는 의인법을 사용하였는데, 호면 위에서 한가로이 노니는 백구는 사람을 보고도 놀라지도 않은 채 잔치자리를 배회하면서 맴도는 모습을 그리고 있다.

剗却君山好平鋪湘水流巴陵無限酒醉殺洞庭秋
又
船上齊橈樂湖心泛月歸白鷗閒不去爭拂酒筵飛
又
今日竹林宴我家賢侍郎三盃容小阮醉後發清狂
陪侍郎叔遊洞庭醉後三首

▶ 〈李翰林集〉(當塗本)

---

01 **橈樂**요락 : 한편으로는 노 저으며 한편으로는 가창(歌唱)하는 것으로, 뱃사공이 노를 저으며 부르는 노래임. '제요락(齊橈樂)'은 노를 저으며 일제히 즐겁게 노래 불러 속도를 내는 것이다.
02 **泛月歸**범월귀 : 달빛이 수면을 비출 때, 배가 그 위에 떠서 마치 달을 싣고 돌아오는 것 같은 모습을 말한다.

≪其3≫

劉却君山好[1]

군산을 파내어 없애버리면

平鋪湘水流[2]

상수가 평평하게 흐를 것이네.

巴陵無限酒[3]

파릉의 한없는 술 마시며

醉殺洞庭秋

동정호의 가을에 마음껏 취하리라.

　　동정호의 경치를 감상하면서 취중의 호방한 흥취를 읊었다. 동정호 가운데 홀로 서있는 군산을 깎아 없애 버린다면 곧 수면이 평평해져 물이 끝없이 흐를 것이라는 기발한 상상을 하였다. 이렇게 넓고 평평해진 동정호 가운데에 배 띄우고 파릉의 맛좋은 술로 취하면 좋을 것이라 하였는데, 이백의 호매한 기풍이 엿보이는 시이다.

---

01 劉잔 : 깎아 내는 것. ≪광운(廣韻)≫에 의하면 '잔은 깎는 것이다(劉削也)'라 하였다.
　　君山군산 : 군산은 동정호 가운데 위치한 산으로, 파릉(巴陵)과는 40리 떨어져 있다. 일명 동정산(洞庭山)·상산(湘山)이라고도 한다. 악양루에 올라가 바라보면 바로 그 앞에 가로 놓여있다. 군산 뒤는 태호(太湖)인데 아득히 막힘이 없어 원주(沅州)·풍주(澧州)·정주(鼎州)등 세 주가 보인다. ≪북몽쇄언(北夢瑣言)≫에 '상강은 북쪽으로 흘러 악양을 거쳐 촉강에 다다른다. 여름철 장마 후에는 촉강이 불어나 기세가 높아지면 상수의 파도를 막아서 물러났다가 동정호에 넘치는데 무릇 수백 리에 달한다. 그러면 군산은 물속으로 깊이 잠기었다가 가을 물이 골짜기로 빠지면서 이 산의 뭍에서 거주할 수 있다(湘江北流至岳陽, 達蜀江. 夏潦後, 蜀漲勢高, 遏住湘波, 讓而退溢爲洞庭湖, 凡闊數百里. 而君山宛在水中, 秋水歸壑, 此山復居於陸.)'고 하였다. 여기서 군산은 동정호 가운데 위치하므로 '파내어 없애다(劉却)'라는 일반인들이 상상할 수 없는 기발한 생각을 하게 되었는데, 취한 채 몽롱한 눈으로 동정호를 바라본 이백은 군산이 장애가 되므로 시선을 막고 있는 산을 삽으로 떠내면 전망이 탁 트여 시원할 것이라 여겼다.
02 湘水상수 : 호남성에서 가장 큰 하류(河流)로, 동정호로 흘러 들어가는 주요한 물줄기임. 여기서는 동정호를 가리킨다.
03 巴陵파릉 : 지금의 호남성(湖南省) 악양(岳陽). 전설에 의하면 하후예(夏后羿)가 동정(洞庭)에서 파사(巴蛇)를 베었는데, 그 뼈가 구릉(丘陵)같이 쌓였으므로 이러한 이름을 붙였다 함.

^{배 족 숙 형 부 시 랑 엽 급 중 서 가 사 인 지 유 동 정}
陪族叔刑部侍郎曄及中書賈舍人至游洞庭

족숙 형부시랑 이엽과 중서사인 가지를
모시고 동정호에서 노닐면서

숙종 건원 2년(759) 4월, 이백은 야랑으로의 유배길에서 사면령을 받고 돌아오는 길에 악양(岳陽)에서 쉬고 있었다. 이때 족숙인 형부시랑 이엽(刑部侍郎 李曄)58)은 영남(嶺南)지방의 현령(縣令)으로 방축 당하여 이곳을 지나가는 길이었으며, 중서사인(中書舍人) 가지(賈至)59)도 여주자사(汝州刺史)에서 악주사마(岳州司馬)로 좌천되어 악양에 근무하면서 서로 만나게 되었다. 세 사람이 공통적으로 좌천을 당한 원인은 모두 숙종이 현종의 옛 신하들을 배척하여 정치적으로 자신과 다른 노선을 걷는 사람을 제거한 데 따른 정책의 결과 때문이었다. 그러므로 이들 세 사람은 동병상련의 처지로서 같이 동정호를 유람할 때 이백은 이 칠언절구 5수를 지었는데, 여기서는 두수를 소개한다.

---

58) 이엽에 관하여는 신·구당서(新舊唐書)에 전(傳)이 없지만, ≪문원영화(文苑英華)≫권396에 수록된 가지(賈至)의 ≪수이엽종정경제(授李曄宗正卿制)≫에 다음과 같이 소개하였다. '전 홍농태수 이엽은 몸과 마음이 바르고 온화하며 지조가 단정하고 품행이 깨끗하다. 정사를 잘 다스려 그 직위를 맡으면 반드시 능력이 알려졌다. 충효가 겸비되었으며, 권력을 피하여 근면하고 겸손하였다.(前弘農太守李曄, 體正心和, 操端行潔, 或政能茂異, 所蒞必聞, 或忠孝兼全, 避權勤讓.)'고 하였다.

59) 가지에 대하여는 ≪唐才子傳≫권3에서 '가지는 자가 유기이고 낙양사람이다. … 일찍이 파릉의 현령으로 폄적 당하였다가 이백과 조우하여 날마다 술 마시고 옛날 장안에서 노닐던 일들을 추억하면서 노래를 주고받았다. (至字幼幾, 洛陽人…初, 嘗以事謫守巴陵, 與李白相遇, 日邯杯酒, 追憶京華舊遊, 多見酬唱.)'고 하였다.

≪其1≫

洞庭西望楚江分[1]　　동정호 서쪽에는 초강이 나뉘어 흐르고

水盡南天不見雲　　물과 닿는 남쪽 하늘엔 구름조차 보이지 않네.

日落長沙秋色遠　　해질 무렵 장사지방엔 가을빛 아득하여

不知何處弔湘君[2]　　상군 조문한 곳이 어디인지 모르겠구나.

　　석양 무렵 동정호에서 배를 타고 유람하는 정경을 읊고 있다. 가지와 이백은 모두 방축당한 신하로서 동정호에서 만나 노닐면서 이 시를 지었다. 동정호 가운데에서 서쪽으로 바라보니 민강(岷江)과 초강(楚江)이 나뉘어 흐르다가 악양(岳陽)에 이르러 비로소 합해진다. 또한 물이 끝없이 펼쳐져 수면이 하늘과 맞닿은 남쪽하늘에는 구름 한 점 없는 일망무제인지라 물과 하늘이 같은 색으로 되었다. 지금은 가을날 해질 무렵 장사지방도 멀리 아득한 곳에 있으니, 상군(湘君)의 신을 조문할 곳이 어디인지 모르겠다. 8백여 리나 되는 넓고 아득한 동정호에서 흔적도 없는 옛날 소상호(瀟湘湖)의 신화전설을 삽입시켜 이백의 쓸쓸하고 영락한 심정을 기탁하고 있다.

01　**楚江分**초강분 : 초강은 장강을 가리킨다. 옛날에는 장강이 흐르던 곳이 초 지방에 속하였으므로 초강이라 불렀다. 장강은 서쪽에서 흘러와 호북(湖北) 석수현(石首縣)에서 두 줄기로 나뉘어 동정호로 흘러든다. 서남쪽 한 줄기는 화용현(華容縣)에서 흘러가고 동북쪽 한 줄기는 악양성(岳陽城) 능기(陵磯)에서 흘러 동정호로 들어간다.

02　**湘君**상군 : 상수(湘水)에 산다는 여신(女神)의 이름. 전설에 의하면 순(舜)임금의 두 왕비이며 요(堯)임금의 두 딸이기도 한 아황(娥皇)과 여영(女英)이 동정호에서 순임금이 죽었다는 소식을 듣고 상수에 몸을 던져 자살하였는데, 그 후 그들은 상수의 여신이 되어 상군이라 불렀다 한다.(〈원별리〉 참조)

≪其2≫

洞庭湖西秋月輝　　동정호 서쪽에는 가을 달 빛나고

瀟湘江北早鴻飛[1]　　소상강 북쪽에는 새벽 기러기 나는구나.

醉客滿船歌白苧[2]　　배에 가득한 취객들 백저가 노래할 때

不知霜露入秋衣　　서리와 이슬이 어느덧 가을 옷에 스며드네.

　　이 시에서는 달뜬 밤 동정호에서 새벽에 이르기까지 술 취해 노는 광경을 묘사하였
다. 표면적으로는 취하여 노래 부르는 방탕한 모습을 읊고 있는 것 같지만, 내면적으로는
이백 자신의 일모도원(日暮途遠)의 심정을 내포하고 있다. 동정호에 뜬 가을 달 밝고 소상
강에는 새벽 기러기 나는데, 배 가운데 취객들은 모두 〈백저사(白苧詞)〉라는 노래를 부른
다. 여기서 저(苧)는 여름에 입는 모시옷인데, 계절이 바뀌어 차가운 서리가 이미 옷에
내린 것도 모르고 자꾸만 여름에 부르는 노래인 〈백저곡〉을 부른다고 하였다.
　　당여순(唐汝詢)은 '가을달이 아직 지지 않았는데 새벽 기러기는 벌써 날고 있다. 배타고
노는 사람들은 이슬과 서리가 옷에 스며들어도 알지 못하지만 어찌 즐거움에 빠져 돌아갈
것을 잊었겠는가? 의미는 반드시 그 밖에 있다'[60]라고 하였다. 이는 이백이 같이 있는
사람들과 흥에 겨워 놀고 있지만, 내심으로는 나라를 위하여 뜻을 펼쳐 보이고자 하나
기회는 오지 않고 몸만 늙어 가는 데 따른 내면의 고통이 숨겨져 있음을 지적한 것이다.

01 瀟湘江소상강 : 소수(瀟水)와 상수(湘水)로서, 이 두 강물은 영릉(零陵)에서 합류한다.
　　早鴻조홍 : 새벽에 나는 기러기.
02 白苧歌백저가 : 육조시대 오(吳)지방의 민가이다. 소사윤(蕭士贇)은 '〈백저가〉에 백저무가 있으
　　며, 〈백부가(白鳧歌)〉에 백부무가 있는데, 모두 오 지방 사람들의 가무이다. 오 땅에는 모시(苧)
　　가 많이 생산되며 또한 물이 풍부하여 오리(鳧)가 많으므로 눈앞에 펼쳐진 정경에 흥을 기탁한
　　것이다. 처음에는 농사와 관련된 작품이 나오다가 후에는 대 음악가들이 애용하였는데, 그
　　음은 청상곡조에 속한다. 청상가 7곡 중에 〈자야가(子夜歌)〉가 있으니 이것이 바로 〈백저사〉이
　　다.(≪分類補注李太白詩文≫白苧歌有白苧舞, 白鳧歌有白鳧舞, 并吳人之歌舞也. 吳地出
　　苧, 又江鄉水國自多鳧鶩, 故興其所見以寓意焉. 始則田野之作, 後乃大樂氏用焉, 其音入清
　　商調, 故清商七曲有子夜者, 則白苧也.)'라고 백저사의 유래에 대하여 설명하였다.

60) 唐汝詢, ≪唐詩解≫ '秋月未沉, 晨雁已起, 舟中之客, 霜露入衣而不知, 豈眞樂而忘返也. 意必
　　不堪者在也.'

10

登覽詩 등람시 ; 높은데 올라 바라보며 지은 시

登太白峰
등 태 백 봉
태백봉에 올라서

개원 18년(730) 처음 장안으로 들어갔을 때 종남산을 떠나가서 서쪽 태백산에 올라가 지은 시이다. 태백산은 태을산(太乙山)이라고도 부르며 진령(秦嶺) 줄기로 지금의 섬서성 무공현(武功縣) 남쪽 90리에 있다. 시 가운데에서 '손을 들면 달이 닿고, 앞으로 나아가면 산이 없어졌다'라는 기발한 과장법과 '태백성이 내게 말하기를, 날 위해 하늘 관문을 열어 놓았다'라는 풍부한 상상력으로 태백봉의 높고 험준한 정경을 묘사하였는데 이백의 천재적인 시상이 잘 표현된 명구이다. 그러나 시의 이면에는 속세의 속박에서 벗어나 자유를 지향하면서도 한편으로는 현실에 대한 미련을 버리지 못하는 모순된 심경을 표현하고 있다.

西上太白峰[1]　　　서쪽 태백봉에 오르는데

夕陽窮登攀　　　석양 무렵 산꼭대기에 닿았노라.

太白與我語　　　태백성이 내게 하는 말이

爲我開天關　　　날 위해 하늘 관문을 열어 놓았다네.

願乘泠風去[2]　　　잔잔한 바람 타고 오르길 바랐는데

直出浮雲間　　　뜬구름 사이로 곧 바로 올랐도다!

擧手可近月　　　손들면 달을 만질 듯 가깝고

前行若無山　　　앞으로 나아가면 산이 없어진 듯하구나.

一別武功去[3]　　　이제 무공산을 멀리 떠나가면

何時復更還　　　언제 다시 돌아올 수 있으려나?

---

01 **太白峰**태백봉 : 섬서성(陝西省) 무공현(武功縣) 남쪽에 있는 태백산을 가리키며, 태백은 별이름
　　이기도 하다. 산이 높고 봉우리에는 항상 눈이 쌓여 있는데, 전하는 말에 태백산은 하늘 아래
　　삼백 리쯤에 있으며 산길에서 북을 울리면 눈사태가 난다고 한다.
02 **泠風**영풍 : 솔솔 부는 화창한 바람.
03 **武功**무공 : 산이름. 섬서성 무공현 남쪽 1백 리에 있으며, 북쪽으로 태백산과 연결된 산이다.

▶ 明 崔子忠 〈藏雲圖〉

登金陵鳳凰臺
금릉의 봉황대에 올라서

이 시는 언제 지었는지 정확하게 밝혀지지 않았지만, 천보 6년(747)에 지었다는 주장이 설득력 있다. 금릉(金陵)은 강소성 남경의 옛 이름이며, 봉황대는 지금의 남경시 서남쪽에 있다. 남조 송 원가(元嘉) 16년(439) 이곳에 공작같이 생긴 무늬가 영롱한 새 세 마리가 날아와 앉았으므로 당시 사람들이 봉황이라 불렀다고 전해온다. 산에 대를 세워 봉황대라 부르고 산은 봉황산이라 이름 지었다. 이백이 봉황대에 올라 이시를 지었는데, 풍격이 최호(崔顥)의 〈황학루(黃鶴樓)〉와 비슷하다.

시에서 봉황대의 전설을 시작으로 삼국시대 오(吳)나라의 화려했던 궁궐도 잡풀 속에 묻혔고, 세상을 뒤흔든 진(晉)나라 영웅호걸들도 죽어서 잊혀져 가는데 강물만은 아랑곳 하지 않고 유유히 흐르는 모습을 읊었다. 이어서 세상일에 달관한 채 좋은 경치를 감상하면서 천하를 주유해 해보지만 조정의 소인배들에게 쫓겨나 산천을 떠돌고 있는 자신의 신세를 한탄하고 있다. 특히 미련(尾聯)의 '뜬구름이 해를 모두 가리어, 장안이 보이지 않으니 사람들로 하여금 시름에 젖게 하네'라는 구절은 간신배들이 현종의 총명함을 가린 상황을 걱정하는 우국충군(憂國忠君)의 뜻이 있음을 보여주는 명구이다.

鳳凰臺上鳳凰遊　봉황대 위에서 봉황이 노닐더니

鳳去臺空江自流[1]　봉황 날아간 빈 누대에는 강물만 흐르네.

吳宮花草埋幽徑[2]　오나라 꽃 같은 궁녀들은 후미진 길에 묻혔고

晉代衣冠成古丘[3]　진나라 고관들은 옛 무덤이 되었구나.

三山半落靑天外[4]　세 봉우리는 푸른 하늘 밖에 반쯤 떨어져 걸려 있고

二水中分白鷺洲[5]　두 강물은 백로주를 가운데로 나뉘어 흐르노라.

總爲浮雲能蔽日[6]　뜬구름이 해를 모두 가리어

長安不見使人愁[7]　장안이 보이지 않으니 시름 젖게 하는구나.

---

01 江강 : 양자강(長江).

02 吳宮오궁 : 삼국시대 오나라 수도인 건업(建業; 곧 金陵)에 세운 궁궐들.
　　花草화초 : 아름다운 궁녀를 의미함.

03 衣冠의관 : 원래는 의복과 예모(禮帽)를 가리키지만, 여기서는 고관대작과 사회명류 인사들을 지칭한다.

04 三山삼산 : 지금 강소성 남경시 서남쪽 장강 동안(東岸)에 있는 세 봉우리를 가리킨다. 일명 호국산(護國山)을 말하는데, 세봉우리가 남북으로 연이어 배열되었으므로 삼산이라 칭하였다.
　　半落반락 : 반은 구름 속에 잠겨 보이지 않고 위쪽 반만 하늘 저편에서 떨어진 것 같다는 표현이다.

05 二水이수 : 금릉을 끼고 흐르는 진수(秦水)와 회수(淮水). 양자강이 금릉에서 두 줄기로 갈라져 하나는 성내로 들어오고, 다른 하나는 성 밖을 돌아 백로주를 끼고 흐른다.
　　白鷺洲백로주 : 남경시 수서문(水西門) 밖 장강 안에 있던 모래톱 섬. 백로들이 많이 모여 있어서 붙여진 이름이다.

06 浮雲能蔽日부운능폐일 : 이백이 서쪽 장안을 바라보는 곳의 실제 경치이다. 조정의 간신들을 비유하여 '해(日)'는 임금, 곧 당 현종으로 간신배들이 임금의 총명함을 가린다는 뜻이다.

07 長安不見장안불견 : 자신이 다시 임금의 부름을 받아 조정으로 돌아갈 가능성이 보이지 않는다는 의미이다.

望廬山瀑布
여산 폭포를 바라보며

개원 14년(726), 이백이 양한(襄漢)지방을 유람할 때 여산에 올라가서 지은 시이다. 여산은 지금의 강서성 구강시(九江市) 남쪽에 있으며, 높이는 2천 3백 6십 장이고 주위가 2백 5십 리이다.[61] 산은 아홉 구비이며, 흐르는 내 역시 아홉 갈래이다. 주나라 무왕(武王)때 광속(匡俗)이란 사람은 형제가 일곱 명인데, 모두 도술을 좋아하여 이 산에 오두막을 짓고 신선이 되어 여막의 허공에 머물렀으므로 여막 려(廬)자를 써 여산이라 불렀다 한다. 여기서 여산폭포는 향로봉 부근 산 위에서 흘러내리는 폭포수를 말한다. 진순유(陳舜俞)의 ≪여산기≫에 의하면 "향로봉 봉우리는 여산 남쪽과 북쪽에 모두 있는데, 둥글고 높이 솟아 항상 안개가 서려 있는 모습을 하고 있으므로 이러한 이름을 붙였다. 이백이 이 시에서 읊은 '일조향로생자연, 요간폭포괘전천'은 곧 산 남쪽에 있는 폭포수를 읊은 것이다"[62]라 하여 여산의 향로봉은 하나가 아니고 여산 남쪽과 북쪽에 각각 두 개가 있다고 하였다. 또한 청대 황종희(黃宗義)의 ≪광여유록(匡廬遊錄)≫에 의하면 '북산의 향로봉은 봉우리가 여산에서 동쪽에 위치하여 그곳으로 올라가면 폭포를 볼 수 없을 뿐만 아니라 (이백 시에 나오는) 폭포로 가지도 못한다'[63]고 하였으므로 이 시에서 이백이 본 향로봉은 진순유가 말한 바대로 남쪽 봉우리를 가리킨다.

---

61) 총면적이 약 302Km에 달하고, 최고봉인 한양봉은 해발 1474m임.
62) 陳舜俞 ≪廬山記≫권2 "香爐峰, 此峰山南北皆有, 其形圓聳, 常出雲氣, 故名以象形. 李白云則 '日照香爐生紫煙, 遙看瀑布掛前川.' 卽謂在 山南者也"
63) 黃宗義 ≪匡廬遊錄≫'北山之香爐峰, 在峰於廬山爲東, 登之亦無瀑布可見, (與白詩)不相涉也'

　　제1수에서는 여산폭포의 웅장한 모습을 상상력을 동원하여 다양하게 묘사하면서 세상사 모든 일을 정리하고 은거하고픈 심정을 술회하고 있다. 제2수에서는 여산의 높은 곳에서 떨어지는 폭포의 웅장한 기세를 선명한 색채와 표일(飄逸)한 착상(着想), 기발한 과장법으로 폭포의 장관을 묘사하여 더욱 사람들에게 회자되는 명시가 되었다. 원나라 위거안(韋居安)은 이 시에 대해 '활달하여 거리낌 없이 맑고 웅장하며, 시어가 간략하고 뜻하는 바가 넉넉하여 진정 고금의 절창이다. 그러나 이러한 경치를 직접 가서보지 않는다면 이 시의 기묘함을 충분히 느낄 수 없다'[64]라고 하며 극구 칭송하였다.

≪其1≫

西登香爐峯[1]	서쪽 향로봉에 올라가서
南見瀑布水	남쪽 폭포수를 바라보니,
挂流三百丈	삼백 장 높은데서 흘러 내려
噴壑數十里	수십 리 골짜기로 뿜어 나가는구나.
欻如飛電來	세차게 떨어지는 모습이 번개와 같고

---

01 **香爐峰**향로봉 : 향로봉은 여산 서북쪽에 있는데, 정상에 운무가 둘러싸여 있을 때 마치 향로처럼 보이므로 이러한 명칭이 붙여졌음. ≪태평환우기(太平寰宇記)≫ 〈강남서도 강주(江南西道江州)〉편에 의하면 '여산 서북쪽에 있는 향로봉은 그 봉우리가 뾰족하고 둥근데, 안개와 구름이 모였다가 흩어지는 모습이 마치 박산의 향로와 같다(香爐峰在廬山西北, 其峰尖圓, 煙雲聚散, 如博山香爐之狀)'고 하였다.

---

64) 韋居安 ≪梅磵詩話≫券上, '磊落淸壯, 語簡意足, 優于絕句, 眞古今之絕唱也. 然非歷覽此景, 不足以見此詩之妙'

隱若白虹起 　희미한 물줄기는 흰 무지개가 일어나는 듯,

初驚河漢落[2] 　처음에는 은하수 떨어지는 줄 놀랐는데

半灑雲天裏 　구름과 하늘 속으로 나누어 뿌리네.

仰觀勢轉雄 　올려다볼수록 웅장한 기세

壯哉造化功 　조화옹의 힘이 얼마나 놀라운가!

海風吹不斷 　바닷바람 쉼 없이 폭포수에 불어오니

江月照還空 　강에 뜬 달은 비치다가 다시 없어지노라.

空中亂潈射[3] 　공중에서 어지러이 물 뿜어내어

左右洗靑壁 　좌우로 푸른 벽을 씻어 내누나.

飛珠散輕霞 　진주 물방울은 엷은 노을이 날아 흩어지듯

流沫沸穹石[4] 　흐르는 거품들 높은 바위에 부딪친다.

而我樂名山 　나는 본래 명산을 좋아하는데

對之心益閒 　폭포 대하니 마음 더욱 한가롭네.

無論漱瓊液 　옥빛 물에 양치질하는 것 알리지 마시구려

還得洗塵顔 　속세에 찌든 얼굴 씻어 내리라.

且諧宿所好[5] 　장차 좋아하는 친구와 함께

永願辭人間 　영원히 인간세상을 하직하려 하노라.

---

02 **河漢**하한 : 은하수(銀河水)를 가리킨다.
03 **潈射**총사 : 종(潈)은 물이 모이는 것. 여러 갈래 물들이 부딪쳐 물방울들이 날아 흩뿌리는 모양.
04 **穹石**궁석 : 큰 바위.
05 **宿所好**숙소호 : 옛 친구.

≪其2≫

日照香爐生紫煙[1]　　　해 비치는 향로봉엔 자색연기 피어나고

遙看瀑布掛前川[2]　　　앞 내에 걸린 폭포수 아득히 보이누나.

飛流直下三千尺　　　곧장 날아 내리는 3천 척 물줄기는

疑是銀河落九天[3]　　　은하수가 구천에서 떨어지는 듯.

望廬山瀑布

西登香爐峰　南見瀑布水
掛流三百丈　噴壑數十里
欻如飛電來　隱若白虹起
初驚河漢落　半灑雲天裡
仰觀勢轉雄　壯哉造化功
海風吹不斷　江月照還空
空中亂潈射　左右洗青壁
飛珠散輕霞　流沫沸穹石
而我樂名山　對之心益閑
無論漱瓊液　且得洗塵顏
且諧宿所好　永願辭人間

▶ 〈青蓮詩(筆寫本)〉

▶ 鄭敾 〈廬山瀑布圖〉

---

01 **紫煙**자연 : 햇빛이 산봉우리를 비칠 때 위로 피어오르는 자색 연무(煙霧).

02 **前川**전천 : '장천(長川)'이라고 된 판본도 있다.

03 **九天**구천 : 아홉 겹 하늘로, 하늘 중 가장 높은 곳을 말한다. 여기서는 폭포수의 낙차(落差)가 큼을 이른다.

^{망 여 산 오 로 봉}
望廬山五老峯
여산 오로봉을 바라보며

개원 13년(725) 가을, 이백이 고향 촉(蜀)땅을 떠나 동정호(洞庭湖)를 유람한 후, 금릉(金陵)으로 가는 도중 여산에 올라 오로봉을 바라보면서 지은 시이다. 시에서 오로봉 산봉우리를 금부용(金芙蓉)에 비유하였는데, 금은 누런색이므로 가을임을 암시하고 있다. 오로봉은 여산의 고령(牯嶺) 동남쪽에 위치한 높은 봉우리로, 그 돌출한 모습이 마치 다섯 명의 노인이 어깨를 나란히 하고 서있는 형상으로서 여산 절경 중 하나다. 이 봉우리 끝은 하늘과 접하였고 아래로는 팽려호(彭蠡湖)를 누르고 있어 기세가 비범하다. 이백은 시에서 이곳의 경치가 아름다워 그 속에서 영원히 머무르고 싶은 마음을 피력하고 있다. ✤

廬山東南五老峯[1]　　　여산 동남쪽에 서 있는 오로봉은

青天削出金芙蓉[2]　　　푸른 하늘 위로 솟은 노란 연꽃일레라.

九江秀色可攬結[3]　　　구강의 빼어난 자태 모두 집결시킨 곳

吾將此地巢雲松[4]　　　나는 여기 구름 뜬 솔숲에서 은거하리라,

▶ 五代 荊浩 〈匡廬圖〉

01　**五老峯**오로봉 : 여산(廬山) 동남쪽에 위치한 명봉(名峰). ≪태평어람≫권41 〈여산〉편에 '≪심양기(潯陽記)≫에 이르기를 여산 북쪽의 오로봉은 여산에서 가장 높다. 가로로 놓여 하늘을 가렸으며, 쌓여 있는 돌과 바위는 멀리 팽려호(彭蠡湖)를 누르고 있다. 그 형세는 황하 가운데 우향현(虞鄕縣)에 있는 다섯 늙은이의 모습을 닮았으므로 이러한 이름을 붙였다(潯陽記曰, 山北有五老峰, 於廬山最爲峻極. 橫隱蒼穹, 積石巉巖, 迴壓彭蠡, 其形勢如河中虞鄕縣前五老之形, 故名之)'고 하였다.

02　**金芙蓉**금부용 : 연꽃의 별명. 산봉우리가 수려하고 빛깔이 황색이므로 금부용에 비유하였다.

03　**九江**구강 : 장강은 강서(江西) 구강(九江)에서 아홉 줄기로 나뉘므로 구강이라 부른다.
　　攬結람결 : 수취(收取), 즉 '한데 모아 쥐다'는 뜻으로 모두가 눈 아래에 들어와 있음을 말한다.

04　**巢雲松**소운송 : 산림에 은거하는 것.

秋登宣城謝朓北樓
가을날 사조가 세운 선성 북루에 올라서

천보 13년(754) 가을 이백이 선성을 유람하면서 지은 시이다. 선주(宣州)는 지금의 안휘성(安徽省) 선성현(宣城縣)이며, 사조루(謝朓樓)는 육조 남제(南齊)의 시인 사조(謝朓, 464~494)가 선주 태수로 있을 때 마을 북쪽에 세운 누각이라고 해서 북루(北樓) 또는 사조루라고 불렀다. 옛터가 지금의 안휘성 선주시 능양산(陵陽山) 기슭에 있다. 이백은 이시에서 누각에 올라 눈앞에 펼쳐진 자연 풍경을 묘사하면서, 아울러 뛰어난 정치가이자 시인인 사조를 사모하는 소회를 밝히고 있다.

秋登宣城謝朓北樓
江城如畫裏山晚望晴空兩水夾明鏡雙橋落彩虹
人煙寒橘柚秋色老梧桐誰念北樓上臨風懷謝公

▶ 〈李翰林集〉(當塗本)

江城如畵裏[1]　　　　강가 성채는 그림 속에 있는 듯

山晚望晴空　　　　저물녘 산에 올라 맑은 하늘 바라보네.

兩水夾明鏡[2]　　　　두 줄기 강물은 거울처럼 성을 두르고

雙橋落彩虹[3]　　　　쌍 다리에는 고운 무지개 드리웠네.

人煙寒橘柚　　　　인가의 연기 속에 귤과 유자 차갑고

秋色老梧桐　　　　짙은 가을 빛 속에 오동나무 늙어 가누나.

誰念北樓上　　　　누가 북쪽 누각에 올라서서

臨風懷謝公[4]　　　　바람 맞으며 사조공을 그리워하리오.

▶ 宋 張擇端 〈淸明上河圖卷〉

01 **江城**강성 : 선성을 가리킨다. 선성이 수양강(水陽江)가에 있으므로 이렇게 불렀다.
02 **兩水**양수 : 선성군 성곽을 완계(宛溪)와 구계(句溪)의 두 강이 둘러 흐르기 때문에 이렇게 불렀다.
03 **雙橋**쌍교 : 완계 위에 가로 질러 있는 봉황(鳳凰), 제천(濟川) 두 개의 다리를 말한다.
04 **謝公**사공 : 사조를 가리킨다.

望天門山

천문산을 바라보며

개 원13년(725), 이백이 촉 땅을 떠나 강을 따라 여행하다가 당도에 도착한 후 처음 천문산에 들러 지은 시이다. 천문산의 웅장하고 수려한 풍경과 그 부근에 흐르는 장강의 험준한 모습을 묘사하였다. 전반 양구에서는 천문산과 초강의 장활한 기세를, 후반 양구에서는 배를 타고 가면서 양쪽 언덕의 청산을 바라보는 감회를 읊었다. 특히 3 · 4 양구는 천고에 전송되는 명구로서, ≪당송시순(唐宋詩醇)≫에서는 '진실로 신의 작품으로서 매우 자연스러워 한 시대를 대표하기에 충분하다(極自然, 洵屬神品, 足以擅場一代)'고 극찬하였다.

天門中斷楚江開[1]　천문산 중간에서 끊어져 초강이 열리고

碧水東流至此廻[2]　푸른 물은 동쪽으로 흐르다 여기서 돌아가네.

兩岸靑山相對出　양쪽 언덕 푸른 산이 마주 나온 사이로

孤帆一片日邊來[3]　외로운 돛단배가 해 뜬데서 내려오는구나.

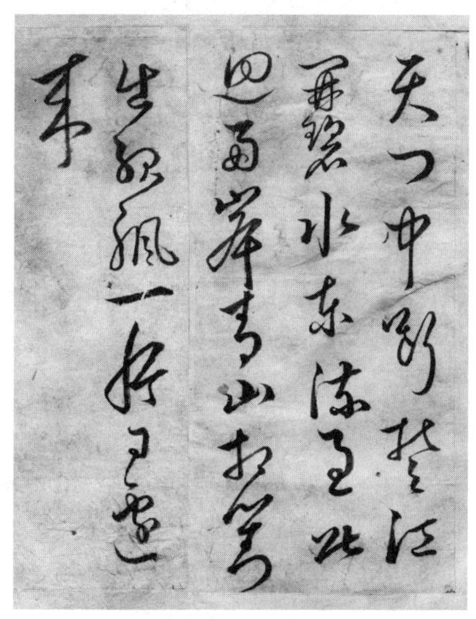

▶ 韓石峯 書, 〈李白詩〉

01 天門천문 : 천문산으로 안휘성(安徽省) 당도현(當塗縣)과 화현(和縣) 서남쪽에 위치한다. 장강 동쪽 언덕에 위치한 박망산(博望山)과 서쪽 언덕에 위치한 양산(梁山)으로 이루어졌으며, 두 산 사이로 장강을 끼고 대치해 있는 모습이 마치 대문과 같으므로 천문산이라고 불렀음.
楚江초강 : 장강. 안휘성(安徽省) 당도현은 춘추전국시대에 초나라 지방에 속하였기 때문에 이곳을 지나쳐 흐르는 장강을 초강이라고 불렀다.

02 至此廻지차회 : 박망산(博望山)과 양산(梁山)사이로 흐르는 장강이 여기서 산과 부딪치며 돌아서 흘러간다.

03 日邊일변 : 해 뜨는 곳. 여기서는 외로운 조각배가 먼 곳에서 노 저어 오는 모습을 형용한 것임. 혹자는 실제의 경치를 읊었다 하고, 혹자는 장안을 가리킨다고 하였다.

11 行役詩 행역시 ; 여행의 수고로움을 읊은 시

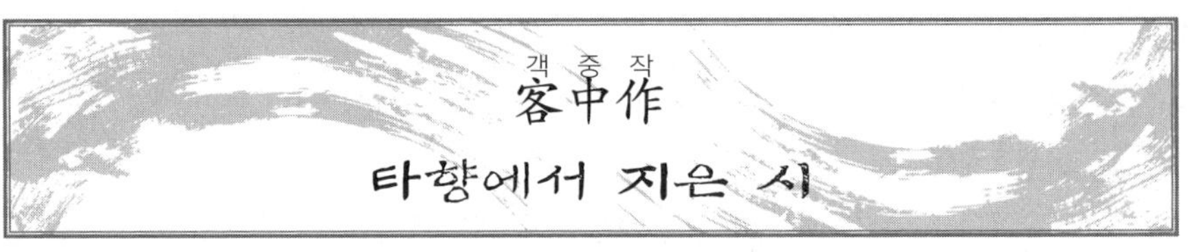

개 원 27년(739) 이백이 제노(齊魯)에 있는 난릉(蘭陵)지방을 만유하면서 타향살이의 외로움을 표현한 시이다. 전반 양구에서는 이백이 나그네로 기거하던 난릉지방이 곧 술의 명산지임을 묘사하였다. 주인이 가지고 나온 울금향 약재를 섞어 만든 미주를 마시며 기뻐하는 심정과 주인의 은근한 환대를 그리고 있다. 후반 양구에서는 여기 난릉이 바로 고향으로 여겨지듯 이백이 객지 생활하는 것조차도 잃어버릴 정도로 주인의 환대에 감격해하는 심리상태와 실컷 취한 정경을 묘사하고 있다.

蘭陵美酒鬱金香[1] 　난릉산 맛좋은 술 울금 향내 풍기는데

玉碗盛來琥珀光[2] 　옥쟁반 가득 호박 빛 띠고 있네.

但使主人能醉客 　주인이 자꾸만 나그네를 취하게 하니

不知何處是他鄕 　어느 곳이 타향인지 모르겠구나.

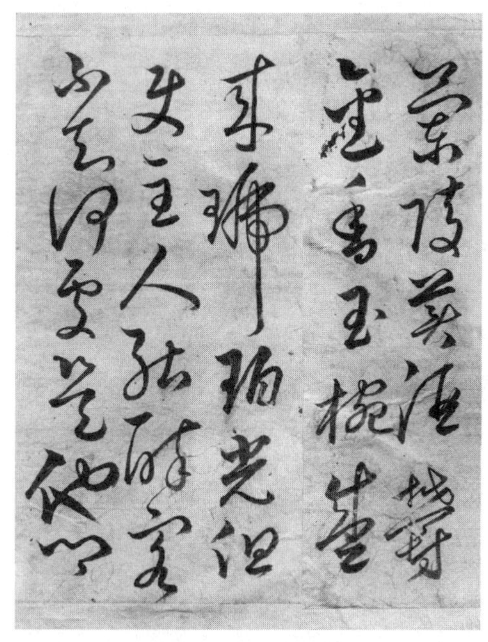

▶韓石峯 書, 〈李白詩〉

01 蘭陵난릉 : 당대의 기주(沂州) 승현(承縣)을 가리킨다. 춘추전국(春秋戰國)시대 증국(鄫國)에 속한 지방으로서, 후에 초(楚)나라에 복속되었다. 초의 춘신군(春申君)이 순자(荀子)를 난릉령(蘭陵令)에 봉한 적이 있으며 지금의 산동성(山東省) 조장시(棗莊市)이다. 여기서의 난릉은 이백이 나그네가 되어 머물던 곳이다.

鬱金香울금향 : 맛 좋은 술(美酒) 이름. 술에 울금을 향료로 섞어 양조한 술로 울금은 서역의 대진국(大秦國)에서 중국으로 옮겨 심은 향초(香草) 이름이다.

02 琥珀光호박광 : 호박은 보석의 일종이며, 맑고 누런 빛깔을 띤 술을 일컫는 말.

奔亡道中
피난 가는 길에서

분 망 도 중

곽말약(郭沫若)은 ≪이백과 두보(李白與杜甫)≫에서 천보 14년 (755) 겨울, 이백이 양원(梁園)에 있는 집으로 돌아오는 도중 안사란(安史亂)으로 황하와 낙양이 함락되자, 부인 종씨(宗氏)를 데리고 남쪽으로 피난하면서 지은 시라고 하였다. 그러나 욱현호(郁賢皓)는 〈이백의 낙양 행적에 대한 새로운 탐구(李白洛陽行踪新探索)〉란 논문에서 이백이 남쪽으로 피난하면서 지은 것이 아니라 지덕 원년(756) 안록산이 낙양에서 칭제(稱帝)하자 서쪽으로 도망하면서 낙양과 함곡관(函谷關)을 지나 화산(華山)에 올랐다가 나중에 선성(宣城)에 도착하여 지었다고 하였는데, 정설로 인정되고 있다. 전체 5수 중 세 수를 소개한다.

≪其2≫

亭伯去安在[1]　　　　벼슬 버리고 돌아간 정백은 어느 곳에 있나요?

李陵降未歸[2]　　　　흉노에 투항한 이릉은 돌아오지 못하였네.

愁容變海色　　　　　바다색도 나처럼 수심 띤 얼굴로 변하였고

短腹改胡衣[3]　　　　중원사람들도 짧은 오랑캐 옷으로 바꿔 입었구나.

　　최인(崔駰)과 이릉(李陵)의 고사를 사용하여 당시 안사(安史)의 반란군이 침입하여 중원을 점령하자 당의 혼란한 국내 정세에 대하여 깊은 근심을 술회하였다. 안록산(安祿山)과 사사명(史思明)이 이끄는 반란군이 당도하자 관리들은 한대의 최인과 같이 관직을 버리고 도망하거나 혹은 이릉처럼 적에게 투항하였다. 많은 백성들도 반란군들에게 제어 당하여 절망적인 곳에서 목숨을 건지고자 오랑캐복장(胡服)으로 변장하고 도망한 사실을 읊었다. 엄우(嚴羽)는 이 두 번째 시에 대하여 '정에서 경으로 옮겨감을 무릇 이와 같이 해야 한다(情遷境移, 大抵如此)'고 평하였다.

---

01 **亭伯**정백 : 동한(東漢) 최인(崔駰)의 고사를 인용하였다. ≪후한서(後漢書)·최인전(崔駰傳)≫ (권52)에 의하면, 최인은 자가 정백(亭伯)으로 조정의 두헌주부(竇憲主簿)에 임명되었다가 후에 멀리 떨어진 장령(長嶺) 현령으로 출임(出任)하게 되자 마음속으로 불쾌하게 여기다가 관직을 버리고 고향으로 돌아갔다.

02 **李陵**이릉(기원전 ?~ 74) : 한나라의 무장(武將), 자가 소경(少卿)이다. 흉노를 무찌른 비장군(飛將軍) 이광(李廣)의 손자이며 소무와 동시대인이다. 한 무제시 기도위(騎都尉)가 되었다가 흉노와의 전투에서 적군의 포로가 되었다. 한에서는 이릉의 옛 친우인 대장군(大將軍) 곽광(郭光)·좌장군(左將軍) 상관걸소(上官傑素)·농서(隴西)의 임입정(任立政) 등 세 사람을 사신으로 삼아 흉노로 파견하여 이릉을 데려오도록 하였다. 선우(單于)는 사신들을 위하여 이릉(李陵)과 위율(韋律) 등을 대동한 채 연회를 베풀었다. 이릉과 위율은 한의 사신들과 우주(牛酒)를 마시면서 모두 흉노의 의복을 벗고 상투를 틀었다. 한조에서는 그가 투항한 것을 알고 한나라에 남아 있는 그의 삼족을 멸하였고, 그도 한으로 귀국하지 못한 채 흉노 땅에서 병사(病死)하였다.(≪漢書·李陵傳≫참조)

03 **胡衣**호의 : 호인은 소매가 좁고 짧은 옷에 긴 장화를 착용하였는데, 소매가 좁기 때문에 말달리고 활쏘기에 편리하였을 뿐만 아니라 짧은 옷과 긴 장화는 풀 섶을 지나기에 편리하다.

≪其4≫

함 곡 여 옥 관
函谷如玉關[1] 함곡관이 옥문관처럼 되었으니

기 시 가 생 환
幾時可生還 언제나 살아서 돌아오려나?

낙 천 위 역 수
洛川爲易水[2] 낙수는 역수로 변하였고

숭 악 시 연 산
嵩岳是燕山[3] 숭산은 연나라 산이 되었구나.

속 변 강 호 어
俗變羌胡語 풍속이 변해 오랑캐 언어 쓰고

인 다 사 새 안
人多沙塞顔 사람들 얼굴에도 사막먼지 쌓였어라.

신 포 유 통 곡
申包惟慟哭[4] 신포서는 오로지 통곡만 하여

칠 일 빈 모 반
七日鬢毛斑 이레 만에 귀밑머리 하얘졌구나.

　　함곡관·낙수·숭산은 중원지방에 있고 옥문관·역수·연산은 오랑캐지방에 있으므로 안록산의 침공으로 당나라 대부분이 함락되어 오랑캐의 수중에 떨어진 상황을 읊었다. 신포서는 춘추시대 초(楚)나라 사람으로, 오(吳)나라 군대가 초를 함락시키자 진(秦)나라로 들어가 칠일동안 먹지도 않고 통곡하여 마침내 진의 구원병을 얻어 조국 초나라를 구원하였는데, 이백은 신포서가 목숨을 걸고 초를 구한 사실[65]을 읊으면서 안사의 난으로 위기에 처한 당을 구하려는 절박한 심정을 나타내었다.

---

01 函谷함곡 : 관(關) 이름으로 전국시대 진(秦)나라에서 세웠으며, 옛터가 하남성 영보현(靈寶縣) 동북쪽에 있음.
　玉關옥관 : 곧 옥문관임. 한 무제가 세웠으며, 옛터는 감숙성 서북쪽 소방반성(小方盤城)에 있음.
02 洛川낙천 : 낙수(洛水)로 지금 하남성으로 흐르는 황하의 지류인 낙하(洛河)임.
　易水역수 : 하북성 서북부에 있으며 역현(易縣)에서 발원하여 남쪽으로 거마하(拒馬河)로 흘러 들어 간다.
03 嵩岳숭악 : 숭산
　燕山연산 : 연산산맥으로 하북평원 북쪽에 위치하며, 조백하구(潮白河口)에서 산해관(山海關)까지 닿아 동서로 뻗어 있다.
04 申包신포 : 신포서(申包胥)임. 오나라가 초나라를 침공하자, 초왕은 신포서를 초나라 사신의 대표로 삼아 진나라에 구원병을 청하였을 때, 진나라 궁궐 앞에서 7일 동안 단식한 채 피눈물을 흘리자 진왕이 감복하여 구원병을 내주어 초를 구한 공신이다.

---

65) ≪左傳≫定公 4년조 참조

≪其5≫

淼淼望湖水[1]　　아득히 넓은 호수 바라보니

靑靑蘆葉齊　　푸르디푸른 갈댓잎 가지런히 돋아났네.

歸心落何處　　고향 가고픈 마음 어느 곳에서 머무르나

日沒大江西　　해지는 장강 서쪽이라네.

歇馬傍春草　　쉬는 말들 봄 풀 뜯는데

欲行遠道迷　　가려해도 먼 고향 길은 아득하구나.

誰忍子規鳥　　뉘라서 참을쏘냐? 두견새가

連聲向我啼　　연달아 나를 향해 울어대는 것을.

　　안사의 난으로 피난길에서 바라본 남방의 풍경을 묘사하였다. 비상시국인 피난길에서 넓은 호수에 자라난 푸른 갈대들만 보아도 고향에 가고 싶은 마음이 간절한 것은 이백 뿐만 아니라 모든 사람의 인지상정이다. 여기에 더하여 어릴 적 고향인 촉 지방에서 듣던 두견새 소리가 지금 연달아 울어대니 더욱 장강 서쪽에 있는 고향이 그리워 애간장 끊어지는 이백의 심정을 잘 묘사하였다.

---

01 淼淼묘묘 : 물이 많은 모양. 수면(水面)이 아득하게 넓은 것.

조 발 백 제 성
早發白帝城

아침에 백제성을 떠나면서

건원 2년(759) 3월, 이백이 야랑으로 유배되었다가 사면되어 백제성에서 강릉으로 돌아오는 도중에 지은 시이다. 기승 양구에서는 아침에 백제성을 출발하여 저녁에 강릉에 도착한 사실을 읊고 있으며, 전결 양구에서는 사면되어 돌아오는 여정에서 급히 흐르는 물과 배의 빠름을 묘사하였는데, 이는 작자의 유쾌한 심정과 일치하고 있다. 이 시에 대하여 ≪당송시순≫에서는 순풍에 돛달고 순식간에 천리를 지나오면서 눈앞에 펼쳐진 경치를 다 읊었으니, 이 시를 쓸 때 신이 도왔을 것으로 생각된다고 하였다.

朝辭白帝彩雲間[1]　　아침나절 채색구름 뜬 백제성을 떠나서

千里江陵一日還[2]　　천리 길 강릉까지 하루 만에 돌아왔네.

兩岸猿聲啼不盡[3]　　양쪽 언덕엔 원숭이 울음소리 그치지 않는데

輕舟已過萬重山　　날렵한 조각배는 만첩 산을 지나왔구나.

▶ 李超哉 書, 〈李太白詩帖〉

01 白帝백제 : 백제성으로 무산(巫山)과 인접한 기주(夔州) 봉절현(奉節縣) 동쪽 8리쯤 떨어진 백제산 위에 있는데, 한나라 말기 공손술(公孫述)이 지은 건물이다. 삼국시대 촉의 선주인 유비(劉備)가 오(吳)를 공격하려고 거병하였다가 패하여 후주 유선(劉禪)을 제갈량(諸葛亮)에게 부탁하고 임종을 맞이한 곳이다.
　　彩雲間채운간 : 백제성은 백제산 위 지대가 높은 곳에 위치하므로 이렇듯 구름 속에 있는 것 같다고 표현하였다.
02 江陵강릉 : 지금의 호북성 강릉현(江陵縣). 백제성에서 강릉까지는 약 1천 2백여 리 떨어져 있는데, 협곡의 물이 매우 급하게 흐르기 때문에 어떤 때는 아침에 출발하여 저녁에 도착하기도 한다.
03 兩岸猿聲양안원성 : ≪수경주(水經注)≫에 '삼협 골짜기 양쪽 언덕에 산이 이어져 있는데, 그곳 높은 산에 사는 원숭이가 길게 울부짖으면 그 울음소리가 빈 골짜기에 메아리친다(三峽峽長七百里中, 兩岸連山, 高猿長嘯, 空谷傳響)'고 하였다.

秋下荊門
가을날 형문으로 내려가며

개 원 13년(725) 가을 이백이 출촉 후 삼협을 나와서 강릉에 도착하였을 때, 삼협에서 형문 부근까지의 정경을 묘사한 시다. 실제로 시에서 고개지와 장한의 고사를 적절히 가미하여 촉 중의 친구에게 자신이 삼협을 무사히 빠져나왔음을 보고하는 형태를 취하고 있으며, 아울러 이번 여행의 의도를 재차 밝히고 있다.

시의 제목이 돈황본(敦煌本) ≪당인선당시(唐人選唐詩)≫에는 〈처음 형문으로 내려가며(初下荊門)〉로 되어 있다.

▶ 宋 張擇端 〈淸明上河圖卷〉

霜落荊門江樹空[1]　　서리 내린 형문엔 강가 나무 앙상한데

布帆無恙掛秋風[2]　　가을바람에 돛 달고 가는 뱃길 무사하다네.

此行不爲鱸魚膾[3]　　이번 가는 길은 농어회 때문이 아니고

自愛名山入剡中[4]　　명산이 좋아 섬 땅으로 들어가는 길이라오.

---

01 荊門형문 : 형문산. 당대 협주(峽州) 선도현(宣都縣) 서북쪽 50여 리에 있다. 그 지방은 강과 산이 잇닿아 있는데, 위로 합해졌다가 아래로 열려 있는 모양이 문과 같으므로 형문(荊門)이라 불렸다.
　　江樹空강수공 : 강가의 나무들이 가을에 서리 맞아 잎이 떨어진 모양을 형용한 것.
02 布帆無恙포범무양 : 진나라 고개지(顧愷之)의 고사를 인용하였다. 《진서(晉書)》권92 〈고개지전〉에 의하면 '진나라의 유명한 화가인 고개지는 진릉(晉陵) 무석인(無錫人)으로 해학(諧謔)을 좋아하였다. 후에 은중감(殷仲堪)의 참모로 형주(荊州)에 있으면서 휴가를 받아 집으로 갈 때 은중감이 특별히 돛단배(布帆)를 빌려 주었다. 집으로 오는 도중 파총(破冢)지방에 도착하였을 때, 풍랑을 만나 배가 난파되자 고개지는 은중감에게 서신을 올려 '지명이 파총이지만 실제로 파총을 벗어나서 행인은 평안하고 돛폭도 무사하다(地名破冢, 眞破冢而出, 行人安穩, 布帆無恙)'고 하였다. 여기서는 여행길이 평안무사(平安無事)한 것을 가리킨다.
　　掛秋風괘추풍 : 가을바람 불 때 배의 돛을 올리는 것.
03 鱸魚膾노어회 : 농어로 만든 회. 서진의 장한(張翰)이 가을바람 불 때 문득 고향에서 나는 농어회(鱸魚膾)의 맛이 그리워서 관직을 내 놓은 채 귀향하였다.(〈행로난 3수〉 참조)
04 剡中섬중 : 당대 월주(越州) 섬현(剡縣)으로, 지금의 절강성 승현(嵊縣)과 신창현(新昌縣) 일대임. 이곳에는 명산이 많아 한(漢)·진(晋)이래로 은일지사(隱逸之士)들이 많이 모여들었다 한다.

宿五松山下荀媼家
오송산 아래 순온 집에 머물면서

   천보 14년(754), 이백이 안휘(安徽)·선성(宣城) 등지를 유람하면서 오송산 아래 여염집 농가에 투숙하였을 때 여주인의 순박한 접대와 농촌생활의 고달픔이 그를 감동시켰으므로 이 명편을 지었는데, 주인과 손님 사이에 정감이 돈독함을 느끼게 한다. 순온(荀媼)은 성이 순인 부인으로 보통 농사꾼 아내이다. 시에서 이백이 묵는 오송산 근처에서 들리는 밤 방아 찧는 소리를 통하여 농민들의 생활모습을 전해주고 있으며, 순박한 순씨 아주머니의 환대에 너무도 황송하여 수저를 들지 못하는 모습의 표현에서 밥 한 알도 피땀의 결정이라는 것을 몸소 알려주고 있다.

宿五松山下荀媼家

我宿五松下寂寥無所歡田家秋作苦鄰女夜春寒
跪進凋胡飯月光明素盤令人慚漂母三謝不能餐

▶ 〈李翰林集〉(當塗本)

我宿五松下[1]	내가 오송산 아래에서 묵을 때
寂廖無所歡	즐길 것 없어서 무료하였네.
田家秋作苦	농가에는 가을걷이 고달프고요
隣女夜舂寒	이웃집 아낙 밤 방아 찧는 소리 차가워라.
跪進雕胡飯[2]	무릎 꿇고 조호반 들여오니
月下明素盤	달빛아래 하얀 쟁반이 밝게 빛나네.
令人慚漂母[3]	문득 빨래하는 아주머니 생각나
三謝不能餐	세 번 사양하고 먹지 못하노라.

---

01 **五松**오송 : 오송산. 선성군 남릉현(南陵縣)에 있으며, 이백은 일생동안 여러 차례 이곳을 유람하였다.

02 **雕胡**조호 : 고미(菰米)로 물에서 자라는데 잎은 창포와 비슷하고 열매를 밥으로 먹는다. ≪서경잡기(西京雜記)≫권1에 의하면 태액지(太液池) 주변에 조호(雕胡)·자탁(紫籜)·녹절(綠節) 등이 있었는데, '고(菰)'라는 여러해살이풀에 달린 쌀을 장안 사람들은 모두 조호라고 불렀다고 하였다.

03 **漂母**모모 : 물가에서 빨래하는 부인. 한나라 개국공신인 한신(韓信)이 젊을 적 회음성(淮陰城) 아래에서 표모에게 밥을 얻어먹은 고사로, 여기서는 순온을 표모에 비유하였다.

下涇縣陵陽溪至澀灘
경현의 능양계에서 삽탄으로 내려가면서

천 보 14년(755) 경현(涇縣)을 지나면서 뱃사공의 고된 생활을 목격한 후 지은 시이다. 능양계(陵陽溪)는 지금의 안휘성 경현 서남쪽에, 삽탄(澀灘)은 경현 서쪽 95리에 있는데, 괴이하게 생긴 돌들이 높이 솟아 용이 서려있고 범이 웅크린 이른바 용반호거(龍蟠虎踞)의 모습을 하고 있다. 시 가운데에서 어부와 뱃사공들이 능양계와 삽탄일대의 소용돌이치는 센 물살을 헤치며 어선을 어렵사리 운반하는 열악한 환경을 동정하고 있다.

澀灘鳴嘈嘈[1]　　삽탄은 재잘거리며 울어 대고

兩山足猿猱　　양 편 산에는 원숭이들 많아라.

白波若卷雪　　흰 파도는 휘몰아치는 눈발처럼 거세고

側石不容舠[2]　　곁에 선 바위는 거룻배도 통과 못하게 하네.

漁人與舟人　　어부와 뱃사공들이

撐折萬張篙[3]　　배 저을 때 많은 상앗대 부러지누나.

---

01 猱노 : 팔이 긴 원숭이로 나무를 잘 탄다.
02 舠도 : 거룻배. 작은 배.
03 篙고 : 상앗대.

▶　宋　馬遠　〈秋江漁隱圖〉

12 懷古詩 회고시 ; 옛날 일들을 읊은 시

왕 우군은 왕희지(王羲之)로 자가 일소(逸少)이다. 우군장군(右軍將軍)의 벼슬을 지냈으므로 세상 사람들이 왕우군이라고 불렀다. 산동성 임기현(臨沂縣) 낭야(琅琊) 출신이며, 고금에 걸쳐 첫째가는 서성(書聖)으로 존경받고 있다. 이 시에서는 거위의 청아한 소리를 좋아하는 왕희지가 자신이 쓴 노자의 ≪도덕경(道德經)≫과 산음 땅 도사가 기르는 거위와 바꾼 고사를 읊었는데, 마치 왕희지의 글씨 쓰는 모습이 눈앞에서 펼쳐진 듯이 생동적으로 묘사되었다. ✎

▶ 元 錢選 〈王羲之觀鵝圖〉

右軍本淸眞[1]	왕우군은 본래 맑고 순진한 성품으로
瀟洒出風塵	거리낌 없이 산뜻해 세속을 벗어났어라.
山陰過羽客[2]	산음 지방에서 도사를 만나자
愛此好鵝賓	거위 기르는 이 나그네를 좋아하였네.
掃素寫道經[3]	흰 비단 펼쳐 써준 도덕경은
筆精妙入神	글씨가 정묘하여 입신의 경지에 들었구나.
書罷籠鵝去	쓰기를 마치자 거위를 채롱에 넣고 떠나가니
何曾別主人	주인에게 작별을 고할 필요가 있을까요?

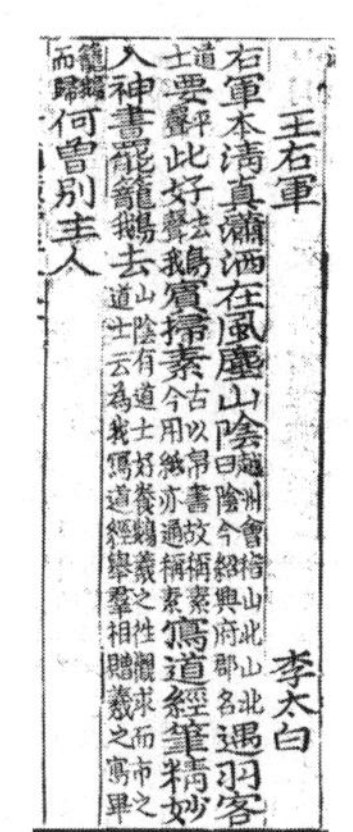

▶ 〈古文眞寶大全前集(木版本)〉

---

01 淸眞청진 : 순진하고 소박한 성품.
02 山陰산음 : 지금의 절강성 소흥 지방.
　羽客우객 : 도사를 부르는 말.
03 掃素소소 : 흰 비단위에 글씨를 써주는 것.
　道經도경 : 노자의 도덕경(道德經). 동진(東晉)의 서예가 왕희지(王羲之)의 고사에 나오는 내용으로 그는 흰 거위를 좋아하였는데 산음에 사는 도사가 여러 마리의 거위를 가져와 주면서 ≪도덕경≫을 써 주도록 부탁하였다.

蘇臺覽古
고소대 옛 터를 둘러보며

개 원 14년(726) 이백이 고소대(姑蘇臺)에 올라 옛 자취를 보고 당시를 회고하며 지은 시다. 옛날의 오왕 궁원(宮苑)·황폐한 고소대와 천년이 지난 현재의 새로 피어난 버들가지·마름 따는 노랫소리가 선명한 대조를 이루고 있으니, 영화는 쉽게 쇠락하지만 봄의 경치는 영원함을 읊고 있다. 또한 고금을 통하여 길이 비쳐 온 달빛과 순식간에 사라지는 오나라 궁궐속의 가무(歌舞)를 대조시켜 인사(人事)는 금방 바뀌지만 자연은 영원히 존재한다는 평범한 진리를 보여주고 있다.

舊苑荒臺楊柳新　　　버들가지 새로 핀 옛 궁궐 무너진 대에

菱歌淸唱不勝春[1]　　마름 따며 부르는 노래는 봄을 이기지 못하는구나.

只今唯有西江月[2]　　다만 지금 서강에 뜬 달만이

曾照吳王宮裏人　　　일찍이 오나라 궁궐 사람들 비쳤으리라.

---

01 **菱歌**능가 : 마름을 따며 부르는 민요.

02 **西江月**서강월 : 서쪽 강 위에 뜬 달. 서강은 장강을 가리키며, 지금의 소주(蘇州) 서쪽에 있으므로 이렇게 불렀다.

越^월中^중覽^람古^고

월나라 옛 터를 둘러보며

앞 〈소대람고(蘇臺覽古)〉와 같은 시기에 지은 시로, 이백이 춘추시대 월나라 수도인 회계(會稽)지방을 유람하면서 역사적 사건을 회고하며 지었다. 앞 3구에서는 화려하고 번성했던 과거를 읊었고, 마지막 구에서는 오늘의 적막하고 처량한 모습을 묘사하였다. 오나라를 멸망시키고 개선한 비단옷 입은 병사와 신하들을 맞이하는 꽃 같은 궁녀들의 화려한 모습과 현재 눈앞에 펼쳐진 자고새가 날고 있는 적막한 광경을 묘사하여 과거와 현재를 선명하게 대조시키고 있다.

越王句踐破吳歸[1]   월왕 구천이 오나라 무찌르고 돌아올 때

義士還家盡錦衣[2]   개선한 군사들 모두 비단 옷 입었다네.

宮女如花滿春殿[3]   꽃 같은 궁녀들이 가득했던 대궐엔

只今惟有鷓鴣飛[4]   지금은 자고새만 날고 있구나.

---

01 **越王句踐**월왕구천 : 춘추시대 월왕 구천(기원전 497-465년 재위). 기원전 494년 오왕 부차에게 패하자 나라를 다시 찾고자 와신상담(臥薪嘗膽)·절치부심(切齒腐心)한 끝에 21년 후 마침내 오나라를 멸망시켰다. 패배한 부차가 자결하자 오왕을 배반한 태재(太宰) 백비(伯嚭)를 불충하다 여겨 죽이고 돌아갔다.

02 **義士**의사 : 구천을 따라 오나라를 격파한 월의 모신(謀臣)과 장병들.
　　錦衣금의 : 아름답고 화려한 의상. 모두 관작과 상금을 수여 받았음을 뜻한다.

03 **春殿**춘전 : 화려하고 웅장한 구천의 궁전.

04 **鷓鴣**자고 : 중국 강남일대에 많이 사는 새로 그 울음소리가 처량하다.

蘇武

소 무

소 무가 오랫동안 흉노에게 잡혀 있었지만 한나라에 대한 변치 않는 충절을 칭송한 시이다. 한 무제 천한(天漢) 원년(B.C 100)에 흉노는 차제후선우(且鞮侯單于)가 즉위하여 한나라와의 화해를 주장하며 이전에 구류하고 있던 한나라 사신 노충국(路充國) 일행을 전부 방면하겠다는 사신을 보내오자, 무제는 흉노의 선의에 답하기 위해 소무를 특사로 파견하였는데 도리어 포로로 잡혀 억류되는 신세가 되었다. 외딴 북해지방에서 눈과 방석을 씹어 먹고 양을 키우면서 보낸 그 곳에서 19년의 긴 세월동안 흉노가 여러 차례 항복하도록 협박하였지만 끝내 굴복하지 않았다가 늙어서야 비로소 한나라로 돌아올 수 있었다. 시에서 이러한 역사적 사실에 입각하여 읊고 있지만, 이백은 비분강개한 어조로 소무의 충정을 밝히면서 깊은 의미를 부여하고 있다.

▶ 淸 黃愼 〈蘇武牧羊圖〉

蘇武在匈奴[1]　　소무가 흉노에서 잡혀 있을 때

十年持漢節[2]　　십 년 동안 한나라 부절을 품고 있었네.

白雁上林飛[3]　　흰 기러기가 상림원으로 날아와

空傳一書札　　하늘에서 편지 한 통 전해주었네.

牧羊邊地苦　　머나먼 변경 땅에서 양 치며 고생하고

落日歸心絶　　저물어도 돌아올 마음조차 끊어졌어라.

渴飮月窟水[4]　　목마르면 토굴 속 물을 마시고

饑餐天上雪　　배고프면 하늘 위 눈을 먹었네.

東還沙塞遠　　동쪽으로 가려니 사막 길 너무 멀어서

北愴河梁別[5]　　북쪽 하량에서 슬프게 헤어졌도다.

泣把李陵衣　　울면서 이릉의 옷자락 부여잡고

相看淚成血[6]　　서로 바라보며 흘린 눈물은 피가 되었네.

---

01 **蘇武**소무 (BC140~BC80) : 한 무제시 의 충신. 자가 자경(子卿)이고 한나라 때 두릉(杜陵) 사람이다. 그의 부친 소건(蘇建)은 대장군 위청(衛靑)을 따라 흉노 북벌에 공을 세워 평릉후(平陵侯)에 봉해졌고 소무 형제는 부친의 공훈에 힘입어 음직으로 낭관(郎官)이 되었다.

02 **漢節**한절 : 한나라 사신임을 나타내는 부절(符節)로 흉노 땅으로 떠나는 소무에게 한 무제가 건네준 것이다. 부절은 고대에 돌이나 대나무 또는 옥 같은 것으로 만들어 신표로 삼던 물건인데, 주로 사신들이 갖고 다녔으며 둘로 갈라서 하나는 조정에 보관하고 하나는 본인이 갖고 다니면서 신분의 증표로 삼았다.

03 **上林**상림 : 한나라 궁궐인 상림원.

04 **月窟**월굴 : 서방의 해 뜨는 곳.

05 **河梁**하량 : 교량, 다리. 이릉(李陵)의 〈소무에게 드리는 시(與蘇武詩)〉에 '하량위에서 헤어진 그대는 저물녘 어디쯤 가고 계실까? (攜手上河梁, 遊子暮何之)'라 하여 후대에는 하량을 이별하는 장소로 많이 읊어졌다.

06 **淚成血**누성혈 : 눈물이 피가 되다.

閑適詩 한적시 ; 한가로운 정취를 읊은 시

노 중 도 동 루 취 기 작
魯中都東樓醉起作
노땅 중도현 동루에서 취한 일을 깨어서 적다

천보 5년(746) 이백이 조정에서 물러 나온 뒤 산동에 머무를 때 지은 시이다. 노중도(魯中都)는 당대 중도현(中都縣)으로 지금의 산동성 문상현(汶上縣)이다. 이백이 동루(東樓)에 올라 취흥이 도도할 때, 자신을 진(晉)나라 산간(山簡)에 비유하면서 읊은 시로서, 하루전날 동루에 올라 음주한 것이 마치 산간이 흰 모자를 거꾸로 쓰고 대취한 행동과 같음을 읊었다. 어제 술 마시면서 인사불성이 되도록 취하여 누가 부축하여 말을 태워주었는지, 누각을 언제 내려왔는지 기억나지 않음을 묘사하였는데, 고주 망태로 대취한 뒤의 모습을 스무 자 속에 솔직담백하게 피력하고 있다.

작 일 동 루 취 **昨日東樓醉**	어제 동루에서 대취하여
환 응 도 접 리 **還應倒接䍦**[1]	모자 거꾸로 쓴 채 돌아 왔다네.
아 수 부 상 마 **阿誰扶上馬**[2]	말을 탈 때 누가 부축하였는지?
불 성 하 루 시 **不省下樓時**	누각에서 언제 내려왔는지 알 수 없구나.

01 **接䍦**접리 : 모자나 두건 이름임. 혹 백로의 깃털로 장식을 하였으므로 백접리(흰 모자)이라고 부름.

02 **阿誰**아수 : 누구, 누가와 같은 말이다.

月下獨酌 4수
달 아래에서 홀로 술 마시다

시의 제목 밑에 송본(宋本)에는 '장안(長安)'이라고 주(注)하였으므로 장안에서 천보 3년(744년)에 지은 시임을 알 수 있다. 달 아래에서 홀로 술을 마신다는 제재를 가지고 정치적으로 뜻을 얻지 못한 고민과 적막감을 표현하고 있으며, 아울러 권세가들에게 부합하지 않겠다는 고결한 정회를 표출시키고 있다.

≪其1≫

花間一壺酒	꽃 사이에서 한 동이 술로
獨酌無相親[1]	친한 사람 없이 홀로 마시네.
擧杯邀明月	잔 들어 명월을 맞이하니
對影成三人	그림자와 함께 세 사람이 되었구나.
月旣不解飮	달은 술을 마실 줄 모르며
影徒隨我身	그림자도 내 몸짓만 따를 뿐이니,
暫伴月將影[2]	잠시 달과 그림자를 데리고서

---

01 酌작 : 술을 따르는 것으로 곧 음주를 가리킨다.

02 將장 : 함께.

行樂須及春	봄날 행락을 추구해 보세.
我歌月徘徊[3]	내가 노래하면 달도 어슬렁거리고
我舞影零亂[4]	내가 춤추면 그림자도 어지러이 서성이네.
醒時同交歡	술이 깨면 함께 즐겨 노닐다가
醉後各分散	취한 뒤에는 각기 흩어지노라.
永結無情遊[5]	영원히 무정의 교유 맺기를
相期邈雲漢[6]	머나먼 은하수와 서로 기약하네.

　　달뜬 밤 꽃 숲에서 홀로 술 마시는 정경을 읊었는데, 〈월하독작〉 4수 중 으뜸으로 예술적인 수준이 높다. 표면상으로는 '급시행락(及時行樂)'을 묘사한 것 같지만, 실제로는 뜻을 얻지 못한 고독한 심정을 은밀하게 숨기고 있다. 특히 3·4 두 구는 달을 인격화하고 그림자에게 생명력을 불어넣어 자신(獨)과 함께 세 사람의 취객으로 만들었는데, 음주시의 경지를 한 단계 제고시켰다. 심덕잠(沈德潛)은 '입에서 나온 말들이 모두 훌륭하여 자연의 가락에 맞으므로 이러한 시는 보통사람들이 쉽사리 지을 수 없다'[66] 라고 평가하였는데, 천고에 전송되는 명구가 되었다.

---

03 **徘徊**배회 : 달과 같이 움직이는 것.
04 **零亂**영란 : 그림자가 사람을 따라 움직이는 것을 형용한 말.
05 **無情遊**무정유 : 세속의 잡념을 잊어버리고 맺는 교유를 말한다. 도가(道家)에서 이야기하는 최고의 경계.
06 **相期**상기 : 서로 약속하는 것.
　　雲漢운한 : 하늘위의 은하수.

---

66) 沈德潛≪唐詩別裁≫권2 『脫口而出, 純乎天籟. 此種詩, 人不易學』

≪其2≫

天若不愛酒 （천 약 불 애 주）　　하늘이 만약 술을 사랑하지 않았다면

酒星不在天[1] （주 성 부 재 천）　　하늘에 주성이 없었을 것이며,

地若不愛酒 （지 약 불 애 주）　　땅이 만약 술을 사랑하지 않았다면

地應無酒泉[2] （지 응 무 주 천）　　땅에는 응당 주천이 없었을 것이네.

天地旣愛酒 （천 지 기 애 주）　　천지가 이미 술을 사랑하였으니

愛酒不愧天[3] （애 주 불 괴 천）　　술 좋아하는 것이 하늘에 부끄럽지 않으리라.

已聞淸比聖 （이 문 청 비 성）　　청주를 성인에 견준다고 들었으며

復道濁如賢[4] （부 도 탁 여 현）　　또 탁주는 현인이라 말 하였네.

---

01 **酒星**주성 : 술별, 술에 관한 일을 맡고 있다는 별. 주성에 대해 ≪삼국지 · 위지≫〈최염전(崔琰傳)〉에서 배송지(裴松之)가 장번(張璠)의 ≪한기(漢紀)≫를 인용하면서 주(注)를 달며 말하기를 태조가 술을 금하도록 조서를 내리자, 공융이 글을 써 비웃기를 "하늘에는 주기란 별이 있고, 땅에는 주천이란 군이 있으며, 사람에게는 맛좋은 술 마시는 덕이 있다(太祖制酒禁, 而融書嘲之曰, 天有酒旗之星, 地列酒泉之郡, 人有旨酒之德.)"라 하였다. 여기서 '주기지성(酒旗之星)'은 ≪진서 · 천문지(晉書 · 天文志)≫에 '황제 헌원의 우측 각성의 남쪽에 있는 세 별을 주기라 부르고, 술의 관리로 삼아 주연에 음식을 올리도록 하였다(軒轅右角南三星曰酒旗, 酒官之旗也, 主宴餉飮食)'라 하였다. 현대의 천문학에서 주기(酒旗) 세별은 사자(獅子)자리에 속한다.

02 **酒泉**주천 : 주천은 지금의 감숙성에 있는 주천으로, ≪한서 · 지리지≫에 '주천군은 한 무제 태초 원년에 세웠다(酒泉郡, 武帝太初元年開)'고 하였으며, 안사고(顏師古)는 주에서 '고대의 전설에 의하면 성 밑에 금천(金泉)이 있는데, 물맛이 술맛과 같았다 한다(相傳俗云, 城下有金泉, 泉味如酒)' 라 하였다.

03 **不愧天**불괴천 : 하늘에 조금도 부끄러워 할 것이 없음.

04 **淸比聖**청비성, **濁如賢**탁여현 : ≪삼국지 · 위지 · 서막전(徐邈傳)≫에 '평일에 술을 즐기는 취객들이 청주를 가리켜 성인이라 하고, 탁주를 현인이라 하였다(平日醉客爲酒淸者爲聖人, 濁者爲賢人)'라 하였으며, ≪예문유취(藝文類聚)≫에 '태조(조조)이 금주령을 내리니 사람들이 몰래 술을 마시면서도 술이란 말을 꺼내기 어려워지자 탁주를 현자라 하고 청주를 성인이라 하였다(太祖禁酒, 而人竊飮之, 故難言酒, 以濁酒爲賢者, 淸酒爲聖人)'고 하였다.

賢聖旣已飲　　　성인과 현인들이 이미 다 마셨으니

何必求神仙　　　신선을 구할 필요 있으랴?

三盃通大道　　　세 잔 마셔 큰 도와 통하고

一斗合自然[5]　　한 말 술로는 자연과 합치되니,

但得酒中趣　　　술 취한 가운데 얻은 그윽한 경지를

勿爲醒者傳[6]　　마시지 않은 자에게 전하지 마시게나.

　제2수는 애주(愛酒)를 예찬하고 합리화시킨 작품이다. 술의 의취가 무궁함을 천지성현(天地聖賢)에 비유하면서 말하고 있는데, 전체가 의론(議論)과 설리(說理)로 이루어져 술 마시는 가운데에서 즐거움을 구하여 현실적 고통을 제거하려 하였다.

　이백의 독특하고 천재적인 필치가 유감없이 발휘되었으며, 쉬운 백화체로 술 마시는 정당성을 합리적으로 드러내었다. 그러나 이 시의 근본적인 취지는 이치를 밝히는데 있지 않고 서정에 있으니, 곧 설리(說理)의 방법을 이용하여 정을 토로하고 있다.

---

05 斗두 : 고대에 술을 담는 한말들이 용기. 호방하게 마시는 것을 형용한 것이다.

06 酒中趣주중취 : 말로 전달하기 힘든 정회. ≪진서·맹가전(孟嘉傳)≫에 의하면 "맹가가 술 마시는 것을 매우 좋아하였는데, 과음하여도 자세를 흐트러뜨리지 않았다. 환온이 묻기를, '술의 무엇이 좋아서 그토록 즐기는가?'라고 하자, 맹가는 '공께서는 술 가운데서 얻어지는 의취를 모를 것입니다'(孟嘉好酣飮, 愈多不亂. 桓溫問嘉, 酒有何好, 而卿嗜之. 嘉日, 公未得酒中趣耳)"라 하였다.

07 醒者성자 : 술을 마시지 않은 사람으로 실제로는 세속의 인물을 가리킨다.

≪其3≫

三月咸陽城
삼월의 함양성에는

千花晝如錦[1]
온갖 꽃들 비단 깐 듯 피었어라.

誰能春獨愁
누가 봄날 홀로 근심에 차있나요?

對此徑須飮
이런 경치엔 반드시 술을 마셔야 한다네.

窮通與修短[2]
빈궁과 영달·장수와 단명은

造化夙所稟
조화옹이 일찍이 정해 놓은 운명이라.

一樽齊死生[3]
한 동이 술에 삶과 죽음이 같아지니

萬事固難審
세상만사는 진실로 헤아릴 필요 없도다.

醉後失天地
취한 뒤에는 천지도 잃어버리고

兀然就孤枕
홀로 우뚝하게 베개 베고 자는구나.

不知有吾身[4]
내 몸 있는 것조차 모르겠으니

此樂最爲甚
이 즐거움이 가장 큰 기쁨이로다.

---

01 三月咸陽城삼월함양성 2구 : 함양은 장안을 가리킨다. 양제현(楊齊賢)의 주에 의하면 당 경조부 함양군은 진나라의 옛 서울이라 하였다. 이 두구에 대하여 '아름다운 새는 맑은 바람에 읊조리고, 지는 꽃은 비단조각 흩어지는 듯(好鳥吟淸風, 落花散如錦)'과 '동산의 새는 노래로 말하고, 정원의 꽃은 비단처럼 웃고 있네(園鳥語成歌, 庭花笑如錦)'라고 된 판본이 있다.

02 窮通궁통 : 사람의 운명이나 혹은 벼슬길에서의 통달과 빈궁함을 가리킨다.
   修短수단 : 수명이 길고 짧은 것.

03 一樽齊死生일준제사생 : 술에 취한 상태에서는 삶과 죽음을 초월한다는 뜻. ≪회남자(淮南子)≫ 에 '세상을 가벼이 보아 만물을 작게 여기며, 생과 사가 똑같으니 변화가 같도다(輕天下, 細萬物, 齊死生, 同變化.)'라 하였다.

04 不知有吾身부지유오신 : 내 몸의 존재를 잊는 것.(≪老子≫15章 '吾所以有大患者, 爲吾有身. 及吾無身, 吾有何患')

　　3월 함양성이라 읊은 것에서 시간과 장소가 비교적 명확하게 드러나 있어 처음 장안으로 들어가서 지은 시임을 알 수 있다. 이 당시 이백은 정치적으로 출로를 찾지 못하였으므로, 시에서는 꽃피는 3월 호시절을 묘사하면서도 가슴 속 번민을 해소시키고자 홀로 술을 마시면서 취중에서 철저하게 해탈하려고 하였다. ≪당송시순≫에서는 '도연명 음주시의 진솔한 의취와 부합된다(置之陶飮酒中, 眞趣正復相似)'고 하였다.

≪其4≫

窮愁千萬端　　　끝없는 시름은 천만 갈래인데

美酒三百杯　　　맛좋은 술은 3백 잔 뿐이로구나.

愁多酒雖少　　　근심은 많고 술은 비록 적지만

酒傾愁不來　　　술잔 기울이면 근심은 오지 않아라.

所以知酒聖　　　술을 성현에 비유함을 알겠으니

酒酣心自開　　　술 취하면 저절로 느긋해진다네.

辭粟臥首陽¹　　　곡식을 끊은 채 수양산에 누웠으며

屢空飢顏回²　　　뒤주가 자주 비어 안회는 굶주렸으니,

當代不樂飮　　　사는 동안 음주를 즐기지 않는다면

虛名安用哉　　　헛된 명성 무슨 소용 있으리요?

---

01 **辭粟臥首陽**사속와수양 : 백이(伯夷)·숙제(叔齊)가 주나라 곡식을 먹지 않고 수양산에서 굶어죽은 것을 말한다.
02 **屢空飢顏回**누공기안회 : 공자의 수제자 안회(顏回)가 늘 가난하여 굶주린 것을 말한다.

蟹螯卽金液[3]	게와 가재 안주는 곧 신선되는 약이요
槽丘是蓬萊[4]	술지게미 언덕은 바로 봉래산이라.
且須飮美酒	바야흐로 맛좋은 술을 마시고서
乘月醉高臺	달을 탄 채 고대광실에서 취하리로다.

　　시 가운데에서 슬로써 근심을 해소할 뿐만 아니라 음주의 즐거움이 단약(金液)을 복용하고 장생할 수 있는 신선을 구하는 것보다 더 낫다고 강조하였다. 이백은 이러한 헛된 명성이 음주보다 못하고, 신선 되는 것보다 음주의 즐거움이 더 나으므로 인생의 최상목표는 맛좋은 술을 마신 채 달을 타고 취해 있는 것이라고 하였다. 이러한 음주를 묘사한 시들을 자세히 음미해 보면 이백의 음주가 단지 마시는 데서의 즐거움만 추구한 것이 아니라 대부분은 인생과 현실문제에 나타나는 근심을 해결하고자 한 것임을 알 수 있다.

月下獨酌 三首

花間一壺酒　獨酌無相親　舉杯邀明月　對影成三人
月既不解飲　影徒隨我身　暫伴月將影　行樂須及春
我歌月徘徊　我舞影凌亂　醒時同交歡　醉後各分散
永結無情遊　相期邈雲漢

天若不愛酒　酒星不在天　地若不愛酒　地應無酒泉
天地既愛酒　愛酒不愧天　已聞清比聖　復道濁如賢
賢聖既已飲　何必求神仙　三杯通大道　一斗合自然
但得酒中趣　勿為醒者傳

窮愁千萬端　美酒三百杯　愁多酒雖少　酒傾愁不來
所以知酒聖　酒酣心自開　辭粟臥首陽　屢空飢顏回
當代不樂飲　虛名安用哉　蟹螯即金液　糟丘是蓬萊
且須飲美酒　乘月醉高臺

▶ 〈古文眞寶大全前集(木版本)〉

---

03 **蟹螯**해오 : 게의 큰 발.
　　金液금액 : 금액은 선약(仙藥)으로 이를 복용하면 승천할 수 있다고 전한다.
04 **槽丘**조구 : 술을 만들고 난 누룩을 쌓아놓은 언덕.
　　蓬萊봉래 : 봉래산으로, 동해에 있는 신선이 산다는 산.

對酒醉題屈突明府廳
굴돌명부의 대청에서 술에 취하여 짓다

상원 원년(760) 겨울, 이백이 만년에 예장군에 머물면서 지은 오언 율시다. 굴돌은 복성이고 명부는 당나라 사람들이 현령에 대하여 부르는 별칭이므로 굴돌명부는 건창현령임을 알 수 있다. 시에서 도연명이 80일 만에 벼슬을 버리고 전원으로 돌아가려 했던 전고를 이용하여 굴돌명부에게 언제 자연으로 돌아갈 것 인지를 묻고 있는 것으로 보아 현령이 자연을 좋아하는 고상한 성품의 소유자임을 알 수 있게 해준다. 또한 이백은 자신을 진나라의 유명한 애주가인 산간(山簡)에 비유하면서 지금은 전원으로 돌아갈 수 없는 처지의 친구를 위해 춤을 추어 위로하려는 마음을 엿볼 수 있다. ✿

▶ 明 李在 〈歸去來兮圖〉

陶令八十日[1]　　　도연명이 현령 된지 팔십 일 만에

長歌歸去來　　　귀거래사 노래하며 돌아갔다네.

故人建昌宰[2]　　　옛 친구 건창현령께서는

借問幾時回　　　물건대 언제 돌아가시려하오?

風落吳江雪　　　바람 불어 오강에 날리는 눈송이가

紛紛入酒杯　　　어지러이 술잔 속으로 떨어지누나.

山翁今已醉[3]　　　산간(山簡)처럼 지금 많이 취하였으니

舞袖爲君開　　　그대 위해 소매 펼쳐 춤추려 하오.

---

01 **陶令八十日**도령팔십일 : 도연명이 팽택현령(彭澤縣令)에 임용되어 팔십 여일을 근무하고 난 뒤에 관직을 버리고 전원으로 돌아간 일.

02 **建昌宰**건창재 : 건창현의 벼슬아치로 즉 건창현령을 가리킨다. 건창현은 당대에 홍주 예장군(豫章郡)에 속하며 옛 터는 지금의 강서성 수수현(修水縣) 부근이다.

03 **山翁**산옹 : 본래 진나라 산간(山簡)이지만, 여기서는 시인 자신을 비유하였다(〈양양가〉 참조).

尋山僧不遇作

산승을 만나지 못하고

　　지은 해가 정확하게 밝혀지지 않은 작품인데, 안기는 ≪이백전집편년주석≫에서 천보14년(755)에 지었다고 하였다. 깊은 산중 닫혀져 있는 선방(禪房)과 스님이 없는 빈 암자의 한가롭고 고요한 풍경은 한 폭의 동양화다. 이백이 산승을 만나지 못하는 근심을 부각시켰지만, 오히려 그윽한 곳에 거주하는 산승의 생활에 대한 동경을 표현하였다. 이렇듯 깊은 산으로 스님을 찾아갔다가 만나지 못해 실망하고 돌아서려 했던 이백은 다시금 유유자적할 수 있는 아름다운 자연을 발견하고는 속세를 하직하고자 다짐하는 한아(閑雅)한 시다.

尋山僧不遇作

石徑入丹壑　松門閉青苔
閑階有鳥跡　禪室無人開
窺牕見白拂　挂壁生塵埃
使我空歎息　欲去仍徘徊
香雲隔山起　花雨從天來
已有空樂好　況聞青猿哀
了子一作然絶世事　此地方悠哉

▶ 〈李翰林集〉(當塗本)

石徑入丹壑[1]
돌길 따라 붉은 계곡 들어가니

松門閉靑苔
솔문은 푸른 이끼 낀 채 닫혀 있구나.

閒階有鳥跡
고즈넉한 섬돌에는 새발자국 나 있고

禪室無人開
선방은 드나드는 사람 없도다.

窺窓見白拂[2]
창 너머로 보이는 하얀 먼지떨이는

挂壁生塵埃
벽에 걸린 채 먼지만 쌓여있네.

使我空歎息
저절로 나오는 탄식 소리에

欲去仍徘徊
떠나려다 다시 서성이노라,

香雲徧山起
꽃구름 온 산에서 피어나고

花雨從天來
꽃비는 하늘에서 쏟아지누나.

已有空樂好[3]
공중에서 울리는 음악소리 좋고

況聞靑猿哀
푸른 원숭이 울음소리 구슬프게 들리나니,

了然絕世事[4]
세속 일들 말끔히 끊어 버리고

此地方悠哉
이곳에서 유유자적 살고 싶어라.

---

01 丹壑단학 : 붉은 흙이 보이는 깊은 골짜기.
02 窺窓규창 : 창문으로 들여다본다. 엿보다.
   白拂백불 : 흰 털로 만든 총채.
03 空樂공악 : 공중에서 울리는 하늘의 음악.
04 了然요연 : 말끔히, 깨끗이.

待酒不至
술 사러 보낸 아이 오지 않고

이 시의 지은 시기와 장소에 대하여는 고찰할 수 없다. 전반부에서는 술을 사러 보내고 기다리는 심정과 주변의 술 마시기 좋은 정경을 읊었고, 후반부에서는 기다리던 술이 도착하여 마음껏 즐기는 광경과 술에 취해 느끼는 서정을 소박하게 표현하였다.

玉壺繫青絲[1]　　옥 술병에 푸른 실 매어

沽酒來何遲　　술 사러 보냈는데 왜 이리 더딘가요?

山花向我笑　　산꽃이 나를 향해 웃으니

正好銜杯時　　술 마시기 좋은 때로구나.

晚酌東窓下　　저녁나절 동쪽 창밑에서 술 마시는데

流鶯復在茲[2]　　나는 꾀꼬리들 여기에서도 지저귀네.

春風與醉客　　봄바람과 술 취한 나그네

今日乃相宜　　오늘 아주 잘 어울리노라.

---

01 **玉壺繫青絲**옥호계청사 : 신연년(辛延年)의 〈우림랑(羽林郎)〉에 '명주실로 옥 술병을 묶어 들고 가다(絲繩提玉壺)'라는 시구가 있다.

02 **流鶯**유앵 : 이리 저리 날아다니는 누런 꾀꼬리.

友人會宿
벗과 만나 묵으며

이 시는 지은 시기와 장소가 밝혀지지 않은 음주시이다. 이백은 성격이 호방하여 적막함을 좋아하지 않았기 때문에 술은 그에게 있어서 우정을 나누는데 가장 적합한 촉매제가 되었다. 시에서 친구와 함께 명월 뜬 좋은 밤에 음주로 근심을 해소하고 고담준론하면서 취한 후에는 텅 빈 산에 누어 천지를 금침으로 삼음을 묘사하였는데, 이백의 표일하고 얽매이지 않는 성격과 활달한 포부가 그대로 드러나고 있다.

滌蕩千古愁[1]　　　천고의 시름을 씻어 버리려고

留連百壺飮[2]　　　연달아 백잔 술 마시노라.

良宵宜淸談[3]　　　고상한 얘기 나누기 좋은 밤이지만

皓月未能寢[4]　　　달 밝으니 잠 이룰 수가 없도다.

醉來臥空山　　　술 취하여 빈산에 누우니

天地卽衾枕　　　하늘과 땅이 바로 이불과 베개로구나.

---

01 **滌蕩**척탕 : 말끔히 씻어 없애다.
02 **留連**유련 : 며칠 동안 계속 머물며.
03 **淸談**청담 : 명리(名利)를 떠난 맑고 고상한 이야기.
04 **皓月**호월 : 밝은 달.

夏日山中
여름철 산중에서

무더운 여름날 서늘한 곳을 찾아 한적함을 즐기는 정취를 묘사한 시로, 안륙(安陸)에 머무르던 시기에 숲 속에서 피서하는 광경을 읊었다. 여름철 무더위를 피하여 슬기롭게 보내는 생동적인 한 폭의 그림이다. 숲 속에서 천천히 부채를 부치다가 웃옷과 두건을 벗어버리고 가슴과 이마를 드러낸 채 솔바람으로 더위를 식히는 행동은 가장 현명한 피서방법이라고 할 수 있겠다. 숲 속에서 세속의 티끌을 해소하고 자연으로 귀의하려는 정취가 물씬 풍긴다.

시의 용어가 질박 자연스럽고 생동적인 표현으로 이백의 매임 없는 소탈한 성격이 그대로 드러나고 있다.

懶搖白羽扇[1]　　　백우선 부치기도 귀찮아서

裸袒靑林中[2]　　　푸른 숲 속에서 웃통을 드러냈네.

脫巾挂石壁　　　모자 벗어 바위에 걸어 놓고

露頂洒松風　　　이마를 드러낸 채 솔바람 쏘이노라.

▶ 宋（佚名）〈槐蔭消夏圖〉

01 白羽扇백우선 : 제갈량(諸葛亮)이 부치던 새의 흰 깃털로 만든 부채. ≪태평어람(太平御覽) 권70≫에서 〈어림(語林)〉을 인용하여 '제갈무후는 흰 수레를 타고 갈포로 만든 두건에 백우선을 부쳤다(武侯乘素輿, 葛巾白羽扇)'라고 하였다.

02 裸袒나단 : 상의를 벗고 신체의 일부분을 노출시키는 것. ≪진서·광일전(光逸傳)≫에 '보지·사곤·완방·필탁·양만·환이·완부 등 일곱 사람은 머리를 풀어 헤치고 벌거숭이가 된 채로 문을 닫고 진탕 취한지 여러 날이 되었다. 광일이 문을 밀고 들어가려 하자 문지기가 막았다. 이에 광일도 집 밖에서 옷을 벗고 이마를 드러낸 채 개구멍으로 그들을 쳐다보며 크게 소리쳤다.…당시 사람들이 그들을 팔달 즉 여덟 명의 달인이라 불렀다(輔之與謝鯤·阮放·畢卓·羊曼·桓彝·阮孚散髮裸裎, 閉室酣飮已累日. 逸將排戶入, 守者不聽. 逸便於戶外脫衣露頂, 於狗竇中窺之而大叫.… 時人謂之八達)'라고 하였다.

山中與幽人對酌
산 속에서 은자와 대작하다

　이 시는 음주 정취를 찬양한 작품으로 이백이 친구와 대작하면서 즐거움의 극치에 다다른 후 내일 다시 오늘처럼 마실 것을 기약한 내용이다. 산 속은 한가하여 속세의 번거로움이 없는 곳인데, 산꽃 피는 때 둘만 있는 오붓한 장소에서 고아(高雅)한 은사와 만났으므로 진정 마음이 넓어지고 즐거워져 모든 영욕(榮辱)을 잊을 수 있으니, 어찌 한잔 또 한잔 들지 않을 수 있겠는가. 특히 마지막 구에서 만약 여흥(餘興)이 다하지 않았다면 내일 거문고를 가지고 오도록 친구와 미리 선약함으로서 술자리에서의 솔직함을 꾸밈없이 표현하였다. 이백은 호쾌한 성품을 가지고 있어 시풍이 표일하고 시어가 솔직담백한 바, 이 시가 이러한 특징들을 구현시킨 대표작이라 할 수 있다.

兩人對酌山花開[1]　　두 사람이 술 마시는데 산꽃이 피어있네

一杯一杯復一杯　　한잔 들고 한잔 들고 또 한잔 드시게나.

我醉欲眠卿且去[2]　　나는 취하여 자려하니 그대는 가시구려

明朝有意抱琴來　　내일 아침 술 생각나거든 거문고 안고 오시게나.

▶ 〈古文眞寶大全前集(木版本)〉

01 **兩人**양인 : 이백과 친구인 은사(隱士) 두 사람을 가리킨다.

02 **我醉欲眠**아취욕면 : ≪송서(宋書)≫ 〈은일전(隱逸傳)〉에 나오는 도연명의 고사를 인용하였으니, 곧 "도연명은 음율을 이해하지 못하였지만 줄이 없는 거문고를 가지고 있었다. 매번 술자리에 나아가면 문득 거문고를 어루만지면서 그 뜻을 기탁하였다. 귀천을 가리지 않고 술만 있으면 술자리를 만들었는데 먼저 취할 것 같으면 손님에게 '내가 취하여 자려 하니, 그대는 가시게'라 하였는데 그 진솔함이 이와 같다(潛不解音聲, 而畜素琴一張, 無弦, 每有酒適, 輒撫弄以寄其意. 貴賤造之者, 有酒輒設. 潛若先醉, 便語客, 我醉欲眠, 卿且去. 其眞率如此)"라 하였다.
卿경 : 그대. 존경하거나 혹은 친한 사이에 부르는 호칭.

春日醉起言志
봄 날 취중에서 깨어나 적다

황석규(黃錫珪)의 ≪이태백년보≫에서는 천보 4년(745) 봄 이백이 동노(東魯)의 석문(石門)에 머물 때 지었다고 하였다. 이백은 정치적으로 포부를 펼칠 수 없을 때는 항상 술로 근심을 해소하였는데, 이 시도 대취한 상태에서 지었다. 시 가운데에서 인생은 꿈과 같으므로 수고롭게 생활하는 것이 종일토록 크게 취해있는 것 보다 못하다고 하였다. 술이 깬 후에도 꾀꼬리와 봄바람을 대하고는 번뇌를 망각하고자 또다시 술잔을 기울이면서 소리높이 노래하고 근심을 잊은 감정의 세계 속에 빠졌는데, 진정 주선(酒仙)의 면모를 여실히 드러낸 작품이라 할 수 있다. 시어가 유창하고 아름답다.

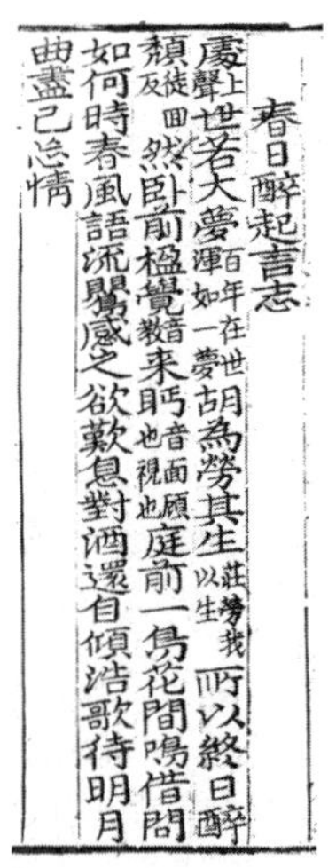

▶ 〈古文眞寶大全前集(木版本)〉

處世若大夢　　세상살이 긴 꿈꾸는 것과 같으니

胡爲勞其生　　어찌 그 삶을 수고롭게 하리요?

所以終日醉　　그러므로 종일토록 취한 채

頹然臥前楹[1]　질펀히 난간 기둥 앞에 누워 자노라.

覺來盼庭前[2]　술 깨어 뜰 앞을 바라보니

一鳥花間鳴　　한 마리 새가 꽃 사이에서 지저귀네.

借問此何時　　지금이 어느 때인가 물어보니

春風語流鶯　　봄바람이 꾀꼬리에게 대답하는구나.

感之欲嘆息　　이 모습에 탄식 절로 나와

對酒還自傾　　술 당겨 다시 한 잔 기울이네.

浩歌待明月　　큰소리로 노래하며 명월을 기다리니

曲盡已忘情　　곡조 끝나자 근심도 이미 사라졌노라.

---

01 **前楹**전영 : 대청마루 앞의 기둥.
02 **盼**반 : 곁눈질하다. 한쪽 눈을 감고 소상히 보는 것. 면(眄)으로 된 판본이 있다.

尋雍尊士隱居
은거한 옹 존사를 찾아가다

옹 존사는 이름이 알려져 있지 않으며, 존사는 도사의 존칭이다. 이 시는 이백이 초년에 지은 〈대천산 도사를 찾아갔다가 만나지 못하고(訪戴天山道士不遇)〉라는 시의 내용과 풍격이 유사한 오언율시이다. 시 가운데 나오는 산의 배경은 사천성 강유현의 태화산(太華山)과 비슷하므로 이백이 어린 시절에 지은 시라고 여겨진다. 수련(首聯)에서는 험난한 봉우리가 하늘에 닿을 듯 높은 산속에서 햇수조차 기록하지 않아 세월 가는 줄 모르며 도를 닦는 옹 존사의 유유자적한 모습을, 함련(頷聯)에서는 이백이 옹존사를 찾아가는 과정에서 운무가 자욱한 좁은 옛길을 찾아 올라가는 모습을, 경련(頸聯)에서는 푸른 소가 누어있고 흰 학이 졸고 있는 옹존사가 머무는 산속 처소 주변의 고요한 모습을, 미련(尾聯)에서는 날이 저물어 옹존사와 작별하고 산을 내려오는 모습을 그렸는데, 질박하고 청신한 풍격이 넘치는 산수시이다.

群峭碧摩天[1]　　많은 봉우리들 하늘과 닿을 듯 높은데

逍遙不記年[2]　　소요자적하시는 도사님 세월 잊고 지내누나.

撥雲尋古道　　구름 속 헤치고 옛길 찾아가면서

倚樹聽流泉　　나무에 기댄 채 샘물 소리 듣노라.

花暖靑牛臥[3]　　꽃그늘 따뜻한 곳에 푸른 소 누워있고

松高白鶴眠　　소나무 높은 가지엔 흰 학이 조는구나.

語來江色暮　　얘기하며 오는 길에 강물은 어득한데

獨自下寒煙　　찬 안개 속으로 혼자 내려오노라.

▶ 〈李翰林集〉(當塗本)

01 **峭**초 : 산이 높고 가파르다는 뜻.
　　摩天마천 : 하늘에 닿을 정도로 대단히 높다.
02 **逍遙**소요 : 거닐면서 돌아다니는 모습.
　　不記年불기년 : 몇 해나 되었는지 알 수 없다.
03 **靑牛**청우 : 검푸른 소의 미칭(美稱)으로 신선이 타는 소. 노자(老子)가 함곡관(函谷關)을 지나
　　서역(西域)으로 들어갈 때 탔다고 하는 수레를 끌던 푸른빛 소.

여 사 랑 중 흠 청 황 학 루 상 취 적
與史郎中欽聽黃鶴樓上吹笛
낭중 사흠(史欽)과 황학루에서 피리소리를 듣다

이 시는 건원 원년(758) 5월에 지었다. 당시 이백은 영왕 이린(李璘)의 동순(東巡) 사건에 연루되어 야랑으로 유배 가는 도중, 악주(鄂州) 즉 지금의 무창(武昌)에 이르러 낭중[67]벼슬을 지내는 친구인 사흠(史欽)과 황학루에서 노닐 때 피리소리를 듣고 이 시를 지었다. 시의 내용은 피리소리를 빌려 유배 가는 사람의 쓰라린 거국지정(去國之情)을 읊었다. 첫 구에서는 한초(漢初) 장사왕태부(長沙王太傅)로 출임된 가의(賈誼)를 하루아침에 폄적당하는 자신에 비유하였으며, 둘째 구에서는 날마다 서쪽을 바라보아도 장안과 고향이 보이지 않는, 즉 조정을 그리워하는 일개 정치인의 실망을 묘사하였다. 3·4 양구에서는 황학루 밖에서 낭중 사흠과 노니는데, 홀연 누각 안에서 옥피리소리가 바람결에 들려와 무한한 감상(感傷)에 빠져듦을 나타내었다. ≪당송시순(唐宋詩醇)≫ 권8에서는 이 시에 대해 '처절한 정이 시어 밖에 나타나고 있는데, 함축적이어서 끝없는 운치를 자아내고 있다(凄切之情, 見于言外, 有含蓄不盡之致)'고 평하였다. ❧

---

67) 낭중(郎中)은 상서성(尙書省)소속의 각부(즉, 吏·禮·戶·刑·工·兵部)에 소속된 높은 관직(각 司의 長)으로, 수당(隋唐) 이후부터 생긴 관직이다. 여기에 나오는 낭중 사흠은 이백의 친구이지만, 생애가 알려져 있지 않다.

一爲遷客去長沙[1]

귀양 가는 나그네 장사로 떠나는데

西望長安不見家[2]

서쪽 장안을 바라보아도 고향은 아득하네.

黃鶴樓中吹玉笛

황학루에서 들려오는 옥피리소리

江城五月落梅花[3]

강성의 오월에 매화락곡을 듣는구나.

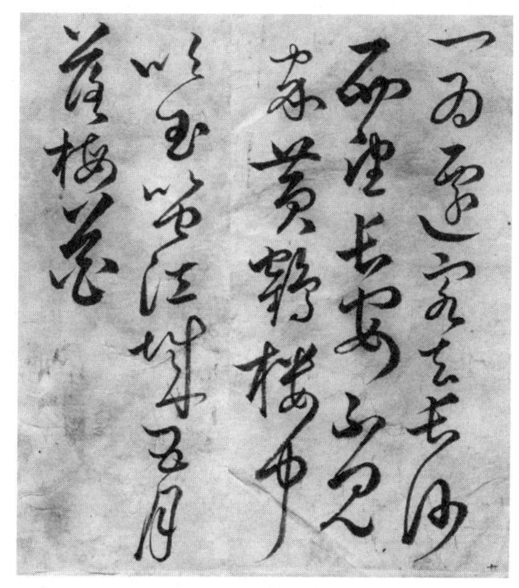

▶ 韓石峯 書, 〈李白詩〉

01 **遷客**천객 : 유배당하여 외지로 옮겨가는 관리를 가리킨다.
  去長沙거장사 : 장사로 떠나가다. 한(漢)나라 장사왕태부(長沙王太傅)로 좌천된 가의(賈誼)의 고사를 사용하였다.
02 **不見家**불견가 : 이백이 장안으로 들어가 나라를 위하여 충성을 바치려 하여도 길이 없음을 가리킨다.
03 **江城**강성 : 강하(江夏, 지금의 湖北 武昌)를 가리키는데, 장강과 한수가 주위에 흐르기 때문에 이렇게 불렀다.
  落梅花낙매화 : 〈매화락(梅花樂)〉이라는 피리 곡조명. 곽무천(郭茂倩)의 ≪악부시집≫권24 〈한횡취곡(漢橫吹曲)〉에 〈매화락〉이란 곡이 있다. 시 가운데에서 낙매화라 한 것은 압운(押韻)을 맞추기 위하여 순서를 바꾼 것이다.

獨坐敬亭山
홀로 경정산에 앉아서

천보 12년(753) 가을, 이백은 장기간의 유랑생활 도중 선주(宣州) 일대를 만유할 때 경정산에 올라가 홀로 앉아서 보내는 적막한 심정을 읊었다. 기승 양구에서는 눈앞에 펼쳐진 경치를 바라보면서 자신의 고독한 감정을 묘사하였으며, 전결 양구에서는 의인법을 사용하여 산을 인격화시켰다. 적막한 세상 속에서 다만 경정산과 홀로 앉아 있는 자신만 남은 채 이백은 산을 바라보고 산은 이백을 바라보고 있는데, 아무리 보아도 서로 싫증나지 않는 선정(禪定)의 경지 속으로 몰입하였다. 그윽하고 고요한 산의 경치와 유유자적한 의경(意境)을 표현하고 있다.

衆鳥高飛盡　　　무리를 이룬 새들 높이 날아 사라지고

孤雲獨去閑[1]　　외로운 구름은 한가롭게 흘러가누나.

相看兩不厭　　　마주보아 서로 싫지 않은 것은

只有敬亭山[2]　　다만 경정산 뿐이라네.

---

01 **孤雲**고운 : 외로이 떠가는 구름. 도연명(陶淵明)의 〈가난한 선비를 읊은 시(詠貧士詩)〉에서도 '외로운 구름 홀로 의지할 곳 없네(孤雲獨無依)'라고 했다.

02 **敬亭山**경정산 : 산 위에 경정(敬亭)이란 정자가 있어 붙인 이름이며, 소정산(昭亭山) · 사산(査山) 이라고도 부른다. 지금의 안휘성(安徽省) 선성(宣城) 북쪽에 위치하고 있다. 남제(南齊)의 시인인 사조(謝眺)가 이곳에서 시를 읊조렸다.

自遣
홀로 술 마시며 지내다

이백이 꽃핀 동산에 앉아 술 마시며 근심을 해소하는 정취를 읊은 시다. 친한 사람이 없이 음주하는데 더욱이 산보하는 계곡 주위에도 새와 사람의 인적이 보이지 않아 천지간에 이백 혼자 남아 있음을 읊어 고독 속에서 인생의 진의를 느끼게 하는 시다.

이백은 일생동안 강호(江湖)를 유랑하면서 가슴에 품은 큰 뜻을 펼치려고 하였지만, 불우하여 항상 술을 빌려 근심을 해소하였다. 그러므로 음주후의 고독을 읊은 이 시에 대하여 후인들은 '단어가 빼어나고 기운이 맑으며, 의취가 깊고 아득하다[68]'와 '흥취는 시어 속에 있지만 느낌은 언어 밖에 있다[69]'고 평가하였다.

對酒不覺暝	술 마시느라 날 저무는 줄 몰랐는데
落花盈我衣	떨어지는 꽃잎이 옷 위에 가득하네.
醉起步溪月[1]	취한 채 일어나 달 뜬 계곡 산보하고
鳥還人亦稀[2]	새들 돌아가자 인적 또한 끊기었구나.

---

01 步溪月보계월 : 달 밝은 밤에 계곡을 산보하는 것.
02 鳥還조환 : 자려는 새가 둥지로 돌아오는 것. 도연명의 〈귀거래사(歸去來辭)〉에 '날다 지친 새도 둥지로 돌아 올 줄 안다(鳥倦飛而知還)'가 있다.

---

68) 吳逸一, 《唐詩正聲》『語秀氣淸, 趣深意遠』
69) 應時, 《李詩緯》券4 『興在言中, 而感在言外』

訪戴天山道士不遇
대천산 도사를 만나지 못하고

현재 전해지는 1천여 편의 이백 시 가운데 최초로 지은 작품이다. 이백이 18세 때 촉지방인 지금의 사천성 강유현(江油縣)에 있는 대천산 속 대명사(大明寺)에서 독서할 때 지은 오언율시이다. 전편을 통하여 앞의 3연에서는 도사를 방문할 때의 경치를 묘사하였다. 도사가 거주하는 대천산 속 경치의 변화와 산행하는 과정을 차례로 개, 사슴, 대나무, 나무 숲, 복숭아꽃, 이슬, 아지랑이, 계곡, 폭포수, 봉우리, 소나무 등의 모습이 동(動)과 정(靜)으로 결합하여 대천산의 풍경이 한 폭의 무진산수(無盡山水)를 담은 긴 산수화 축(軸)처럼 이어져 펼쳐지고 있다. 이러한 산속에 은거하는 도사의 담백한 생활의 묘사는 이백의 은일생활에 대한 동경을 간접적으로 나타낸 것이다. 마지막 미련에서는 찾아간 도사를 만나지 못하는 아쉬운 감정을 소나무 주변에서 배회하는 모습으로 마무리 짓고 있다. 혹자는 시 가운데에서 제목에서 언급한 '도사(道士)'와 '만나지 못하다(不遇)'라는 단어가 없지만, 도리어 구구마다 도사를 만나지 못함을 설명하고 있음이 이시의 기묘한 점이라고 칭찬하였다.

犬吠水聲中[1]
물소리 속에 개 짖는 소리 섞여 들리고

桃花帶露濃
이슬 머금은 복사꽃은 곱기도 하여라.

樹深時見鹿
깊은 숲 속에는 사슴들 때때로 뛰어놀고

溪午不聞鐘[2]
정오의 계곡에는 종소리 들리지 않는구나.

野竹分青靄[3]
녹색 대나무들은 푸른 아지랑이와 구분되고

飛泉挂碧峰[4]
날아 내리는 폭포수는 파란 봉우리에 걸려있네.

無人知所去
도사님 간 곳을 아는 이 없어서

愁倚兩三松
수심 겨워 두세 그루 소나무에 기대 서 있노라.

訪戴天山道士不遇
犬吠水聲中桃花帶雨濃樹深時見鹿溪午不
聞鐘野竹分青靄飛泉挂碧峯無人知所去愁
倚兩三松

▶ 〈李翰林集〉(當塗本)

01 **犬吠**견폐 : 개 짖는 소리. 입산하기 전 산 입구에 있는 마을 모습을 표현한 것.
02 **不聞鐘**불문종 : 종소리가 들리지 않는다. 절에서는 정오에 종을 친후 점심 공양하는데, 정오에도
　　종소리가 들리지 않음을 도사가 외출하여 종을 칠 사람이 없음을 알려 준다.
03 **青靄**청애 : 산속의 아지랑이 혹은 구름. 녹색 대나무에 비하여 청색을 띠기 때문에 이렇게 불렀다.
04 **飛泉**비천 : 봉우리에서 날아 흘러내리는 폭포수.

14 懷思詩 회사시 ; 그리움을 읊은 시

憶^억東^동山^산 2수
동산을 그리워하며

≪其1≫

不^불向^향東^동山^산久^구[1]   동산에 가지 않은 지 오래이니

薔^장薇^미幾^기度^도花^화[2]   장미는 몇 번이나 피고 지었나.

白^백雲^운還^환自^자散^산[3]   백운이 모였다가 흩어지는 곳

明^명月^월落^락誰^수家^가[3]   명월은 뉘 집을 비치고 있을까?

---

01 **東山**동산 : 절강성(浙江省) 상우현(上虞縣) 서남쪽에 있음. 시숙(施宿)의 ≪회계지(會稽志)≫ (권9) ≪山,上虞縣≫편)에 의하면 '동산은 동진의 태부인 사안이 은거하던 지방으로, 일명 사안산(謝安山)이라고도 부른다. 여러 봉우리 가운데에서 가파르게 솟은 채 공손히 인사하는 모습은 난새와 학이 날면서 춤추는 모습과 같다. 그 산 정상에는 사안이 만든 마찻길이 있고, 가파른 숲 속에 있는 백운당과 명월당 두 집터에서 푸른 바다를 내려다 볼 수 있다. 하늘과 바다가 닿은 듯하여 절경이다. 내려오면서 오솔길에 나타난 국경사(國慶寺)는 바로 태부 사안의 고택이며, 곁에 있는 장미동은 태부가 기녀를 데리고 노닐던 곳이다(東山在上虞縣西南四十五里, 晉太傅謝安所居也, 一名謝安山, 嶷然特立於衆峰間, 拱揖蔽虧, 如鸞鶴飛舞. 其巓有謝公調馬路, 白雲明月二堂址, 千嶂林立, 下視滄海, 天水相接, 蓋絶景也. 下山出微徑, 爲國慶寺, 乃太傅之故宅. 傍有薔薇洞, 俗傳太傅携妓女遊宴之所)'고 하였다.

02 **薔薇**장미 : 동산 곁에 장미동이 있음. 전설에 의하면 동진의 명장 사안이 이곳에서 기생을 데리고 잔치를 즐기었다 함. 여기서 장미는 장미동 곁에 핀 장미꽃을 가리킨다.

03 **白雲**백운 : 백운당을 감싸고 있는 흰 구름을 가리킨다.

04 **明月**명월 : 명월당 앞의 밝은 달을 가리킨다. 명월당(明月堂)과 백운당(白雲堂)은 사안이 동산 위에 세운 건물 이름임.

천보 3년(744) 봄 장안을 떠난 후 동노 지방에 머물 때 지은 시로서, 동진의 사안이 출사하기 이전 은거하던 동산을 빌려 그 곳으로 돌아가고픈 감정을 기탁하였다. 기승 양구는 그가 그리는 동산은 누가 주인으로 있는지 모르겠다고 하여 자신이 동산을 떠난 지 오래되었음을 나타냈으며, 전결 양구에서는 자신이 없는 동산의 아름다운 경치를 누가 감상할 것인가 하는 안타까운 심정을 나타내고 있다. 특히 동산의 자연풍경인 장미(薔薇)·백운(白雲)·명월(明月)을 빌려 그 곳에 실제 존재한 장미동·백운당·명월당과 융화시키는 쌍관(雙關)의 수법을 사용하였는데 의미가 심원하다.

≪其2≫

我今携謝妓[1]	나는 지금 사안처럼 기생 데리고
長嘯絶人群[2]	길게 읊조리며 세속을 떠나리로다.
欲報東山客[3]	동산의 은자에게 전하나니
開關掃白雲[4]	문 열어 놓고 백운을 쓸어 노시게나.

동산에 은거하고자 하는 바람을 읊었다. 기승 양구에서는 사안(謝安)처럼 동산의 기녀를 대동한 채 세속과의 인연을 단절하고자 하는 뜻을 표시하였으며, 전결 양구에서는 동산에 먼저 은거하고 있는 사람에게 전하기를 "내가 곧 그곳으로 가려하니 문 열어 놓고 백운을 쓸어 놓은 채 나를 기다리시오"라고 하여 사안이 머무르던 동산의 백운당(白雲堂)으로 가서 유유자적할 뜻을 나타내었다.

이는 장안에서 3년 간 한림학사로 있으면서 참소와 훼방을 받아 장안을 떠난 후 속세의 번잡함에서 벗어나 은거하려는 심정을 드러낸 것이다.

---

01 **謝妓**사기 : ≪자치통감(資治通鑑)≫에 의하면, 진의 태부(太傅)인 사안은 항상 기녀를 데리고 동산의 유연에 참가하였으므로 '사안의 기녀(謝妓)'라 불렀다 한다.
02 **長嘯**장소 : 길게 휘파람 불거나 읊조리는 것.
03 **東山客**동산객 : 사안(謝安)과 같이 은거한 사람을 가리킨다.
04 **開關**개관 : 개문(開門), 즉 문을 열어 놓는 것.

對酒憶賀監 2수 (幷序)
술을 대하여 하대감을 생각하다

이 시의 서문은 '태자빈객 하공이 장안 자극궁에서 나를 보고 적선이라 불렀다. 금으로 만든 거북혁대를 풀어 술과 바꿔 즐겼는데, 그가 죽은 후 술을 대하니 슬픈 감회가 떠올라 이 시를 짓는다(太子賓客賀公, 於長安紫極宮, 一見余呼余爲謫仙人, 因解金龜換酒爲樂, 歿後對酒帳然有懷, 而作是詩)'인데, 여기서 천보 원년(742) 이백이 장안에서 하지장과 시주로 두터운 교분을 쌓았음을 알 수 있다. 천보 2년(743) 나이 86세 노인인 하지장은 표를 올려 고향에 돌아가 도사가 되기를 청했다. 현종은 이를 허락하고 천추관(千秋觀)이란 이름의 도관을 내려주면서 경호(鑑湖) 한 굽이를 함께 하사했지만, 회계에 도착한지 얼마 안 되어 병으로 세상을 떠났다. 그 후 천보 6년(747) 이백이 회계지방으로 하지장의 고댁을 방문하였을 때, 그는 이미 세상을 떠난 후이었으므로 바로 이 시를 지어 조문하였다.

≪其1≫

四明有狂客[1]　　　사명산에 미친 사람 있으니

風流賀季眞[2]　　　풍류객 하계진이어라.

長安一相見　　　장안에서 한번 만나보고는

呼我謫仙人　　　나를 적선인이라 불렀다네.

舊好杯中物　　　옛날엔 잔 속 술을 좋아하더니만

今爲松下塵　　　지금은 소나무 아래 묻혀 티끌이 되었구나.

金龜換酒處　　　황금 거북 혁대 풀어 술과 바꾸던 곳

卻憶淚沾巾　　　문득 생각하니 눈물이 수건을 적시네.

　　제1수에서는 생존 당시 시주로 함께 지낸 일들을 회상하면서 술잔을 기울이려 하였지만, 옛날의 광객(狂客) 하지장은 이미 소나무 아래에 묻혀 티끌이 되었으므로 애통한 마음을 금할 수 없음을 나타내었다.

---

01 **四明**사명 : 사명산으로 지금의 절강성 영파시(寧波市) 서남쪽에 있음. 전설에 의하면 산위에 네모진 돌이 있는데 사면이 창문처럼 생겨 가운데로 해, 달, 별빛이 통한다고 하였다.
　　狂客광객 : 하지장은 '사명광객(四明狂客)'이라고 자호하였다. ≪구당서·하지장전(舊唐書·賀知章傳)≫에 '하지장은 만년에 더욱 마음대로 행동하여, 스스로 사명의 미친 늙은이라고 불렀다(知章晩年尤加縱誕, 無復規檢, 自號四明狂客)'고 하였다.
02 **賀季眞**하계진 : 하지장임. 하지장(賀知章: 659-744)은 자가 계진(季眞)이며 월주 영흥(越州永興 : 지금의 절강성 蕭山)사람이다. 어려서부터 시문으로 이름을 날렸으며, 진사에 급제하여 태상박사(太常博士)·태상소경(太常少卿) 등 여러 관직을 두루 거쳤다. 개원 13년(725) 예부시랑(禮部侍郞) 겸 집현원학사(集賢院學士)를 거친 후에 태자빈객(太子賓客)으로 옮겼다가 비서감(秘書監)에 제수되었으므로, 세칭 '하빈객(賀賓客)' 또는 '하감(賀監)'이라 불렀다. 술을 즐기고 초서와 예서에 뛰어났다.

≪其2≫

狂客歸四明
미친 손님이 사명산으로 돌아오자

山陰道士迎
산음 땅 도사들이 마중 나왔구나.

敕賜鏡湖水[1]
천자가 경호 물결 한 굽이를 하사하니

爲君臺沼榮[2]
집과 못의 영화는 그대 위한 것이라네.

人亡餘故宅
사람은 죽고 옛집만 남아 있는데

空有荷花生
부질없는 연꽃들만 피어나네요.

念此杳如夢
이를 생각하니 아득히 꿈꾸는 듯하여

凄然傷我情
쓰라린 내 마음만 애통하구려.

제2수에서는 회계로 돌아온 하지장은 죽고 없으며, 다만 그가 머물던 집과 연못 주변 풍경들만 남아있어 이곳을 방문한 이백의 마음을 처연하게 만든다는 심정을 읊었다.

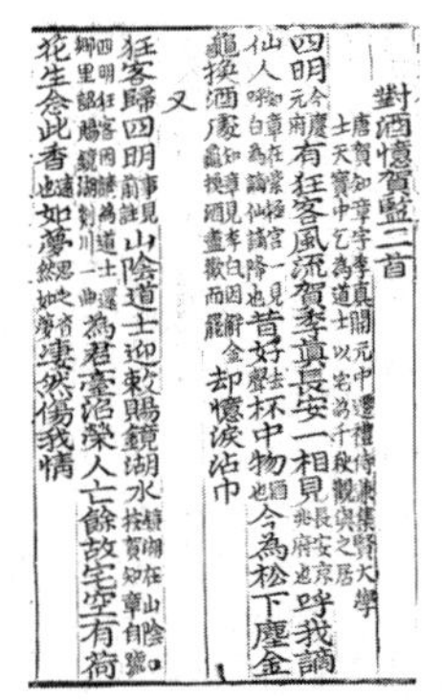

▶ 〈古文眞寶大全前集(木版本)〉

01 **敕賜鏡湖水**칙사경호수 : 경호는 절강성 소흥시 남쪽에 있는 회계산 기슭에 있으며, ≪신당서(新唐書 · 賀知章傳)≫에 하지장이 환향(還鄕)할 때, '조서로 경호의 섬천 한 굽이를 하사했다(有詔賜鏡湖剡川一曲)'고 하였다.

02 **臺沼**대소 : 천추관 부근에 있는 대(臺)와 연못.

重憶
하지장을 다시 그리워하다

하지장을 방문하였다가 만나지 못한 것을 애처롭게 감상(感傷)한 시로 〈대주억하감(對酒憶賀監)〉과 같은 시기인 천보 6년(747)에 지었다. 기승 양구에서는 강동(江東)으로 가서 하지장(賀老)과 고담(高談)을 나누려는 생각을, 전결 양구에서는 이미 그가 세상을 떠나 만나지 못하는 아쉬움을 읊고 있는데, 특히 마지막 결구에서 실망하는 가운데에서도 깊은 애상의 심정이 유로되고 있다.

欲向江東去[1]	강동으로 가고자하나
定將誰擧杯	누구와 더불어 술잔을 기울일까?
稽山無賀老[2]	회계산에 하(賀) 늙은이 없으니
却棹酒船回	노 멈추고 술 실은 배 돌려오네.

---

01 **江東**강동 : 오월(吳越)지방, 즉 당대 월주(越州) 회계군(會稽郡) 일대의 장강 하류를 가리킨다. 지금의 강소성과 절강성.

02 **稽山**계산 : 곧 회계산(會稽山)으로 소흥시 남쪽에 위치하는데, 주봉은 승현(嵊縣) 서북쪽에 있다. 전하는 바에 따르면 하나라 우(禹)임금이 제후들을 모집한 곳이기도 하며, 또한 진시황(秦始皇)이 일찍이 이곳에서 바다를 바라보았으므로 진망산(秦望山)이라고도 부른다.

  賀老하노 : 하노인, 곧 하지장.

15 感遇詩 감우시 ; 때를 만나 느낌을 읊은 시

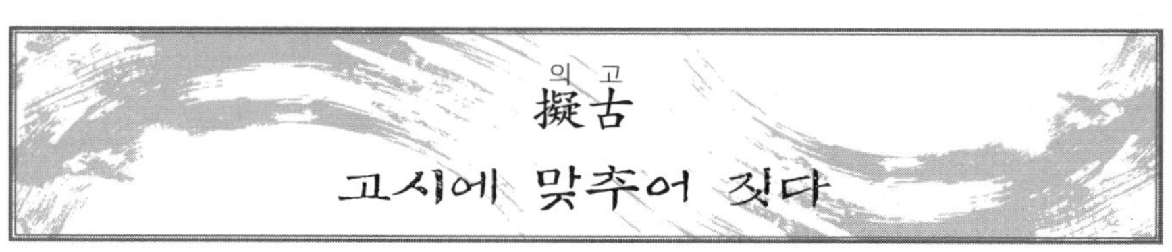

이 시는 모두 12수로 같은 시기와 장소에서 지은 작품이 아니고 내용도 다양하다. 어떤 작품은 여행 중 이별의 괴로움을 묘사하였고 어떤 작품은 재주는 있지만 시기를 만나지 못한 것에 대한 탄식을, 어떤 작품은 인생의 짧음과 급시행락(及時行樂)의 사상을, 어떤 작품은 공업을 이루겠다는 의지표명 등을 다양하게 읊었다. 여기서는 제 8수와 9수를 살펴본다.

≪其8≫

월 색 불 가 소
月色不可掃　　　　달빛은 쓸어버릴 수 없고

객 수 불 가 도
客愁不可道　　　　나그네 시름은 형용할 길 없네.

옥 로 생 추 야[1]
玉露生秋夜　　　　흰 이슬 내리는 가을 밤

유 형 비 백 초[2]
流螢飛百草　　　　반딧불은 풀 섶을 날아다니는구나.

---

01 玉露옥로 : 가을 이슬은 하얗기 때문에 옥로라고 부름.
02 流螢유형 : 나는 반딧불.

일 월 종 소 훼
日月終銷毀[3]　　해와 달은 끝내 스러져 없어지고

천 지 동 고 고
天地同枯槁　　하늘과 땅도 시들어 없어진다네.

혜 고 제 청 송
蟪蛄啼靑松[4]　　쓰르라미는 푸른 소나무에서 슬피 울지만

안 견 차 수 노
安見此樹老　　그 나무의 늙은 모습을 볼 수 없으리라.

금 단 녕 오 속
金丹寧誤俗[5]　　금단 복용이 어찌 사람을 속이리오.

매 자 난 정 토
昧者難精討　　어리석은 무리들은 도달하기 어렵다네.

이 비 천 세 옹
爾非千歲翁　　당신은 천 년 사는 사람이 아니니

다 한 거 세 조
多恨去世早　　한 품은 채 일찍 세상을 떠나노라.

음 주 입 옥 호
飮酒入玉壺　　옥 항아리 속에 들어가 술 마시며

장 신 이 위 보
藏身以爲寶　　몸 숨기는 것이 보배로운 지혜라네.

　천보 4년(745) 이백이 장안을 떠난 후 지은 시다. 시에서 해와 달, 하늘과 땅도 언젠가는 종말이 오게 되는 것이 이치인데, 그 가운데에 사는 사람들이 어리석게도 오래 살지 못하는 것을 한스러워하니 마치 소나무에 붙은 쓰르라미의 생애와 다를 것이 없다고 하였다. 또한 이백은 스스로 신선을 구하는 것이 얻을 수 없는 경지이므로 음주로서 근심을 해소하고자 하였으니, 끝 구절에서 유한한 인생을 무한한 인생으로 바꾸려면 술 마시고 옥호에 들어앉아 몸을 숨기는 것이 현명한 삶이라는 음주를 예찬하는 말로 마무리 하였다.

---

03 **銷毀**소훼 : 녹아 없어지는 것.
04 **蟪蛄**혜고 : 쓰르라미. 봄에 태어난 매미는 여름에 죽고 또 여름에 난 매미는 가을에 죽으므로 장자는 〈소유요(逍遙游)〉편에서 '매미는 봄과 가을이 있다는 것을 알지 못한다(蟪蛄不知春秋)'고 하였다.
05 **金丹**금단 : 신선이 복용하는 불로장생 약. 황금을 수백 번 불에 달구어 만든 영단(靈丹).

≪其9≫

生者爲過客　　산다는 것은 하루 밤 묵어가는 손님이요

死者爲歸人[1]　　죽는다는 것은 아침에 돌아가는 사람이네.

天地一逆旅[2]　　하늘과 땅은 하나의 여관이니

同悲萬古塵　　영원토록 티끌 같은 인생을 함께 슬퍼하노라.

月兎空擣藥[3]　　달 속 토끼는 부질없이 약방아 찧고

扶桑已成薪[4]　　신령스런 부상나무도 이미 땔감이 되었구나.

白骨寂無言　　땅속 백골은 적막하여 말이 없고

靑松豈知春　　푸른 소나무가 어찌 봄을 알리오?

前後更嘆息　　예전이나 지금이나 한숨 소리뿐이니

浮榮何足珍　　뜬구름 같은 영화가 어찌 진귀하다 하리오?

앞 시와 마찬가지로 천보 4년(745) 이백이 장안을 떠난 후 지은 철학적인 견해를 밝힌 시다. 고금을 통하여 인생에 대하여 많은 사람들이 탐구하거나 혹은 그 무상함에 대하여 개탄하였다. 이 시에서 이백도 인생이 쉽게 지나가는 것에 대하여 탄식하면서 자신의 처세관을 표명하였으니, 곧 삶이란 여관에 하룻밤 묵는 것이고 죽음이란 밤에 머물다가 아침에 떠나가는 것이라는 말과 같이 삶과 죽음은 순간일 뿐이라고 피력하였다. 또한 달 속 토끼는 부질없이 약방아를 찧고 부상은 이미 땔나무가 된 것처럼 선계(仙界)의 신물도 이렇듯 부침하는데, 하물며 짧은 인생에서 부귀와 헛된 공명을 애써 추구 할 필요가 없음을 나타내었다. 호방한 이백에게서 소극적인 인생관을 볼 수 있는 작품이다.

---

01 **歸人**귀인 : 돌아가는 사람. ≪열자 · 천서(天瑞)≫편에 '옛날에는 죽은 사람(死人)을 돌아가는 사람(歸人)이라 하였으므로 사인을 귀인이라 하고 산사람을 행인이라 한다(古子謂死人爲歸人, 夫言死人爲歸人, 則生人爲行人矣)'고 하였다.
02 **逆旅**역려 : 여관. 원래는 '길손(旅)을 맞이한다'는 뜻. ≪장자 · 지북유(知北游)≫편에 '슬프다! 세상 사람들은 곧 여관에 묵는 물질일 따름이라(悲夫, 世人直爲物逆旅耳)'고 하였다.
03 **月兎空擣藥**월토공도약 : 달 속에는 흰 토끼가 월궁의 항아를 위하여 평생토록 약을 빻고 있다 한다. (〈파주문월〉 참조)
04 **扶桑**부상 : 신화속의 나무(神木) 이름. 동쪽 바다 속에 해가 뜨는 곳에 있다고 하는 신령스런 나무.

16

寫懷詩 사회시 ; 회포를 읊은 시

> 한 림 독 서 언 회 정 집 현 제 학 사
> 翰林讀書言懷呈集賢諸學士
> 한림원에서 독서하며
> 집현전 여러 학사에게 드리는 감회

이백이 한림공봉으로 있던 천보 2년(743) 가을에 지은 시다. 당시 한림원학사는 황제가 몰래 내리는 '내명(內命)'을 관장하였는데, 장군과 재상의 임명과 해임, 정벌의 지휘와 명령이 모두 한림학사의 초안(草案)에 의하여 이루어져 이른바 '내상(內相)'이라 불리면서 예우와 총애를 받았다. 이백은 천보 초 한림공봉으로 재직할 때 집현원이 궁궐 안에 있었으므로 그 곳 학사들과 친밀하게 왕래하면서 이시를 지어 마음속 회포를 전하였다. 이백이 비록 한림원에 있으면서 보람 있는 연구도 하였지만, 소인배들의 질투를 받기 시작하자 시에서와 같이 복잡한 심정을 밝히고 있다. 시의 처음 6구에서는 한림원에서 고적을 탐구하는 등 유쾌한 일을 묘사하고 있으나 실제로는 이러한 생활의 무료함을 암시하였고, 중간 4구는 자신이 현종의 총애로 인하여 소인들에게 참소를 받는 번뇌를 읊었으며, 마지막 8구에서는 공업을 이루고 은퇴하여 산수를 즐긴 엄광(嚴光)과 사령운(謝靈運) 등 이전 현인들을 언급하면서 산림으로 돌아가고 싶은 심정을 솔직하게 밝히고 있다.

晨趨紫禁中[1]　　새벽에는 궁궐 안으로 달려가고

夕待金門詔[2]　　저녁에는 금마문에서 조서를 기다리네.

觀書散遺帙[3]　　흩어져 전해오는 여러 책들 살펴보면서

探古窮至妙　　고인들의 오묘한 점 힘써 궁구하노라.

片言苟會心　　짧은 말이라도 마음에 부합되면

掩卷忽而笑　　책을 덮어 놓고 문득 미소 짓네.

靑蠅易相點[4]　　파리는 백옥을 쉽사리 더럽히고

白雪難同調[5]　　〈백설〉노래는 같은 곡조 찾기 힘들어라.

本是疎散人　　본래 거칠고 구속받지 않는 사람이어서

屢貽褊促誚[6]　　자주 조급하다고 조소를 받았네.

雲天屬淸朗　　구름과 하늘이 맑고 밝으니

---

01 **紫禁**자금 : 자미성은 자미원(紫微垣)에 있는 별 이름. 즉 북두칠성의 동북쪽에 15개로 벌려 있는 별이다. 옛날에는 자미성(紫微星)을 황제가 거처하는 곳에 비유하였으므로 궁궐을 자금궁 (紫禁宮)이라 불렀다.

02 **金門**금문 : 금마문(金馬門)으로 한나라 때 지어진 미앙궁(未央宮)의 궁문 가운데 하나로 관청에 나가 하문(下問)을 기다리던 곳이었지만, 여기서는 한림원을 가리킨다.

03 **遺帙**유질 : 전해오는 완전치 못한 서책.

04 **靑蠅易相點**청승이상점 : 진자앙(陳子昻)의 시 〈연호초진금소(宴胡楚眞禁所)〉에 '파리가 똥을 싸서 흰 구슬에 오점을 남기었다(靑蠅一相點, 白璧遂成寃)'라 하였는데, 여기서는 참언으로 올바른 사람을 해치는 것을 비유하였다. 파리의 색이 검으므로 청승이라 부르며, 점(點)은 오점 으로 곧 더러운 점을 말한다.

05 **白雪**백설 : 〈양춘(陽春)〉과 〈백설(白雪)〉곡을 가리키며 초(楚)나라의 고상한 악곡(樂曲)의 이름 임. 고상한 노래는 가락을 맞추어 부를 사람이 거의 없듯이 뛰어난 언행을 이해하는 사람 만나기 역시 지극히 어려움을 이르는 말.
同調동조 : 곡조가 서로 같은 것.

06 **褊促**편촉 : 도량이 좁고 성품이 조급함.

林壑憶遊眺 (임 학 억 유 조)	골짜기 숲에서 관조하며 노닐적 그리워라.
或時淸風來 (혹 시 청 풍 내)	맑은 바람 불어 올 때에는
閒倚欄下嘯 (한 의 난 하 소)	한가로이 난간에 기대 길게 읊조리네.
嚴光桐廬溪[7] (엄 광 동 려 계)	엄광은 동려 시냇가에서 낚시 드리웠고
謝客臨海嶠[8] (사 객 임 해 교)	사령운은 바다와 산길을 유람하였듯,
功成謝人間 (공 성 사 인 간)	공 이루면 인간세상 하직하는 법
從此一投釣[9] (종 차 일 투 조)	이후로 은거하여 낚싯대 드리우리라.

▶ 五代 周文矩 〈文苑圖〉

07 **桐廬**동려 : 현의 이름. 동한의 엄광이 일찍이 절강성 동려현 상류에 있는 부춘강(富春江)가에서 낚시하며 은거하였다. 지금도 엄광이 낚시하였다는 조대의 유적이 남아 있다.

08 **謝客**사객 : 사령운의 어렸을 적 이름이 객아(客兒)이었으므로 당시인들이 사객이라 불렀다.
　臨海嶠임해교 : 임해는 군명으로 지금의 절강성 임해현이며, 교(嶠)는 뾰족하고 높은 산을 말한다. 사령운의 〈임해의 산에 올라 강중으로 떠나면서 지은 시(登臨海嶠初發疆中作)〉가 있다.

09 **投釣**투조 : 은거 생활하는 것을 가리킨다.

田園言懷
전원에서의 회포

전 원 언 회

이백은 지덕 2년(757)부터 투옥과 유배, 사면 등의 시련을 겪었는데, 이 시는 야랑으로 귀양 가는 도중 백제성 부근에서 사면을 받고 돌아오다가 호남지방에서 지은 오언절구로 인생의 영욕과 은일 등에 대한 인식을 깊이 표출시키고 있다. 기승 양구에서는 가의(賈誼)와 반초(班超)의 고사를 인용하면서 영달과 오욕의 다른 조우를 대비하여 설명하였으며, 전결 양구에서는 소부(巢父)와 허유(許由)의 고사를 인용하였다. 전체적으로 가의의 불행과 반초의 득의를 비유하는 가운데, 소부와 같이 혼탁한 세속을 벗어나 깨끗한 곳을 찾아가려는 결심을 표명하면서 당시 사회에 대한 불만을 드러내었다.

▶ 清 龔賢 〈山水圖〉

賈誼三年謫[1]　　가의는 3년 동안 귀양살이 하였고

班超萬里侯[2]　　반초는 만 리를 종군하여 정원후에 봉해졌네.

何如牽白犢[3]　　이것이 어찌 흰 송아지 끌고

飮水對淸流[4]　　맑은 물 마시는 것만 같겠는가!

---

01 **賈誼**가의(기원전 200-168) : 서한의 정론가(政論家) 겸 문학가로 낙양인이다. 문제(文帝)시 박사(博士)에 임용되어 태중대부(太中大夫)로 옮겼는데, 대신들에게 배척당하여 장사왕태부(長沙王太傅)가 되었다. ≪한서·가의전(賈誼傳)≫에 의하면 장사에서 3년 동안 거주할 때 부엉이(鵩鳥)가 관사로 날아들어 그의 옆에 머물렀는데, 그 곳은 지대가 낮고 습하여 가의는 자신의 수명이 길지 못할 것이라 여기고 ≪효조부(鵩鳥賦)≫를 지어 슬픈 마음을 기탁하였다(誼爲長沙傳, 三年, 有服飛入誼舍, 止於坐隅. 服似鵩, 不詳鳥也. 誼旣以謫居長沙, 長沙卑濕, 誼自傷悼, 以爲壽不得長, 乃爲賦以自廣) 한다.

02 **班超**반초(32-102) : 동한의 명장으로 자가 중승(仲升)이며, 부풍 안릉(扶風 安陵;지금의 陝西省 咸陽 동북에 위치함)사람으로 ≪한서(漢書)≫저자인 반고(班固)의 아우이다. 후에 서역으로 종군하여 31년 동안 5십여 나라를 한의 부속국으로 복속시켰으므로 만년에 조정에서 그를 정원후(定遠侯)에 봉하였다.

03 **白犢**백독 : ≪회남자·인간훈(人間訓)≫에 의하면, 송나라에 선을 행하는 집안에 검은 소(黑牛)가 아무런 이유 없이 흰 송아지(白犢)를 낳았으므로 상서로운 일이라 여기고 조상에게 제사지냈다는 기록이 있다. (宋人好善者三世不解, 家無故而黑牛生白犢. 以問先生, 先生曰, 此吉祥也, 以饗鬼神)

04 **飮水對淸流**음수대청류 : 소부가 허유의 말을 듣고 송아지를 영수 상류로 끌고 가서 물을 마시도록 한 고사.

17

詠物詩 영물시 ; 물건을 읊은 시

聽蜀僧濬彈琴
청 촉 승 준 탄 금
촉 땅 스님 쥰이 연주하는 거문고 소리를 듣다

천보12년(753) 이백이 선성에 머무를 때 지은 시이다. 이백의 고향인 촉(蜀) 땅에서 온 쥰(濬)이라는 승려가 자신을 위하여 연주하는 거문고 소리를 듣고 느낀 감회를 묘사하였다. 촉 승 쥰이 타는 거문고의 기예가 고묘하여 사람들의 정신을 맑게 해주며, 또한 이백은 자신을 위해 연주하는 음률에 취하여 흐르는 물에 마음을 씻듯 객지생활의 시름도 잊어버린다는 편안한 정취를 읊었다. ≪당송시순≫에서 이 시에 대하여 '여러 개의 진주를 꿰듯 맑은 옥구슬을 두드리는 듯 청아한 소리로 연주한다(累累如貫珠, 冷冷如叩玉, 斯爲雅奏淸音)'고 하였는데, 확실히 당대시가에서 음악을 묘사한 작품 가운데 드물게 볼 수 있는 상품의 시이다.

蜀僧抱綠綺[1]	촉 땅 스님이 거문고 품에 안고
西下峨眉峰	서쪽 아미봉에서 내려 왔어라.
爲我一揮手	날 위해 손 휘두르며 연주하니
如聽萬壑松	만산 골짜기의 솔바람 소리를 듣는 듯하네.
客心洗流水[2]	나그네 마음을 〈유수〉 곡에 씻어내니
餘響入霜鐘[3]	은은한 음향이 서리 머금은 종속으로 들어오누나.
不覺碧山暮	어느덧 푸른 산은 저물어가고
秋雲暗幾重	가을 구름은 겹겹이 어스름 드리우네.

▶ 淸 張路 〈聽琴圖〉

→ → →

01 **綠綺**녹기 : 녹기금(綠綺琴)을 가리킨다. 부현(傅玄)의 〈금부서(琴賦序)〉에 의하면, 한나라 때 사마상여(司馬相如)가 탁문군(卓文君)의 마음을 얻기 위하여 연주하였던 거문고라고 한다. 촉 승 준이 매우 귀중한 거문고를 가지고 있음을 말한다.

02 **客心洗流水**객심세류수 : 객(客)은 나그네 처지인 이백을 가리킨다. 유수(流水)는 거문고 연주곡의 명칭으로 백아절현(伯牙絶絃)의 고사에서 백아가 연주한 곡명이다. 여기서는 준이 타는 거문고 소리가 유수곡과 같은 아름다운 소리를 내어 나그네인 이백의 정회를 씻어준다는 말이다.

03 **霜鐘**상종 : 해마다 첫서리가 내릴 때면 스스로 울린다는 고대의 종으로, 시인의 마음과 준이 타는 거문고 음률이 서로 호응한다는 의미를 지닌다.

← ← ←

詠山樽
나무 술잔을 노래하다

산 속 나무를 조각하여 만든 술잔의 쓰임새에 대하여 읊은 영물시로 천보 13년(754) 선성 일대에 체류하면서 지은 작품이다. ≪장자 · 소요유≫편의 전고를 이용하여 산에 있는 나무를 조각해 만든 술잔을 읊었는데, 자신이 실의하여 곤궁한 처지를 산준(山樽)에 비유하여 자조(自嘲)하고 있다. 시 가운데 나오는 산준은 곧 유소부의 잔칫집에서 본 술잔으로 황량한 산중에서 자란 나무에 부스럼이 나있지만, 그것을 조각하여 술잔을 만들었다고 하였다. 다만 부끄러운 것은 산준의 용량이 작아 큰 그릇으로 사용할 수 없으므로 초라할 뿐이라고 하였는데, 이는 이백이 바다와 같은 넓은 도량을 가지지 못한 것이 부끄러워 그대 유소부의 집에서 하는 일 없이 기거하면서 세상에 나아가 쓰이지 못하는 내심의 깊고 절박한 비분을 기탁한 것이다. ❧

≪其1≫

蟠木不雕飾[1]　　　굽은 나무는 조각할 수 없어

且將斤斧疏　　　　도끼로 베이는 일이 드므리라.

樽成山岳勢　　　　술 잔 만드니 산악과 같은 기세요.

材是棟梁餘　　　　재목은 동량이 되고도 남으리로다.

外與金罍幷[2]　　　겉모습은 금 술잔에 어울리고

中涵玉醴虛[3]　　　가운데에는 단술 넣을 자리 비어 놓았네.

慚君垂拂拭　　　　털고 닦는 그대의 보살핌 받았지만

遂忝玳筵居[4]　　　성대한 잔치 자리를 더럽힐까 부끄러워라.

▶ 元 趙雍 〈挾彈游騎圖〉

---

01 蟠木반목 : 굽고 휜 나무.
02 金罍금뢰 : 금으로 장식한 술잔.
03 玉醴옥례 : 옥액경장(玉液瓊漿). 빛깔과 맛이 좋은 술의 비유.
04 玳筵대연 : 곧 큰 거북으로 장식한 대모연(玳瑁筵)으로 귀한 손님을 뫼시고 베푸는 화려한
　　　연회.

≪其2≫

擁腫寒山木[1]　　　　겨울 산 속 울퉁불퉁한 나무로

嵌空成酒樽[2]　　　　움푹 패인 곳 깎아서 술잔 만들었네.

愧無江海量　　　　강 바다 같은 용량 되지 못해 부끄러워

偃蹇在君門[3]　　　　쓸쓸히 그대 집에 웅크리고 있을 뿐이네.

詠山樽二首

蟠木不雕飾且將斤斧踈樽成山岳勢材是棟梁餘
外與金罍並中涵玉醴虛憨君垂拂拭遂喬珉延居

擁腫寒山木嵌空成酒樽愧無江海量偃蹇在君門

▶ 〈李翰林集〉(當塗本)

---

01 **擁腫**옹종 : 부스럼이 나서 凹凸모양으로 가지런하지 않은 모양. ≪장자≫〈소요유〉편에 '혜자가
　　말하기를 나에게 큰 나무가 있는데, 사람들이 가죽나무(樗)라고 부른다. 그 중 큰 나무는 울퉁불
　　퉁 혹이 나서 먹줄로 측량할 수 없으며, 작은 가지는 굽어서 자로 잴 수 없다(惠子曰, 吾有大樹,
　　人謂之樗. 其大本擁腫而不中繩墨. 其小枝卷曲而不中規矩)'고 하였다.

02 **嵌空**감공 : 나무가 凹모양으로 움푹 패인 곳.

03 **偃蹇**언건 : 굴곡 되고 웅크린 모습.

　　君군 : 유소부(柳小府)를 가리킨다.

백　로가 외로이 날면서 고고한 자태를 뽐내는 모습을 묘사한 영물시 (詠物詩)로, 백로의 묘사를 통하여 이백의 고결한 정회를 표현하였다. 기승 양구에서는 백로가 가을 물가로 날아 내리는 모습이 마치 서리가 내리는 것과 같아서 사람들에게 적막한 감정에 젖게 함을 읊고 있다. 전결 양구에서는 백로가 모래톱 근처에서 홀로 신령스런 자태로 서 있음을 묘사하여 이백 자신의 초연한 심정과 청아하고 탈속한 모습을 기탁하고 있다.

백 로 하 추 수
白鷺下秋水[1]　　백로가 가을 물가로 내려올 때

고 비 여 추 상
孤飛如墜霜　　외로이 나는 모습은 서리가 내리는 듯,

심 한 차 미 거
心閑且未去　　마음 여유로워 떠나가지 않고

독 립 사 주 방
獨立沙洲傍　　모래톱 주변에서 홀로 서 있네.

---

01 **白鷺**백로 : 백로는 전신의 털이 순백색으로, 봄과 여름사이에 호수나 냇가에서 고기를 잡아먹으며 활동한다.

18

題詠詩 제영시 ; 제목을 내어서 지은 시

題瓜州新河餞族叔舍人賁
제 과 주 신 하 전 족 숙 사 인 분

숙부 사인 이분을 전별하며
과주에 새로 개통한 운하를 읊다

이 시는 개원 27년(739) 늦은 봄에 지었다. 제목에서의 과주는 진(鎭) 이름으로 지금의 강소성 한강현(邗江縣) 남쪽 대운하가 장강으로 들어가는 곳에 있으며, 신하(新河)는 개원 26년 윤주자사(潤州刺史) 제한(齊澣)이 과주에 새로 개통한 운하이다. 사인은 중서사인(中書舍人) 혹은 태자사인(太子舍人)의 약칭으로 조령(詔令)을 관장하거나 초(草)를 잡는 관직이며, 이분(李賁)은 고종의 아들인 허왕(許王) 이소절(李素節)의 손자로 파국공(巴國公)에 습봉되었다.

전반부에서는 제한이 새로 개통한 운하가 나라와 백성에게 이익을 주는 불후의 공적으로 그 혜택이 후세까지 미쳐 천추에 빛날 것이라고 칭송하면서 건설한 사업에 대하여 애정과 관심을 표현하였다. 후반부에서는 자신은 불혹에 가까워지는 나이임에도 아직 공업을 이루지 못한 채 헛되이 늙어가는 심경을 이분을 보내는 전별연에서 밝히고 있다. 숙질간의 이별의 정회를 죽림칠현에 비유하면서 표현하였지만 속되지 않고 의미가 심장하다. ❧

齊公鑿新河[1] 제공이 새로운 운하를 개척하니

萬古流不絶 물이 만고에 흘러 그치지 않으리.

豐功利生人 큰 공적은 백성들을 이롭게 하여

天地同朽滅 천지와 함께 공존하리로다.

兩橋對雙閣 두 다리는 전각들과 마주대하고

芳樹有行列 꽃과 나무들은 줄지어 서 있구나.

愛此如甘棠[2] 소공이 팥배나무를 사랑하는 것과 같으니

誰云敢攀折 누가 감히 올라가 꺾을 수 있을까요?

吳關倚此固[3] 오 땅 관문이 견고한 운하에 의지하여

天險自茲設 천험의 자리에 이렇듯 설치되었네.

海水落斗門[4] 바닷물은 갑문으로 들어와 떨어지고

潮平見沙汭[5] 잔잔한 조수는 모래 어귀에 보이노라.

我行送季父[6] 숙부를 전송하는 자리에 나가서

---

01 齊公제공 : 제한(齊澣)을 가리킨다.
02 甘棠감당 : 팥배나무. 주(周)나라 무왕(武王)이 죽고 성왕(成王)이 어린 나이로 즉위하자 소공(김公)과 주공(周公)은 각각 주나라를 동서로 나누어 다스렸는데, 주공은 낙읍(洛邑; 지금의 洛陽)에 머물면서 동쪽 지역과 제후들을 관장하였고, 소공은 서쪽 지역을 다스렸다. 소공은 팥배나무(甘棠) 아래에서 백성의 송사를 듣고 공정하게 해결해 주어 후대에도 사람들이 소공을 대하듯 그 나무를 대하며 선정을 기렸다고 한다.
03 吳關오관 : 윤주가 오 땅에 속하였기 때문에 오관이라 불렀다.
   此固차고 : 윤주의 산 이름이 북고(北固)이므로 「북고」라 된 판본이 있다.
04 斗門두문 : 홍수 때 물을 막아 조절하는 갑문(閘門).
05 沙汭사예 : 사혈(沙㳯)이라 된 판본도 있는데, 「혈(㳯)」은 물이 구멍에서 내뿜어 나오는 모양.
06 季父계부 : 숙부.

弭棹徒流悅[7]　　　배 멈추고 잠시 열락에 빠져드네.

楊花滿江來　　　갯버들 꽃이 강 가득히 날아오니

疑是龍山雪[8]　　　용산에 날리는 눈송이 인 듯,

惜此林下興[9]　　　죽림 아래 칠현의 흥취를 그리워하고

愴爲山陽別[10]　　　산양에서의 이별처럼 슬퍼하노라.

瞻望淸路塵　　　그대 가는 길 맑은 먼지를 바라보면서

歸來空寂蔑[11]　　　홀로 돌아와 적막 속에 젖어드네.

題瓜洲新河餞族叔舍人賁

齊公鑿新河萬古流不絕豐功利生人天地同朽滅
兩橋對雙閣芳樹有行列愛此如甘棠誰云敢攀折
吳關倚北固天險自茲設海水落斗門湖平見沙汭
我行送李父弭棹徒流悅楊花滿江來疑是龍山雪
惜此林下興愴爲山陽別瞻望淸路塵歸來空寂滅
蔑一作

▶ 〈李翰林集〉(當塗本)

07 弭棹미도 : 정박해 있는 배.
　　流悅유열 : 탐락(耽樂). 정신을 쏟아 마음껏 즐기는 것을 이른다.
08 龍山용산 : 지금의 안휘성 당도현(當塗縣).
09 林下興임하흥 : 죽림칠현의 흥취를 이름. 곧 세속을 초월하여 산림 속에서 유유자적하는 일취(逸趣)를 이른다.
10 山陽別산양별 : 죽림칠현들이 모여 놀던 장소로 지금의 하남성 수무현(修武縣) 서북쪽에 있다.
11 寂蔑적멸 : 적멸(寂滅)로 된 판본이 있으며, 적막(寂寞)과 같은 말이다.

이른 봄, 송별하는 장소인 금릉(金陵)의 노노정(勞勞亭)에서 친우를 전송하는 정경을 묘사하였는데, 친구에 대한 이별의 정서를 생동적인 표현법으로 형상화시켰다. 이백은 나그네 신분으로 일생을 타향에서 보냈으므로 이 작품에서 풍부한 상상력으로 자연의 특수한 감수성을 인격화시켜 이별하는 사람들의 상심과 고통을 부각시켰다. 기승 양구에서는 경치를 빌려 정을 표현하는 수법으로 송객(送客)의 상심을 묘사하였으며, 전결 양구에서는 당시 사람들이 푸른 버들가지를 꺾어주며 전송하는 풍속을 읊었는데 의인법으로 표현한 명구이다.

天下傷心處　　　천하 사람들 마음아파 하는 곳은

勞勞送客亭[1]　　님을 보내는 노노정이로구나.

春風知別若　　　봄바람도 이별의 괴로움 알아

不遣柳條青　　　버들가지의 푸른 싹을 틔우지 못하네.

---

01 **勞勞亭**노노정 : 정자이름으로 임창관(臨滄觀)이라고도 부른다. 삼국시대 오(吳)나라가 노노산(勞勞山) 위에 세운 건축물로 옛날 사람들이 송별하던 장소이다. 현재 강소성 남경시 서남쪽에 옛터가 남아 전한다. 양나라 원제(元帝) 소역(簫繹)의 〈서쪽으로 돌아가는 아내를 보내면서(送西歸內人)〉라는 시에서 '오늘 노노에서 멀리 정인을 보내네. (今日勞勞長別人)'라 읊었는데, 정(亭)의 명칭을 이 시구 가운데 노노라는 이름에서 취하였다.

19

雜詠詩 잡영시 ; 여러 가지 사물을 읊은 시

---

^{조 노 유}
嘲魯儒
노지방 선비를 조롱하며

개 원 25년(737)에 지은 시다. 제목의 노유(魯儒)는 지금의 산동성 곡부(曲阜) 일대의 노지방에 거주하는 유학자다. 시 가운데에서 노나라 선비의 복식과 행동거지에 대하여 묘사하면서 당나라 시대에 살면서 한나라 복장을 착용하고 죽을 때까지 유교경전의 장구(章句)만을 고수한 채 시사에 융통성이 없는 고지식한 노유를 조소(嘲笑)하는 어조로 꼬집었다. 그러나 자신은 본래부터 고루한 노나라 선비들과는 달리 공업을 이루려는 큰 포부를 가지고 있음을 나타냈다.

<table>
<tr><td>魯叟談五經[1]</td><td>노나라 늙은 선비는 오경을 강론하면서</td></tr>
<tr><td>白髮死章句[2]</td><td>흰머리로 죽을 때까지 글귀에만 매달리는구나.</td></tr>
<tr><td>問以經濟策[3]</td><td>나라 구하는 책략을 물어보면</td></tr>
<tr><td>茫如墜煙霧</td><td>오리무중에 빠진 듯 망연자실하네.</td></tr>
</table>

---

01 **五經**오경 : 유가의 5가지 경전, 곧 시경·서경·주역·예기·춘추.

02 **章句**장구 : 고대 유생들이 장(章)으로 나누고 구(句)로 쪼개서 경전의 뜻을 해석하면서 공부하는 방법. 여기서는 노지방의 선비가 늙어 죽을 때까지 글귀에만 능함을 말한 것이다.

03 **經濟策**경제책 : 나라를 다스리는 경세제민의 책략.

足著遠遊履[4]

발에는 멀리 떠나는 신발 신고

首戴方山巾[5]

머리에는 방산 두건 쓴 채,

緩步從直道

느릿한 걸음으로 큰 길만 고집하니

未行先起塵[6]

길도 떠나기 전에 먼지만 일어나누나.

秦家丞相府[7]

진나라 승상부에서는

不重褒衣人[8]

도포 입은 선비를 배척하였다네.

君非叔孫通[9]

그대는 숙손통이 아니니

與我本殊倫[10]

나와는 본래부터 다른 부류로다.

時事且未達[11]

시사에 대하여 정통하지 못하니

歸耕汶水濱[12]

문수가로 돌아가 농사에 힘쓰시게나.

---

04 遠遊履원유리 ; 한나라 때 사람들이 착용했던 신발.

05 方山巾방산건 : 원래 한 대에 종묘에서 제사지낼 때 음악을 연주하는 진행자들이 썼던 관이지만, 후대에는 유생들이 썼다. ≪후한서·여복지(輿服志)≫에 방산관은 그 모습이 높고 각이 진 모양이라고 하였다. 노의 선비가 당나라에 살면서 한나라 때의 복장을 착용하고 있음을 말한 것이다.

06 未行先起塵미행선기진 : 한나라 때 선비의 의복이 넓고 커서 행동하기에 불편함을 말한 것이다.

07 秦家丞相진가승상 : 진나라 재상 이사(李斯)를 가리킨다. 진시황에게 분서(焚書)하기를 건의하여 제자백가서를 태우고 유생들을 관직에서 추방하였다.

08 褒衣人포의인 : 넓고 큰 도포를 입은 유생.

09 叔孫通숙손통 : 한나라 때 박사. 한 고조가 조정의 새로운 예의를 제정할 때 노나라 유생 3십 명을 초청하였는데, 그 중 두 사람이 숙손통이 옛날과 부합되지 않는다고 갈 것을 거부하자 숙손통이 "시대가 변한 것을 모르니 정말 고루한 선비로다(若眞鄙儒也, 不知時變)"라고 비웃었다(≪사기·숙손통열전≫참조)

10 殊倫수륜 : 같지 않은 부류. 이백은 여기서 자신을 숙손통에 비유하였다.

11 時事시사 : 당시의 일에 적합한 것.

12 汶水문수 : 지금의 산동 경내에 있는 대문하(大汶河)이다. 태산에서 발원하여 옛날 노나라를 경유하여 흐른다.

〈종군행〉은 본래 악부 ≪상화가사≫의 평조(平調) 7곡 중 하나로서 군대생활의 고통과 괴로움을 읊은 작품이다.

이 시에서는 불리한 전세 속에서도 장군의 임전무퇴의 정신을 칭송하였는데, 변방 사막에서 전투가 빈번히 일어난 격전의 분위기를 반영하고 있다. 사막 가운데 고성(孤城)을 배경으로 여러 겹 포위망을 뚫고 나오는 영웅적인 장군의 모습을 묘사하면서 그들의 용감성과 조국을 위해 목숨도 아끼지 않는 기개를 찬양하였다.

百戰沙場碎鐵衣[1]　　수백 번 싸운 사막에서 갑옷은 부서졌고

城南已合數重圍　　남쪽 성곽은 여러 겹으로 포위되었네.

突營射殺呼延將[2]　　적진으로 돌진하여 호연 장수를 살해하고

獨領殘兵千騎歸　　홀로 천여 잔병 거느리고 돌아오노라.

---

01 碎鐵衣쇄철의 : 쇠로 만든 갑옷이 부서질 정도로 싸웠으니, 용감히 전투에 임하여 죽을 고비를 여러 차례 넘긴 것을 형용하고 있다.

02 突營돌영 : 적군의 진영으로 돌진하는 것.
　　呼延將호연장 : ≪한서 · 흉노전(匈奴傳)≫에 의하면 호연장(呼延將)은 흉노의 사성귀족(四姓貴族), 즉 호연씨(呼延氏) · 복씨(卜氏) · 란씨(蘭氏) · 교씨(喬氏) 가운데에서 최고위 계층이라고 하였다. 흉노족은 중국 서북방에 있는 오랑캐로서 예로부터 중국의 최대 적국이었다. 여기서는 일반적으로 적군의 장수를 일컫는 말이다.

春夜洛城聞笛
봄밤에 낙양성에서 피리소리를 들으며

이백이 개원 23년(735) 낙성(洛城)을 유람할 때 고향을 그리워하면서 지은 시이다. 낙성은 현재 하남성 낙양으로 당대에는 매우 번화한 도시였으며, 서쪽 수도 장안에 대하여 동도(東都)라 불렀다. 시의 전반 두 구에서는 성안에 울려 퍼지는 피리소리를 묘사하였으며, 후반 두 구에서는 타향을 떠도는 나그네가 그 피리소리를 듣고 나서 촉발되는 고향에 대한 사념(思念)의 정을 묘사하였다.

誰家玉笛暗飛聲[1]   뉘 집에서 몰래 날아오는 옥피리 소리인지

散入春風滿洛城   봄바람에 스며들어 낙양성 가득 퍼지는구나.

此夜曲中聞折柳[2]   오늘밤 곡조 가운데 절양류곡 들리나니

何人不起故園情   누군들 고향생각 일어나지 않을 손가?

---

01 **玉笛**옥적 : 옥으로 만든 피리.
  暗飛聲암비성 : 야간에 피리 부는 사람은 보이지 않고 소리만 듣기 때문에 '암(暗;몰래))'이라는 단어를 사용하였다.

02 **折柳**절류 : '절양류(折楊柳)'라는 옛 곡명(曲名)으로, 내용은 주로 이별의 수심(離愁)이나 별정(別情)을 읊었다. 절양류곡(折楊柳曲)은 고향을 떠나올 때 길가의 버들가지가 늘어진 장소에서 정든 님과 이별하면서 불었던 곡조로서, 이 노래의 저변에는 일종의 풍습이 전해지고 있으니 곧 사람들이 이별하면서 버들가지를 꺾어주는 것은 바로 '버들 류(柳)'가 '머무를 류(留)'와 같은 발음이므로 떠나는 사람을 머무르게 하여 붙잡고자 하는 바람의 뜻이 짙게 깔려 있었던 것이다. 이렇듯 당나라 사람(唐人)들이 송별할 때는 버들가지를 꺾어 서로 주는 풍습이 있었으므로, 시문 가운데에서는 항상 절류곡으로서 이별의 애틋한 정을 기탁하였다.

宣城見杜鵑花
선성에서 두견화를 보고

천보 14년(755) 모춘, 이백이 선성(宣城)일대를 유람하면서 지은 시이다. 자규는 두견(杜鵑)이라고도 부르는 새로, 매년 늦은 봄 두견화가 만발할 때 울기 시작하는데 그 소리가 매우 처절하다. 이백은 선성에서 두견화가 피어있는 것을 직접 목격하고는 어린 시절 고향인 촉 지방에서 항상 들었던 자규를 연상시키면서 이 시를 지었다. 자규가 한 번 소리 내어 울면 모든 사람들은 단장의 슬픔을 자아내는데, 봄 3개월 중 모춘(暮春)인 음력 3월에 멀리 떨어진 고향생각이 더욱 강렬함을 나타내었다. ≪당송시순≫에서는 이 시에 대하여 '속어(俗語)인 듯 노래인 듯 여겨지지만, 도리어 이것이 절구 본래 모습이다(如諺如謠, 却是絕句本色)'라고 칭찬하였다.

蜀國曾聞子規鳥[1]　　예전에 촉 땅에서 자규 소리 들었는데

宣城還見杜鵑花[2]　　선성에서 또 다시 두견화를 보는구나.

一叫一回腸一斷　　한번 울면 한 번씩 애간장 끊어지고

三春三月憶三巴[3]　　늦은 봄 삼월에 고향을 그리워하네.

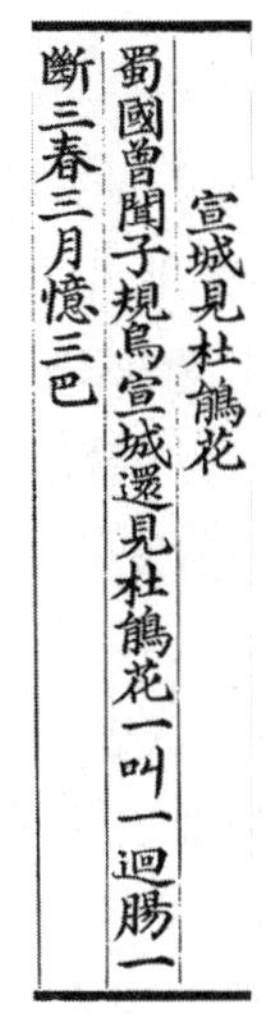

▶ 〈李翰林集〉(當塗本)

01 **子規鳥**자규조 : 중국 고대 전설에 의하면, 주대(周代) 말엽 촉국(蜀國) 국왕인 두우(杜宇)는
   망제(望帝)라 불렸는데, 후에 제위를 재상인 개명(開明)에게 전위하고 산중에 은거하였다. 그가
   죽은 후 백성들은 그를 사모하면서 혼령이 두견새라고도 부르는 자규(子規)가 되었다고 믿었다.
   이 새는 매년 음력 삼월이 되면 '불여귀거(不如歸去), 불여귀거(不如歸去)'라고 처량하게 울
   때 주둥이에서 피가 나는데, 그 선혈이 온산의 꽃을 붉게 물들였으므로 사람들은 이 붉은 꽃을
   두견화(진달래)라고 불렀다.
02 **宣城**선성 : 지금의 안휘성(安徽省) 선성시로 천보·지덕 년간 이전의 선주(宣州)를 선성군(宣城
   郡)으로 명칭을 바꾸었다.
03 **三春**삼춘 : 늦은 봄.
   三巴삼파 : 파군(巴郡; 重慶市)·파동군(巴東郡; 奉節縣 동북쪽)·파서군(巴西郡; 閬中縣)의
   세 지방을 가리킨다. 사천성 가릉강(嘉陵江)과 기강(綦江) 동쪽 대부분 지역으로 이백의 고향
   인 촉중(蜀中)이다.

三五七言
삼언 오언 칠언구의 시

이백이 처음 시도한 시로 삼언(三言), 오언, 칠언이 각각 두 구씩 모두 6구로 이루어진 독특한 잡언체 형식을 갖추고 있다. 이 시는 한 쌍의 정인들이 달뜬 밤에 은밀히 만나는 정경을 묘사한 작품이다. 삼언 두 구에서는 가을 달 뜬 밤에 정인들이 몰래 만나는 광범위한 시공(時空)을 그렸으며, 오언 두 구에서는 그들이 만날 때 바람에 날리는 낙엽이 발밑에서 모였다 흩어지는 모습과 나무위의 겨울 까마귀가 둥지에서 쉬다가 정인들의 모습을 발견하고 놀라는 주변의 모습을 그리고 있다. 칠언 두 구에서는 오늘밤의 정회는 일생 중에서 가장 아름다운 밤의 밀회이지만, 내일 날이 밝으면 영원히 만날 수 없는 이별을 하여야 하므로 지금의 정이 진정으로 수심이 교차하는 밤이 되는 안타까운 심정을 표현하고 있다. 이 시는 형식상 이백이 지은 〈보살만(菩薩蠻)〉·〈억진아(憶秦娥)〉와 함께 송사(宋詞)의 기원이 되는 중요한 시이다. 안기는 이 시를 지덕(至德) 원년(756)에 지었다고 하였다.

秋風淸

가을바람은 맑고

秋月明

가을 달은 밝은데,

落葉聚還散

낙엽은 모였다가 다시 흩어지고

寒鴉棲復驚[1]

겨울 까마귀는 쉬다가 다시 놀라는구나.

相思相見知何日

그리워하며 다시 볼 날이 어느 때 인지요?

此時此夜難爲情

오늘 밤 지금의 이 정을 어이할쏘냐.

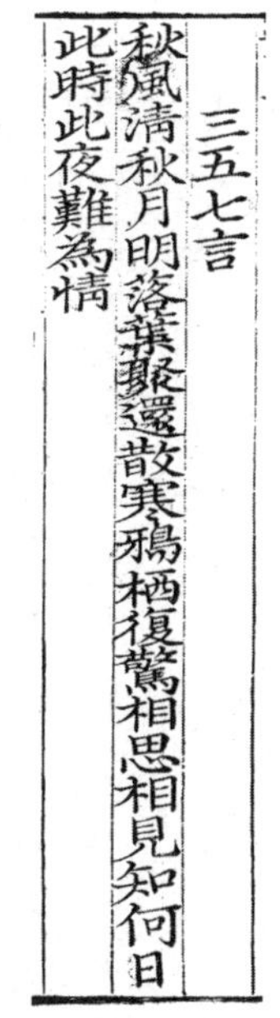

▶ 〈古文眞寶大全前集(木版本)〉

---

01 **寒鴉**한아 : ≪본초강목(本草綱目)≫에 '새끼가 늙은 어미를 먹이는 인자한 새로 북방사람들은 겨울 까마귀라 부르는데, 겨울에 더욱 활발하게 활동한다.(慈鳥, 北人謂之寒鴉, 以冬日尤盛)' 라 하였다.

20

閨情詩 규정시 ; 규방 여인들의 정을 읊은 시

이 시는 일명 〈장상사(長想思)〉라고도 부르며, 모두 12수인데 그 중 11번째 시이다. 개원 19년(731) 전후 이백이 낙양과 남양에 머물면서 안륙에 있는 아내인 허씨에게 보낸 시이다. 시에서는 임이 떠난 적막한 규방(閨房) 주변의 상황을 섬세한 필치로 묘사하고 있다. 지난 날 임과 함께 지낸 단란했던 시절과 임이 떠난 이후 3년이 지난 현재까지 줄곧 임을 그리워하며 지내는 괴로움을 표출하고 있으며, 최후에는 가을의 적막한 모습으로 정을 기탁하였다. ✤

≪其11≫

美人在時花滿堂　　　임 계실 적엔 집에는 꽃이 가득하더니

美人去後餘空牀　　　임 떠난 후엔 빈 침대만 남았네.

牀中繡被卷不寢[1]　　침대 위 비단이불 거두어 깔지 않았건만

至今三載聞餘香　　　삼년지난 지금까지 남은 체취 맡는구나.

香亦竟不滅　　　　　향내도 끝내 가시지 않고

人亦竟不來　　　　　임도 끝내 오시질 않으니,

相思黃葉落　　　　　그리움에 누런 낙엽 떨어지고

白露濕靑苔　　　　　흰 이슬은 푸른 이끼 적시누나.

▶ 〈靑蓮詩(筆寫本)〉

01 **卷不寢**권불침 : '갱불권(更不卷 ; 다시 개지 않고)'이라고 된 판본이 있다.

　　　천보 2년(743)에 지은 시70)로, 이때 이백은 한림공봉(翰林供奉)에 있으면서 참소를 당하였으므로 한나라 성제(成帝) 때 반첩여(班婕妤)가 실의한 고사를 빌려 스스로의 처지에 비유하였다. ≪한서(漢書)≫에 의하면 조비연(趙飛燕) 자매는 미천한 신분에서 일어나서 예법을 뛰어넘는 행동으로 황제의 총애를 얻었다. 시의 초반에서는 조비연의 득총과 반첩여의 고독을 그렸고, 중간에서는 조비연의 득총을 서술하면서 은근히 군왕의 혼미함을 나타내었으며, 미련(尾聯)에서는 시의 제목에 맞도록 반첩여의 실의한 심정을 묘사하고 있다. 실제로 반첩여는 실총당한 후에 〈원가행(怨歌行)〉을 지어 자신을 '철지난 부채(秋日團扇)'의 처지에 비유하면서 버림받음을 슬퍼하였다.

---

70) 〈장신원(長信怨)〉이라고도 부르기도 한다.

月皎昭陽殿[1]　　　소양전은 달빛 교교한데

霜淸長信宮[2]　　　장신궁에는 서리 내려 싸늘하구나.

天行乘玉輦[3]　　　천자는 옥 수레 타고

飛燕與君同　　　　비연과 동행하였네.

更有歡娛處　　　　또 다시 즐겁게 노니는 곳에는

承恩落未窮　　　　임금의 사랑이 그치지 않노라.

誰憐團扇妾[4]　　　뉘라서 저의 부채를 가여워 하랴

獨坐怨秋風　　　　가을바람을 홀로 원망할 뿐이네.

→ → →
──

01 昭陽殿소양전 : 총애 받는 조비연 자매가 거처하던 궁전.
02 長信宮장신궁 : 실총당한 반첩여가 유폐된 곳. 반첩여(班婕妤; 기원전48-2)는 이름이 반염(班恬)
　　이다. 한 성제의 후궁이며 유명한 여류 시인으로 반표(班彪)의 고모이다. 반씨는 처음 입궁하여
　　지위가 낮은 소사(少使)에 머물다가 총애를 받아 금방 첩여(婕妤)에 책봉되었다. 초기에는
　　매우 총애를 받는 후궁이었으나, 아름다운 조비연(趙飛燕)과 그 여동생이 후비로 입궁하면서
　　점점 실총(失寵)하게 되면서 황제가 거처하는 황궁을 떠나가 장신궁(長信宮)에 머물며 〈자도부
　　(自悼賦)〉〈도소부(搗素賦)〉〈원가행(怨歌行)〉 등 세 편의 시를 지었다. 그 중에 〈원가행〉
　　만이 오늘날까지 전하는데, 한 때 주목을 받던 부채가 가을이 되니 버려진다는 내용이다.
03 天行천행 : 황제가 출행 나가는 것.
　　玉輦옥련 : 황제가 타는 수레.
04 團扇妾단선첩 : 반첩여를 비유한 것임. 반첩여는 실총당한 후에 자신을 「철지난 가을 부채(秋日
　　團扇)」에 비유하였다.

────────────────────────────────────── ← ← ←

　　고대의 규원시(閨怨詩)에서 표현하고자 하는 바는 뼈 속 깊이 사무치는 이별의 고통이다. 이백의 이 시도 규중에서 독수공방하는 젊은 여인을 동정하면서 남편에게서 버림받았거나 혹은 떨어져 지내는 아낙네의 애원(哀怨)을 표현하였다. 기승 양구에서는 독수공방하는 미인이 주렴을 걷어 올리고 두 눈썹을 찌푸린 채 깊은 상념에 잠긴 상태를 그렸으며, 전결 양구에서는 뺨 위에 남아 있는 눈물자국을 묘사하여 규중 여인의 내심에 담긴 애원을 표시하였다. 간단한 언어 속에서 무궁한 함축미가 발휘되고 있다.

美人卷珠簾[1] _{미 인 권 주 렴}	미인이 주렴을 걷어 올리고는
深坐嚬蛾眉[2] _{심 좌 빈 아 미}	오래도록 앉은 채 눈썹을 찌푸리네.
但見淚痕濕 _{단 견 루 흔 습}	단지 눈물 젖은 자국만 보일 뿐이니
不知心恨誰 _{부 지 심 한 수}	마음속으로 누구를 원망하는지 모르겠구나.

---

01 **卷珠簾**권주렴 : 직역하면 주렴을 걷어 올린 것이지만, 실제의 뜻은 그 주렴을 독수공방하는 여인이 바라본다는 의미가 강하게 배여 있다. 주렴은 진주를 꿰어서 만든 발이다.

02 **深坐**심좌 : 오래도록 앉아 있는 것.
　　蛾眉아미 : 여자의 길고 아름다운 눈썹.

개원 15년(727) 이백이 안륙(安陸)에 머무를 때, 그의 첫 번째 부인인 허(許)씨에게 써준 시이다. 당시 이백은 옛 재상이었던 허어사(許圉師)의 손녀와 결혼한 상태였다. 기승 양구는 이백이 1년 내내 음주로 세월을 보냈음을 말하였으며, 전결 양구는 한나라 태상경(太常卿) 주택(周澤)의 고사에 비유하면서 자책하는 뜻을 내포하고 있다. 이토록 이백이 1년을 매일 같이 취한 상태이니 주택의 부인이 남편과 1년 동안 헤어져 있는 것과 다를 바 없다고 하였다. 부인을 위로하려는 유머러스한 풍취가 넘친다.

삼 백 육 십 일 三百六十日	1년 3백 6십일 동안
일 일 취 여 니 日日醉如泥	날마다 진흙 같이 취했다네.
수 위 이 백 부 雖爲李白婦	비록 이백의 아내라 하지만
하 이 태 상 처 何異太常妻[1]	어찌 한나라 태상 처와 다르리오?

---

01 **太常妻**태상처 : ≪후한서(後漢書)≫(권 109) 〈주택전(周澤傳)〉에 의하면, 한(漢) 주택은 궁중에서 종묘(宗廟)를 관장하는 태상이라는 직책을 맡고 있었다. 그는 직무에 충실하여 항상 궁중에 유숙하면서 집으로 돌아가지 않았다. 한번은 그의 처가 찾아오자 화를 내면서 재금(齋禁), 곧 금녀의 규율을 범하였다 하여 처를 옥중에 감금하고 죄를 청하였다. 당시 사람들이 이를 가리켜 노래 부르기를 '살면서 화합하지 못한 이는 태상처라네. 일 년3백6십일 중 3백5십9일은 재를 올리고 나머지 재를 올리지 않는 하루는 진흙같이 취했다네. (生世不諧, 作太常妻. 一歲三百六十日, 三百五十九日齋, 一日不齋醉如泥)'라고 풍자하였다.

재 심 양 비 소 기 내
在尋陽非所寄內
심양 감옥에서 아내에게 부치다

이 시는 지덕2년(757) 이백이 영왕의 사건에 연루되어 처음 심양옥에 갇혔을 때 지은 시이다. 제목의 심양은 지금의 강서성 구강시(九江市)이며, 비소는 영어(囹圄) 즉 감옥을 일컫는 말이다. 시에서 이백이 하옥(下獄)된 후 아내인 종부인이 분주히 돌아다니며 자신을 구제하려는 것에 감격하는 마음과 또한 자신이 죄로 투옥된 비애의 심정을 표현하고 있다. ✍

在尋陽非所寄內
聞難知慟哭　行啼入府中　多君同蔡琰　流涙請曹公
知登吳章嶺　昔與死無分　崎嶇行石道　外折入青雲
相見若悲歎　哀聲那可聞

▶ 〈李翰林集〉(當塗本)

聞難知慟哭	어려움 만났다는 소식 듣고 통곡하면서
行啼入府中	관청에 들어가 읍소한 것 아네.
多君同蔡琰[1]	그대에게 감격하였소, 채염 처럼
流淚請曹公	눈물 흘리며 조조에게 청원하였으리라.
知登吳章嶺[2]	알겠소, 오장산 봉우리에 올라가서
昔與死無分[3]	죽은 것과 다름없다고 탄식하는 것을!
崎嶇行石道	높고 험난한 돌길 가면서
外折入青雲	멀리 돌아 청운 속으로 들어가누나.
相見若愁歎	서로 만나면 근심과 탄식으로
哀聲那可聞	애달픈 음성 어떻게 들을 수 있을까요?

---

01 **多**다 : 여기서는 감격하다는 뜻.
 蔡琰채염 : 후한의 대문학가인 채옹(蔡邕)의 딸로 난리로 인하여 기구한 일생을 살았다. ≪후한서·열녀전(烈女傳)≫에 의하면, 채염은 박학다식하고 언변이 뛰어날 뿐 만 아니라 음률에 정통하였다. 남편인 동사(董祀)가 법을 어겨 죽음을 당할 처지였는데 채염이 조조(曹操)에게 구명을 청하여 남편의 목숨을 구하였다 한다. 이 시에서도 당시 이백의 처 종씨(宗氏)가 예장(豫章, 지금 南昌)에 머무르면서 고관들에게 이백의 사면을 청하였다.
02 **吳章嶺**오장령 : 산 이름. 지금의 강서성 성자현(星子縣) 북쪽에 있다.
03 **昔**석 : 「석(惜)」과 같은 뜻으로 가엾어 탄식함.

남 류 야 랑 기 내
南流夜郎寄內
남쪽 야랑으로 유배가면서 부인에게 보내다

숙종 건원2년(759) 춘3월, 이백이 야랑으로 유배 가는 도중 예장(豫章)에 있는 종씨(宗氏) 부인에게 보낸 시이다. 유배로 인해 처자와 떨어져 지내는 고통과 아내로부터 서신을 받아보지 못하는 비애를 읊고 있다. 첫 구에서는 천리 머나먼 타향에서 아내와의 별거에서 오는 비분과 원망을 나타내었고, 둘째 구에서는 자신이 천리밖에 있으므로 집에서의 서신이 더딤을 말하였다. 전결 양구는 기러기 다 돌아가도록 기다려도 아내가 보낸 편지(家書)가 도착하지 않자 실망한 심정을 묘사하였는데, 깊은 정이 드러나고 있다.

이렇듯 이백은 천륜(天倫)의 정이 돈독하였으니, 아내에게 보낸 시들은 모두 정이 깊어 사람들의 심금을 울리고 있다.

夜郎天外怨離居[1]
하늘 밖 야랑에서 원망 품은 채 지내는데

明月樓中音信疏[2]
명월루에서 오는 소식 왜 이리 뜸한가요.

北雁春歸看欲盡[3]
봄에 북쪽으로 돌아가는 기러기 다 사라지도록

南來不得豫章書[4]
남쪽으로 온 이래 아내의 편지 받아보지 못하였네.

▶ 宋 馬遠 〈山徑春行圖〉

---

01 **天外**천외 : 매우 먼 것을 비유한 말.
  怨離居원리거 : 원망을 품고 멀리 떨어져 지내는 것.
02 **明月樓**명월루 : 처자(妻子)가 거처하는 곳이다. 고전 시에서 명월루는 부녀자가 거처하는 곳으로 많이 쓰인다.
03 **北雁春歸**북안춘귀 : 겨울이 지나고 점점 따뜻해지는 봄이 오면 기러기는 남쪽에서 북쪽으로 돌아간다.
04 **豫章書**예장서 : 예장은 홍주(洪州)군명으로, 지금 강서성 남창시(南昌市)에 군 소재지가 있다. 이백의 부인 종씨가 이때 예장에 머물렀는데, 「예장서」는 그 곳에서 보내온 서신을 말한다.

思邊
변경가신 님 그리워라

천보 2년(743)에 지은 시로 남쪽지방에 사는 아내가 변경으로 출정한 남편을 그리워하는 내용이다. 전형적인 '경중우정(景中寓情)'의 방법을 이용하여 작년 이별할 때와 그 후부터 오늘까지의 광경을 묘사하면서 오래도록 쌓인 그리움을 강렬하게 표출하고 있다. 시 가운데에서 서산(西山)과 남원(南園)은 상대적으로 여자는 후방에 있고 남편은 변경의 옥문관에 있음을 나타내었으며, 남편이 변방으로 출정한 지 1년이 지났어도 소식이 없어 애태우는 아내의 심정을 동정하고 있다.

去年何時君別妾　　지난해 어느 땐지 임이 저와 이별할 제

南園綠草飛胡蝶　　남쪽 동산 푸른 풀에 나비 날았지요.

今歲何時妾憶君　　올해 어느 땐지 제가 임을 그리워할 제

西山白雪暗秦雲[1]　　서산에는 흰 눈 내리고 진땅엔 구름 덮었어라.

玉關去此三千里　　옥문관은 삼천리 머나먼 길이니

欲寄音書那可聞[2]　　편지를 붙이고자 하나 언제쯤 도착할까나?

---

01 西山서산 : 두 번째 구의 '남원(南園)'과 대구를 이루고 있다.
　　秦雲진운 : 부인이 머무르는 진지방에 뜬 구름.
02 音書음서 : 소식. 편지.

越女詞 5수
월지방 소녀의 노래

이 연작시는 개원 13년(725) 이백이 촉 땅을 나와 처음 금릉(金陵) 지방을 유람하면서 지었다. 금릉 장간리(長干里)에 사는 오지방 소녀들의 아름다운 용모와 자태를 묘사하고 있는데, 언어가 소탈하여 조탁한 흔적이 보이지 않는다. 풍격은 남조민가(南朝民歌)의 영향을 받고 있다.

越女詞五首

長干吳兒女眉目艷星月屐上足如霜不著鴉頭襪

又

吳兒多白皙好爲蕩舟劇賣眼擲春心折花調行客

又

耶溪採蓮女見客棹歌迴笑入荷花去佯羞不出肯來（一作）

又

東陽素足女會稽舸郎相看月未墮白地斷肝腸

又

鏡湖水如月耶溪女如雪新妝蕩新波光景兩奇絶

▶ 〈李翰林集〉(當塗本)

≪其1≫

長干吳兒女[1]　　　장간리 사는 오 땅 아가씨

眉目艷星月　　　수려한 미목은 별과 달처럼 곱구나.

屐上足如霜[2]　　　나막신 위 서리같이 하얀 발엔

不着鴉頭襪[3]　　　아두말을 신지 않았네.

　　오월(吳越)지방에 사는 아리따운 아가씨의 모습을 묘사하였다. 기승 양구에서는 장소와 묘사의 대상을 읊었는데, 장간리에 사는 아가씨들의 미목이 수려하여 눈동자가 별처럼 밝게 빛나고 눈썹은 초승달 같이 아름답다고 하였다. 전결 양구에서는 그 곳 강남 물가에 사는 아가씨들의 생활을 그리면서 그들의 발과 피부를 묘사하였다. 어떠한 화장도 하지 않은 채 나막신을 신은 여인네의 소박하고 아담한 모습은 동양화 속의 한 폭 미인도(美人圖)를 연상케 한다.

---

01 長干장간 ; 장간리를 가리키는 지명으로, 지금의 남경시 진회하(秦淮河) 남쪽에 있으며 장강과 근접해 있음.
　　吳兒오아 : 오지방에 사는 여자 아이.
02 屐극 : 나무로 만든 나막신으로 고대 중국 오월지방에 사는 여자아이들 대부분이 나막신을 착용하였다. ≪진서·오행지(晉書·五行志)≫에 '처음 나막신을 만든 사람은 여자가 신는 나막신은 앞머리를 둥글게 하고 남자 것은 모나게 만들었다. 둥글게 만든 것은 순종한다는 뜻이 있으므로 남녀를 구별하였던 것이다. 태강(太康;280-289) 초년에 이르러 부인이 신는 나막신도 모나게 만들어 남녀의 구별을 없앴다(初作屐者, 婦人頭圓, 男子頭方. 圓者順之義, 所以別男女也. 至太康初, 婦人屐乃頭方, 與男無別)'라고 하였다.
03 鴉頭襪아두말 : 차두말(叉頭襪)이라 부르기도 하며, 엄지발가락과 나머지 네 발가락을 분리하여 신는 일종의 양말.

≪其2≫

吳兒多白晳[1]　　옥같이 고운 오지방 처녀들이

互爲蕩舟劇[2]　　서로 뱃놀이하며 장난치네.

賣眼擲春心[3]　　눈웃음치며 교태부리고

折花調行客　　꽃가지 꺾어 나그네 유혹하누나.

　　중국 남부 강남지방에 살고 있는 처녀의 천진난만하고 활발한 성격을 읊었다. 기승 양구에서는 흰 피부를 지닌 아가씨들이 배를 저으며 유쾌하게 노니는 모습을 묘사하였으며, 전결 양구에서는 아가씨들이 눈웃음으로 정을 전하고 고의로 꽃 꺾어 나그네에게 던지며 희롱하는 정겨운 모습을 묘사하였다.

▶ 明 周臣 〈水村漁樂圖卷〉

01 白晳백석 : 밝고 깨끗한 모습.
02 蕩舟劇탕주극 : 배 안에서 노니는 것. ≪사기・제태공세가((齊太公世家)≫에 의하면 '제 환공과 채나라 부인이 함께 배를 타고 노닐 때, 물에 익숙한 채 부인이 배를 흔들면서 장난치자 환공이 중지시켰으나 멈추지 않았다(齊桓公與夫人蔡姬戲船中, 蔡姬習水, 蕩公, 公懼, 止之.)'고 한 기록으로 보아 배를 요동치면서 장난하는 것을 말한다.
03 賣眼매안 : 눈짓으로 정을 전달하는 것.
　　擲척 : 조소 혹은 교태부리는 것.

≪其3≫

耶溪探蓮女[1]
연꽃 따는 약야계의 소녀는

見客棹歌回[2]
나그네 보자 뱃노래 부르며 돌아가네.

笑入荷花去
웃으며 연꽃 속으로 숨어 들어가서는

佯羞不出來
부끄러워 나오지 못하는구나.

　　월(越)지방 약야계(若耶溪)에서 연꽃 따는 아가씨들의 다정하고 활발한 자태를 묘사하였다. 기승 양구에서는 약야계가의 채련녀(采蓮女)들이 길가는 나그네를 보고는 급히 배를 저어 돌아가는 생동적인 모습을 그리고 있으며, 전결 양구에서는 그녀들이 노래 부르고 웃으면서 배를 저어 연꽃 속에 숨은 채 부끄러워 나오지 못하는 모습을 그리고 있다.

---

01 **耶溪**야계 : 지금 절강성(浙江省) 소흥현(紹興縣) 남쪽 약야산(若耶山) 아래에 있는 약야계를 가리킨다. 약야계 곁에 옷을 빨던 완사석(浣紗石)이란 옛 유적이 남아 있는데, 춘추시대 미녀인 서시(西施)가 옷을 세탁한 곳이라고 한다.

02 **棹歌**도가 : 흔들리는 배를 타고 한편으로는 노 저으면서 한편으로는 노래 부르는 것. 한 무제(武帝)의 〈추풍사(秋風辭)〉에 '퉁소와 북소리 울리며 뱃노래 부르노라(簫鼓鳴兮發棹歌)'라는 구절이 있다.

≪其4≫

東陽素足女[1]

동양지방 발이 하얀 아가씨와

會稽素舸郎[2]

회계지방 배 끄는 청년은,

相看月未墜

달이 지지 않아 서로 바라보기만 할 뿐

白地斷肝腸

공연히 애간장만 태우네.

청춘남녀의 정회(情懷)를 읊고 있다. 동양지방에서 일하는 여염집 아가씨와 회계지방에서 배 끄는 청년이 서로 만나는 장면을 묘사하였다. 선남선녀가 깊은 정을 느끼면서도 예교(禮敎)의 구속 때문에 달이 밝은 곳에서는 연애를 할 수 없으므로 애 태우며 서로 드러내 놓고 만나지 못하는 모습에서 소박한 감정을 읽을 수 있다. 비록 사사로운 남녀의 정을 묘사하였지만, 솔직 담백한 감정이 넘쳐흐르고 있다.

▶ 明 周臣 〈水村漁樂圖卷〉

01 **東陽**동양 : 무주(婺州) 동양군(東陽郡)에 동양현이 있으며, 지금의 절강성 금화(金華)·동양(東陽) 일대임.

02 **會稽**회계 : 지금의 절강성 소흥(紹興)지방.
　素舸소가 : 채색하지 않은 나무로 만든 화려하지 않은 배.

≪其5≫

鏡湖水如月[1]　　　경호 물결은 달 같이 맑고요

耶溪女如雪[2]　　　약야계 소녀는 백설같이 고와라.

新妝蕩新波　　　　새로 화장하고 봄 물결 채질하는 모습

光景兩奇絶　　　　광경이 모두 기묘하고 아름답구나.

　　새로 화장한 아가씨가 물속에 자신의 아름다운 자태를 비쳐보는 모습을 읊고 있다. 기승 양구에서는 호수를 달과 같이 투명한 모습으로, 아름다운 아가씨를 백설과 같이 해맑은 모습으로 각각 비유하였다. 전결 양구에서는 갓 화장을 마친 아가씨의 모습을 보고 출렁이는 물결 속에 비친 모습과 실제의 모습이 모두 아름답다고 묘사하였다.

▶ 明　周臣　〈水村漁樂圖卷〉

01 **鏡湖**경호 : 주위가 약 3백리로 감호(鑑湖)라고도 부르며, 지금의 절강성 소흥시 회계산 북쪽 기슭에 있음.　절세미인 서시가 빨래 한 곳으로 유명한 약야계는 회계현 동남쪽에 있으며, 그 물줄기가 경호로 흘러 들어간다.

　　水如月수여월 : 경호에 뜬 둥근 달의 모습이 거울과 같이 투명한 것.

02 **女如雪**여여설 : 여자의 순결하고 아름다운 모습.

이 백이 처음 고향인 촉(蜀)지방을 떠난 해인 개원 13년(725), 파(巴) 땅에 도착하여 지은 민가풍(民歌風)의 시로서, 이전부터 사천동부지방의 민가로 전해 오는 〈파녀사〉와 마찬가지로 파 땅 여자가 여행에서 오랫동안 돌아오지 않는 님을 그리워하는 내용이다. 기승 양구는 세차게 흐르는 강물과 나는 듯 빨리 운항하는 배를 그렸으며, 전결 양구는 남편이 돌아오기만을 기다리는 마음을 읊었는데, 고향을 그리는 깊은 정감이 실제의 경물과 자연스럽게 결합되어 민가(民歌)의 정취가 넘쳐흐르고 있다. ❧

巴水急如箭[1] 파 수 급 여 전	파수가 화살같이 빠르게 흐르니
巴船去若飛 파 선 거 약 비	님 실은 배도 나는 듯 가는구나.
十月三千里[2] 십 월 삼 천 리	10월 동안 삼천리 길 가셨으니
郎行幾歲歸[3] 낭 행 기 세 귀	떠난 님은 어느 해에나 돌아오실까?

→ → →

01 巴水파수 : 당대의 부주(涪州)·충주(忠州)·만주(萬州) 등지는 모두 고대의 파군 땅으로 지금의 사천 경내에 있다. 파수는 장강의 일부분으로서, 이 물이 많이 불어 수위가 올라갈 때에는 화살과 같이 빠르게 흐른다고 한다.
02 十月시월 : 10개월. 즉 낭군이 떠난 시간이 오래되었음을 말한다.
　 三千里삼천리 : 낭군이 떠나간 곳이 아주 먼 곳을 이른 말.
03 郎랑 : 청년, 즉 님을 가리킨다.

← ← ←

21

哀傷詩 애상시 ; 슬픔을 노래한 시

^{곡 조 경 형}
哭晁卿衡
조경을 곡하다

천보 13년(754) 여름, 이백이 광릉(廣陵)[71]을 유람할 때 만난 후배이자 친우인 위호(魏顥)로 부터 조형이 일본으로 귀국하다가 폭풍우를 만나 실종되었다는 소식을 들은 후 지은 시이다. 첫 구에서는 일본인 조형이 수도 장안을 떠났음을, 둘째 구에서는 조형이 배를 타고 일본으로 떠난 사실을, 셋째 구에서는 조형이 푸른 바다에 빠져 익사하였음을, 그리고 마지막 구에서는 깊은 애도의 심정을 표현하였다. 그러나 이백이 죽은 줄 알았던 조형은 일본으로 향하는 길에 조난당하였다가 구사일생으로 돌아온 후 대력 5년(770) 정월에 세상을 떠났는데 이때 나이가 73세였다.

---

71) 지금의 江蘇省 揚州市

日本晁卿辭帝都[1]   일본인 조경이 임금계신 장안을 떠나

征帆一片繞蓬壺[2]   돛단배타고 봉래산으로 저어가노라.

明月不歸沉碧海[3]   명월이 푸른 바다에 빠져 돌아오지 못하니

白雲愁色滿蒼梧[4]   백운도 수심 띤 채 창오산을 감싸 도네.

→ → →

01 **晁卿**조경 : 일본인 조형(晁衡; 698-770)), 일본 이름으로는 아베 나카마로(阿倍仲麻呂). '조(晁)'는 '조(朝)'의 이체자(異體字)이며, '경(卿)'은 조형(晁衡)이 위위경(衛尉卿)에 임명되었으므로 관명인 경(卿)이란 존칭을 붙였다. 조형은 20세 때인 일본 나라(奈良)시대에 당나라로 파견된 유학생으로, 개원 5년(717) 일본에서 중국으로 파견된 사신을 따라 입국하여 학업을 마친 후 출사하여 좌습유(左拾遺) · 비서감(秘書監) · 안남도호(安南都護) 등의 관직을 역임하였다. 중국에서 생활하는 동안 그는 당시 저명한 시인인 이백 · 왕유(王維) · 저광희(儲光羲) 등과 깊은 우정을 맺었다. 천보 12년(753) 조형이 당나라 사신의 신분으로 일본으로 파견되어 배로 항해하다가 불행히도 유구(琉球) 근처에서 폭풍을 만나 안남(安南;지금의 越南) 일대까지 표류하였다. 설상가상으로 도적을 만나 같은 배에 탄 사람 170여 명이 죽임을 당하였지만, 조형은 3년 후 간신히 장안으로 살아 돌아올 수 있었다. 이때가 천보 14년(755) 6월이다. 그러나 이백은 그가 생존해 있다는 사실을 모른 채, 조난으로 사망하였다는 와전(訛傳)된 소식을 듣고 매우 비통해 하며 이 시를 써서 슬픈 마음을 기탁하였다.
帝都제도 : 당나라 수도 장안(長安).
02 **蓬壺**봉호 : 봉래산(蓬萊山)의 이칭. 전설에 의하면 동해(東海) 가운데 방장(方丈) · 봉래(蓬萊) · 영주(瀛州)의 세 신선이 사는 섬(仙島)이 있는데, 모양이 호리병과 같아 삼호(三壺), 즉 방호(方壺) · 봉호(蓬壺) · 영호(瀛壺)라고 칭하기도 하였다. 여기서는 일본을 가리키며, 이 구절은 조형이 배를 타고 일본으로 돌아 간 것을 말한다.
03 **明月**명월 : 품성과 덕행이 고결하고 재주가 출중한 인물을 비유하여 부르는 말. 일설에는 명월주(明月珠)를 조형에 비유하였다고도 한다.
04 **蒼梧**창오 : 산 이름으로 지금의 강소성(江蘇省) 연운항시(連雲港市) 동북쪽에 위치한 운대산(雲臺山)임. 여기서는 조형이 조난당한 바다를 가리킨다.

← ← ←

곡 선 성 선 양 가 수
哭宣城善釀紀叟
술 잘 빚는 선성 땅 기(紀)노인을 곡하다

이백이 상원 2년(761) 선성(宣城)에 머무를 때, 술 잘 빚던 망우(亡友) 기(紀)노인을 애도하여 지은 시이다.[72] 성이 기씨인 기 노인(紀叟)은 선성의 유명한 양주가(釀酒家)로서 생전에 노춘주(老春酒)를 잘 빚었다. 이백 또한 애주가인지라 술을 잘 빚는 노장인(老匠人)을 여러 차례 방문하여 교제하면서 그에 대한 감정이 각별하였으므로 술친구가 죽은 뒤에 이렇듯 비통해 하며 애도하였다. 시에서는 기 노인이 죽은 후에도 계속 노춘주를 빚고 있을 것이라 가정하면서 무덤 속에는 태양이 보이지 않으므로 술을 빚어 누구에게 팔 것인가라는 상상은 기발하여 이치에 닿지 않는 것 같지만 깊은 정이 넘치고 있다. 시에서 평담한 구어체로 노래하듯 해학하는 가운데에서도 이백 자신의 신세 한탄이 깊게 드리워져 있음을 느낄 수 있다.

---

72) 다른 판본에는 제목이 ≪대씨 노인의 주점(戴老酒店)≫이라하여 '戴老黃泉下, 還應釀大春. 夜臺無李白, 沽酒與何人.'이라고 되어 있다.

紀叟黃泉裏[1]　　　황천 가신 기 늙은이

還應釀老春[2]　　　아직도 노춘주를 빚고 있으리라.

夜臺無曉日[3]　　　무덤 속에는 밝은 해(이백)가 없으리니

沽酒與何人　　　술을 누구에게 파시려하오?

▶ 〈李翰林集〉(當塗本)

01 黃泉황천 : 죽은 사람을 매장하는 깊은 지하를 가리키는데, 무덤 밑에 샘물이 흐르므로 황천이라고 불렀으며, 옛날에는 죽은 사람들이 사는 곳이라 여겼다.

02 老春노춘 : 당대에는 유명한 술 이름에 춘(春)자를 붙였다. 여기서는 기 늙은이가 만든 술을 가리킨다.

03 夜臺야대 : 무덤 속을 가리킨다. 서진(西晉) 육기(陸機)의 〈만가(輓歌 ; 죽음을 애도하는 시가)〉에 '그대를 장야대(늘 밤만 있는 곳)로 보내리라(送子長夜臺)'라는 내용이 있는데, 이주한(李周翰)의 주에 의하면 '무덤에 한번 파묻히면 다시는 밝은 해를 볼 수 없으므로 장야대라 부른다. 후인들이 야대라고 한 것은 여기에서 비롯되었다(墳墓一閉, 無復見明, 故云長夜臺, 後人稱夜臺本此)'고 하였다.

曉日효일 : '효일' 대신 '이백(李白)'으로 된 판본이 있다.

22

拾遺詩 습유시; 잃어버리거나 빠진 것을 뒤에 보충한 시

題峰頂寺
봉정사에서 지은 시

이백이 어렸을 때 지은 시라고 한다.[73] ≪후청록≫ 권2에 의하면 기주 황매현(蘄州 黃梅縣 : 지금의 湖北省)에 봉정사(峰頂寺)가 있는데, 이 사찰은 성에서 백여 리 떨어져 있으므로 변란이 일어나도 산봉우리 사이에 있으면 사람의 인적이 닿지 않는다고 하였다. 북송(北宋)때 증부(曾阜)가 황매현 현령으로 있으면서 봉정사에서 이 시를 발견하였다고 한다.

시에서 봉정사가 높은 곳에 위치하고 있음을 묘사하였다. 기승 양구에서는 매우 높은 곳에 위치한 봉정사가 손을 들면 별이 닿을 듯 하늘과 가까이 있음을 표시하였다. 전결 양구에서는 이백의 심리상태를 묘사하였는데, 사람들의 상상을 초월하는 기발한 착상이다. 즉 하늘 위에 신선들이 거주하리라는 것을 가정하고 자신의 말조차 조용히 하도록 주의를 줌으로써 행여 천상의 사람들을 깨울까 조심하는 모습이 역력하다. 과장법과 상상 수법은 예술적으로 큰 성취를 거두었다.

---

73) 송 조덕린(趙德麟)의 ≪후청록(侯鯖錄)≫(권2), 호자(胡仔)의 ≪초계어은총화(苕溪漁隱叢話)≫(권5), 소박(邵博)의 ≪소씨견문후록(邵氏見聞後錄)≫(권18) 등의 책에 전해온다. 참고로 이 시의 작자에 대하여는 송대부터 여러 설이 분분하다. 혹은 이백의 작이라고도 하며, 혹은 왕원지(王元之)·양대년(楊大年)의 작이라고도 한다. 제목 또한 〈제봉정사(題峰頂寺)〉·〈야숙산사(夜宿山寺)〉·〈야숙오아사(夜宿烏牙寺)〉·〈제오아사(題烏牙寺)〉 등 여러 가지로 전해진다. 이렇듯 이백의 작품이라고 단정하기 어려운 실정이지만, 왕기는 〈이백시문습유편(李白詩文拾遺編)〉에 수록하고 있다.

夜宿峰頂寺   산꼭대기 절에서 자는 밤

擧手捫星辰   손들어 별들을 어루만지네.

不敢高聲語   행여 큰소리 내지 마시게나.

恐驚天上人   하늘나라 사람들 깰까 두려우이.

▶ 宋 馬遠 〈踏歌圖軸〉

---

01 **夜宿…星辰**야숙…성진 **2구** : 이 전반 1 · 2구가 '깎아지른 듯 수백 척 높이에 있는 누각에서, 손으로 별을 딸 수 있어라(危樓高百尺, 手可摘星辰)'(제목은 〈야숙산사(夜宿山寺)〉라고 함)라고 된 판본이 있다.

戲贈杜甫
두보에게 희증하다

이 시는 천보 4년(745)에 지었다. 당 맹계(孟棨)는 ≪본사시(本事詩)≫고일편(高逸篇)에 이 시를 수록하면서 두보의 시가 너무 격률에 억매임을 조롱하여 지었다고 하였다. 그러나 남송의 홍매(洪邁)는 ≪용재수필(容齋隨筆)≫권3에서 '반과산두라고 조롱한 것은 호사가들이 그렇게 만든 것이다(飯顆山頭之嘲, 亦好事者所爲耳)' 라 하여 이백의 작품이 아니라고 단정하였지만, 곽말약(郭沫若)은 ≪이백과 두보≫에서 이 시는 두 시인이 서로 만났을 때 두보가 너무 구속받은 내용을 그린 만화(漫畵)라고 인정하였다. 후반 양구는 일문일답으로서 희학(戲謔)하면서도 정이 깊으므로 조롱하는 뜻이 아닌 것을 알 수 있다.

飯顆山頭逢杜甫[1]　　반과산에서 만난 두보

頭戴笠子日卓午　　머리에 쓴 삿갓이 정오를 가리키네.

借問別來太瘦生[2]　　헤어진 이후 태수생은 별고 없으신지요?

總爲從前作詩苦　　옛날과 같이 시 짓기에 괴롭답니다.

---

01 **飯顆山頭**반과산두 : 이본(異本)에는 '장락파전(長樂坡前)'이라고 수록되었다. 장락파는 일명 산판(滻阪)으로 지금 섬서성(陝西省) 서안시(西安市) 성 동북쪽에 위치한 산수(滻水) 서안(西岸)에 있다.

02 **太瘦生**태수생 : 매우 수척한 서생(書生)이란 뜻.

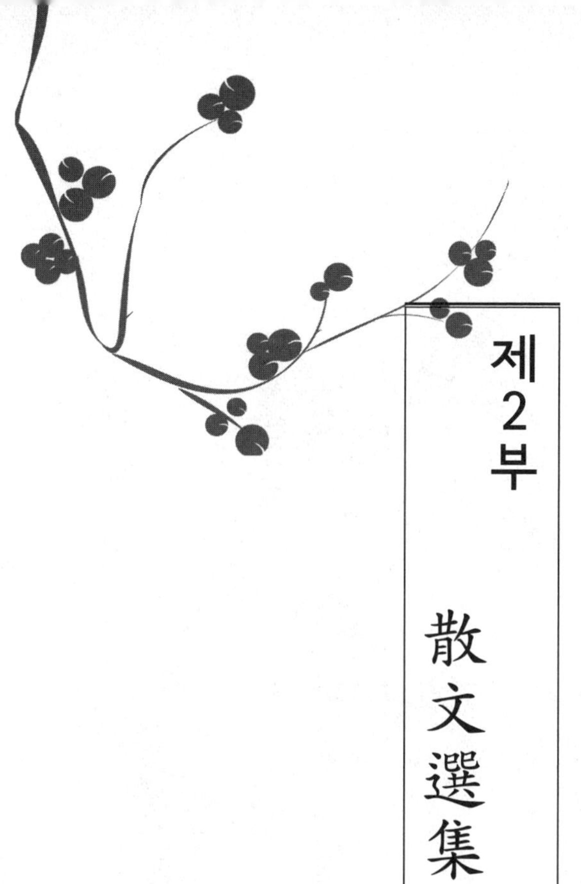

제2부

散文選集

清 蘇六朋 〈太白醉酒圖〉

23

表 (표문)

이 글은 이백이 송중승의 명의로 자신을 발탁하여 고관에 임명하도록 숙종(肅宗)에게 올린 표문이다. 이백이 장안(長安) 원년(701)에 태어났으므로 본문 가운데 '전 한림공봉 이백은 연령이 57세이다(前翰林供奉李白, 年五十有七)'라 한 구절을 유추해 보면 숙종 지덕(至德) 2년(757)에 지었음을 알 수 있다.

송중승은 송약사(宋若思)로서 송지제(宋之悌)의 아들이며, 동시에 〈영은사(靈隱寺)〉란 시로 유명한 시인 송지문(宋之問)의 조카이다. 그는 천보(天寶) 15년(756) 감찰어사(監察禦史) 겸 어사중승(禦史中丞)이 되었으며, 지덕 2년(757) 강남서도채방사(江南西道采訪使) 겸 선성군태수(宣城郡太守)가 되었다. 이백이 이들 부자와 교유한 시로는 먼저 청년 시절에 부친에게 드린 〈강하에서 송지제와 헤어지며(江夏別宋之悌)〉와 만년에 중승에게 드린 〈중승 송공이 오병 3천 명을 거느리고 하남의 군대로 달려가다가 심양에 주둔하면서 죄인인 나를 풀어주고 막부의 참모로 삼기에 이 시를 지어 드림(中丞宋公以吳兵三千赴河南軍次尋陽脫餘之囚參謀幕府因贈之)〉이란 작품 등에 송중승 부자와의 정의가 잘 나타나 있어 이 글과 함께 읽으면 더욱 실감난다.

이백이 지덕2년 영왕의 군대에 참여한 사건에 연루되어 심양 옥에 갇혔을 때 송약사가 출옥시켜 그의 막부에 머물도록 하였으며, 더욱이 이백으로 하여금 자신의 명의로 이 글을 짓게 했다. 이렇듯 송약사의 이름으로 이백을 발탁해 주도록 조정에 올린 표문을 이백에게 직접 작성하게 한 것을 볼 때 이백과 송약사의 관계가 보통 이상임을 알 수 있다.

표문 가운데에서 먼저 자신이 천보 초년(742) 당 현종을 배알하여 한림공봉에 제수되고 총애를 한 몸에 받은 이력과 또한 안사란(安史亂)이 발발하였을 때 영왕의 위협을 받아 동순(東巡)에 참여한 경과를 기술했다. 이 두 가지의 중대한 역사적 사실은 명약관화한 일로서, 전자는 본인이 이미 현종에게 중용되었지만 간신들의 참소로 방축 당하였으며, 후자는 영왕의 협박으로 동순에 참여했다가 중도에서 도망간 사실을 적어 원인과 결과를 분명히 밝혀 자신의 정당성을 공표하였다. 이어서 자신의 정치적 포부와 문학 방면의 재주, 즉 경국제세(經國濟世)의 웅지를 품었고 문장은 풍속을 변화시킬 정도이며 학문은 하늘과 사람의 지극한 이치를 궁구했다고 자찬하고 있다. 마지막으로는 이렇듯 현능(賢能)한 이백에게 특별히 경사(京師)의 관직을 제수하여 조정을 빛내면 온 세상의 현사들이 조정에 귀의할 것이니 이를 숙종이 받아들여 주도록 간청했다. 전체적으로 이치에 맞고 자연스럽게 자신의 의견을 표출하고 있다.

일반적으로 자신을 추천하는 문장은 과장하는 경향이 있다고 보는 탓에 사실대로 서술했어도 남을 감동시키기가 쉽지 않다. 그러나 이백은 이 두 가지를 교묘하게 결합하여 명문장을 만들었다. 어떤 곳에서는 과장적인 측면도 있지만 이렇게 작성해야 비로소 숙종의 마음을 움직일 수 있었을 것이며, 사실 송약사를 대신해서 이백이 쓴 점을 감안하면 문제가 되지 않는다.

문장의 형식에서 당시로선 일반적인 경향인 사륙병려체를 사용했지만, 논리가 정연하고 전고가 합당하여 전체적으로 흔적이 나지 않는 명문장이다. ❧

臣某聞[1], 天地閉而賢人隱[2], 雲雷屯而君子用[3]。臣伏見前翰
林供奉李白, 年五十有七。天寶初[4], 五府交辟[5], 不求聞達[6],
亦由子眞穀口[7], 名動京師。上皇聞而悅之, 召入禁掖[8]。

저(송중승)은 천지가 혼탁해지면 현인이 은둔하고, 구름과 우레가 모이면 군자가
경륜을 펼칠 때라고 들었습니다.
　제가 급어 살펴보니 전에 한림공봉을 지낸 이백은 연령이 57세로 천보 초년 다섯 관부에
서 교대로 초빙하였으나 명성과 영달을 구하지 않았습니다. 곡구(穀口)에 살던 자진(子眞)처
럼 이름이 장안에 진동하자 상황이 이를 듣고 기뻐하여 금액전(禁掖殿)으로 불러들였습니다.

---

01 臣某모신 : '신(臣)'은 옛날 관료들이 군주에 대하여 자신을 낮춘 칭호이며, '모(某)'는 표를 대신
　올린 송약사를 가리킨다.
02 天地閉而賢人隱천지폐이현인은 : 세상의 도가 혼탁해지면 현사들이 산림에 은거한다. ≪주역 · 건
　괘(乾卦)≫에 수록된 내용(天地閉, 賢人隱)으로 공영달(孔穎達)은 ≪정의(正義)≫에서 '두 기
　운이 서로 교통되지 않으면 천지가 막혀 현인이 잠행하거나 은거한다(謂二氣不相交通, 天地否
　閉, 賢人潛隱)'고 하였다. 여기서 현인은 재덕이 겸비된 사람을 의미한다.
03 雲雷屯而君子用운뢰둔이군자용 : 정치가 맑고 깨끗하면 현사들이 발탁되어 출사하는 것. ≪주역 ·
　둔괘(屯卦)≫에 '구름과 우레가 둔이니 군자가 보고서 경륜(경영)한다(雲雷屯, 君子以經綸.)'라
　하였으며, 왕필(王弼)은 '군자가 경륜을 펼칠 때이다(君子經綸之時也.)'라고 주석하였다. 현량
　한 선비가 바로 무(武)를 사용할 때라는 뜻이다.
04 天寶初천보초 : 천보(742-756)는 당 현종의 연호이며, 천보 초년은 기원 742년으로 이백이 현종의
　부름을 받고 입경한 해이다.
05 五府交辟오부교벽 : 오부는 다섯 관료들의 간칭이다. ≪후한서(後漢書)≫권66 〈장해전(張楷傳)〉
　에 '오부에서 연달아 불러 현량과 방정 벼슬에 발탁하였지만 나아가지 않았다(五府連辟, 擧賢
　良方正, 不就.)'라는 기록이 있으며, 장회태자(章懷太子) 이현(李賢)은 주에서 '오부는 태부 ·
　태위 · 사도 · 사공 · 대장군이다(五府,　太傅太尉師徒司空大將軍也.)'라 하였다.
06 聞達문달 : 영달하거나 혹은 칭찬을 받는다는 뜻.
07 子眞穀口자진곡구 : 곡구에 사는 정자진. ≪화양국지(華陽國志)≫의 〈선현사녀총찬(先賢士女總
　讚)〉에 '정자진은 포중 사람이다. 깊고 조용히 도를 지키며 최고의 덕행을 닦은 사람이다…집이
　곡구에 있어 곡구의 자진이라 불렀다(鄭子眞, 褒中人也. 玄靜守道, 履至德之行, 乃其人也
　… 家穀口, 號穀口子眞.)'고 하였으며, 또한 ≪한서≫〈정자진전(鄭子眞傳)〉에서는 '그 후 곡구
　에는 정자진, 촉에는 엄군평이 있었는데, 모두 수양을 잘하여 자신을 보존하였다. 분수에 맞는
　옷과 음식이 아니면 입지 않고 먹지 않았다. 성제 때, 원구대장군 왕봉이 예를 갖추어 자진을
　초빙하였지만, 자진은 끝내 응하지 않은 채 죽었다.…양웅이 세상의 선비를 논평한 저서에서
　두 사람을 칭찬하기를 곡구 정자진은 뜻을 굽히지 않고 자연에 묻혀 농사를 지었으나 그 명성이

^{기 윤 색 어 홍 업} ^{혹 간 초 어 왕 언} ^{옹 용 유 양} ^{특 견 포 상}
旣潤色於鴻業⁹, 或間草於王言¹⁰, 雍容揄揚¹¹, 特見褒賞¹²。

시문으로 왕실의 업적을 빛내고 간혹 황제의 유지를 기안하였는데, 온건하게 찬양하여 홀로 각별한 포상을 받았습니다.

장안에 진동하였다(其後有穀口鄭子眞, 蜀有嚴君平, 皆修身自保, 非其服弗服, 非其食弗食. 成帝時, 元舅大將軍王鳳 以禮聘子眞, 子眞遂不詘而終.…及雄著書言世士, 稱此二人. 其論曰…穀口鄭子眞不詘其志, 耕於巖石之下, 名震於京師.)'는 기록이 있다.

08 禁掖_{금액} : 궁중의 전각이지만, 여기서는 군왕의 처소를 지칭한다.

09 潤色於鴻業_{윤색어홍업} : 이백의 시문이 왕업을 빛나게 함. '윤색'은 문자를 수식하여 문채내는 것을 가리키며, '홍업'은 대업 즉 왕업을 가리킨다. ≪문선(文選)≫권1 반고(班固)의 〈양도부서(兩都賦序)〉에 '무제와 선제 때에 이르러 예관을 존중하고 문장을 상고하였으니, 안으로는 금마와 석거라는 장서를 보관하는 관서를 두고, 밖으로는 악부에서 음률을 고르는 사업을 일으키어 폐지된 것을 부흥시키고 끊어진 것을 이어서 왕업을 윤택하게 하였다(至於武宣之世, 乃崇禮官, 考文章, 內設金馬石渠之署, 外興樂府協律之事 以興廢繼絶 潤色鴻業.)'라 했으며, 이선(李善)은 주(註)에서 '남아 전해지는 문장을 발흥시켜 대업을 빛내고 기리는 것을 말한다(言能發起遺文, 以光讚大業也.)'고 하였다.

10 間草於王言_{간초어왕언} : 틈틈이 황제의 말에 근거하여 조서(詔書)를 기초한 것. 위호(魏顥)의 ≪이한림집서(李翰林集序)≫에 '이백이 한림원에 들어가니 그 명성이 장안을 진동하였다 …상황이 행락시 미리 이백을 부르면 그는 이미 권세가의 연회에서 반취한 상태였지만, 〈출사조〉를 짓도록 명하자 초를 잡지 않고 완성시켜 상황이 중서사인에 임명하였다(白亦因之入翰林, 名動京師. …上皇豫遊召白, 白時爲貴門邀飮, 比至半醉, 令制出師詔, 不草而成, 許中書舍人.)'라 했고, 범정전(範傳正)은 〈당 좌습유 한림학사 이백 공의 신묘비(唐左拾遺翰林學士李公新墓碑)〉에 '당세의 책략을 밝히고 오랑캐의 글에 답서를 작성하는데, 언변은 유창하고 붓놀림은 막힘없이 써내려 가니 현종이 가상하게 여겼다(論當世務, 草答蕃書, 辯如懸河, 筆不停綴, 玄宗嘉之.)'는 내용이 있다.

11 雍容揄揚_{옹용유양} : '옹용'은 태도가 크고 올바르며 각박하지 않고 조용한 것을 형용한 말이고, '유양'은 선양하거나 찬양하는 것이다.

12 特見褒賞_{특견포상} : 현종이 이백을 특별하게 대해준 일들, 예를 들어 '수레에서 내려 영접하고(步輦降迎)', '말을 하사하고(賜馬)', '궁금포를 하사한(賜宮錦袍)' 일 등을 가리킨다. 이양빙(李陽氷)은 〈초당집서(草堂集序)〉에서 '현종이 수레에서 내려 영접하는데 마치 한 고조(高祖)가 상산 사호(商山四皓)를 대하듯, 칠보상에 음식을 차려 손수 국에 간을 맞추어 떠서 먹였다. … 금란전에 머물면서 한림원(翰林院)에 출입하게 하였으며, 국정을 자문하고 몰래 조서를 작성하였는데, 아는 사람이 없었다(降輦步迎, 如見綺皓. 以七寶牀賜食, 禦手調羹以飯之…置於金鑾殿, 出入翰林中. 問以國政, 潛草詔誥, 人無知者.)'고 기록했다.

爲賤臣[13]詐詭, 遂放歸山[14]。閑居制作, 言盈數萬。屬逆胡暴亂[15], 避地廬山[16], 遇永王[17]東巡[18]脅行, 中道奔走, 卻至彭澤[19], 具已陳首[20]。前後經宣慰大使崔渙[21]及臣推覆[22]清雪[23], 尋經奏聞。

그러나 간신들의 참소로 마침내 산으로 돌아가 한가롭게 지내면서 많은 양의 시문을 지었습니다. 오랑캐 역도들이 반란을 일으켜 여산으로 피난하였을 때 영왕의 동순에 위협을 당하여 따랐으나, 중도에서 도망쳤다가 팽택에 이르러 출두하여 모든 상황을 진술하였습니다. 전후로 강남선위대사 최환과 제가 이백의 죄안(罪案)을 바로잡아 억울함을 풀어주고 그 경과를 상주하기에 이르렀습니다.

---

13 賤臣천신 : 고력사(高力士), 양국충(楊國忠), 장게(張垍) 등 간신들을 가리킨다.
14 歸山귀산 : 돈을 받고 조정에서 물러나는 것, 곧 '사금환산(賜金還山)'을 가리킨다. 범정전(範傳正)은 〈당 좌습유 한림학사 이백 공의 신묘비〉에서 '이미 상소를 올려 옛날 은거하던 산으로 돌아가기를 청하니 현종은 그 재주를 깊이 아꼈지만, 취한 채 관청에 출입하는 것이 염려도 되고 조정 내부사정을 말할 수가 없어 후환을 부를까 걱정되어 애석하게 여기면서도 허락했다(既而上疏請還舊山, 玄宗甚愛其才, 或慮乘醉出入省中, 不能言溫室樹, 恐掇後患, 惜而遂之.)'라고 기록했다.
15 逆胡暴亂역호포란 : 안록산(安祿山), 사사명(史思明)이 일으킨 반란을 가리킨다. 이들은 모두 호인(胡人)으로 북방 소수민족 출신이다.
16 避地廬山피지여산 : 이백이 강서성 구강시(九江市)에 위치한 여산 오로봉(五老峰) 밑에 있는 병풍첩(屏風疊)으로 들어가 피난한 일을 가리킨다.
17 永王영왕 : 이린(李璘)으로 현종의 16번째 아들이다. 현종과 숙종, 그리고 영왕 이린과의 복잡한 관계는 곽말약의 ≪이백과 두보≫에서 이백의 〈영왕동순가〉에 자세히 설명되어 있다.
18 東巡동순 : 영왕이 현종의 명에 따라 안사의 난을 평정하려고 서쪽 강릉(江陵)에서 동쪽 강한(江漢)지방으로 군대를 이동하였으므로 '동방으로의 순행(東巡)'이라고 불렀다.
19 彭澤팽택 : 팽택현으로 지금의 강서성 호구현(湖口縣) 동쪽을 가리킨다.
20 具已陳首구이진수 : 영왕이 다른 뜻이 있음을 모두 고발한 것. '진수(陳首)'는 출두하여 진술하는 것이다.
21 宣慰大使崔渙선위대사최환 : 최환은 당시 강남선위대사로 있었으며, 이전에는 촉군태수(蜀郡太守)였다. ≪신당서(新唐書)≫〈재상표(宰相表)〉에 '지덕 원년(756) 칠월 경오일, 촉군태수 최환을 문하시랑 겸 중서문하평장사로 삼고, 11월 무오일에는 강남선위사로 임명하였다(至德元載七月庚午, 蜀軍太守崔渙爲門下侍郎·同中書門下平章事. 十一月戊午, 渙爲江南宣慰使)'는 기록이 있다.
22 推覆추복 : 잘못된 죄안(罪案)을 다시 올바르게 심리하는 것.
23 清雪청설 : 시비를 밝혀 누명을 확연하게 풀어주는 것.

臣聞古之諸侯進賢受上賞, 蔽賢受明戮[24]。若三適[25]稱美, 必
九錫[26]光榮, 垂之典謨[27], 永以爲訓。臣所薦李白, 實審無辜。
懷經濟之才[28], 抗巢由之節[29]。

저는 옛 제후들은 현능한 인재를 추천하면 큰 상을 받지만, 은폐하면 명문의 규정에 따라 죽임을 당한다고 들었습니다. 만약 세 가지(호덕·애현·유공)에 적합한 인물이면 반드시 아홉 가지 항목(거마·의복 등)의 상을 하사하여 영광스럽게 하고 역사에 드리워서 영원토록 교범으로 삼는다고 하였습니다.

제가 추천한 이백은 실제 조사해보니 허물이 없었으며, 경세제민(經世濟民)의 재주를 간직하여 소부(巢父)와 허유(許由)의 절개에 필적합니다.

---

24 進賢受上賞, 蔽賢受明戮진현수상상, 폐현수명륙 : ≪한서·무제기(武帝紀)≫에 '원삭 원년(기원전 128년) 10월, 현능한 재사를 추천하면 상을 받고, 은폐시키면 죽임을 당한다는 것이 고대의 도리였다는 조서를 내렸다(元朔元年冬十月, 詔曰, 進賢受上賞, 蔽賢蒙明戮, 古之道也.)'는 기록이 있다. 여기서 '명륙(明戮)'은 명문의 규정에 따라 처형하는 것이다.

25 三適삼적 : 호덕(好德), 애현(愛賢), 유공(有功)의 세 가지에 부합되는 인물. ≪한서·무제기≫에 '원삭 원년…유사에서 주의(奏議)를 내렸는데, 옛날 제후가 관리를 추천할 때 제일 적합한 인물은 호덕이라 부르고 두 번째는 애현, 세 번째는 유공이라 불렀다(元朔元年…有司奏議曰, 古者諸侯貢士, 一適謂之好德, 再適謂之賢賢, 三適謂之有功)'라는 기록이 있다.

26 九錫구석 : 앞의 삼적(三適)에 적합한 신료(臣僚)에 대하여 아홉 가지를 황제가 상으로 내리는 것으로, 곧 거마(車馬), 의복(衣服), 악기(樂器), 납폐(納陛), 주호(朱戶; 주홍칠을 한 대문), 호분(虎賁; 범 같은 용사) 1백인, 부월(鈇鉞; 도끼), 궁시(弓矢; 활과 화살), 거창(秬鬯; 찰기장과 제사용 芳香酒) 등 아홉 가지.

27 典謨전모 : 원래는 ≪서경(書經)·요전(堯典)≫의 〈대우모(大禹謨)〉를 가리켰지만, 후에는 널리 경전이나 역사서를 말한다. ≪서경≫의 서문에는 '전·모·훈·고·서·명의 문장은 모두 백 편이다(典·謨·訓·誥·誓·命之文凡百篇.)'라 했다.

28 經濟之才경제지사 : 경세제민, 즉 나라를 다스리고 백성을 구제하는 재주.

29 抗巢由之節항소유지절 : 소보와 허유는 태평성대인 당요(唐堯)시절 절개가 곧은 고사(高士)로 허유는 요임금의 선양 요청을 사양하면서 더러운 말을 들었다고 영수에 귀를 씻었으며 소보는 송아지에게 그 물을 먹이지 않으려고 상류로 올라간 고사가 있다.

文可以變風俗[30], 學可以究天人[31], 一命[32]不霑[33], 四海[34]稱屈。

伏惟陛下大明[35]廣運, 至道無偏, 收其希世之英[36], 以爲淸朝之寶。

　문장은 풍속을 변화시킬 만하고 학식은 천리(天理)와 인사(人事)의 지극한 이치를 궁구하였지만, 낮은 관직조차 부여받지 못한 채 세상 사람들에게 억울한 누명만 썼습니다.
　삼가 생각건대 폐하는 일월처럼 밝아 널리 비추시고 어느 한쪽으로 치우치지 않는 지극한 도를 지니신 분이시니, 이 희세의 영웅을 발탁하여 맑은 조정의 보배로 삼으시옵소서.

30　**文可以變風俗**문가이변풍속 : 이백의 문장이 시와 같이 풍속을 변화시킬 수 있음을 이른다. ≪시경(詩經)·대서(大序)≫에 '득실을 바르게 하고 천지를 움직이며, 귀신을 감동시키는 데는 시 만한 것이 없다. 선왕은 이로써 부부를 다스리고 효경을 이루게 하며 인륜을 후덕하게 하고 아름답게 교화시켜 풍속을 좋은 방향으로 나가게 하였다(故正得失, 動天地, 感鬼神, 莫近於詩. 先王以是經夫婦, 成孝敬, 厚人倫, 美敎化, 移風俗)'라 했다.
31　**學可以究天人**학가이구천인 : 이백의 학문이 사마천과 같이 하늘과 사람의 이치를 깊이 궁구함을 이른다. ≪한서·사마천전(司馬遷傳)≫의 〈임안에게 드리는 답서(報任安書)〉에 '사기 1백3십 편은 하늘과 사람의 일을 궁구하였으며, 고금의 변화에 통달하여 일가의 언어를 이루었습니다(凡百三十篇, 亦欲以究天人之際, 通古今之變, 成一家之言.)'라 했다.
32　**一命**일명 : 「命」은 관직의 단계. 주나라 시대에 관직은 일명부터 구명까지 있었는데, 일명은 가장 낮은 단계의 관리이다. 후세에서는 처음 관직을 부여받는 것을 일명이라 했다. ≪주례(周禮)·춘관(春官)≫〈대종백(大宗伯)〉에 '(천자가) 일명은 직책, 이명은 의복, 삼명은 품위, 사명은 제기, 오명은 법칙, 육명은 관직, 칠명은 나라, 팔명은 목민관, 구명은 백작을 수여한다(一命受職, 再命受服, 三命受位, 四命受器, 五命賜則, 六命賜官, 七命賜國, 八命作牧, 九命作伯)'라는 기록이 있다.
33　**不霑**부점 : '점(霑)'은 '젖다'로, 즉 가뭄에 비와 이슬과 같은 천지의 은혜를 받지 못한다는 뜻.
34　**四海**사해 : 온 세상. 여기서는 사방바다(四海) 안에 있는 사람을 가리킨다.
35　**大明**대명 : 일월과 같이 큰 광명.
36　**希世之英**희세지영 : 이백은 인간세상에서 극히 드문 비범한 인물이라는 뜻으로 귀양 온 신선(謫仙人)임을 암시하고 있다. '希'는 '稀'와 통하며, '英'은 영웅호걸이란 뜻.

昔四皓³⁷遭高皇而不起, 翼惠帝³⁸而方來。君臣離合, 亦各有數³⁹, 豈使此人名揚宇宙⁴⁰而枯槁⁴¹當年⁴²?

    옛적 상산(商山) 사호는 고황제(한고조)의 초청에도 응하지 않다가 혜제(惠帝)를 보좌하려고 마침내 하산했습니다. 군신간의 만나고 헤어짐은 각기 운수가 있는 법이니, 어찌 이 사람으로 하여금 온 세상에 이름을 날리면서도 한창인 나이에 시들도록 하시렵니까?

---

37 四皓사호 : 사호는 진시황의 폭정을 피해 상산(商山)에 은거하고 있던 흰 수염의 네 늙은 고사(高士)들이다. 《사기·유후세가(留侯世家)》에 "한고조 12년 왕이 경포(黥布)를 격파하고 장안으로 돌아와서 병이 위중해지자 더욱 태자를 바꾸려는 마음을 먹었다. 유후가 간해도 듣지 않고 병을 핑계로 정사를 보지 않았다. 숙손태부가 죽기를 각오하고 태자를 잘못 교체한 고금의 역사를 인용하면서 그 부당성을 간하자 황제도 어쩌지 못해 겉으로는 허락하는 척 했지만 바꾸려는 마음만은 더욱 간절했다. 연회에서 술상을 차려 놓고 태자도 왔는데, 태자를 따르는 네 사람은 모두 80이 넘은 고령으로 수염과 눈썹이 흰색이며 의관은 매우 위엄이 있었다. 황제가 이상하게 여기고 누구냐고 물으니 네 사람이 앞으로 나와 동원공, 녹리선생, 기리계, 하황공이라는 각자의 성명을 말했다. 고조가 크게 놀라 '내가 몇 해 동안 공들을 불렀을 때에는 피해 은거하더니 지금은 어떻게 내 아들과 함께 있는가? 하니, 네 사람이 모두 '폐하께서는 선비를 경시하여 잘 꾸짖으므로 우리들은 모욕 받는 것을 원치 않아 은거하였던 것입니다. 지금 태자는 인자하고 효성이 지극하며 선비를 사랑하고 공경한다는 소문이 자자하니 천하 사람들이 모두 태자를 위해 목숨을 바치려 합니다. 그래서 신들이 온 것입니다.(漢十二年, 上從擊破布軍歸, 疾益甚, 愈欲易太子. 留侯諫, 不聽, 因疾不視事. 叔孫太傅稱說引古今, 以死爭太子. 上詳許之, 猶欲易之. 及燕, 置酒, 太子侍. 四人從太子, 年皆八十有餘, 須眉皓白, 衣冠甚偉. 上怪之, 問曰, 彼何爲者? 四人前對, 各言名姓, 曰東園公, 角裏先生, 綺裏季, 夏黃公. 上乃大驚曰, 吾求公數歲, 公闢逃我, 今公何自從吾兒遊乎, 四人皆曰, 陛下輕士善罵, 臣等義不受辱, 故恐而亡匿. 竊聞太子爲人仁孝, 恭敬愛士, 天下莫不延頸欲爲太子死者, 故臣等來耳)"라 하여 사호의 당시 행적에 대하여 설명하고 있다.

38 惠帝혜제 : 여후(呂後) 치(雉)의 아들인 유영(劉盈). 한고조 유방은 천하를 얻은 뒤 태자인 유영을 폐하고 총애하는 후비 척 부인(戚夫人)의 아들인 조왕(趙王)을 세우려 했다.

39 數수 : 운수. 필연성. 옛날에는 천명(하늘의 명령), 즉 명운(命運)을 가리켰다.

40 宇宙우주 : 일반적으로 상하사방(공간)을 '우(宇)'라 하고 과거·현재·미래(시간)을 '주(宙)'라 하지만, 여기서는 전국을 뜻한다.

41 枯槁고고 : 뜻을 얻지 못하여 몰골이 수척해 진 것.

42 當年당년 : 신체가 강건하고 마음이 한창 나이인 때.

傳曰, 擧逸人而天下歸心[43]. 伏惟陛下, 回太陽之高輝, 流覆盆之下照[44], 特請拜一京官[45], 獻可替否[46], 以光朝列[47], 則四海豪俊, 引領知歸. 不勝悽悽[48]之至, 敢陳薦[49]以聞.

　　전하는 말에 의하면 뛰어난 인재를 등용하면 천하의 민심이 귀의한다고 하였습니다. 부디 폐하께서는 태양의 빛나는 광채를 돌리시어 동이의 밑바닥까지 비춰 주시기를 빕니다. 특별히 경사(京師)의 관직을 내리기를 청하노니, 간신을 폐하고 충신으로 대체하시어 조신(朝臣)들의 열위(列位)를 빛내시면, 온 세상의 준걸들이 옷깃을 여미고 귀의할 곳을 알 것입니다. 삼가 지극히 두려운 마음을 이기지 못하며 감히 추천하여 아뢰옵니다.

---

43 擧逸人, 天下歸心거일인, 천하귀심 : '거일인(擧逸人)'은 은거한 현인을 추천하는 일이고, '천하귀심(天下歸心)'은 전국의 현명한 인재와 백성들이 모두 조정에 마음을 기울이는 것을 말한다. 《논어·요왈(堯曰)》에 '멸망한 나라를 부흥시키고 끊어진 세대를 이어주며 숨은 인재를 천거한다면 천하의 민심을 얻을 것이다(興滅國, 繼絶世, 擧逸民, 天下之民歸心焉.)'라 했다.

44 回太陽之高輝, 流覆盆之下照회태양지고휘, 류복분지하조 : '태양(太陽)'은 숙종(肅宗)을, '고휘(高輝)'는 큰 은덕을 비유하였으며, '복분(覆盆)'은 뒤집혀 놓인 동이로 억울함을 당한 사람을, '하조(下照)'는 억울함을 풀어 주는 것을 각각 비유했음. 《포박자(抱樸子)·변문(辯問)》에 '일월도 비추지 못하는 곳이 있고 성인도 알지 못하는 것이 있는데, 어찌 성인이 하지 않는다 하여 바로 세상에 선인(仙人)이 없다고 할 것인가. 이것은 해·달·별의 빛이 뒤집힌 동이의 속을 비추지 못한다고 책망하는 것과 같다(日月有所不照, 聖人有所不知, 豈可以聖人所不爲, 便雲天下無仙, 是責三光不照覆盆之內也)'라는 기록이 있다.

45 拜一京官배일경관 : 공경의 예절을 표시하고 조정의 관직을 받는 것.

46 獻可替否허가체부 : 정확하고 긍정적인 것을 진헌하고 잘못되고 부정적인 것을 폐지하다. 《후한서》권74 〈호광전(胡廣傳)〉에 '제가 듣기에 군왕은 넓게 비추어 고르게 보는 것으로서 덕을 삼으며 신하는 옳은 것을 진헌하여 잘못됨을 바로 잡는 것을 충성이라고 하였습니다(臣聞君以兼覽博照爲德, 臣以獻可替否爲忠.)'라 했다.

47 以光朝列이광조열 : 조정 신하들의 열위(列位)를 빛나게 함.

48 悽悽루루 : 공손하고 삼가는 모습을 형용한 말.

49 陳薦진천 : 표장(表章) 올릴 때 쓰는 상투어. 추천의 사유를 진술하다.

上安州裵長史書
안주의 배 장사에게 올리는 서신

제목의 '안주 배 장사'에서 '장사'는 도독부(都督府)에서 도독을 도와 행정사무를 관리하는 관직이며, '배 장사'는 누구인지 밝혀지지 않고 있다. '안주'에 대해서 왕기는 ≪통전(通典)≫을 인용하여 '안주는 지금의 안륙현(安陸縣)이다. 춘추시대에는 운국으로 운몽택의 소재지이며, 후에 초나라가 운을 멸망시킨 뒤 투신을 운공에 봉하였는데, 이곳이 안주다(安州, 今理安陸縣, 春秋時鄖子之國, 雲夢之澤在焉. 後楚滅鄖, 封鬪辛爲鄖公, 卽其地也)'라고 설명했다.

본문 가운데 이백이 '경서를 섭렵하고 문장을 지은 해가 30년이 되었다(常橫經籍書 … 迄於今三十春矣)'라고 한 언급에 의거하여, 이 글은 개원 18년(730), 이백이 30세에 지었음을 알 수 있다. 그가 고향인 촉 지방을 떠나 안륙에 머무르는 동안 지은 문장이 천하제일이란 명성이 일자 일부 인사들이 그의 재주를 시기하여 훼방을 놓았다. 이 글은 바로 여러 사람들의 비방(衆口攢毁)에 대하여 그의 마음가짐을 공표함과 동시에 선조와 집안의 내력을 기술하고 자신의 재덕을 밝혀 여러 훼방꾼들에게 일침을 가하였을 뿐만 아니라 배 장사에게는 이해를 구하고 아울러 천거를 부탁하는 편지체 문장이다.

본문 가운데에서 이백은 먼저 공업을 세우기 위해 고향을 떠난 것은 단순히 산수를 유람하는 차원이 아니고 정치적 출로를 찾기 위함임을 밝혔으며, 또한 일반인에 비해 자신의 출중한 면을 증명하기 위하여 실제 자신의 일화를 제시하였다. 이를테면 낙백한 공자들을 구제하려고 1년에 3십만 냥의 거금을 쓴 이른바 재물을 가벼이 여기고 베풀기를 좋아한 '경재호시(輕財好施)'한 호협풍의 성격, 친우인 오지남이 죽자 시체를 끌어안고 장례 지내기까지의 상황에서 보여 준 의리를 중히 여기는 '존교중의(尊交重義)'의 열정적인 교우관계, 도사인 동암자와 민산에 은거하면서 고상하고 일상의 틀을 벗어난 행동을 보여준 '양고망기(養高忘機)'의 특성 등을 강조하였다. 이밖에도 예부상서 소정(蘇頲)과 안륙도독 마공(馬正會)이 자신의 재능을 칭찬한 내용을 진술하였는데, 소정은 당시의 명사였으므로 그가 이백을 평가한 말을 빌려서 여러 사람들의 훼방을 반박한 점은 차도살인의 현명한 처사였음을 알 수 있다. 또한 마정회가 이백의 문장에 대하여 언급한 내용은 당시 이백의 천재적인 능력과 명성을 객관적으로 평가한 공정한 견해라고 여겨진다. 마지막으로 이백이 풍환(馮驩)을 자신에 비유한 구절은 어조가 부드러운 가운데 강경함을 띠어 표현을 자유자재로 조절한 명문장이다. 문체에 구속받지 않는 편지글인지라 자신감이 넘쳐 조리가 약간 미흡한 면도 있지만, 칭찬하면서 논박하기도 하고 자세하면서도 간략하게 쓴 필력은 여러 방면에서 대문장가의 조건을 구비하고 있음을 볼 수 있다.

송대의 홍매(洪邁)는 ≪용재수필(容齋隨筆)≫에서 이 글을 읽고 이백이 배 장사에게 자신을 낮추어 추천해 주기를 희망한 점에 대하여 다음과 같이 언급하고 있다.

'이백이 평민으로서 한림공봉이 되니 세상을 덮을 만한 기개는 능히 고력사로 하여금 어전에서 신발을 벗기도록 하였을 정도인데, 어찌 하찮은 일개 주(州)의 아전을 두려워하였겠는가! 이는 아마도 당시에 몸을 굽힐 일이 있어 부득이하게 한 행동일 것이다. 큰 인재가 때를 만나지 못하여 신룡이 땅강아지 무리에게 곤란을 당하니 탄식할 일이로다! (白以白衣入翰林, 其蓋世英恣, 能使高力士脫靴於殿上, 豈拘拘然怖一州佐耶? 蓋時有屈申, 正自不得不爾. 大賢不遇, 神龍困於螻蟻, 可勝歎哉.)'

여기서 홍매는 비록 이백이 본 서문을 지은 시기(730년)와 한림공봉으로 있던 시기(742-4년)에 대하여 잘못 알아 부합되지 않는 점도 있지만, 배장사와 같은 일개 주의 관료들에게 곤란을 당했다고 지적한 점은 이백이 이 문장을 쓸 때의 고충을 정확하게 지적한 평론이다. 이렇듯 이백이 자신을 추천한 문장에서 알 수 있는 점은 일생동안 그가 시에서 표현한 바와 같이 항상 표연히 일체를 초월한 상태에서 고고하게 생활한 것은 아니고 어느 때에는 낮은 관리에게 조차 몸을 굽혀 청탁할 때도 있었다는 점이다.

전체 서신 내용이 장문이므로 네 단락으로 나누어 서술하고자 한다.

[1] 白聞天不言而四時行, 地不語而白物生¹。白人焉, 非天地也, 安得不言而知乎? 敢剖心析肝², 論擧身之事³, 便當談筆, 以明其心。而粗陳其大綱, 一快憤懣⁴, 惟君侯⁵察焉。

저 이백은 하늘은 말하지 않아도 사계절은 운행하고, 대지 또한 말하지 않아도 만물은 성장한다고 들었습니다. 저는 천지가 아닌 사람이니 말을 하지 않고 어떻게 사람을 이해시킬 수 있겠습니까? 감히 폐부를 보이는 진정으로 저의 신상명세를 모두 필설로 적어 마음속을 밝히겠습니다. 거칠게나마 그 대강을 진술하여 고민을 후련하게 털어 놓으려 하니 군후께서 살펴주시기 바랍니다.

---

01 **天不言而四時行, 地不語而百物生**천불언이사시행, 지불어이백물생 : 천지는 말을 하지 않아도 사계절은 운행되고 만물은 생장한다. ≪논어·양화(陽貨)≫에 '하늘이 무슨 말을 하는가. 사시가 운행되고 온갖 만물이 자라는데 하늘이 무슨 말을 하는가(天何言哉, 四時行也, 百物生也, 天何言哉.)'라 하였다.

02 **剖心析肝**부심석간 : 서신에서 쓰는 어투로 폐부에서 우러나오는 말을 가리킨다. ≪사기·추양전(鄒陽傳)≫에 '두 군주와 두 신하가 마음을 보이고 간을 쪼개듯이 성심을 드러냈으니 어찌 헛된 말로 믿음을 바꿀 수 있으리오? (兩主二臣, 剖心析肝, 相信豈移於浮詞哉.)'라 하였다.

03 **論擧身之事**논거신지사 : (배장사에게) 자신의 신상에 대하여 모두를 털어놓는 것.

04 **憤懣**분만 : 번민. 곧 마음속에 있는 불평.

05 **君侯**군후 : 고대에는 제후를 군후라고 부르다가 후에는 지방관에 대한 존칭으로 쓰였다. 여기서 군후는 배장사로서 이백이 겸손과 예의를 갖추어 부른 칭호이다.

白本家金陵⁶, 世爲右姓⁷。遭沮渠蒙遜難⁸, 奔流咸秦⁹, 因官寓家。少長江漢¹⁰, 五歲誦六甲¹¹, 十歲觀百家¹²。軒轅¹³以來, 頗得聞矣。常橫經籍書¹⁴, 制作不倦¹⁵, 迄於今三十春矣¹⁶。

저의 본관은 금릉으로 대대로 명망 있는 가문이었습니다. 저거몽손의 난을 만나 함진으로 도망하여 그 곳에서 벼슬하며 살았습니다. 어려서 강한 지방에서 자라 5세에 육갑을 외웠고 10세에 제자백가를 섭렵하여 헌원씨 이후의 역사를 많이 알았습니다. 항상 경서를 읽고 문장 짓기를 게을리 하지 않았는데 오늘까지 30년이 되었습니다.

---

06 金陵금릉 : 왕기(王琦)는 '금성(金城)'을 '금릉(金陵)'으로 잘못 쓴 글자라고 하지만, 추후 밝혀져야 할 과제이다. 금성은 한나라 군명으로 지금의 감숙성(甘肅省) 영정현 (永靖縣) 서북쪽에 있으며, 16국시 전량(前涼)이 이곳을 수도로 삼았다.

07 右姓우성 : 명문거족. 고대에는 오른쪽(右)을 첫째로 여겼으므로 한위(漢魏)이후에는 명문거족을 우성이라 칭했다.

08 沮渠蒙遜難저거몽손난 : 이백의 선조인 양무소왕 이고(李暠;368-433)는 16국시 북량(北涼)을 건립한 자로 그 아들이 저거몽손의 난을 만나 멸망당했다. ≪진서(晉書)≫에서는 '양무소왕 이고는 자가 현성으로 농서 성기사람이다. 성이 이씨이고 한나라 장군 이광의 16세손이다.…대대로 서주에서 명문이었으며, …아들 이흠 때 저거몽손에게 멸망당하였다(涼武昭王諱暠, 字玄盛, 隴西成紀人, 姓李氏, 漢前將軍廣之十六世孫也…世爲西州右姓…子歆嗣立, 爲沮渠蒙遜所滅.)'라 기록하고 있다.

09 咸秦함진 : 함양(咸陽)·진천(秦川)지방으로 진나라의 옛 땅이며, 항상 장안(長安)의 별칭으로 사용되었다.

10 江漢강한 : 장강과 한수유역, 즉 형주(荊州)일대를 지칭하기도 하지만, 여기서는 사천성 동부지역 강유(江油)지방을 가리킨다.

11 六甲육갑 : 천간(天幹)과 지지(地支)를 서로 배합하여 시일을 계산하는 것으로, 그 가운데 갑자(甲子)·갑술(甲戌)·갑신(甲申)·갑오(甲午)·갑진(甲辰)·갑인(甲寅)을 육갑이라고 불렀다. 혹자는 육갑을 방술(方術)의 책이라고도 하였다.

12 百家백가 : 춘추전국시대 제자들을 가리킨다. ≪한서·예문지(藝文志)≫에서는 제자 189가가 있는데 그 가운데 중요한 위치에 있는 10가(儒家·道家·陰陽家·法家·名家·墨家·縱橫家·雜家·農家·小說家)를 소개하고 있다.

13 軒轅헌원 : 고대 제왕인 헌원씨로, 백성들에게 처음으로 의복을 제작하여 입도록 가르쳤다고 한다.

14 橫經籍書횡경적서 : 거주하는 자리에 경서를 즐비하게 늘어놓는 것.

15 制作不倦제작불권 : 피로와 권태를 느끼지 못할 정도로 시 짓기와 작문에 전념하는 것.

16 迄於今三十春矣흘어금삼십춘의 : 지금까지 30년이 되었음. 이 30년을 근거로 연구자들은 이 글을 이백이 30세 때 지었다고 주장한다.

以爲士生則桑弧蓬矢, 射乎四方, 故知大丈夫必有四方之
志[17]。乃杖劍去國[18], 辭親遠遊。南窮蒼梧[19], 東涉溟海。見鄕
人相如[20]大誇雲夢[21]之事, 雲楚有七澤, 遂來觀焉。而許相公
家[22]見招, 妻以孫女, 便憩於此, 至移三霜[23]焉。

    사내가 태어나면 뽕나무로 만든 활로 쑥대 화살을 사방에 쏘았는데, 이는 대장부는 반드시 사방을 경영하려는 웅지를 가져야 한다는 뜻으로 알고 있습니다. 그래서 검을 찬 채 부모를 하직하고 고향을 떠나 먼 곳을 유랑하였으니, 남쪽으로는 창오산에 이르고 동쪽으로는 큰 바다까지 가 보았습니다. 동향인 사마상여(司馬相如)가 운몽의 일을 크게 자랑하여 초나라에 일곱 개의 호수가 있다는 내용을 보고 직접 와서 관람하였습니다. 그리고 허상공의 부름을 받아 찾아뵙고 그의 손녀를 처로 삼아 이곳에서 머무른 지 벌써 3년이 지났습니다.

---

17 **士生則桑弧蓬矢, 射乎四方, 故知大丈夫必有四方之志**사생즉상호봉시. 사호사방. 고지대장부필유사방지지 : 남자는 뜻을 사방에 두어야 함을 비유한 말. ≪예기·사의(射義)≫에 '남자가 태어나면 뽕나무 활과 쑥대 화살 6대로 하늘 땅 그리고 동서남북을 쏘았다. 천지사방은 남자가 사업을 펼치는 장소이므로 그 펼칠 곳에 먼저 반드시 뜻을 정하였다.(男子生, 桑弧蓬矢六, 以射天地四方. 天地四方者, 男子之所有事也. 故必先有志於其所有事.)'라는 기록이 있다. 여기서 「상호봉시(桑弧蓬矢)」는 뽕나무로 만든 활과 쑥 줄기로 만든 화살이며, '사방지지(四方之志)'는 제왕을 보좌하여 천하를 다스린다는 뜻이 내포되어 있다.

18 **杖劍去國**장검거국 : 「杖」은 「仗」과 통용됨. 검을 의지한 채 어린 시절 조국이나 고향을 떠나는 것을 가리킨다.

19 **蒼梧**창오 : 산 이름으로 구의산(九疑山)이라고도 부름. 전설에 의하면 순임금이 창오의 들판에서 붕어하여 그 곳에 장사지냈다고 하며, 지금의 호남성(湖南省) 영원현(寧遠縣) 남쪽에 위치한다.

20 **鄕人相如**향인상여 : 사마상여(司馬相如)는 한대 사부가(辭賦家)로 자가 장경(長卿)이며 경제(景帝)때 무기상시(武騎常侍)를 지냈다. 상여도 사천성 성도사람이고 이백도 어려서 촉지방에서 자랐으므로 고향사람이라 불렀다.

21 **大誇雲夢**대과운몽 : '운몽(雲夢)'은 호북성(湖北省) 안륙현(安陸縣) 남쪽 50리에 있다. 사마상여의 〈자허부(子虛賦)〉에 '신은 초지방에 일곱 연못이 있다고 들었는데, 신이 보니 모두 보잘것없는 것이었습니다. 운몽이라 부르는 연못은 사방 9백 리였습니다(臣聞楚有七澤, 臣之所見, 蓋特其小小者耳, 名曰雲夢, 雲夢者, 方九百裏.)'라는 기록이 있다.

22 **許相公家**허상공가 : 이백의 처가로서 측천무후시 재상을 지낸 허어사(許圉師)의 집안을 말한다. ≪구당서·허소전(許紹傳)≫에 '허소는 자가 사종으로 본래 고양사람이다. 양나라 말기에 주 땅으로 옮긴 후 안륙에 거주하였다. 협주자사를 여러 차례 지내다가 안륙군공에 봉해졌다.

[2] 曩昔[24]東遊維揚[25], 不逾一年, 散金三十餘萬, 有落魄公子[26], 悉皆濟之。此則是白之輕財好施也。

　　이전에 동쪽 유양(揚州)으로 유람할 때 1년이 채 안 되는 동안 3십여만 냥을 풀어 어려움을 당한 공자가 있으면 모두 구제하였는데, 이는 제가 재물을 가볍게 여기고 베풀기를 좋아한 성격을 말해주는 것입니다.

▶ 宋 張擇端 〈清明上河圖卷〉

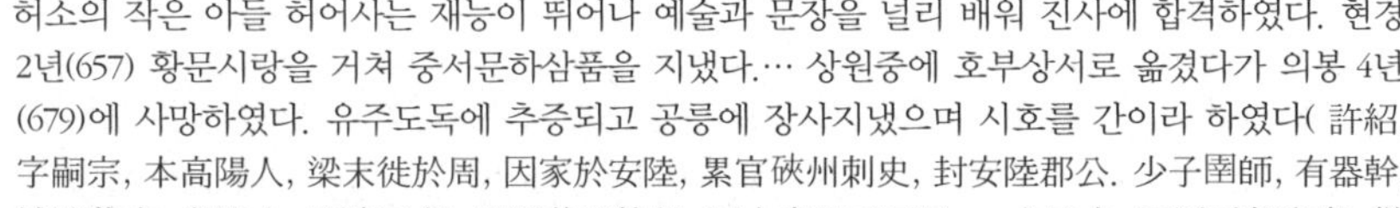

허소의 작은 아들 허어사는 재능이 뛰어나 예술과 문장을 널리 배워 진사에 합격하였다. 현경 2년(657) 황문시랑을 거쳐 중서문하삼품을 지냈다.… 상원중에 호부상서로 옮겼다가 의봉 4년(679)에 사망하였다. 유주도독에 추증되고 공릉에 장사지냈으며 시호를 간이라 하였다(許紹, 字嗣宗, 本高陽人, 梁末徙於周, 因家於安陸, 累官硤州刺史, 封安陸郡公. 少子圉師, 有器幹, 博涉藝文, 擧進士. 顯慶二年, 累遷黃門侍郎, 同中書門下三品. …上元中, 再遷戶部尙書. 儀鳳四年卒. 贈幽州都督, 陪葬恭陵, 諡曰簡.)'라 하여 허어사의 집안 내력을 기술했다.

23 移三霜이삼상 : 가을이 오면 이슬이 서리가 되므로, 서리 내리는 세 가을(三秋), 즉 3년을 지냈다는 뜻이다. 여기서 이백이 30세에 이 문장을 지었으므로 27세부터 안륙에 머물렀음을 유추할 수 있다.

24 曩昔낭석 : 종전, 이전, 옛날.

25 維揚유양 : 지금의 강소성 양주(揚州)의 별칭. ≪서경·우공(禹公)≫에서 '회·해·유는 양주이다 (淮海惟揚州.)'라 했는데, '惟'는 '維'와 통용된다.

26 落魄公子낙백공자 : '낙백'은 몰락한 처지, 곧 실의하여 곤궁한 상태로, ≪사기·역생열전(酈生列傳)≫에 '독서를 좋아했지만 집이 가난하고 몰락한 처지여서 의식주조차 해결할 수 없었다(好讀書, 家貧落魄, 無以爲衣食業.)'라 했다. '공자'는 귀족집안의 남자 청년을 말하는데, 고대에는 제후 혹은 관료의 아들을 가리키다가 후에는 다른 사람의 아들을 존칭할 때 널리 사용하였다.

又昔與蜀中友人吳指南同遊於楚, 指南死於洞庭之上, 白禪服[27]慟哭, 若喪天倫[28]。 炎月伏屍, 泣盡而繼之以血。 行路聞者, 悉皆傷心。 猛虎前臨, 堅守不動。 遂權殯[29]於湖側, 便之金陵。 數年來觀, 筋骨尚在。 白雪泣[30]持刃, 躬申洗削。 裹骨徒步, 負之而趨。 寢興攜持, 無輟身手。 遂丐貸營葬[31]於鄂城[32]之東。

또 예전에는 고향 촉(蜀)땅 친우인 오지남(吳指南)과 함께 초 지방을 유람하던 중, 그가 동정호(洞庭湖) 부근에서 죽었습니다. 저는 흰 상복을 입고 통곡하기를 형제의 상을 당한 것과 같이 하였습니다. 더운 여름 시체를 끓어 안고 울 때 눈물이 마르자 이어서 피가 나오니 길손들이 이를 듣고 모두 상심하였습니다. 맹호가 앞에 이르러도 굳게 지키고 움직이지 않았으며, 이윽고 임시로 시체를 호숫가에 가 매장하고 금릉(金陵)으로 떠났다가 수년 후 다시 돌아와서 보니 힘줄과 뼈가 아직도 그대로 있었습니다. 저는 눈물을 거두고 칼로 손수 씻고 깎은 뼈를 추슬러 등에 지고 자나 깨나 몸에 지닌 채 악성(鄂城)의 동쪽으로 가서 돈을 구해 장례 지냈습니다.

---

27 禪服담복 : 상을 당하였을 때 입는 의복(喪服). 상중에 있는 사람이 담제(禪祭; 대상을 지낸 다음 달에 지내는 제사) 후 길제(吉祭)까지 입는 옷으로 옛날에는 상례시 흰옷을 착용하였다. ≪예기 · 상복(服問)≫에 '한 달이 지나면 담제를 지내며, 담복을 짠다(中月而禪, 禪而織.)'라 했는데, 공영달은 ≪정의(正義)≫에서 '담복은 담제를 지낼 때 검은 갓과 함께 입는 조복이다. 담제가 끝나면 머리에는 베로 짠 관을 쓰고, 몸에는 흰 천의 누런 옷을 착용하고, 길제를 지낼 때까지 보낸다(禪而織者, 禪祭之時, 玄冠朝服, 禪祭旣訖, 而首著織冠, 身著素端黃裳, 以至吉祭.)'라 했다.

28 天倫천륜 : 부자 · 형제 · 모자 · 조손 등 천연적으로 맺어진 친속관계. ≪춘추 · 곡량전(穀梁傳)≫ 은공 원년(隱公元年)에 '형제는 천륜이다(兄弟, 天倫也.)'라 했으며, 범녕(範甯)은 주에서 '형이 먼저이고 아우가 뒤라는 것은 하늘이 내려준 순서이다(兄先弟後, 天之倫次.)'라 했다.

29 權殯권빈 : 일상적인 규정에 따르지 않고 임시로 시체를 묻는 것.

30 雪泣설읍 : 눈물을 깨끗이 닦는 것.

31 丐貸營葬개대영장 : 돈을 차관(借款)하여 장례업무를 처리하는 것.

32 鄂城악성 : 지금의 호북성 무창. 강하군성(江夏郡城)으로 본명이 악주(鄂州)였기 때문에 악성(鄂城)이라 불렀다.

故鄉路遙, 魂魄無主, 禮以遷窆³³, 式昭朋情³⁴。 此則是白存交重義也。

又昔與逸人東嚴子³⁵隱於岷山³⁶之陽, 白巢居³⁷數年, 不跡城市。 養奇禽千計, 呼皆就掌取食, 了無驚猜。

고향은 멀고 혼백은 주인이 없어 예로써 이장하여 친우간의 우의를 밝혔으니, 이는 곧 제가 친구간의 의리를 중시한 것입니다.

또 예전에 은자인 동암자와 함께 민산 남쪽에 은거하면서 숲 속 생활 수년 동안 성안으로의 발길을 끊었습니다. 기이한 새들을 천여마리나 길렀는데 부르면 모두 날아와 손안의 음식을 먹으면서도 조금도 놀라거나 의심하지 않았습니다.

---

33 遷窆천폄 : '폄(窆)'은 하관하여 매장하는 것으로 '천폄(遷窆)'은 장지를 옮겨 장례지내는 것이다. ≪소이아(小爾雅)≫에 '하관하는 것을 폄이라 한다(下棺爲之窆.)'고 했다.

34 式昭朋情식소붕정 : '식(式)'은 발어사이고, '소(昭)'는 밝혀서 표현하는 것이며, '붕정(朋情)'은 우의(友誼)이다.

35 逸人일인 : 벼슬길에 나아가지 않고 은거한 자, 즉 은사(隱士)이다.
東嚴子동암자 : 조류(趙蕤)를 가리킨다. 양신(楊愼)은 ≪승암전집(升庵全集)≫권3 〈이백시 선집에 붙인 글(李詩選題辭)〉에서 동암자는 재주(梓州) 염정인(鹽亭人)으로 조류(字, 雲耕)라고 했으며, 또한 양천혜(楊天惠)의 ≪창명일사(彰明逸事)≫에서도 이백이 대광산(大匡山)에 은거할 때 조징군 류(趙徵君蕤)와 한해가 넘도록 공부하였다고 했다.

36 岷山민산 : 여기서는 이백이 소년시절 은거했던 산을 가리킨다. 민산은 지금의 강유시(江油市) 북면 30여 리에 있고, 사천성과 감숙성의 경계에 위치하며, 장강과 황하의 분수령이기도 하다. ≪서경 · 채전(蔡傳)≫에 '조씨는 촉지방에서 산에 가깝고 강의 근원을 이루는 곳은 모두 민산과 통한다고 하였다. 산봉우리들이 이어지고 험난한 곳이 중첩되어 원근을 구분할 수 없으며, 청성산과 천팽산이 빙 둘려 있는 곳이 모두 옛 민산인데, 그 가운데 청성산이 첫 번째 봉우리이다(晁氏日, 蜀以山近江源者通爲岷山. 連峰接岫, 重疊險阻, 不祥遠近. 靑城天彭之所環繞, 皆古之岷山, 靑城乃其第一峯也)'라 했다.

37 巢居소거 : 원시인들이 나무에서 서숙(棲宿)하는 것. ≪장자 · 도척(盜蹠)≫에 '옛날에는 새와 짐승들이 많고 사람의 수가 적었으므로 그들은 모두 나무위에서 거처하면서 금수들을 피해 숨어 살았다(古者禽獸多而人民少, 於是民皆巢居而避之.)'라는 기록이 있다.

廣漢³⁸太守聞而異之，詣廬親睹，因擧二人以有道³⁹，並不起。此則白養高⁴⁰忘機⁴¹，不屈⁴²之跡也。

　　광한태수가 이를 듣고 기이하게 여겨 친히 여막(廬幕)으로 와서 보고 두 사람을 도과(道科)에 천거하였지만 응하지 않았습니다. 이는 제가 고상한 절조를 기르고 기교(機巧)를 망각한 것으로 권세에 굴하지 않은 모습입니다.

▶ 清 黃愼 〈山水人物冊〉

---

38 廣漢광한 : 왕기는 '이백은 파서군 사람이다. 당대 파서군은 한대의 광한군이었으므로 옛 지명을 따라서 대신 사용하였다. 당나라 사람들은 이러한 습관이 많았으며, 실제로 당대에는 광한태수가 존재하지 않았다(太白巴西郡人, 唐之巴西郡, 卽漢之廣漢郡, 地取舊名, 以代時稱, 唐人多有此習, 其實唐時無廣漢太守也.)'고 설명하였다. 곧 대광산은 당대에는 면주(綿州)경내에 있었지만, 한대에는 광한군의 관할이었으므로 여기서 광한은 면주를 가리키며 광한태수는 곧 면주자사이다.

39 有道유도 : 당대 인재등용 방법의 하나로 과거명칭. 일반적으로 먼저 지방관이 추천하면 최종적으로 천자가 친히 고시하여 선발한다. ≪구당서·고적전(高適傳)≫에 '송주자사 장구고가 그를 매우 기이하게 여겨 유도과에 응시하도록 천거하였다(宋州刺史張九皐深奇之, 薦擧有道科中第.)'라는 기록이 있다.

40 養高양고 : 고상한 지조와 절개를 기르는 것.

41 忘機망기 : 세속의 기교(機巧)를 망각하고 담박함을 즐겨 세상과 더불어 다투지 않는 상태를 이름.

42 不屈불굴 : 이백이 권세가에게 굴복하지 않는 품성을 가리킨다.

又前禮部尙書⁴³蘇公⁴⁴出爲益州長史⁴⁵, 白於路中投刺⁴⁶, 待
以布衣之禮⁴⁷。因謂群寮⁴⁸曰, '此子天才英麗, 下筆不休⁴⁹,
雖風力⁵⁰未成, 且見專車之骨⁵¹。

또 전 예부상서 소공이 익주장사로 부임하려 나갈 때, 제가 길에서 이름을 알리고
뵙기를 청하니 포의(평민)의 예로 대우하였습니다. 이때 부하들에게 말하기를 '이백은 천
부적인 자질이 있어 한번 붓을 들면 그치지 않고 완성하니, 비록 문장의 기운은 다듬어지
지 않았지만 웅대한 기백이 보인다.

---

43 禮部尙書예부상서 : 의전을 주관하는 조정의 고급관원.

44 蘇公소공 : 곧 소정(蘇頲; 자 廷碩)이다. 진사출신으로 자미황문평장사(紫微黃門平章事)와 예
부상서(禮部尙書)를 지냈다. ≪구당서 · 소괴전(蘇瓌傳)≫에 '소괴의 아들 소정은 젊어서 재주
가 뛰어나 한번 보면 천언을 외웠다…개원 4년(716) 자미시랑과 자미황문평장사로 옮겨 시중인
송경과 더불어 동지정사를 지냈다. … 8년, 예부상서에 제수되자 정사를 그만두고 익주대도독부
장사로 내려갔다(瓌子頲, 少有俊才, 一覽千言…開元四年, 遷紫微侍郎 · 同紫微黃門平章事,
與侍中宋璟同知政事.…八年, 除禮部尙書, 罷政事, 俄知益州大都督府長史事.)'라는 기록이
있다. 이백이 길에서 뵙기를 청할 때는 바로 소정이 검교익주대도독부장사(檢校益州大都督府
長史)에 임명되어 검남(劍南)의 여러 고을을 시찰하던 때였다.

45 益州長史익주장사 : 익주는 당대 주명으로, 그 행정소재지는 사천성 성도(成都)이다. 당대에
익주에 대도독을 두었는데, 여기서 장사는 대도독을 돕는 실제 행정처리 관료이다.

46 投刺투자 : 자신의 명함을 주면서 뵙기를 청하는 것. '자(刺)'에 대해 ≪석명(釋名)≫에서 "성과
이름을 적어 윗사람에게 아뢰는 것이 '자'이다(書姓字於奏白曰刺.)"라고 설명했다. ≪북제서
(北齊書) · 양음전(楊愔傳)≫에 '원문에 알려 뵙기를 청하자, 바로 접견할 수 있었다(遂投刺轅
門, 便蒙引見.)'라 했다.

47 布衣之禮포의지례 : '포의'는 베 옷 입은 평민으로, 아직 관직에 나아가지 않고 공부하는 사람이다.
제갈량이 후주 유선에게 직접 올린 〈출사표(出師表)〉에서 '저는 베옷 입은 백성으로서 남양에
서 몸소 농사지으면서, 진실로 난세에 생명을 보전하고자 하였으며, 제후에게 알려지거나 영달
하기를 구하지 않았습니다.(臣本布衣, 躬耕南陽, 苟全性命於亂世, 不求聞達於諸侯.)'라 했
다. '포의의 예'로 대하였다는 것은 소정이 자신의 높은 직함으로 대하지 않고 귀천을 떠나서
평등한 신분으로 이백을 접대한 것을 말한다.

48 群寮군료 : 소정의 부하 관료. '寮'는 '僚'와 통한다. 양웅(揚雄)은 〈감천부(甘泉賦)〉에서 '군료에
게 명령을 내려 길일을 택하도록 했다(命群僚, 歷吉日.)'라 읊었다.

若廣之以學，可以相如比肩也’。四海明識[52]，具知此談。

　　만약 널리 배우기만 한다면 사마상여와 어깨를 나란히 할 것이다’라고 칭찬하였는데, 세상의 고명한 지식인들은 모두 이 이야기를 알고 있습니다.

▶ 淸 黃愼 〈山水人物冊〉

---

49 **下筆不休**하필불휴 : 재주와 생각이 민첩하여 붓을 한번 들면 쉬지 않고 문장을 완성하는 것. 반고(班固)가 〈아우 반초에게 드리는 글(與弟超書)〉에서 ‘부무중은 문장 짓기에 뛰어나 난대영사로 삼았더니, 붓을 들면 스스로 그치지 않았다(傅武仲以能屬文爲蘭臺令史, 下筆不能自休.)’고 했다.

50 **風力**풍력 : ‘풍골(風骨)’이라고도 하며, 문장의 필력을 가리킨다.

51 **專車之骨**전거지골 : 본래는 거인의 뼈가 수레에 가득 차지한다는 뜻으로 여기서는 이백의 문장의 기상이 매우 큰 것을 이름. ≪국어 · 노어(魯語)하≫에 ‘옛날 우공이 군신들을 회계산에 모이게 하고 조공을 받을 때, 방풍씨가 늦게 도착하자 우가 그를 살해하고 육시하였는데 그 뼈마디가 수레에 가득 찼다(昔禹貢致群臣於會稽之山, 防風氏後至, 禹殺而戮之, 其骨節專車.)’는 기록이 있다.

52 **四海明識**사해명식 : 천하에 탁월한 식견을 갖춘 사람.

前此郡督馬公[53], 朝野豪彦[54], 一見禮, 許爲奇才。因謂長史李京之[55]曰, '諸人之文, 猶山無煙霞, 春無草樹。李白之文, 清雄[56]奔放, 名章俊語, 絡繹[57]間起, 光明洞澈[58], 句句動人'。此則故交元丹[59], 親接斯議。若蘇、馬二公愚人[60]也, 復何足陳？儻賢賢[61]也, 白有可尚[62]。

　　이 군의 전임 군독인 마공(馬正會)은 조정과 재야를 통 털어 걸출한 인재인데도 저를 한번 보고는 예를 갖추면서 기이한 천재라고 인정하였습니다. 그리고 장사인 이경지에게 말하기를 '다른 사람들의 문장은 산에 안개와 노을이 없고 봄에 풀과 나무가 없는 듯 무미건조하지만, 이백의 문장은 청신 웅건하고 분방하다. 아름다운 문장과 빼어난 단어가 끊어지지 않고 이어지며, 문채가 혁혁하여 구구절절 사람을 감동시킨다.'고 하였는데, 이는 옛 친구인 원단구(元丹丘)에게 직접 피력한 말입니다. 만약 소정(蘇頲)과 마공 두 분이 저를 우롱하였다면 다시 무엇을 말할 것이 있겠습니까? 그러나 현인을 현인으로 대우한 것이라면 저도 승상받을 만 하다고 여겨집니다.

---

53 郡督馬公군독마공 : '군독'은 안륙군에 설치한 안주도독부(安州都督府)의 도독을 가리키며, 도독은 정삼품으로 자사(刺史)와 같은 임무를 맡는다. '마공'은 마정회(馬正會)로서, 개원11년에서 17년까지 안주의 군독을 지냈으며, 얼마 후 대종(代宗) 때의 명장인 마린이 그의 조부이다. ≪구당서·마린전(馬璘傳)≫에 '마린은 부풍사람이며, 조부 마정회는 우위위장군을 지냈다(馬璘, 扶風人也. 祖正會, 右威衛將軍.)'라 하였다.

54 朝野豪彦조야호언 : '朝'는 관직에 있는 자, '野'는 포의지사, 즉 벼슬하지 않은 재야의 선비, '豪'는 걸출한 사람, '彦'은 학식이 있는 사람.

55 李京之이경지 : 이백의 다른 산문인 〈안주의 이장사에게 올리는 글(上安州李長史書)〉에서의 이장사가 바로 이경지임. 배장사의 전임자로 생평 사적은 미상이다.

56 清雄청웅 : 청신하고 웅기(雄奇)한 것으로 문장의 풍격을 말한 것이다.

57 絡繹낙역 : 끊어지지 않고 연속적으로 왕래하는 것.

58 洞澈통철 : '통철(洞徹)'과 같으며, 통달한 것.

59 故交元丹고원단구 : '원단'은 이백의 가장 친한 친구로서 은일지사인 원단구(元丹丘)임. 개원16년(728) 이백과 그는 안주군도독인 마정회를 접견한 적이 있었다.

60 愚人우인 : 사람을 우롱하거나 속이는 것. '愚'는 동사로 사용되었다

61 賢賢현현 : 앞의 '賢'은 동사로 쓰여 '현인을 존경한다'는 뜻이고, 뒤의 '賢'자는 명사로 '현인'을 가리킨다.

62 有可尚유가상 : 숭상할 만한 곳이 있다.

[3] 夫唐虞之際[63], 於斯爲盛, 有婦人焉, 九人而已[64]。 是知才難不可多得。 白, 野人[65]也, 頗工於文, 惟君侯顧之, 無按劍[66]也。 伏惟[67]君侯, 貴而且賢, 鷹揚虎視[68], 齒若編貝[69], 膚如凝脂[70], 昭昭乎若玉山[71]上行, 朗然映人也。

당요(唐堯) 우순(虞舜) 시대만이 주(周) 보다 성하였는데도 열사람 중에 부인이 들어 있으니 (남자는) 아홉 사람일 뿐입니다. 이것을 보아 인재는 얻기가 어렵고 많이 얻을 수 없다는 것을 알 수 있습니다. 이백은 보통사람이지만 문장에 정통하니 오로지 군후께서 보살펴 주시기만 한다면 다른 행동을 표명하지 않으셔도 될 것입니다. 군후께서는 존귀하시고 또 현명하시어 매와 호랑이가 노려보는 듯하고, 치아가 가지런하고 희며, 피부는 기름이 응고한 듯 깨끗하고, 환하기가 옥산을 오르는 듯하여 밝게 사람을 비추고 있습니다.

---

63 唐虞之際당우지제 : 당요(唐堯) 우순(虞舜)시대. 요순은 모두 제위를 선양(禪讓)하였다. ≪논어·태백(泰伯)≫에 '당우의 시대만이 주나라보다 성하였다.(唐虞之際, 於斯爲盛.)'고 했다.

64 有婦人焉, 九人而已유부인언, 구인이이 : ≪논어·태백≫에 '무왕이 말하기를 나는 다스리는 신하 10명을 두었다.(武王曰, 予有亂臣十人.)'라고 하고, '공자가 말하기를 인재 얻기가 어렵다는 말이 맞지 않은가? 당우의 시대만이 주나라보다 성하였다. 그 가운데 부인이 있고 남자는 아홉뿐이다(孔子曰, 才難, 不其然乎? 唐虞之際, 於斯爲盛. 有婦人焉, 九人而已.)'라고 하였는데, 10인은 주공단(周公旦)·소공석(召公奭)·태공망(太公望)·필공(畢公)·영공(榮公)·태전(太顚)·굉요(閎夭)·산의생(散宜生)·남궁괄(南宮适)과 또 한사람인 문모(文母)이다. 앞의 9인은 외치(外治) 즉 조정 밖을 다스렸고, 문모는 내치(內治) 즉 궐내의 일을 다스렸다.

65 野人야인 : 벼슬하지 않은 서민으로, 스스로 겸손해 하는 언사임.

66 無按劍무안검 : 칼을 어루만지지 않음, 곧 명확한 행동을 표시하지 않는다는 뜻. ≪사기·평원군열전(平原君列傳)≫에 '모수가 칼자루에 손을 대고 계단을 지나 위로 올라갔다(毛遂按劍, 歷階而上.)'라 했다.

67 伏惟복유 : 엎드려 생각건대. 아랫사람이 윗사람에게 진술할 때 경의를 표시하는 말.

68 鷹揚虎視응양호시 : 매가 높고 먼 곳을 향해 날아 올라가고, 호랑이가 노려보는 것과 같이 함.

69 齒若編貝치약편패 : 흰 조개를 벌려 놓은 듯 치아가 가지런하고 흰 모습을 형용한 말. ≪한서·동방삭전(東方朔傳)≫에 '신 동방삭은 나이 22세로 키는 9척 3촌이고 눈망울은 구슬을 달아 놓은 듯하며 흰 치아는 조개를 벌려 놓은 듯합니다(臣朔年二十二, 長九尺三寸. 目若懸珠, 齒若編貝.)'라 했다.

而高義重諾[72], 名飛天京[73], 四方諸侯, 聞風暗許[74]。倚劍慷慨, 氣幹虹霓[75]。月費千金, 日宴群客。出躍駿馬, 入羅紅顏[76], 所在之處, 賓朋成市[77]。故時人歌曰, '賓朋何喧喧[78], 日夜襄公門。願得襄公之一言, 不須驅馬將華軒[79]'。

그리고 높은 정의감으로 승낙을 중히 여겼으므로 명성이 천자가 있는 장안에 드날리어 각지의 제후들이 (배장사의) 높은 풍도와 절개를 듣고 몰래 성원을 보냈습니다. 검에 의지한 채 의기가 넘쳐 분개할 때는 기운이 무지개를 꿰뚫을 정도입니다. 한 달에 천금을 쓰고 날마다 여러 손님들을 초청하여 잔치를 벌였으며, 나갈 때는 준마타고 들어와서는 홍안미인들이 벌려있어 그가 있는 곳에는 손님과 친구들이 시장을 이루었습니다. 그러므로 당시 사람들이 '벗과 손님들이 왜 이토록 가득한가요! 배공의 집에는 밤낮이 없어라. 그의 한마디를 얻기 위하여 화려한 수레로 말 몰기를 마다하지 않았네.'라고 노래 불렀습니다.

---

70 **膚如凝脂**부약응지 : 피부가 마치 기름이 응결된 것 같이 희고 부드러운 모습을 형용한 것이다. ≪시경·위풍(衛風)≫ 〈석인(碩人)〉에 '손은 부드러운 삘기 같고 피부는 엉긴 기름 같으며, 목은 굼벵이 같고 치아는 박씨 같아라(手如柔荑. 膚如凝脂. 領如蝤蠐. 齒如瓠犀.)'라 했다.

71 **玉山**옥산 : 옥으로 만든 산으로, 고상한 사람의 품덕과 자태가 아름다운 것을 비유한 말.

72 **高義重諾**고의중낙 : 높은 정의감을 가지고 승낙을 중히 여겨 조금도 신의를 저버리지 않는 행위.

73 **天京**천경 : 천자가 거처하는 수도. 이백의 〈양원에서 경정산에 도착하여 스님 회공을 만나 능양의 산수를 얘기하면서 같이 유람하였기에 드리는(自梁園至敬亭山見會公談陵陽山水兼期同遊因有此贈)〉시에 '명성이 혁혁한 오씨와 사씨, 의관이 천경(장안)에 빛나네 (粲粲吳與史, 衣冠耀天京.)'라는 시구가 있다.

74 **暗許**암허 : 몰래 지지하는 것.

75 **氣幹虹霓**기간홍예 : 호기가 무지개를 뚫음. 함께 일체가 되도록 융화되는 것을 뜻한다. ≪문선(文選)≫권34 조식(曹植)의 〈칠계(七啓)〉에 '제후들을 능멸하면서 당세를 풍미하였네. 소매를 떨치면 온 세상에 바람이 일고, 분개하면 기운이 무지개를 이루었네.(凌轢諸侯, 驅馳當世. 揮袂則九野生風, 慷慨則氣成虹霓)'라 했다.

76 **出躍駿馬, 入羅紅顏**출약준마, 입라홍안 : 밖으로 나아갈 때는 준마를 타고, 집으로 돌아 올 때에는 홍안의 시녀들이 배열해 있다. 즉 배장사의 풍류가 척당불기(倜儻不羈)함을 나타낸 말.

77 **賓朋成市**빈붕성시 : 빈객들이 많아 시끄럽기가 시장과 같다.

78 **喧喧**원원 : 거마가 끊이지 않고 빈객이 가득한 모습을 형용한 말.

79 **華軒**화헌 : 화려하고 아름답게 장식한 수레.

白不知君侯何以得此聲於天壤之間, 豈不由重諾好賢, 謙以
得也？而晚節⁸⁰改操⁸¹, 棲情翰林⁸², 天才超然, 度越⁸³作者。屈
佐郧國⁸⁴, 時惟淸哉。稜威⁸⁵雄雄, 下慴⁸⁶群物

저는 군후께서 하늘과 땅 사이에서 이러한 명성을 어떻게 얻었는지 잘 모르겠습니다만, 이는 승낙한 말을 무겁게 여겨 실천하고 어진 인재(賢士)를 좋아하며 겸손으로써 얻은 것이 아니겠습니까? 그리고 만년에는 지조를 바꾸어서 문학저술에 뜻을 기탁하자, 하늘로부터 받은 재주가 탁월하여 일반 작자들 보다 뛰어 났습니다. 운국(안주)에서 주의 장사로 임직하니 당시 정사가 청명해졌으며, 서슬 푸른 위세로 군림하시니 아래로는 뭇사람들이 두려워하였습니다.

---

80 晚節만절 : 모년. 만년. 《사기·외척세가(外戚世家)》에 '(여후가) 만년에 용모가 쇠하고 애정이 식자, 척부인이 총애를 받았다 ([呂後]及晚節色衰愛弛, 而戚夫人有寵.)'는 기록이 있다.

81 改操개조 : 지금까지 지켜온 절조(節操)를 변화시키는 것.

82 棲情翰林서정한림 : 한묵(翰墨)의 숲에 정을 기탁하고 몸을 의지하는 것. 여기서는 배장사가 만년에 문학과 저술에 종사함을 가리킨 것이다. '한림'은 문한지림(文翰之林)의 준말.

83 度越도월 : 초월하다. 남보다 뛰어나다. 《한서·양웅전찬(揚雄傳贊)》에 '지금 양웅의 글은 문장의 뜻이 매우 심오하며, 진술은 성인에게도 부끄럽지 않다. 만약 군왕을 잘 만나서 더욱 현명함을 알아주고 잘함을 칭찬받는다면, 반드시 제자백가를 초월할 것이다(今揚子之書, 文義至深, 而論不詭於聖人, 若使遭遇時君, 更閱賢知, 爲所稱善, 則必度越諸子矣)'라는 출전이 있다.

84 郧國운국 : 지금의 호북성 안륙현에 있던 나라. 안주는 춘추시대에 운국이었으므로, 여기서는 안주를 대신 지칭하였다. 《독사방여기요(讀史方輿紀要)》〈호광덕안부(湖光德安府)의 안륙현편(安陸縣篇)에 '운성은 지금 덕안부의 성으로 춘추시대에는 운자국이었다. 초나라가 운을 멸망시킨 후, 투신을 운공에 봉하고 여기에 도읍하였다. 십년 후에 오나라가 영(수도)으로 침입하자, 초자가 운으로 도망하였다. 《사기》에서는 '초 소왕 십 년에 오나라가 영에 침입하니, 소왕이 운몽으로 도망해 운 땅까지 갔다'고 하였으며, 《수경주》에서는 '운강이 안륙성의 서쪽을 지나므로 운국이라 하였으며, 이 명칭은 운강 때문에 붙여졌다.(郧城, 今府城, 春秋時郧子國也. 楚滅郧, 封鬬辛爲郧公, 邑於此. 定十年, 吳入郢, 楚子奔郧. 史記‥楚昭王十年, 吳入郢, 昭王亡至雲夢, 走郧是也. 水經‥郧水經安陸城西, 故郧國也. 蓋亦因郧水爲名矣.)'라는 기록이 있다.

85 稜偉릉위 : 위광. 서슬이 푸른 모양. 《남사(南史)·양무제기(梁武帝記)》에 '공이 위광을 세워 바로 가리키니, 기세가 바람과 번개보다 더하였다. 공의 군대와 깃발이 일부만 도착하였을 뿐인데도 전 고을이 복종하였다.(公稜偉直指, 勢逾風電, 旌旗小臨, 全州稽服.)'라는 기록이 있다.

86 慴습 : '懾(두려워하다)'과 같은 뜻. 《광운(廣韻)》에 '습은 섭과 같다(慴, 懾也)'라 했다.

[4] 白竊慕高義[87], 已經十年。雲山間之, 造謁[88]無路。今也運會[89], 得趨末塵[90], 承顏接辭[91], 八九度矣。常欲一雪[92]心跡[93], 崎嶇[94]未便。何圖[95]謗詈[96]忽生, 衆口攢毀[97], 將恐投杼[98]下客, 震於嚴威[99]。然自明無辜, 何憂悔吝。

　　제가 몰래 (군후의) 고결한 절의(節義)를 앙모한지 벌써 십년이 지났습니다만, 구름 낀 산이 가로 막고 있어 배알할 방법이 없었습니다. 지금에서야 시운이 닿아 말석에 나아갈 기회를 얻었으니 접견하여 말씀을 청취해 준 적이 여덟아홉 차례나 되었습니다. 항상 내심에 생각하는 바를 털어 말씀드리고자 하였지만 사정이 여의치 못해 소식을 전하지 못했습니다. 그러나 갑자기 비방과 욕설이 일어나 여러 사람들이 참소하고 헐뜯는 말을 듣고서 저를 의심하여 군후의 위엄에 떨게 될 줄 생각이나 했겠습니까? 그러나 스스로 죄가 없으니 회한과 치욕을 우려하겠습니까!

---

87 竊慕高義절모고의 : 숭고한 의행(義行)을 몰래 흠모함.

88 造謁조알 : 문으로 올라가서 배알하는 것.

89 運會운회 : 지금 운과 만난 때이다. 《문선》권37 양호(羊祜)의 〈양개부표(讓開府表)〉에 '지금 저는 몸을 외척에게 의탁하고 있어 사업이 운과 만났으므로 총애가 과도할 것을 경계하지 총애를 잃어버릴 것은 걱정하지 않고 있습니다.(今臣身託外戚, 事遭運會, 誠在過寵, 不患見遺.)' 는 기록이 있다.

90 趨末塵추말진 : 솟아오르는 먼지의 끝을 밟다. 사람이 지나갈 때 나는 먼지로 다른 사람의 뒤를 비유한 말. 방문할 때 쓰는 겸양지사이다.

91 承顏接辭승안접사 : 우호적으로 접견해 주고 또한 나의 말을 청취해 주는 것.

92 雪설 : 깨끗이 털어 놓다. 표명하다.

93 心跡심적 : 마음속으로 생각하는 일.

94 崎嶇기구 : 도로의 높낮이가 고르지 않은 모습.

95 何圖하도 : 어찌 생각이나 했으랴?

96 謗詈방리 : 비방하는 말. 「방언(謗言)」으로 된 판본이 있다.

97 衆口攢毀중구찬훼 : 여러 사람들이 모두 참소(讒訴)하고 헐뜯다.

98 投杼투저 : 베를 짤 때 사용하는 도구인 북을 던지다. 뜬소문이 사람을 해칠 수 있음을 비유한 말이다. 《전국책·진책(秦策) 二》에 '옛날 증자가 비 땅에 머물 때, 증자와 동명인 비 땅 사람이 살인을 하였다. 사람들이 증자 모친에게 '증삼이 살인을 하였다'고 하자, 모친은 '내 아들은 살인할 사람이 아니다'하고 전처럼 길쌈을 계속했다. 얼마가 지난 뒤에 사람이 다시 와서 '증삼이 살인을 하였다'고 하자, 모친은 개의치 않고 전처럼 길쌈을 계속했다. 그러나 후에 또 한사람이 와서 '증삼이 살인을 하였다'고 하자, 그 모친은 두려워서 베틀 북을 던져버리고 담을 넘어 도망하였다.(昔者, 曾子處費, 費人有與曾子同名族者而殺人. 人告曾子母曰, 曾參殺人. 曾

孔子曰, 畏天命, 畏大人, 畏聖人之言[100]。過此三者, 鬼神不害。若使事得其實, 罪當其身, 則將浴蘭沐芳[101], 自屛於烹鮮之地[102], 惟君侯死生[103]。不然, 投山竄海[104], 轉死溝壑[105]。豈能明目張膽[106], 托書自陳[107]耶。

공자(孔子)는 천명과 대인을 두려워하고 성인의 말씀을 두려워한다고 말씀하셨습니다. 이 세 가지를 제외하고는 귀신조차도 두렵지 않을 것입니다. 만약 그 일이 사실이라면 허물은 마땅히 저 자신에게 있으니, 곧 난초와 꽃에 목욕하고 스스로 물러나 생선을 삶는 솥에 형벌을 달게 받을 것입니다. 오로지 군후께서 죽은 사람을 다시 살려 주시기 바랍니다. 그렇지 않으면 산에 은거하고 바다로 숨어 들어가 도랑이나 골짜기에서 죽을지언정 어찌 눈을 밝히고 담을 키워서 이 서신에 의지하여 제 견해를 진술하겠습니까?

子之母曰, 吾子不殺人. 織自若. 有頃焉, 人又曰, 曾參殺人. 其母尙織自若也. 頃之, 一人又告之曰, 曾參殺人. 其母懼, 投杼踰牆而走.)'라는 고사가 있다.

99 嚴威엄위 : 권세를 가리킨다.

100 孔子曰 畏天命, 畏大人, 畏聖人之言공자왈 외천명, 외대인, 외성인지언 : ≪논어·계씨(季氏)≫에 나오는 공자의 말로 '천명을 두려워하고 대인을 두려워하고 성인의 말씀을 두려워한다.'라는 의미다. 주희(朱熹)는 주에서 '천명은 하늘이 부여해 준 바른 이치이다.(天命者, 天所賦之正理也.)'라 하고 '대인과 성인의 말씀은 모두 천명으로 두려워해야 할 바이니, 천명을 두려워할 줄 알면 그것(大人, 聖人之言)을 두려워하지 않을 수 없다.(大人聖言, 皆天命所當畏. 知畏天命, 則不得不畏之矣.)'라고 설명했다.

101 浴蘭沐芳욕란목방 : 난초를 담근 탕에서 몸을 씻고 꽃을 넣은 물로 머리를 감는 것을 말한다. 자신의 품덕이 고결함을 표시한 것이다. ≪초사·운중군(雲中君)≫에 '난초 탕에 몸을 씻고 약물로 머리감으며, 두약(杜若) 꽃 따서 옷 만들었네!(浴蘭湯兮沐芳, 華采衣兮若英)'라는 구절이 있다.

102 烹鮮之地팽선지지 : 생선을 삶는 곳이지만, 여기서는 고기 삶는 가마(鼎鑊)와 같은 말이다. ≪노자≫ 60장의 '큰 나라를 다스리는 것은 작은 고기를 요리하는 것과 같다(治大國若烹小鮮)'라는 전고를 이용하였다. 하상공(河上公)은 '선은 고기다. 작은 생선을 요리한다는 것은 창자와 비늘을 버리지 않고 휘어지지 않도록 하여 손상되는 것을 두려워한다. 나라를 다스리는데 번거롭게 하면 아래가 소란스럽다.(鮮, 魚. 烹小鮮, 不去腸, 不去鱗, 不敢撓, 恐其靡也. 治國煩則下亂.)'라고 주를 달았다. 후에는 고기를 요리하는 것을 '치국의 도'에 비유하였다.

103 君侯死生군후사생 : 군후(배장사)께서 죽은 자를 다시 살아나게 해주어야 한다는 뜻.

104 投山竄海투산찬해 : 산과 바다에 은거함. 즉 초야에 묻히는 것을 말한다.

105 轉死溝壑전사구학 : 실의하여 떠돌아다니다가 도랑이나 골짜기에서 죽음.

昔王東海[108]問犯夜者曰, 何所從來? 答曰, 從師受學, 不覺日晚。 王曰, 吾豈可鞭撻甯越[109], 以立威名. 想君侯通人[110], 必不爾也。

　　옛날 동해태수 왕승(王承)은 야간통행금지규정 위반자에게 "어디서 왔는가?"라고 묻자 "스승을 따라 학문을 배우다가 날이 저무는 줄 몰랐습니다." 하니 왕승이 "내가 어찌 주나라 위공의 명성을 세워준 영월에게 종아리 칠 수 있겠는가" 라 하였답니다. 군후께서 사리에 통달한 사람이 되려고 하신다면 그렇게 하시면 안 될 것입니다.

---

106 明目張膽명목장첨 : 눈을 부릅뜨고 담을 키우는 것. ≪사기 · 진여전(陳餘傳)≫에 '장군께서는 눈을 부릅뜨고 담을 키워 만 번 죽을지언정 한 목숨을 구하려 하지 마십시오.(將軍瞋目張膽, 出萬死不顧一生之計.)'라는 기록이 있다.

107 托書自陳탁서자진 : 배 장사에게 진술할 바를 모두 이 서신 안에 기탁하다.

108 王東海왕동해 : 진(晉)나라 동해태수 왕승(王承; 자 安期). 여기서 왕승을 배 장사에 비유했다. ≪진서(晉書)≫에 '왕승이 동해태수로 임직할 때, 통금위반자가 있어 왕태수가 그 까닭을 물으니, '스승님 쫓아 공부하다가 해가 저무는 줄 몰랐습니다'라 대답했다. 왕태수는 '주나라 위공의 명성을 세워준 영월을 매질하는 것은 다스리는 근본이 아닐 것이다' 하고 아전으로 하여금 귀가토록 조치했다.(王承選東海太守, 有犯夜者, 承問其故, 答曰, 從師受學, 不覺日暮. 承曰, 鞭撻甯越, 以立威名, 非政化之本. 使吏送令歸家.)'라는 기록이 있다.

109 甯越영월 : 전국시대 중모사람(中牟人)으로, 이백 자신을 비유했다. ≪세설신어 · 정사편(政事篇)≫에 "여씨춘추에 이르기를 영월은 중모 땅 천한 백성이었다. 농사짓는 일이 괴로워서 그 친구에게 '어떻게 하면 이 고생을 면할 수 있을까?'라고 하자 친구가 '학문만한 것이 없으니 30년을 배우면 목적을 달성할 것이다'라고 하니, 영월은 '15년 동안 남들이 쉴 때 쉬지 않고 남들이 누울 때 자지 않고 공부 하겠네'라 하였다. 15년을 배운 뒤 주나라 위공의 스승이 되었다.(呂氏春秋曰, 甯越者, 中牟鄙人也. 苦耕稼之勞, 謂其友曰, 何爲可以免此苦也, 其友曰, 莫如學也, 學三十歲 則可以達矣. 甯越曰, 請以十五歲, 人將休, 吾不敢休, 人將臥, 吾不敢臥. 學十五歲而爲周威公之師也.)"라는 전고가 있다.

110 通人통인 : 학문과 사리에 통달하고 고금의 인물에 대하여 정통한 사람을 가리킨다. 왕충(王充)의 ≪논형 · 초기(超奇)≫에 '천편이상 만권이하의 서적을 통달하여 정숙하고 우아함을 크게 펴고 문장을 자세히 살펴 남들의 스승이 되어 가르치는 자를 통인이라 한다.…옛날에는 경서 한 가지를 능히 말할 수 있는 자를 유생이라 하고, 고금을 널리 살펴 아는 자를 통인이라 하였다.(通書千篇以上, 萬卷以下, 弘暢雅閑, 審定文讀, 而以教授爲人師者, 通人也.…故夫能說一經者爲儒生, 博覽古今者爲通人.)'는 출전이 있다.

願君侯惠以大遇[111], 洞開心顏, 終乎前恩, 再辱英盼。白必
能使精誠動天[112], 長虹貫日[113], 直度易水[114], 不以爲寒[115]。若赫
然作威, 加以大怒, 不許門下, 逐之長途, 白旣膝行於前[116],
再拜而去。

    군후의 관대한 은총받기를 원하오니, 마음과 얼굴을 전부 여시어 이전에 수차례 만나주신 은정과 같이 재차 저를 영명하게 돌아보시기 바랍니다. 제가 반드시 성실한 마음으로 하늘을 감동시켜 무지개가 햇빛을 뚫도록 하겠으며, 바로 역수를 건널 때 춥지 않도록 하겠습니다. 만약 위엄을 크게 펴신 채 대노하시어 입문을 거절하고 먼 곳으로 내쫓으신다면, 저는 군후의 앞에서 무릎 꿇어 재배하고 떠나려 합니다.

---

111 **大遇**대우 : 매우 융숭한 대접.

112 **精誠動天**정성동천 : 사람의 성심성의에 하늘도 감동받는 것.

113 **長虹貫日**장홍관일 : '장홍(長虹)'은 무지개가 하늘에 가로 걸쳐있는 모습. '관일(貫日)'은 해를 관통하는 것. 긴 무지개가 해를 관통하여 지나가는 것으로 고인들은 인간이 범상치 않은 행동을 하였을 때 이러한 천상의 변화를 문장에서 인용하였다. ≪전국책·위책(魏策)4≫에 '섭정이 한괴를 죽이자 흰 무지개가 해를 관통하였다(聶政之刺韓傀也, 白虹貫日)'라는 기록이 있고, 사조(謝朓)는 시에서 '물위에 떠가는 꽃을 굽어보고, 무지개가 해를 관통하는 것 우러러보네(俯仰流英, 盼虹貫日)'라고 읊었다

114 **直度易水**직도역수 : 형가(荊軻)가 진왕(秦王)을 살해하려고 연(燕) 태자 단(丹)과 이별하고 역수를 건너갔다.

115 **不以爲寒**불이위한 : 형가의 〈역수가〉 중 '바람은 쓸쓸히 불고 역수는 차가 웁네(風蕭蕭兮易水寒)'에서 차디찬 역수를 '차갑지 않도록 하겠다(不以爲寒)'고 했다.

116 **膝行於前**슬행어전 : 상대를 두려워하여 면전에서 무릎으로 걷다. ≪한서≫에 '항우가 제후 장수들을 보니, 원문으로 들어갈 때 무릎을 꿇은 채 앞으로 나가면서 감히 우러러 쳐다보지 못하였다.(項羽見諸侯將, 入轅門, 膝行而前, 莫敢仰視.)'라는 기록이 있다.

117 **秦海**진해 : 진땅, 곧 당 수도인 장안을 가리킨다. 여기서 진해를 장안의 대칭으로 썼다. 왕기는 '진해는 진 지방이다. 옛날에는 진 지방을 육해라고 하였으므로 진해라고 불렀다.(秦海, 秦地也. 古以秦地爲陸海, 故謂之秦海.)'라고 설명했다.

118 **國風**국풍 : 국가의 풍속. 여기서는 조정의 모습을 가리킨다. ≪사기·은본기(殷本紀)≫에 '총재가 정사를 결정하여 나라의 풍속을 관찰한다.(政事決定於塚宰, 以觀國風)'라는 기록이 있다.

西入秦海[117], 一觀國風[118], 永辭君侯, 黃鵠擧矣[119]。何王公大
人之門不可以彈長劍[120]乎?

　　서쪽 진땅으로 들어가 국가의 풍속을 관찰하면서 영원히 군후를 사직하고 누런 고
니처럼 높이 날아갈 것입니다. 그러나 어찌 왕공의 집에서 풍환처럼 장검을 두드리며
장사어른의 예우를 받고 싶지 않겠습니까?

▶ 淸 黃愼 〈山水人物册〉

---

119 **黃鵠擧矣**황곡거의 : 누런 큰 고니같이 높이 나는 새. 여기서는 이백이 장차 안주 땅을 떠날
　　것을 비유하였다. ≪한시외전(韓詩外傳)≫ 권2에 "전요가 노나라 애공을 섬기는데 보살핌을
　　받지 못하자, 애공에게 '저는 이제 그대의 곁을 떠나 황곡이 되겠습니다'고 했다(田饒事魯哀公
　　而不見察, 田饒爲哀公曰 臣將去君, 黃鵠擧矣)"라는 기록이 있다.
120 **彈長劍**탄장검 : 장검을 두드리다. ≪사기·맹상군열전(孟嘗君列傳)≫에 나오는 풍환(馮驩)의
　　'탄협(彈鋏) 고사'를 인용하였다. 풍환은 맹상군의 식객이 되었을 때 처음 장검을 두드리면서
　　돌아가고자 노래를 불러 맹상군에게 고기를 대접받았고, 수레를 타고 출입하도록 허용 받았으
　　며, 또한 돈을 받아 노모를 봉양할 수 있었다.(앞 〈고풍 39수〉 참조) 여기서 이백은 자신을
　　풍환에 비유하면서 맹상군이 풍환을 예우해 주듯이 배장사가 자신을 예우해주기를 바란다는
　　뜻을 기탁하고 있다.

25 序 (서문)

춘 야 연 종 제 도 화 원 서

春夜宴從弟桃花園序

봄밤에 아우들과 도화원의 연회에서 지은 서

개원 23년(735)경 이백이 동도인 낙양을 유람할 때 지은 유명한 서정단문(抒情短文)이다. 제목 가운데 '도화원'은 낙양에 있으니, 이백의 〈서원을 지나가면서 종제 유성을 보고 수답한 시(答從弟幼成過西園見贈)〉에서의 서원이 바로 도화원이다. 그리고 본문 끝부분에서 '만일 시를 짓지 못한다면 금곡의 벌주 잔 수에 따르리라(如詩不成, 罰依金穀酒數)'라 읊었는데, 이 금곡원도 낙양에 있다. '서(序)'는 일종의 문체로 한대에 출현하여 당대에 이르러 흥성하였으며, '차서(次序)' 혹은 '서술(敍述)'의 뜻을 가지고 있다. 고대의 문인들은 한자리에 모여 연회를 베풀 때에는 항상 시를 지어 화창하였는데, 이렇게 지어진 시들을 모아 한 책으로 합편(合編)하면 그중 재주가 뛰어나고 덕이 높은 사람이 서문을 지었다. 그러한 예로 왕희지(王羲之)의 〈난정집서(蘭亭集序)〉와 이백의 본편 등이 있다. 이러한 유형의 서문은 서정이 위주인데, 연회장면을 서술하거나 혹은 어떠한 문제에 대한 의론을 발표하는 형식이 대부분이다.

본문에서 이백은 세월은 유수처럼 흘러가고 인생은 잠시뿐인 현실에 감개하여 여러 동생들과 밤늦도록 촛불 켜고 음주작시하면서 천륜의 즐거움을 서술하고 있는데, 마치 행운유수처럼 일필휘지로 쓰여 졌음을 느낄 수 있다. 문장으로 친척들과 모이고(以文會友), 시문을 짓고(切磋詩

文), 세월이 지나감을 애석히 여기며 (愛惜光陰), 때에 미쳐서는 행락을 추구(及時行樂) 한다는 뜻이 배여 있으며, 이백의 낙천적인 성격 곧 고금을 통관하고 우주를 넘나드는 거시적 시야와 광활한 열정이 잘 표현되고 있다. 비록 병려체(駢儷體)로 쓰였지만 감정이 진지하여 미사여구만 늘어놓은 것 같은 폐단이 없어 지금까지도 많은 사람들에게 암송될 정도로 인구에 회자되고 있다. 또한 문장에 쓰인 문자들이 아름다워 마치 시어와 같으며, 음절은 절주에 맞아 듣기 좋은 이백산문 중 명편에 속하므로 어떤 사람이 말하기를 한유는 문장을 가지고 시를 짓고 이백은 시로서 문장을 짓는다 하였는데 이 서문이 그 표현에 부합된다.

중국의 유명한 고문 선집인 ≪고문관지(古文觀止)≫와 ≪고문진보(古文眞寶)≫에 이 서문이 수록되어 있다. 특히 고문관지에서는 이 글에 대하여 '몇 구로 발단하였지만, 탈속한 기품이 속세를 떠난 모습이다. 단락이 바뀌면서 더 나아갈수록 시어에 헛된 언사가 없고 빼어난 정취에 그윽함을 담고 있어 말은 짧지만 여운은 길게 남는다. 읽을수록 사람들의 정회를 무수히 돋우고 있다.(發端數語, 已見瀟灑風塵之外. 而轉落層次, 語無泛設, 幽懷逸趣, 辭短韻長. 讀之, 增人許多情思)'라고 평하고 있다.

▶ 明 仇英 〈桃花園圖〉

夫天地者, 萬物之逆旅¹也,
光陰者, 百代之過客²也。
而浮生若夢³, 爲歡幾何?
古人秉燭夜遊⁴, 良有以也。

천지는 만물의 여관이요,
시간은 백대를 거치며 지나가는 길손이다.
뜬 구름 같은 인생이 꿈과 같으니
즐거운 때가 얼마나 되겠는가?
옛사람이 촛불잡고 밤에 노닌 것은 참으로 이유가 있었구나.

01 **逆旅**역려 : 객사. ≪좌전≫희공(僖公) 2년에 '지금 괵국이 길을 내주지 않으니, 역려에 보루를 쌓읍시다.(今虢爲不道, 保於逆旅.)'라는 기록이 있다. 두예(杜預) 주에 '역려는 객사다.(逆旅, 客舍也)'라 했으며, 공영달의 소(疏)에서는 '역은 맞이하는 것이고, 여는 손님이다. 빈객을 맞이하여 머무르게 하는 곳이다.(逆, 迎也. 旅, 客也, 迎止賓客之處也.)'라고 설명했다. 또한 도연명(陶淵明)은 〈자제문(自祭文)〉에서 '나 도잠은 이제 잠시 머물렀던 여관을 작별하고, 영원한 본래의 집으로 돌아가노라.(陶子將辭逆旅之館, 永歸於本宅.)'라고 읊었다.

02 **過客**과객 : 여관에 하룻밤 묵는 나그네. 앞 시부분에서 소개한 이백의 다른 시 〈의고(擬古)〉기 9수 가운데에서 '산다는 것은 하룻밤 묵어가는 과객이요, 죽음은 영원으로 돌아가는 사람이다(生者爲過客, 死者爲歸人.)'라 했다. 광음(시간)은 본래 끝없이 흘러가는 것이지만, 그 가운데 일정한 한도의 시간이 있으므로 곧 백대라는 개념이 생겼다. 여기서는 그 뜻을 반대로 사용하여 광음을 백대로 삼아서 인생의 짧음을 형용하였다.

03 **浮生若夢**부생약몽 : 도가에서는 인생의 모든 것은 정해지지 않고 헛되이 떠있는 것, 즉 하나의 큰 꿈을 꾸는 것으로 여겼다. 장자는 ≪각의편(刻意篇)≫에서 '삶은 떠가는 것이고, 죽음은 그것이 멈추는 것이다.(其生若浮, 其死若休.)'라 했다. 이렇듯 장자가 사람이 이 세상에 존재하여 사는 기간을 정처 없이 떠도는 것으로 여기자, 후인들도 '부생(浮生)'으로 인생을 표현했다.

04 **秉燭夜遊**병촉야유 : 촛불 잡고 밤에 노는 것. 위문제 조비(曹丕)는 〈오질에게 드리는 글(與吳質書)〉에서 '젊은 시절에는 열심히 노력해야 한다네. 1년이 지나가면 다시 돌릴 수 없으니, 고인들이 촛불 잡고 밤에 논 것은 참으로 이유가 있었다네.(小壯眞當努力, 年一過往, 何可攀援. 古人秉燭夜遊, 良有以也.)'라 했고, 〈고시 19수〉 중 15째 시에는 '인생은 백년도 못살면서 항상 천년의 근심을 품네. 낮은 짧고 밤은 길므로 어찌 촛불잡고 놀지 않을 손가. 때가 되면 반드시 즐겨야 되니 어찌 기회 오기만을 기다리나요.(生年不滿百 常懷千歲憂 晝短苦夜長 何不秉燭遊 爲樂當及時 何能待來茲.)'라 했다.

況陽春⁵召我以煙景⁶,

大塊⁷假我以文章⁸。

會桃李之芳園, 序天倫⁹之樂事。

더구나 화창한 봄이 아지랑이 낀 경치로 나를 부르고,
천지가 나에게 문장을 빌려 주었음에랴.
복사꽃·오얏꽃 핀 아름다운 동산에 모여 형제간에 즐거운 연회를 펼치노라.

▶ 宋 林椿 〈果熟來禽圖册〉

05 **陽春**양춘 : 봄날. 봄에는 햇빛이 만물을 비추고 날씨가 온화하므로 흔히 양춘가절이라 불렀다.
06 **煙景**연경 : 연하(煙霞)의 경치로 해석된다. 경(景)은 영(影)과 같다. 강엄(江淹)의 시에 '안개 낀 경치에 쓸쓸한 생각 들고, 족두리풀과 팥배나무는 아득한 마음 일으키네.(煙景抱空意, 衡杜綴幽心.)'라 읊었다.
07 **大塊**대괴 : 대지, 즉 대자연을 가리킨다. 장자는 〈대종사(大宗師)〉에서 '대괴(자연)는 우리에게 형체모습을 주어 짊어지게 하고, 삶을 주어 수고롭게 하고, 늙음을 주어 편하게 하고, 죽음을 주어 쉬게 한다.(夫大塊載我以形, 勞我以生, 佚我以老, 息我以死)'라 했다.
08 **文章**문장 : 색채가 화려한 꽃무늬로, 여기서는 봄날의 경치를 가리킨다. 곧 작문할 때의 문장이 아니고 대자연의 색채이다.
09 **天倫**천륜 : 형선제후(兄先弟後)는 하늘이 내려준 차례이므로 형제를 가리켜 천륜이라 부른다. 후에 부자와 모자 등 천연적인 친속관계도 포함시켰다. ≪춘추·곡량전(穀梁傳)≫은공(隱公) 원년에 '형제는 천륜이다.(兄弟, 天倫也.)'라 했고, 범녕(範寧)의 〈집해(集解)〉에 '형이 먼저 아우가 뒤인 것은 하늘의 순시이다.(兄先弟後, 天之倫次.)'라 했다.

群季¹⁰俊秀¹¹, 皆爲惠連¹²,
吾人詠歌, 獨慚康樂¹³。
幽賞未已¹⁴, 高談轉淸¹⁵。

준수한 여러 아우들은 모두 사혜련과 같이 훌륭한데,
나의 노래만이 홀로 사강락에 부끄럽도다.
그윽한 감상이 아직 그치지 않았는데
고상한 담론은 더욱 맑아지노라.

---

10 **群季**군계 : 여러 아우들. 형제간 장유의 차서가 백중숙계(伯仲叔季)이므로 여기서 계(季)는
아우를 대표한 말이다. 종제들이 한 사람에 그치지 않으므로 군계, 즉 여러 아우라 했다. 이백의
시에 출현하는 종제(李之遙, 李昭, 李延年, 李幼成, 李令問 등이 있음)들은 매우 많은데, 그
중 이유성(李幼成)과 이영문(李令問)은 이백이 낙양에 머무를 때 밀접한 교유를 맺은 집안
동생들이므로 여기서의 종제는 그들을 가리킨다.

11 **俊秀**준수 : 재주가 뛰어난.

12 **惠連**혜련 : 남조 송대(宋代) 문학가인 사혜련으로 사령운(謝靈運)의 족형제이다. ≪송서 · 사방명
전(謝方明傳)≫에 "아들 혜련은 어려서부터 총민하였다. 나이 10세에 문장을 잘 지었으므로
족형인 영운이 감상하면서 '문장을 지을 때 혜련을 만나면 문득 좋은 시구를 얻는다' 하였다.
일찍이 영가서당에서 종일토록 시를 완성하지 못하다가 문득 꿈에 혜련을 보고 나서 '연못에
봄풀이 돋아나네!'라는 무척 공교로운 시구를 얻었다. 그래서 '이 시구는 신의 작품이지 나의
시어가 아니다'라고 말했다(子惠連, 幼而聰敏, 年十歲, 能屬文, 族兄靈運, 加賞之雲, 每有篇
章, 對惠連輒得佳語. 嘗於永嘉西堂思詩, 竟日不就, 忽夢見惠連, 卽得池塘生春草, 大以爲
工. 嘗雲, 此語有神功, 非吾語也)"는 기록이 있다.

13 **康樂**강락 : 사령운. 사현(謝玄)의 손자로 강락공(康樂公)에 습봉되었으므로 세상에서 사강락이
라 불렸다. 여기서는 시인 자신을 비유했다. ≪송서 · 사령운전≫에 '(사령운이)영가태수로 부임
했을 때, 군내의 수려한 산수를 본래부터 좋아하였지만, 직무 때문에 기회를 얻지 못하다가
마침내 마음대로 즐길 수 있게 되었다. 여러 고을을 차례로 방문하면서 열흘이 넘게 행차하였다.
민간에 머무르며 소송업무를 처리하였지만 관심을 두지 않고, 가는 곳마다 문득 시를 지어
그 뜻을 밝혔다.(出爲永嘉太守. 郡有名山水, 靈運素所愛好, 出守旣不得志, 遂肆意遊遨, 遍
歷諸縣, 動踰旬朔, 民間聽訟, 不復關懷. 所至輒爲詩詠, 以致其意焉)'라 하여 그가 정치보다
도 산수와 시문을 더욱 사랑하는 마음을 잘 나타냈다.

14 **幽賞未已**유상미이 : 그윽한 봄 경치 감상이 그치지 않고 계속되는 것.

15 **高談轉淸**고담전청 : 끝없이 펼쳐지는 활발한 담소에서 명리(名理)를 분석하는 '청아한 담론(淸談)'
으로 옮겨가는 것.

開瓊筵¹⁶以坐花¹⁷,

飛羽觴¹⁸而醉月¹⁹。

不有佳詠, 何伸雅懷²⁰?

如詩不成, 罰依金穀酒數²¹

화려한 잔치자리를 펴 꽃 밭 가운데에 앉고
깃털 달린 잔으로 서로 권하며 달빛아래서 취하니,
아름다운 노래가 아니면 어찌 고아한 회포를 펼 수 있으리오?
만약 시를 짓지 못한다면 금곡연회의 벌주 잔 수에 따르리라.

---

16 瓊筵경연 : 화려한 잔치자리. 사조(謝朓)는 시에서 '화려한 잔치에 아름다운 춤 그치니, 계수나무 자리에 깃털 술잔 펼쳐졌네.(瓊筵妙舞絕, 桂席羽觴陳.)'라 읊었다.

17 坐花좌화 : 복숭아꽃 숲 속에 앉아서.

18 羽觴우상 : 깃털 꽂은 술잔. 혹은 참새모양의 술잔. 한대의 반첩여(班捷仔)가 지은 ≪漢書·外戚傳≫ 〈자상도부(自傷悼賦)〉에 '깃털 달린 술잔으로 마시면서 근심을 해소하네.(酌羽觴兮銷憂)'라 했고, 맹강(孟康)은 '우상은 술잔이다. 살아있는 참새의 모양으로 만들었는데, 머리·눈썹·깃털·날개가 있다.(羽觴, 爵也. 作生雀形, 有頭眉羽翼)'고 주석하였다. 또한 성공수(成公綏)는 〈낙계부(洛禊賦)〉에서 '술동이 포개어 벌려놓고, 화려한 술잔 날리는 듯 대작하네.(列樽罍, 飛羽觴)'라고 읊었다.

19 醉月취월 : 달빛 아래에서 대취하는 것.

20 何伸雅懷하신아회 : 고아한 정회를 어떻게 펼칠 수 있으랴. 여기서 신(伸)은 펴서 나타내는 것이고, 아(雅)는 고상하고 우아한 것이다.

21 罰依金穀酒數벌의금곡주수 : 금곡은 지명으로 '금곡간(金穀澗)'이라고도 불렀다. 지금의 하남성 낙양시 서북쪽에 위치한다. 진(晉)나라 태강(太康;280-290)때에 석숭(石崇)이 축조하였는데, 항상 친구들과 이곳에서 연회를 열어 음주와 작시로 소일하였으므로 세칭 금곡원(金穀園)이라고도 부른다. 그의 ≪금곡시서(金穀詩敍)≫에 '돌아가면서 각자 시를 지어 가슴속의 회포를 서술하였다. 간혹 완성하지 못하는 자에게는 세 잔의 벌주를 내리면서 영원하지 못한 생명에 감개하고 기약 없이 시드는 인생을 두려워하였다.(逐各賦詩, 以敍中懷. 或不能者, 罰酒三鬥, 感性命之不永, 懼凋落之無期)'고 했다.

 讚 (찬문)

地藏菩薩讚(幷序)
지장보살 찬문 병서

지장보살의 공덕을 기리는 문장이다. 이 찬문에 대하여 첨영(詹
鍈)은 상원 원년(760)에 지었다고 하였다. 지장보살은 ≪지장십륜
경(地藏十輪經)≫에 '안심하고 인내하여 흔들리지 않음은 대지와 같으
며, 고요한 생각의 깊고 치밀함은 지장과 같다.(安忍不動猶如大地, 靜
慮深密猶如地藏)'란 말에서 이름이 붙여졌다. 석가모니의 부탁을 받아
부처가 열반에 든 후 미륵불이 출현할 때까지 부처 없는 세상에서 스스
로 육도의 중생들을 반드시 구제할 것을 서원하고, 또한 지옥에 빠진 모
든 중생도 고통에서 구원할 것을 맹서하여 성불하였다 한다. 중국 불교
에서는 그를 사대보살의 하나에 열거하였다.

부풍사람 두도는 큰 병에 걸려 낫지 않자 지장보살상을 그려 놓고 종일
토록 공양을 올리며 병과 재앙을 물리치려고 기도하였으며, 한편으로는
이백에게 그림의 형상(畵像)을 기리는 문장을 짓도록 부탁하였다. ≪지장
보살본원경(地藏菩薩本願經)≫에 의하면 사람들은 중병에 걸렸거나 혹
은 임종시에 그 집안 사람들로 하여금 종이 다발로 집·의복·재물을 만들
게 하고 지장보살의 형상을 그리게 하였다 한다. 그리고 병자에게 이 일체
의 과정을 직접 보도록 하여 그로 하여금 마음 놓고 하늘나라로 가도록
염원하였으며, 또한 병이 든 자에게는 질병을 낫게 하고 수명을 연장토록
기원하였다 한다.

　문장 가운데 부풍 두도에 대하여 '젊어서 뛰어난 재주와 솔직한 성격으로 부귀한 사람들이나 청아한 호걸들과 사귀었다.(少以英氣爽邁, 結交王侯, 淸風豪俠)'라고 표현한 것으로 보아 이백 악부시 〈맹호행(猛虎行)〉 가운데 등장하는 부풍호사(扶豐豪士)가 바로 두도일 가능성이 짙다. 이백은 안사의 난이 일어난 후 남쪽으로 피난 가는 길에 오지방에서 두도의 집에 머무른 적이 있었는데, 이 때 본 찬문을 지었을 것이다. 서언 가운데 이백은 이 문장을 두도의 부탁으로 지은 것이라 밝히고 있다. 찬문에서는 불법은 끝이 없고 그 공덕은 한량없으며, 부처는 성인이고 조물주라고 칭송하였다.

　이 찬문는 성당시대의 일종의 불교풍속을 직접 읊은 문장으로서 당시 사람들의 생활모습의 한 단면을 볼 수 있는 좋은 자료일 뿐만 아니라 이백도 불교의 교리나 수양면에서 상당한 경지에 이르렀음을 증빙해 주는 산문이라 하겠다.

▶ 國民大博物館, 〈地藏幀〉

大雄¹掩照², 日月崩落³。惟佛智慧大⁴而光生死雪⁵。賴假普慈⁶力, 能救無邊苦⁷。獨出曠劫⁸, 導開橫流⁹, 則地藏菩薩爲當仁¹⁰矣。

　　대웅(석가모니)이 열반에 들어 일월이 떨어지니, 오로지 부처님의 큰 지혜만이 생사의 구름눈을 비쳐주었네. 자비선(慈悲船)의 힘을 빌려 끝없이 고통 받는 중생을 구제하고, 무한한 세월 속에서 홀로 나와 고통의 바다에서 피안으로 인도하는 것이 곧 지장보살의 임무라네.

---

01 **大雄**대웅 : 불교에서 석가모니를 부르는 별칭이다. 부처(석가모니)는 용사(勇士)와 같이 일체를 두려워하지 않는다는 뜻이 있으며, 또한 큰 지혜를 가져 능히 마귀를 굴복시키므로 대웅이라 칭하였다. ≪법화경(法華經)·종지용출품(從地湧出品)≫에 '훌륭하고도, 훌륭하구나. 대웅세존이여(善哉, 善哉. 大雄世尊.)'라 했다.

02 **掩照**엄조 : 석가모니의 열반, 즉 죽음을 형용한 말이다.

03 **日月崩落**일월붕락 : 석가모니의 열반이 마치 '해와 달이 떨어지는 것과 같다'는 뜻이다.

04 **知慧大**지혜대 : 크고 큰 지혜인 대지대혜(大智大慧)를 말하며, 지(知)는 지(智)와 통한다.

05 **光生死雪**광생사설 : 부처님이 태어나서는 사람들을 광채로 비쳐주었으며, 죽어서는 순결한 일생을 보여 주었음. 일설에는 생사설(生死雪)은 생사운(生死雲)이 옳으며, 생사의 몽매함이 운무에 빠진 것과 같음을 비유한 말이라 하였다. ≪무량수경(無量壽經)≫권 하에 '지혜의 해가 세상을 비추어 생사의 구름을 씻어주었네.(慧日照世間, 消除生死雲)'라는 구절이 있다.

06 **普慈**보자 : 보도자항(普渡慈航)의 준말로서, 중생을 널리 구제하는 자비의 배란 뜻.

07 **能救無邊苦**능구무변고 : 보살의 법력으로 중생을 끝없는 고해에서 구출하여 피안으로 올려 보내는 것.

08 **曠劫**광겁 : 겁은 범어(梵語)로서 매우 장구한 시간을 말하는데, 불가에서는 천지가 한번 생겼다가 없어지는 것을 일 겁이라 부른다.

09 **橫流**횡류 : 고해(苦海)를 가리킨다.

10 **當仁**당인 : 어진 일을 행하는 것. 곧 지장보살이 사양하지 않고 마땅히 해야 할 일.

弟子扶風[11]竇滔[12], 少以英氣爽邁[13], 結交王侯, 清風豪俠[14], 極樂生疾[15], 乃得惠劍[16]於眞宰[17], 湛[18]本心於虛空[19]。

　　제자인 부풍(扶風)사람 두도(竇滔)는 젊어서 뛰어난 재주와 솔직한 성격으로 부귀한 사람·청아한 호걸들과 사귀었지만 즐거움이 다하자 질병이 생겼다네. 이에 조물주(부처)에게서 지혜의 검을 얻어 본래 마음의 맑고 깨끗한 경지에 도달하였네.

---

11 扶風부풍 : 지금의 섬서성(陝西省) 봉상현(鳳翔縣).

12 竇滔두도 : 부풍(扶風) 두소사(竇小師)를 가리킨다. 불교에서는 수계 받은 지 10년 이내의 스님을 소사라 부른다. 이백은 일찍이 〈두씨 소사를 대신하여 선화상을 제사 지내는 제문(爲竇氏小師祭璿和尚文)〉을 지었는데, 여기서 두도가 선화상(璿和尚)의 제자임을 알 수 있으며 선화상은 와관사(瓦官寺)의 선사(禪師)이다.

13 爽邁상매 : 생각이 밝고 뛰어난 것. 곧 성격이 솔직하고 기백이 큰 것을 일컫는다. ≪진서(晉書)≫에 '재지와 문조가 탁월하고 솔직담백하여 무리에서 뛰어나네(才藻卓絕, 爽邁不群)'라는 기록이 있다.

14 豪俠호협 : 호탕하고 의협심이 많음. 곧 의리와 용기 있는 행위를 말한다.

15 極樂生疾극락생질 : 두도가 소년시절에 뜻을 얻어 즐기다가 끝에 가서는 질병을 얻은 것을 말한다.

16 惠劍혜검 : 지혜의 검. 불교에서는 지혜를 예리한 검에 비유하여 일체의 번뇌와 마장(魔障)을 끊을 수 있다고 하였다. 여기서 혜(惠)는 혜(慧)와 통한다. ≪유마힐경(維摩詰經)·보살품행(菩薩品行)≫에 '지혜의 검으로 번뇌의 그물을 끊는다(以智慧劍, 破煩惱網.)'라는 기록이 있다.

17 眞宰진재 : 우주의 주재자(主宰者), 곧 조물주이다. ≪장자·제물론≫에 '참된 조물주가 있는데, 그 모습은 볼 수가 없다.(若有眞宰, 而特不得其眹.)'라 했다. 여기서는 석가모니부처를 가리킨다.

18 湛담 : 청징(清澄)한 것, 맑고 깨끗한 것.

19 虛空허공 : 아무도 없는 적막한 상태, 곧 무(無)와 같음. 원래는 형질이 허무(虛無)하여 장애(障礙)가 없는 상태이다. ≪능엄경(楞嚴經)≫권9에 '허공은 너의 마음속에서 생겨나는 것을 알아야 하니, 조각구름이 큰 우주 안에 있는 것과 같다. 그러므로 모든 세상은 허공 안에 있는 것이다.(當知虛空生汝心內, 猶如片雲太清裏. 況諸世界在虛空耶.)'라 했다.

願圖聖容[20], 以祈景福[21], 庶冥力[22]憑助, 而厥苦有瘳[23]。爰命小才[24], 式[25]讚其事。讚曰,

성스러운 지장보살의 모습을 그려놓고 큰 복을 비니 심원한 힘의 도움으로 그 병이 나았도다. 재주 적은 나에게 그 일을 칭찬하도록 부탁하여 다음과 같이 기렸네. 찬문에 이르기를

本心若虛空,　清淨無一物。
焚蕩淫怒癡[26],　圓寂[27]了見佛。
五彩圖聖像,　悟眞[28]非妄傳。
掃雪[29]萬病盡,　爽然[30]清涼[31]天。
讚此功德海[32],　永爲曠代[33]宣。

---

20 **願圖聖容**원만성용 : 지장보살의 화상(畵像)을 가리킨다.

21 **景福**경복 : 큰 복. ≪시경·소아≫〈소명(小明)〉에 '신이 너의 소원을 들어주어 큰 복을 크게 주리라.(神之聽之, 介爾景福.)'라 하여 경(景)과 개(介)는 모두 크다는 뜻으로 설명했다.

22 **冥力**명력 : 심원(深遠)한 힘.

23 **瘳**추 : 병이 낫다. 원기가 회복한 것. ≪설문해자(說文解字)≫에 '추는 병이 낫는 것이다.(瘳, 疾愈也.)'라 했다.

24 **小才**소재 : 자신을 겸손하게 일컫는 말.

25 **式**식 : 구절의 앞에 붙는 어기사(語氣詞).

26 **淫怒癡**음노치 : 불교에서는 이 세 가지를 삼독(三毒)이라 하여 번뇌의 근본으로 여긴다. ≪열반경(涅槃經)≫권5에 '헤아릴 수 없는 세월 속에서 음행·분노·어리석음이라는 번뇌의 독화살에 의하여 큰 고통을 받는다.(無量劫中, 被淫怒癡煩惱毒箭, 受大苦切.)'고 했다. 왕기는 '인심은 허정하여 본래 하나의 물건도 없는데 여색에 집착하면 곧 음탕한 마음이 일어나고, 분노와 흉포함에 접촉하면 곧 화를 내게 된다. 간사한 생각에 쌓이고 큰 도에 어두워져서 곧 어리석은 데로 흘러간다. 이 세 가지를 3독이라 하는데 모두 마음에서 기인된다. 진실로 모든 것을 불로 태우거나 물로 씻어 전부 제거하여 조금이라도 그 마음에 남아 있지 않게 하면 곧 마음의 본 모습을 볼 수 있다. 마음이 곧 부처이니 마음을 보지 않으면 진정한 부처를 볼 수 없다.(人心虛淨, 本無一物, 耽著於色, 則起而爲淫, 觸於忿戾, 則發而爲怒, 蔽於邪見, 昧於大道, 則流而爲癡. 三者爲之三毒, 皆心之累也. 苟能一切捐棄, 若火之焚, 若水之蕩而盡去之, 不使一毫少累其心, 則心之本體見矣. 心, 卽佛也. 見心不卽見眞佛哉)'라 하여 불교의 진수를 소개하였다.

본래 마음은 허공과 같아
청정하여 하나의 물체조차 없어라.
음탕함·성냄·어리석음을 깨끗이 없애고
죽어서는 부처님과 만났도다.
다섯 색깔로 성스런 모습 그리니
진정한 깨달음 헛되이 전한 것 아니네.
온갖 병이 깨끗이 사라지니
청량한 하늘처럼 상쾌하도다.
바다와 같은 이 공덕 기리노니
앞으로도 영원히 펼쳐지기를.

---

27 **圓寂**원적 : 범문(梵文)에서 열반, 멸도(滅度)의 뜻으로 불교에서 지향하는 최고의 경계임. 청정공덕을 원만히 구비하여 모든 번뇌를 제거(寂滅)시키는 것을 뜻한다. 현수(賢首)의 ≪심경략소(心經略疏)≫에 '열반을 원적이라 부르는데, 덕을 갖추지 않음이 없으므로 「원」이라 하고 장애가 하나도 없으므로 「적」이라 부른다(涅槃, 此云圓寂, 謂德無不備, 稱圓, 障無不盡, 名寂)'고 하였다. 불가에서는 승려가 세상을 떠나는 것을 원적 혹은 열반이라 한다.

28 **悟眞**오진 : '료오진재(了悟眞宰)'의 준말로, 진재(부처)을 확연히 깨닫는다는 뜻.

29 **掃雪**소설 : 눈을 쓸어 내듯 깨끗이 소제하는 것.

30 **爽然**상연 : 시원하고 환하게 펼쳐진 모양.

31 **清涼**청량 : 열병이 모두 제거되어 신체가 맑고 상쾌한 것. 또는 번뇌가 모두 사라져서 마음이 청량하고 상쾌한 것을 비유하였다.

32 **功德海**공덕해 : 공업과 덕행의 바다. 공덕이 매우 넓고 깊어 바다와 같음을 비유한 말이다. ≪팔십화엄경(八十華嚴經)≫권7에 '지혜가 공덕의 바다같이 매우 깊어 온 천지가 보현보살의 나라이네.(智慧甚深功德海, 普賢十方無量國.)'라 했으며, ≪법원주림(法苑珠林)≫에 '중생의 공덕 바다는 측량할 수 없는 것이다.(衆生功德海, 無能測量者.)'라 했다.

33 **曠代**광대 : 비길 수 없는 무한한 세월. 부처의 공덕이 한량없이 영원토록 드날릴 것이라는 뜻이다.

祭文

^{위 송 중 승 제 구 강 문}
爲宋中丞祭九江文
송중승을 대신하여 구강에 제사 드리는 제문

제 문은 고대 산문 문체의 한가지로 제수를 차려놓고 제사지내면서 읽어 내려가는 문장이다. 청대 요내(姚鼐)는 ≪고문사류찬(古文辭類纂)≫에서 13번째 애제류(哀祭類)에 열거하였다.

옛날 사람들은 큰 강이나 바다는 모두 신령이 주관한다고 믿었으므로 국가가 어려움에 처하면 반드시 그 곳의 신에게 제사지냈다. 이 제문은 지덕 2년(757) 가을, 심양막부에서 제사를 집행하는 어사중승(禦使中丞) 송약사(宋若思)가 대문장가인 이백에게 의뢰하여 자신의 명의로 대신 짓게 한 제강문(祭江文)이다. 당시 송약사는 오지방 병사(吳兵) 3천 명을 이끌고 안사의 난을 평정하려고 하남을 향해 도강하면서 군사들이 평안히 건너 소기의 목적을 달성하도록 보호해 주십사하고 구강의 하신(河神)에게 제사를 지냈다. 구강은 장강이 흘러 지나는 심양(지금의 강서성 구강시) 남쪽 부근에 위치한다. ≪수경주(水經注)≫에서는 유흠(劉歆)의 말을 인용하여 호수(湖水)와 한수(漢水) 등 아홉 갈래 물이 팽려호(彭蠡湖)로 들어가므로 구강이라고 불렀다고 하였다.

전반부에서는 안사의 난으로 역적이 창궐하자 국가가 간난의 위험과 혼란에 처하여 황제가 피난하고 생령이 도탄에 빠진 현실을 주요 사례로 거론하고 있다. 후반부에서는 송약사의 군대가 위용을 자랑하면서 난을 평정하려 출정하는데, 구강의 홍수가 범람하여 저지하므로 기도하는 말이지만 명령조로 하신(河神)에게 풍랑을 잠잠하게 하고 인마가 편안하게 건널 수 있도록 도와주어 요적들을 소탕하고 백성에게 복을 내려 주시기를 요구하고 있다. 여기서 이백은 나라를 안정시키고자 하는 그의 애국충군(愛國忠君) 사상을 담아 안사의 난에 대한 적극적인 태도를 표명하였다.

문장의 처음과 마지막에는 일반적으로 쓰이는 제문의 투어(套語)를 사용하였지만 흔적이 없으며, 전체적으로 의인법을 사용하여 웅장한 감정을 생동적으로 표현하였다. 전문의 뜻이 엄숙하고 간결하여 한편의 시와 같은 산문이다. 당송팔대가인 한유(韓愈)가 지은 ≪제악어문(祭鰐魚文)≫도 이 제문의 영향을 받았다.

곽말약은 ≪이백과 두보≫에서 이 제문에 대하여 겨우 175자로 이루어진 문장이지만 장강의 기백과 시국의 간난, 병사의 분투 등을 매우 힘있게 표현한 산문이라고 칭찬하였다. ∽

▶ 明 陳洪綬 〈雜畵(黃流巨津)〉

謹以三牲¹之奠, 敬祭於長源公²之靈。惟神包括乾坤³, 平
準⁴天地。劃三峽⁵以中斷, 流九道⁶以爭奔。

삼가 세 가지 희생을 바쳐 정중히 장원공의 영혼에 제사 드립니다. 오직 신만이
천지 우주를 총괄하여 천하 만물을 고르게 해주시고, 삼협을 중간에서 잘라 나누어서 아
홉 길로 다투어 달리게 하였으며,

---

01 **三牲**삼생 : 고대에 제사지낼 때 바치는 세 가지 희생물, 곧 소·양·돼지. 《예기·제통(祭統)》의
'세 희생을 담는 도마와 여덟 개의 보배로운 제기에 풍성한 제수를 갖추었네.(三牲之俎, 八簋之
寶, 美物備矣.)'와 《주례·재부(宰夫)》의 '아침에 빈객을 만나 회동할 때 뇌례의 법으로 한다.
(凡朝覲會同賓客, 以牢禮之法)'라는 출전이 있으며, 정현(鄭玄)의 주석에 '뇌례의 법은 때에
따라 다소의 차이가 있는데, 세 가지 희생인 소, 양, 돼지로 음식물을 갖추어 포개어 쌓는 것을
뇌라 한다.(牢禮之法, 多少之差及其時也. 三牲, 牛羊豚, 具爲一牢. 委積爲牢.)'고 하였다.

02 **長源公**장원공 : 강신(江神) 이름. 원래는 광원공(廣遠公)이 옳다. 《구당서·현종본기(玄宗本
紀) 하》의 기록에 의하면 '천보 육년…오악을 이미 왕으로 봉하고 사독을 공의 지위로 위계를
올려주었으니, 하독을 영원공, 제독을 청원공, 강독을 광원공, 회독을 장원공으로 봉하였다.(天
寶六年…五嶽旣已封王, 四瀆當昇公位. 封河瀆爲靈源公, 濟瀆爲淸源公, 江瀆爲廣源公, 淮
瀆爲長源.)'라 하였으므로 강독의 신은 장원공이 아니고 광원공이다. 왕기는 이에 대하여 '지금
강신에게 제사지내면서 장원공이라 했는데, 아마 광원공의 글자를 잘못 쓴 것이다.(今祭江神而
曰長源公, 蓋字之誤也.)'라고 지적했다.

03 **乾坤**건곤 : 음양과 천지. 《주역·설괘(說卦)》에 '건은 하늘이므로 아버지라 부르고, 곤은 땅이
므로 어머니라 부른다.(乾天也, 故稱乎父, 坤地也, 故稱乎母.)'고 했다.

04 **平準**평준 : 균형에 맞도록 고르게 조정함.

05 **三峽**삼협 : 장강이 사천을 거쳐 호북 지방을 지나는 교차지역에 있는 3개의 대협곡. 삼협은
두 가지 설이 있는데, 하나는 가정삼협(嘉定三峽)으로 평강협(平羌峽)·배아협(背峨峽)·여두
협(犂頭峽)이며, 다른 하나는 파동삼협(巴東三峽, 즉 長江三峽)으로 사천성 봉절(奉節)에서
호북성 의창(宜昌)사이에 있는 구당협(瞿塘峽)·무협(巫峽)·서릉협(西陵峽)이다. 이 글에서
의 삼협은 후자를 가리킨다.

06 **九道**구도 : 곧 구강을 가리킨다. 장강이 심양에서 아홉 갈래 길(九道)로 나누어진다. 공안국(孔安
國)이 주석한 《상서(尙書)》에 '강은 이 주의 경계에서 아홉 길로 나누어졌다.(江於此州界分
爲九道.)'라 하였다. 구강에 대하여는 《심양기(潯陽記)》에서 '첫 번째는 오백강, 두 번째는
망강, 세 번째는 오강, 네 번째는 가미강, 다섯 번 째는 견강, 여섯 번째는 원강, 일곱 번째는
늠강, 여덟 번째는 제강, 아홉 번째는 균강이다.(一曰烏白江, 二曰蟒江, 三曰烏江, 四曰嘉靡
江, 五曰畎江, 六曰源江, 七曰廩江, 八曰提江, 九曰箘江.)'고 하였다

綱紀南維[7], 朝宗東海[8]。牲玉[9]有禮, 祀典無虧。今萬乘[10]蒙塵[11], 五陵[12]慘黷[13]。蒼生[14]悉爲白骨, 赤血流於紫宮[15]。

　　유계로 하여금 남방의 많은 물줄기들을 다스리면서 우두머리인 동해로 흘러 들어가게 하였습니다. 희생물을 담은 옥기(玉器)는 예를 갖추어야 하고, 제사지내는 법도는 잘못이 없어야 합니다. 지금 만승의 천자가 피난하니 다섯 황제의 능이 황폐해졌으며, 백성은 모두 백골이 되어 붉은 피가 자미궁에 흐르고 있습니다.

---

07 **綱紀南維**강기남유 : 왕기는 '남방에는 많은 물줄기가 있는데, 그 주류가 유계(維系)이다.(綱紀南維, 爲南方衆流之綱紀也)'고 했다.

08 **朝宗東海**조종동해 : ≪상서·우공(禹貢)≫에는 '장강과 한수는 바다를 조종으로 삼았다.(江漢朝宗於海)'고 했고, ≪공안국전(孔安國傳)≫에서는 '두강이 바다에 들어가는 것은 무수한 냇물이 바다를 우두머리로 삼아 알현하는 것과 같다. 우두머리(宗)는 지위가 높은 것이다.(二水入海, 有似於朝, 百川以海爲宗. 宗, 尊也.)'라 했다.

09 **牲玉**생옥 : 희생을 차려 놓고 제사상에 올리는 옥기(玉器)임. 왕기는 '옥은 신에게 고할 때 제사상에 올리는 옥기로서, 희생과 예물을 함께 진열해 놓는 것이다.(玉, 告神時薦於座之玉器, 與牲幣俱陳者.)'라 했다.

10 **萬乘**만승 : 주나라 제도에 따르면, 왕기(王畿)는 천리이고 출병할 수 있는 수레가 만승이었으므로 후에 만승은 제위(帝位)를 가리켰다.

11 **蒙塵**몽진 : 제왕이 수도 밖으로 도망가는 것을 몽진이라 부르는데, 곧 흙먼지를 뒤집어쓴다는 뜻임. 여기서는 안사의 난 때 현종이 서쪽 파촉(巴蜀)지방으로 피난한 일을 가리킨다. ≪좌전≫ 희공(僖公) 24년조에 '장문중이 천자가 밖으로 몽진할 때는 관리가 잘 지키고 있는가를 달아나면서 묻지 않는다고 대답하였다(臧文仲對曰, 天子蒙塵於外, 敢不奔問官守.)'는 출전이 있으며, 반악(潘嶽)은 〈서정부(西征賦)〉 ≪文選≫권10에서 '광무제가 몽진할 때, 적미를 베어 왕에게 바쳤다.(當光武之蒙塵, 致王誅於赤眉.)'라고 읊었다.

12 **五陵**오릉 : 오릉은 장안 부근에 위치한 현종이전 당대 선황들의 분묘로, 고조 이연(高祖 李淵)의 헌릉(獻陵)·태종 이세민(太宗 李世民)의 소릉(昭陵)·고종 이치(高宗 李治)의 건릉(乾陵)·중종 이현(中宗 李顯)의 선릉(宣陵)·예종 이단(睿宗 李旦)의 교릉(橋陵)이다.

13 **慘黷**참독 : 더럽혀지고 혼탁해짐. '墋黷'을 잘못 썼다. ≪문선≫권47 〈한고조공신송(漢高祖功臣頌)〉에 '아득한 우주여 하늘은 흐리고 땅은 혼탁해졌구나.(芒芒宇宙, 上墋下黷)'라 했는데, 이선(李善)은 주에서 '하늘은 맑음을 불변의 도로 삼고, 땅은 고요함을 근본으로 삼는다. 지금 하늘은 흐리고 땅이 혼탁해 졌으니 항도가 어려워 졌음을 말한 것이다. …가규는 독은 혼탁한 것이라고 말했다.(天以淸爲常, 地以靜爲本. 今上墋下黷, 言亂常也. …賈逵 曰, 黷,濁也.)'라 하여 자세히 설명했다. 유신(庾信)은 〈애강남부(哀江南賦)〉에서 '어지럽게 끓어오르니, 아득히 혼탁해 졌네.(潰潰沸騰, 茫茫墋黷.)'라 읊었다.

宇宙倒懸, 攙搶[16]未滅。含識結憤[17], 思剪元凶[18]。若思參列雄藩[19], 各當重寄[20]。遵奉天命[21], 大擧天兵[22]。照海色[23]於旌旗, 肅軍威於原野。

세상이 뒤바뀌어 패성이 사라지지 않으니 분한 마음 머금고 원흉을 물리치고자 합니다. 저 (송)약사가 큰 군진의 우두머리로 참가하려 하노니 각기 무거운 임무를 감당해야 합니다. 천자의 명을 받들어 천병(天兵)을 크게 일으키니 군기가 바다색에 빛나고 엄숙한 군대가 넓은 벌판에 위엄을 떨치고 있습니다.

---

14 **蒼生**창생 : 본래 초목이 무더기로 자라난 곳을 뜻하는데, 여기서는 백성을 가리킨다.

15 **紫宮**자미 : 자미궁(紫微宮)으로 제왕이 거처하는 궁전이다.

16 **攙搶**참창 : 고인들은 혜성을 재앙의 별(災星)로 여겼으므로 여기서는 안록산을 비유한 것이다. ≪이아(爾雅)·석천(釋天)≫에 '혜성은 참창이다.(彗星爲攙搶.)'라 했으며, 형병(邢昺)은 소(疏)에서 ≪공양전(公羊傳)≫에 나오는 패란 글자는 혜성을 말한다. 혜는 추(빗자루)라 부르는데 그 모양이 비를 쓰는 것과 비슷하고, 광선이 사방으로 비추면서 괴이하게 움직이는 별로서 항상 나타나지 않는다. 그러므로 패살별 또는 혜성이라 부른다.(公羊傳, 孛字何, 彗星也. 彗爲孛也. 言其狀似掃帚, 光芒孛孛然, 妖變之星, 非常所有. 故言孛, 又言彗也.)'라고 자세히 설명했다.

17 **含識結憤**함식결분 : 공동으로 분한 마음을 가지는 것. 양(梁) 무제(武帝)의 〈효사부(孝思賦)〉에서 '함께 알고 있지만 견해가 다르고, 같은 색을 가졌지만 모양이 다르네(彼含識而異見, 同有色而殊形.)'라 하여 함식에 대해 읊었고, 또 고윤(高允)은 〈정부영(貞婦詠)〉에서 '분함이 마음에 쌓이니 저승까지라도 기꺼이 가고자하네.(結憤種心, 甘就幽冥.)'라고 결분에 대해 읊었다.

18 **元兇**원흉 : 사람들이 공분을 일으키는 원흉인 안록산을 가리킨다.

19 **雄藩**웅번 : 큰 진(藩鎭)의 우두머리로 여기서는 송약사를 가리킨다. 왕유(王維)는 〈일찍이 형양 땅으로 들어가며(早入滎陽界)〉란 시에서 '배 띄워 형양 못으로 들어가니, 이 곳이 바로 큰 진이라네.(汎舟入滎澤, 玆邑乃雄藩.)'라고 읊었다.

20 **重寄**중기 : 중임을 맡김. ≪북사(北史)≫에 '오랫동안 중임을 맡기니 일찍부터 심복이 되었다.(宿當重寄, 早預心膂.)'라는 기록이 있다.

21 **天命**천명 : 황제의 명령.

22 **天兵**천병 : 하늘에서 내려온 병사, 곧 황제의 군사를 가리킨다. 이선(李善)은 양웅(揚雄)의 ≪장양부(長楊賦)≫주석에서 '병사들이 하늘과 같이 많다.(言兵之盛如天也.)'라 했다.

23 **海色**해색 : 바다의 색, 곧 구강의 강물 빛깔. 옛날에는 강물이 호탕하게 요동치는 곳을 바다(海)라고 불렀다.

而洪濤渤潏[24], 狂飇[25]振驚。惟神使陽侯[26]卷波, 義和[27]奉命。樓船[28]先濟, 士馬無虞[29]。掃妖孼[30]於幽燕[31], 斬鯨鯢[32]於河洛[33]。

   그러나 큰 파도가 용솟음치고 폭풍이 휘몰아치니, 강신께서는 양후로 하여금 파도를 멈추도록 희화에게 명령을 내려주시기 바랍니다. 누선이 먼저 건너고 병마는 근심이 없어졌으니, 유연(幽燕)지방으로 깊숙이 들어가 적군을 소탕하고 하수와 낙수에서 큰 고래를 베고자 합니다.

---

24 渤潏발휼 : 큰 파도가 용솟음치는 모양.

25 狂飇광표 : 광포한 바람.

26 陽侯양후 : 파도의 신. ≪회남자·남명훈(覽冥訓)≫에 '무왕이 은나라 주왕을 토벌하려고 맹진을 건너자 양후의 파도가 역류하면서 공격하였다.(武王伐紂, 渡於孟津, 陽侯之波, 逆流而擊.)'라 했으며, 고유(高誘)의 주에 '양후는 능양국의 제후였는데, 그 나라는 강과 가까이 있어 물놀이하다 익사하였다. 그 신이 큰 파도를 일으켜 피해를 입혔으므로 양후의 파도라고 불렀다.(陽侯, 陵陽國侯也. 其國近水, 休水而死, 其神能爲大波, 有所傷害, 因謂之陽侯之波.)'라는 기록이 있다.

27 義和희화 : 신화 속의 인물. 태양을 어거(馭車)하는 자이다. 굴원(屈原)의 ≪이소(離騷)≫에 '나는 희화에게 걸음을 멈추게 하고, 엄자산을 바라보며 가까이 가지 못하네.(吾令羲和弭節兮, 望崦嵫而勿迫.)'라 하였고, 홍흥조(洪興祖)는 보주(補注)에서 '태양은 육룡이 끄는 수레를 타고, 희화에게 어거하도록 했다(日乘車以駕六龍, 羲和禦之.)'라고 설명하였다.

28 樓船누선 : 층루(層樓)가 있는 큰 배. 고대에는 전쟁에 사용하였다.

29 士馬無虞사마무우 : 사람과 말이 안전하여 근심걱정이 없는 상태. ≪시경·노송(魯頌)≫의 〈민궁(悶宮)〉에 '의심하지 말고 염려하지 말라, 상제께서 너에게 임하여 계시니라(無貳無虞, 上帝臨女.)'라 했다.

30 妖孼요얼 : 안사의 반란군을 비유한 말.

31 幽燕유연 : 지금의 하북성 북부 및 요녕성 일대. 당 이전에는 유주(幽州)에 속했고 전국시대에는 연나라에 속했으므로 유연이라 일컬었다. 여기서는 안록산의 반란군이 기병한 곳을 가리킨다.

32 鯨鯢경예 : 본래 큰 고래이지만, 여기서는 흉악한 사람, 즉 반란군의 수괴를 비유한 말이다. ≪좌전≫선공(宣公)12년에 '옛날 현명한 왕은 불경한 자를 쳐서 그 수괴를 잡아 가두고 육시의 형벌을 내렸다. 그리고 경관(京觀; 시체를 쌓아 올리고 흙으로 덮은 큰 무덤)을 만들어 간사하고 음험한 무리들을 응징하였다(古者明王伐不敬, 取其鯨鯢而封之, 以爲大戮. 於是乎有京觀, 以懲淫慝.)'라는 기록이 있다. 두예(杜預)는 '경예는 큰 고기이름으로 의롭지 못한 사람이 작은 나라를 집어 삼키는 것을 비유하였다(鯨鯢, 大魚名, 以喩不義之人吞食小國.)'라고 주석하였다.

惟神祐我，降休於民。敬陳精誠，庶垂歆饗[34]。

오로지 신께서 우리를 도와 백성에게 복을 내려 주시기를 바랍니다. 정성을 다하여
바치노니 삼가 강림하여 흠향하시옵소서.

▶ 晋 顧愷之 〈洛神賦圖〉

33 河洛하락 : 황하와 낙수사이의 지역. 곧 지금의 하남과 낙양지역. 당시 안록산은 이미 낙양을
   점령하여 대연황제(大燕皇帝)라고 참칭하였다.
34 歆饗흠향 : 신령이 진열된 제수품을 음미하는 것. ≪한서 · 문제기(文帝紀)≫에 '짐이 부덕하여
   상제와 신명께서 흠향하지 않네(朕旣不德, 上帝神明未歆饗也)'라는 기록이 있다.

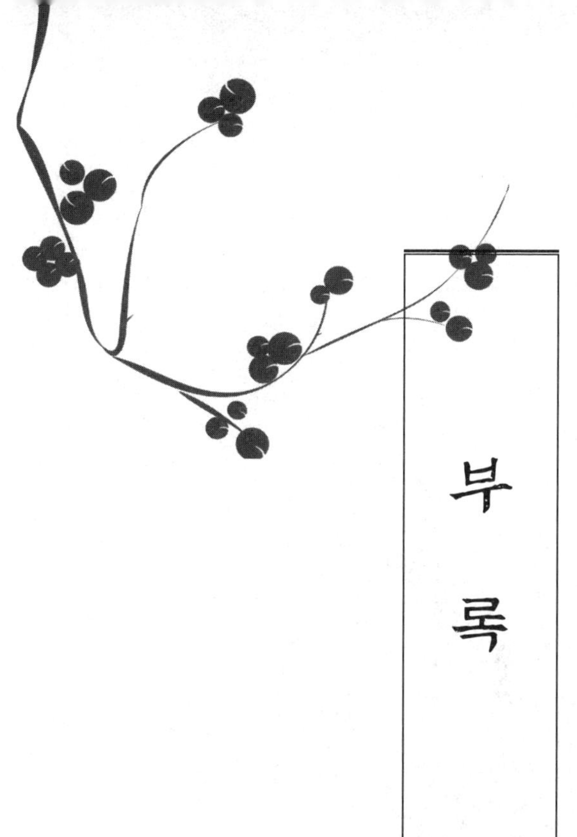

부 록

清　上官周〈李太白〉

이태백 연보 및 명시문 편년표
(李太白 年譜 및 名詩文 編年表)

西曆(年齡)	年 號	主要 行狀 및 名詩文編年
701년 (1세)	長安 원년 (則天武后)	李白 出生 하다.
705년 (5세)	神龍 원년 (中宗)	六甲을 외우고 讀書를 시작하다.
710년 (10세)	景雲 원년 (睿宗)	詩書와 諸子百家를 학습하다
713년 (13세)	開元 원년 (玄宗)	≪文選≫을 모방하여 짓다.
715년 (15세)	開元 3년	神仙과 任俠을 좋아하고 여러 편의 시문을 짓다.
718년 (18세)	開元 6년	匡山에서 3년 동안 독서하면서 龍州, 劍州, 梓州 등지를 왕래하다. [訪戴天山道士不遇] [尋雍尊師隱居]를 짓다.
720년 (20세)	開元 8년	成都를 유람하면서 益州都督府長史인 蘇頲을 배알하다. 이어 渝州로 가서 刺史인 李邕을 배알하다. [上李邕]을 짓다.
724년 (24세)	開元12년	고향인 四川省 匡山을 떠나 천하 주유를 시작하다. [峨眉山月歌] [渡荊門送別] 를 짓다.
725년 (25세)	開元13년	봄에 三峽을 나와 江陵과 金陵 등지를 유람하다. [望廬山五老峯] [望天門山] [秋下荊門] [王右軍] [巴女詞] [越女詞]5首을 짓다.
726년 (26세)	開元14년	봄에 金陵에서 揚州로 가서 廬山에 오르고 越지방을 유람하다. [靜夜思] [結襪子] [估客行] [金陵酒肆留別][望廬山瀑布]2수, [蘇臺覽古] [越中覽古]를 짓다.
727년 (27세)	開元15년	揚州에서 安陸으로 가서 壽山에 머물면서 高宗시 재상인 許圉師의 손녀와 결혼하다. [山中問答] [贈內]를 짓다.
728년 (28세)	開元16년	봄에 江夏에서 吳指南을 장사지냈으며, 늦은 봄 孟浩然을 廣陵으로 보내고 安陸으로 돌아오다. 장녀 平陽이 태어나다. [江夏行] [黃鶴樓送孟浩然之廣陵]를 짓다.

730년 (30세)	開元18년	안륙에서 머무르다가 처음 長安으로 들어가 좌상인 張說과 그 차자인 張埱 등을 배알하였지만 냉대를 받고 다시 黃河 崇山 洛陽 등지를 유람하다. [登太白峰]과 산문 [上安州裴長史書]를 짓다.
731년 (31세)	開元19년	서쪽으로 邠州, 坊州등지를 유람하다. [結襪子] [送友人入蜀] [寄遠 기11]를 짓다
733년 (33세)	開元21년	安陸 白兆山 桃花巖에 石室을 짓고 음주와 독서로 소일하다. [將進酒] [夏日山中] [山中與幽人對酌] [自遣]을 짓다.
734년 (34세)	開元22년	봄에 襄陽으로 가서 荊州刺史 韓朝宗을 배알하다. 또한 친우인元丹丘와 함께 崇山을 유람하다. [襄陽歌] [江上吟]을 짓다.
735년 (35세)	開元23년	洛陽에서 친우인 元演과 太原으로 여행하여 북쪽으로 雁門關에 이르다. [春夜洛城聞笛]와 산문 [春夜宴从弟桃花園序]을 짓다.
736년 (36세)	開元24년	東魯의 任城에 우거하면서 徂徠山에서 孔巢父 등 竹溪六逸과 교유하다.
737년 (37세)	開元25년	東魯에서 장남 伯禽이 태어나다. [嘲魯儒]를 짓다.
738년 (38세)	開元26년	江東, 吳越 등지를 유람하다. [丁都護歌] [南都行] [送友人]을 짓다.
739년 (39세)	開元27년	揚州, 蘇州 등지를 유람하고 巴陵(岳陽)에서 王昌齡을 만나다. [贈孟浩然][客中作][題瓜洲新河餞族叔舍人賁]을 짓다.
740년 (40세)	開元28년	東魯에 머무를 때, 許氏부인이 세상을 떠나다. [五月東魯行答汶上翁]을 짓다.
741년 (41세)	開元29년	東魯에 머무르다. 가을에 潁陽山에서 入朝하는 元丹丘를 배웅하다.
742년 (42세)	天寶 원년 (玄宗)	泰山을 유람하다. 가을에 魯郡 兗州에서 천자의 詔書를 받고 長安으로 들어가다. 장안의 紫極宮에서 秘書監 賀知章과 조우하고, 金鑾殿에서 玄宗을 배알한 후 翰林供奉을 제수받다. [子夜吳歌 秋歌・冬歌] [高句麗] [南陵別兒童入京]을 짓다.
743년 (43세)	天寶 2년	천자가 베푸는 궁중의 연회에 참여하여 應制詩文을 짓다. 가을에 高力士와 楊貴妃 등의 참소를 받고 은퇴하리라 마음먹다. [古風 (其39) 登高望四海] [烏夜啼] [烏棲曲] [玉階怨] [春思] [秋思] [妾薄命][淸平調詞]3首, [下終南山過斛斯山人宿置酒] [翰林讀書言懷呈集賢諸學士] [長信宮] [怨情] [思邊]을 짓다.

744년 (44세)	天寶 3년	玄宗에게 江湖로 돌아가기를 청해 허락받아 賜金還山하다. 여름에 洛陽에서 杜甫와 조우하고, 가을에 杜甫 高適과 梁宋지방을 유람하다. [古風 (其24) 大車揚飛塵] [古風 (其40) 鳳飢不啄粟] [行路難]3首, [灞陵行送別] [把酒問月] [月下獨酌]4首, [憶東山]2首를 짓다.
745년 (45세)	天寶 4년	봄에 杜甫와 魯郡의 兗州 濟南 등지를 유람하다. 여름에 杜甫 高適과 함께 濟南에서 北海太守 李邕을 배알하다. [古風(其9)莊周夢蝴蝶] [金鄕送韋八之西京] [魯郡東石門送杜二甫] [春日醉起言志] [擬古 8·9首] [戲贈杜甫]를 짓다.
746년 (46세)	天寶 5년	봄에 병으로 東魯에 머무르다. [沙丘城下寄杜甫] [夢游天姥吟留別] [魯中都東樓醉起作]을 짓다.
747년 (47세)	天寶 6년	봄에 揚州에서 金陵으로 유람하고 여름에 越지방의 天台山에 오르다. [古風 (其3) 秦王掃六合] [古風(其37)燕臣昔慟哭] [戰城南] [登金陵鳳凰臺] [酬崔侍御] [對酒憶賀監] [重憶]을 짓다.
748년 (48세)	天寶 7년	金陵에 머무르다. [廬江主人婦] [口號吳王美人半醉][寄上吳王] [別東林寺僧]을 짓다.
749년 (49세)	天寶 8년	金陵에 머무르다. [聞王昌齡左遷龍標遙有此寄] [寄東魯二稚子] [勞勞亭]을 짓다.
750년 (50세)	天寶 9년	金陵에서 가을에 洛陽으로 유람하다. 이 때 宗氏부인과 두 번째 결혼하다. [梁甫吟] [別東林寺僧]을 짓다.
751년 (51세)	天寶 10년	南陽, 梁園에 머무르다. 가을에 開封에서 河北으로 여행하다. [古風(其1) 大雅久不作] [古風 (其35) 醜女來效顰] [贈何七判官昌浩]를 짓다.
752년 (52세)	天寶 11년	河北으로 들어가 燕趙지방에 머무르다. 가을에 幽州로 들어가 安祿山의 발호를 목격하다. [北風行]을 짓다.
753년 (53세)	天寶 12년	河北지방 여행 후, 가을에 宣城, 겨울에 金陵에 머무르다. [遠別離] [獨坐敬亭山] [聽蜀僧濬彈琴]을 짓다.
754년 (54세)	天寶 13년	宣城과 秋浦지방에 머무르다. [秋浦歌 2·15首] [橫江詞]6首, [贈汪倫] [送儲邕之武昌] [秋登宣城謝脁北樓] [宿五松山下荀媼家] [詠山樽] [白鷺鷥] [哭晁卿衡]을 짓다.

755년 (55세)	天寶 14년	11월 范陽에서 일어난 安祿山의 반란으로 梁園에서 尋陽으로 피난하다. 金陵과 宣城 등지에 머무르다. [別山僧] [下涇縣陵陽溪至澀灘] [尋山僧不遇作] [宣城見杜鵑花]를 짓다.
756년 (56세)	至德 원년 (肅宗)	정월에 安祿山이 洛陽에서 大燕皇帝라 칭하고 6월에 潼關으로 침입하자 玄宗은 蜀지방으로 피난가다. 이백은 金陵, 尋陽 등지를 지나 廬山에 은둔하다가 겨울에 永王軍에 가담하다. [三五七言] [奔亡道中]3首를 짓다.
757년 (57세)	至德 2년	肅宗의 군대에게 永王軍이 패하여 尋陽獄에 투옥되었다가 夜郎으로의 유배형을 언도받다. [永王東巡歌 1·11首] [上皇西巡南京歌 1.2首] [在尋陽非所寄內]와 산문 [爲宋中丞祭九江文] [爲宋中丞自薦表]을 짓다.
758년 (58세)	乾元 원년 (肅宗)	夜郎으로 유배도중 5월 武昌(江夏)에 오랫동안 머무르다가 겨울에 三峽을 지나가다. [與史郎中欽聽黃鶴樓上吹笛]을 짓다.
759년 (59세)	乾元 2년	봄에 유배가는 도중에 夔州에서 전국의 가뭄으로 인해 사면령을 받고 배로 江陵으로 돌아오다. [陪侍郎叔遊洞庭醉後]3首, [陪族叔刑部侍郎曄及中書賈舍人至游洞庭1·4首] [早發白帝城] [田園言懷] [南流夜郎寄內]를 짓다.
760년 (60세)	上元 1년 (肅宗)	江夏, 岳陽, 武昌 등지를 유람하다. [天馬歌] [廬山謠寄盧侍御虛舟] [早春寄王漢陽]와 산문 [地藏菩薩讚]을 짓다.
761년 (61세)	上元 2년	李光弼의 정벌군에 가담하지만 병으로 포기하고 當塗縣令 李陽氷에게 의지하다. [對酒醉題屈突明府廳] [送韓侍御之廣德] [哭宣城善醸紀叟]를 짓다.
762년 (62세)	寶應 원년 (代宗)	11월 當塗에서 족숙 李陽氷에게 시고편집을 부탁하고 서거하다. [臨路歌]를 짓다.

* 未編年 名詩文 : [王昭君 2首] [蘇 武] [待酒不至] [友人會宿] [從軍行] [題峰頂寺]

이백유종도
(李白遊踪圖)

유주
난주
태원
안릉
하
북해
황
분
제남
황
태산
수
정주
개봉
곡부
하
숭산
임성
동관
낙양
난릉
위 수
영천
영 수
양주(강소)
화산
하
부풍
장안
남양
회
금릉(남경)
소주
태백산
강하
강
당도
창명
무창
장
추포(귀지)
성도
파동
강릉
심양(구강)
숙송
회계
장
봉절
무산
남정
악양
황산
유주
(백제성)
무릉
여산
파양호
천태산
동정호
남창
아미산
장사
길주
복주
형산
계주
유구
* ― 표시는 이백의 여행지

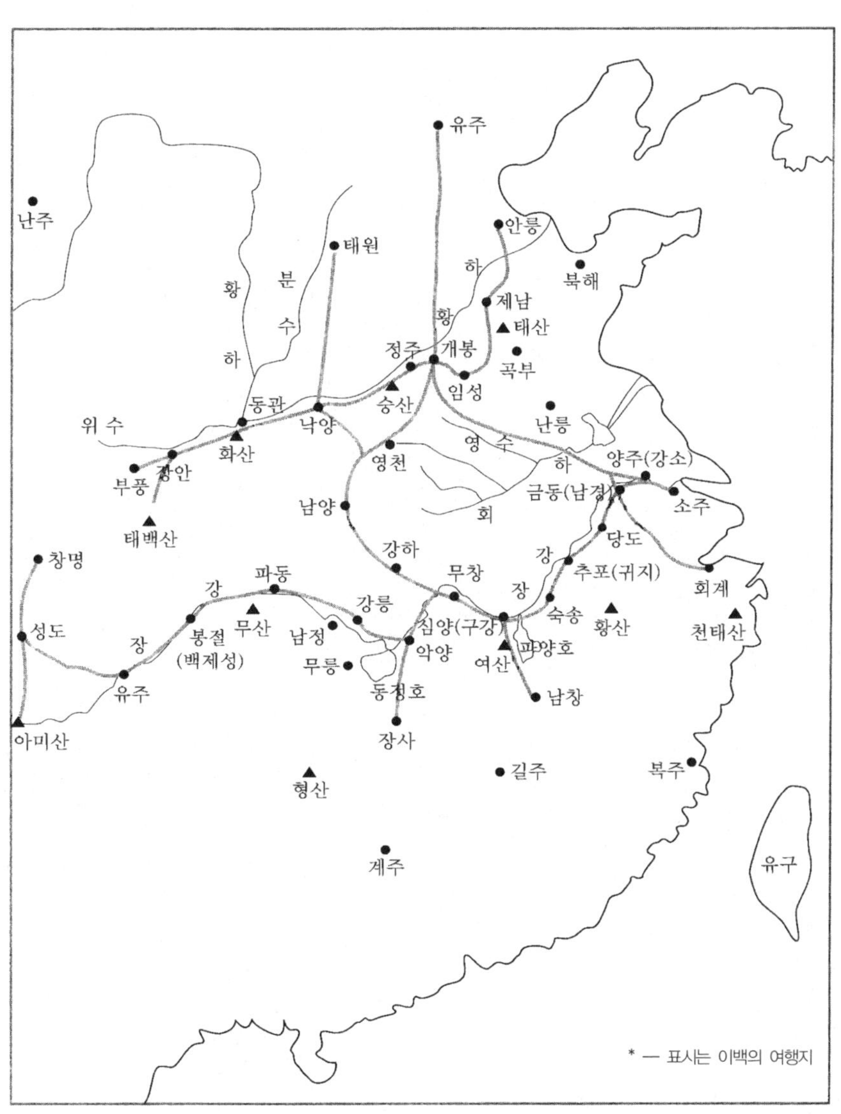